Das Mädchen aus der 1. Reihe

»Ich stehe auf Konzerten vorn,
weil hinten alles voll ist.«

Jana Crämer

Das Mädchen aus der 1. Reihe

Unzensiert

Roman

Besuchen Sie uns im Internet:
www.hockebooks.de

Jana Crämer: Das Mädchen aus der 1. Reihe. Unzensiert. Roman

Covergestaltung: Jörn Stollmann

Die Originalausgabe ist 2015 bei Juneberry im Schardt Verlag, Oldenburg, erschienen.

Herstellung: BoD – Books on Demand, Norderstedt
Printed in Europe

ISBN: 978-3-95751-297-0

www.endlich-ich.com
www.ava-international.de

»Hey, ich bin Jana und ich bin essgestört«, stellt sich Jana Crämer, die noch vor wenigen Jahren über 180 Kilo gewogen hat, den Lesern ihres Blogs vor. Heute, mit etwa 100 Kilogramm weniger, spricht sie – auch in ihrem Podcast *Schweigen ändert nichts* – schonungslos offen über ihre Essstörung und wird von zahlreichen Medien auf ihrem Weg begleitet (u. a. RTL, SAT.1, VOX, ZDF). Über 20 000 Fans folgen Jana Crämer auf ihren Social-Media-Kanälen und ihrem Blog *Endlich ich.*
Für ihren Mut in der Kommunikation wurde die Wahl-Berlinerin mit dem SignsAward 2018, dem Oscar der Kommunikationsbranche, geehrt und gilt als eine der authentischsten Botschafterinnen für Bodypositivity.
In über 50 Konzert-Lesungen pro Jahr an Schulen lässt Jana Crämer ihre Geschichte mit der Musik ihres besten Freundes BATOMAE, der den Soundtrack zu ihrem Debüt-Roman *Das Mädchen aus der 1. Reihe* geschrieben hat, verschmelzen. Ärzte, Psychologen und zahlreiche Betriebskrankenkassen unterstützen das Projekt, und so sind bereits jetzt Veranstaltungen für die kommenden Jahre geplant.

Intro

»Nicht mal eine Viertelstunde, um uns für den Gig fertig zu machen«, geht es mir durch den Kopf, während ich Jule die Treppen runter nach unten folge. Trotzdem – als Allererstes musste jetzt dieses Hintergrundbild verschwinden, bevor sie es sah und mich zur Rede stellte.

Mit einem »Ich beeil mich!« schließe ich die Tür hinter mir und muss beim Blick aufs Display unweigerlich lächeln. Das sieht echt nach allem, aber nicht nach einem harmlosen Selfie mit meinem Lieblingssänger aus. Jule würde mich umbringen. Drei Klicks, dann ist es verschwunden. Ich drücke die Spülung, ziehe schnell das frische Shirt über, nehme meine Tasche und gehe rüber zum großen Spiegel.

»Gleich ist es kaputt«, sagt Jule in mahnendem Ton, als ich versuche, mein Shirt mit beiden Händen in die Breite zu dehnen. Wie konnte das denn sein? Ich hatte es doch erst vor ein paar Wochen gekauft und da saß es noch mehr als locker. Jetzt zeichnete sich unter dem schwarzen Stoff deutlich mein viel zu dicker Hintern ab. Ein paar Zentimeter sind aber noch drin, bevor die Nähte reißen, das spüre ich. Jule greift nach meinen Händen und zieht sie mit einem scharfen »Lass das jetzt!« unterm Saum hervor. Entnervt gebe ich nach und gucke frustriert mein Spiegelbild an. Die hat gut reden.

Aber Jule darf das. Jule ist, seit wir uns am ersten Schultag in der fünften Klasse nebeneinandergesetzt haben, meine beste Freundin und das genaue Gegenteil von mir. Gott, wie sehr ich sie um ihre perfekte Figur beneide. Um ihre Beine, die bis zum Himmel reichen, ihre superschlanke Taille und den knackigen Hintern, der in der engen, verwaschenen Bluejeans besonders gut zur Geltung kommt.

»Jetzt hör doch endlich mal auf, so auf deinen Hintern zu gucken, man sieht ihn unter dem Shirt doch gar nicht«, versichert mir Jule und strahlt mich mit ihren großen, grünblauen Augen an, bindet ihre sommerblonden, schulterlangen Haare zu einem lockeren Pferdeschwanz und beginnt sich zu schminken.

Ich ziehe eine Schnute und schaue resigniert in den großen Spiegel über der Waschbeckenzeile. Das kalte Licht lässt mich aschfahl und irgendwie krank aussehen. Warum nehmen die in den Toiletten an Raststätten eigentlich überall so kaltes Licht? Bestimmt wollen die, dass man sich hässlich fühlt und vor lauter Frust oben noch mal schnell bei den Süßigkeiten zugreift. Bei mir geht der Plan auf jeden Fall auf. Das Shirt ist eh zu eng, dann ist es jetzt auch egal, wenn ich noch 'ne Schokolade mitnehme.

Oh Mann, wie oft wir schon an Autobahnraststätten gehalten haben, um uns auf der Damentoilette für den Abend zu stylen. Inzwischen ist es uns auch völlig egal, wenn uns andere Frauen abschätzig von oben bis unten mustern und genervt die Augen verdrehen, weil die ganze Schminke ums Waschbecken verteilt liegt.

Ich knete meine braunen Locken kopfüber noch einmal mit etwas Wasser, fixiere alles mit Haarspray und schmeiße den Kopf zurück. Schon besser. Jetzt noch schnell ein bisschen Wimperntusche und meinen Lieblingslippenstift, zartes Rot und ein bisschen Glanz, aber auf keinen Fall zu auffällig – fertig. Auf meinen Hintern gucke ich einfach nicht mehr. Beim Gig stehen wir gleich eh in der 1. Reihe, da herrscht so ein Gedränge, dass niemand drauf achten wird, und nach dem Konzert ziehe ich einfach meine lange Weste drüber.

»Bist du so weit?«, reißt mich Jule aus meinen Gedanken. Mit einem »Yepp, wir können los« räume ich noch schnell meine Sachen zusammen und folge ihr schmunzelnd nach oben. Doch, irgendwie hatten unsere Stopps an den Raststätten schon ein bisschen was von einer Vorher-Nachher-Show. So war es fast jedes Wochenende, seit wir die Jungs kennengelernt haben.

Der angesagteste Club der Stadt

Wir waren beide nie die typischen Discogänger und sind auch nie mit Jungs ausgegangen. Wir waren am Wochenende am liebsten zu Hause auf der Couch, haben uns zu zweit einen gemütlichen Netflix-Abend gemacht und 'ne Jumbopizza für vier Personen bestellt. Jule hat für eine Person gegessen und ich für die übrigen drei. Das war, bis wir 18 waren, ein perfekter Abend für uns.

Wir hatten zwar überhaupt keine Lust, haben uns dann aber doch von den Mädels aus der Stufe überreden lassen, mit in den Club zu gehen. »Irgendwie werden wir den Abend schon rumkriegen. Zur Not tust du einfach so, als hättest du Migräne, und wir verdrücken uns«, hatte ich zu Jule gesagt, ohne zu ahnen, dass dieser Abend alles verändern würde.

Da standen wir also, im riesigen, bitterkalten Eingangsbereich zum *Babylon*, dem angesagtesten Club der Stadt. Direkt vor uns eine breite, endlos lange Treppe aus hellem Marmor, die Wände komplett verspiegelt und mit pompösen Kronleuchtern an der hohen Decke. Wir – mit den viel zu stark geschminkten und laut kichernden Mädels, die nur allzu sehr darauf bedacht waren, gesehen zu werden. Oh je, wie anstrengend, das konnte ja was werden.

Plötzlich wurde das Getuschel lauter. Eine Gruppe von jungen Frauen näherte sich und zog binnen Sekunden alle Aufmerksamkeit auf sich. Groß und megaschlank, mit bunten Haarteilen und knallengen Hotpants, absolute Paradiesvögel und völlig überdreht. Ja, die passten wirklich perfekt hierher. Aber Hotpants bei dieser Kälte? Wir hatten Ende Februar, und auch wenn die Straßen frei waren, lagen überall an den Seiten noch die gefrorenen Schneeberge. Eine von ihnen rempelte mich im Vorbeidrängeln ganz leicht an, entschuldigte sich aber gleich überschwänglich bei mir. Krass, mit dieser beeindruckend tiefen Stimme sollte sie mal über eine Karriere bei 'ner Hotline nachdenken.

Ich wusste nicht, ob ich vor Kälte oder Aufregung zitterte, aber es wäre nicht schlecht gewesen, wenn meine Jacke zumindest noch so gut gepasst hätte, dass ich sie hätte zumachen können. Jule verdrehte genervt die Augen. Der Grund war Jasmin aus unserer Stufe. Sie zog gerade ihren eh schon tiefen Ausschnitt noch ein ganzes Stück weiter nach unten, bevor sie an dem Türsteher vorbeiging.

Türsteher!? Hätte ich das gewusst, wäre ich direkt zu Hause geblieben. Wie demütigend, wenn ich gleich an der langen

Schlange zurück zum Auto musste. Alle Mädels um mich herum trugen kurze Röcke, einige mit High Heels, einige mit kniehohen Stiefeln. Ja, der Unterschied zwischen mir und den anderen war deutlich zu sehen.

Wie gerne wollte ich auch mal so etwas anziehen, etwas Aufregendes, etwas Aufreizendes. Stattdessen trug ich eine schwarze, weit geschnittene Stoffhose und ein schlabbriges, bis über den Hintern reichendes Lagenshirt, um meine Figur zu kaschieren. Mein Herz klopfte wie verrückt. Warum hatte ich mich nur drauf eingelassen, mitzugehen? Was hatte ich denn geglaubt? Dass ich für einen Abend eine von ihnen sein konnte? Wohl kaum.

»Darf ich bitte einen Blick in Ihre Tasche werfen?«, fragte mich der junge Mann an der Tür überraschend freundlich.

»Ähm, ja, natürlich«, entgegnete ich etwas verwirrt, da ich in Gedanken schon wieder zu Hause auf der Couch saß. Mit meiner Jumbopizza.

»Vielen Dank, alles okay. Einen schönen Abend wünsche ich«, sagte er, jetzt sichtlich amüsiert, dass ich rot angelaufen war. Das passierte mir ständig. Ich konnte nichts dagegen machen, immer wenn ich unsicher oder aufgeregt war, leuchtete ich wie eine Tomate. Superpeinlich. Nervös strich ich mir eine Haarsträhne hinters Ohr und beeilte mich, wieder zu den anderen zu kommen, die schon kichernd und glucksend die lange Treppe hinaufstiegen.

Jule wartete auf mich. Sie passte perfekt hierhin, in dieses elegante Ambiente, wo sie die Blicke der Männer auf sich zog – in ihrem engen Rock und der leichten Bluse, die ihre schlanke Figur umspielte. Ich fühlte mich einfach nur fehl am Platz – wie so oft.

Oben angekommen, bogen wir links in einen großen, indirekt beleuchteten Raum. Es roch sehr angenehm nach schwerem Holz, neuem Leder und süßen Cocktails. In der Mitte war eine leere Tanzfläche und dahinter ein schwerer grüner Vorhang. Über der Tanzfläche sammelte sich Nebel in einem gläsernen Dachgewölbe, das wie eine Kuppel aussah. Mit grünem Laser wurden dort zarte Wellen und schimmernde Punkte hineinprojiziert, was mich an tanzende Polarlichter erinnerte.

Leise Musik erfüllte den Raum, dass man sich gut hätte unterhalten können, aber Jasmin und ihre Mädels waren eh nicht mehr bei uns, also kein Grund für gezwungenen Small Talk. Keine Ahnung, wohin die auf einmal verschwunden waren. Es war mir aber, ehrlich gesagt, auch egal. Hauptsache, Jule ließ mich nicht allein.

Gerade lief Sting mit *Fields of gold*, eines meiner absoluten Lieblingslieder, und mit dem Klang seiner weichen, beruhigenden Stimme wurde auch ich langsam ruhiger.

Die beiden Theken an den langen Wänden waren aus edlem, dunklem Holz und mit grün schimmerndem Glas verkleidet, das von hinten indirekt beleuchtet wurde, und die Tischgruppen um uns herum wurden von Bäumen, die mit cremefarbenen und mintgrünen Lampions geschmückt waren, aufgelockert. Wow, dass es hier drin so schön war, hatte ich so nicht erwartet.

»Ich geh uns was zu trinken holen, möchtest du 'ne Cola light?«, fragte Jule, die nicht weniger beeindruckt aussah als ich.

Ich nickte und deutete auf einen Tisch am Rand. »Yepp, ich warte dort auf dich.«

So saß ich eine ganze Weile da und beobachtete einfach nur die Leute. Die meisten waren in unserem Alter, standen in kleinen Grüppchen zusammen, lachten ausgelassen und stießen mit ihren Sektgläsern an. Nur auf der Tanzfläche war es noch vollkommen leer, vermutlich wollten sich alle erst mal mit Getränken versorgen. Aber wo blieb Jule denn so lange?

Ich blickte mehrmals den Tresen entlang, als ich schon sah, wie sie sich mit zwei Gläsern zwischen einer Gruppe von jungen Männern durchschlängelte. Die Typen johlten auf und stellten sich so dicht zusammen, dass sie von ihnen umschlossen war. »Na, Baby, wie wär's mit uns? Nicht so schüchtern, Kleine!« Einer versuchte noch, ihr auf den Hintern zu hauen, aber da war sie schon zwei Schritte weiter. »Was für Idioten«, ging es mir durch den Kopf, und gleichzeitig wünschte ich mir, dass ich mal so viel Beachtung bekommen würde. Mir wurde in solchen Situationen nur missmutig Platz gemacht, wenn überhaupt.

Meist nahm ich eh einen Weg, wo ich niemanden bitten musste, wegen mir zur Seite zu gehen.

»Was für Spinner«, lachte Jule, reichte mir mein Glas rüber, setzte sich und schlug ihre schlanken Beine elegant übereinander. Ich schaute an mir herunter. Hm, elegant war irgendwie anders. Für Jule schien das alles hier absolut selbstverständlich zu sein, von mir erforderte es höchste Konzentration. Ich war echt nicht für die Öffentlichkeit gemacht.

»Worauf trinken wir?«, fragte sie lächelnd, eine perfekt gezupfte Augenbraue nach oben gezogen.

»Darauf, dass wir diesen Abend schnell hinter uns bringen und es uns nächstes Wochenende …«

»… mit der neuen Staffel von *Pretty Little Liars* auf der Couch gemütlich machen!«, beendete sie meinen Satz, und wir stießen an. Was für eine absurde Situation. Wir saßen hier im angesagtesten Club der Stadt, hatten noch die ganze Nacht vor uns und wollten bereits jetzt viel lieber nach Hause.

Ein gewisser Hang zum Masochismus

Plötzlich wurde das Gemurmel und Gerede um uns herum leiser, und ich schaute zu dem sich öffnenden Vorhang. Dahinter war eine Bühne mit wuchtigen Boxentürmen links und rechts. Vier junge Männer in schwarzen Hosen und weißen Hemden nahmen ihre Plätze an Schlagzeug, Keyboard, Bass und Gitarre ein. Auf der Tanzfläche wurde es binnen Sekunden brechend voll, und als der Sänger, groß und schlank, die Bühne betrat, klatschte und jubelte das Publikum, als hätten alle nur auf diesen Moment gewartet.

Er trug, anders als seine Bandkollegen, keinen Schlips. Er war irgendwie lässiger mit seinem Dreitagebart und den verwuschelten, dunklen Haaren. Er schaute nicht ins Publikum. Er ging auf direktem Weg zur Mitte der Bühne und stellte in aller Ruhe den Mikroständer auf die richtige Höhe ein. Die Band begann das endlos lange Intro von *Hotel California* zu spielen, und ich nahm den Flyer, der auf unserem kleinen Tisch lag: »Heute Abend: Top-40-Cover im Atelier«. Ich dachte gerade darüber nach, dass ich es ziemlich merkwürdig fand, dass für eine einfache Coverband so ein Alarm gemacht wurde, als seine Stimme den Raum erfüllte und mich gnadenlos umwarf. Sofort waren meine Augen wieder bei ihm.

Er saß nun auf einem Barhocker, ein Bein angewinkelt, mit dem Fuß auf dem Steg, den anderen hatte er auf dem Tellerstativ des Mikroständers. Die eine Hand oben am Mikro, die andere versetzt etwas tiefer. Seine Augen waren geschlossen, er war völlig in dem Lied versunken und ich in seiner unglaublichen Stimme.

Sie klang wie die wohlige Wärme eines prasselnden Kaminfeuers, aus dem lodernde, kleine Funken sprühten. Unbezähmbar und doch irgendwie angenehm vertraut.

»We are all just prisoners here of our own device.« Er beugte sich weiter vor, war mit seinem Mund ganz nah am Mikrofon und schien völlig in dem, was er da gerade schuf, aufzugehen. Seine Stimme verschmolz zu einem Duett mit der Gitarre – er war eins mit der Musik. »You can check out anytime you like, but you can never leave.« Er lockte noch den letzten Tropfen Gefühl aus der Zeile, bevor er schließlich verstummte.

Für einen Moment herrschte absolute Stille, dann brach tosender Applaus los. Jule, ich, die Gäste um uns herum, es gab kein Halten mehr. Der ganze Raum war jetzt so brechend voll, dass sich die Menschen sogar in den breiten Eingangstüren drängten. Während des ganzen Songs hatte der Sänger seine Augen geschlossen, nun drehte er sich zu seinem Gitarristen und zuckte auf charmante Art verlegen mit den Schultern. Als wollte er zum Ausdruck bringen, dass er gar nicht verstand, warum wir alle so aus dem Häuschen waren.

Er stand auf, stellte seinen Barhocker beiseite, strich sich durch die zerzausten Haare und begrüßte das Publikum mit einem freundlichen »Guten Abend. Schön, dass ihr hier seid, das wird eine lange Nacht!«. Das Publikum jubelte, und die Band legte mit dem nächsten Song los. *Ayo Technology* von Milow. »When she's ready to ride, I'll be ready to roll – I'll be in this bitch till the club close.«

Mir war bis jetzt nie aufgefallen, dass es in dem kompletten Lied nur um Sex ging, aber so wie er die Textzeilen mit seiner rauchigen Stimme liebkoste, die Adlibs hauchte, fast stöhnte, hätte ich Englisch gar nicht als viertes Abifach haben müssen, um zu verstehen, worum es ging. Wenn es sich wirklich so anfühlte, dann musste es wohl großartig sein.

»Let's get it poppin' shorty – We can switch positions – From the couch to the counters of my kitchen.« Wie er so da oben stand, ich konnte meine Augen nicht von ihm abwenden.

Er verlagerte sein Gewicht von einem Bein aufs andere, sodass sich seine Hüfte im Takt geschmeidig vor und zurück bewegte, immer und immer wieder. Wie es wohl wäre, wenn jemand von mir besessen wäre? Wenn sich jemand vorstellen würde, all diese Dinge mit mir zu tun? Wenn sich jemand danach sehnen würde, mich anzufassen? Ich spürte plötzlich ein angenehmes Kribbeln und schloss die Augen. Es fühlte sich aufregend an, und mir wurde mit einem Mal ganz warm, als mich das laute Klatschen und Jubeln unsanft aus meinen Fantasien riss. Ich schüttelte den Kopf, um die Gedanken zu verscheuchen, und nahm einen großen Schluck von meiner Cola light. Ja, die Abkühlung tat unheimlich gut.

»Kommt ihr mit tanzen?« Jasmin hatte sich bis zu uns durchgequetscht und schaute uns auffordernd an. Jule und ich brauchten uns nicht mal anzusehen, um gleichzeitig »Nö, wir bleiben noch hier« zu antworten. Jasmin blickte auf die Bühne, dann zu mir, skeptisch auf die Bühne und wieder zu mir. »Okay, der Typ ist echt heiß, aber seit wann interessiert dich das? Na ja, ich geh wieder zu den anderen. Himmel du ihn mal ruhig weiter an, und vergiss bloß nicht, dir noch ein Autogramm von ihm zu holen.« Mit einem spöttischen Lachen verschwand sie wieder zwischen den Menschen.

Was 'ne blöde Kuh, ging es mir durch den Kopf. Ja, stimmte schon, ich hatte noch nie einen Freund. Was zugegeben in meinem Alter, kurz vorm Abitur, nicht die Regel war. Aber das hieß ja nicht, dass ich nicht auch mal jemanden interessant finden konnte. Und ihn aus der Ferne anzuschmachten, war doch schließlich nicht verboten.

Natürlich hatte ich mal Freunde, aber eher beste Freunde, Kumpels halt. Gut, vielleicht war ich in den einen oder anderen auch mal ein bisschen verknallt, aber ich habe mir nie etwas anmerken lassen. Ich habe mir die Schwärmereien angehört, bei Liebeskummer getröstet und die Kupplerin gespielt. Ja, was das anging, hatte ich schon immer einen gewissen Hang zum Masochismus. Es schien etwas Wahres an dem Spruch zu sein, dass man sich erst selbst lieben musste, um von anderen geliebt zu werden. Oder eher, um dies zulassen zu können.

Nicht unbedingt eine Glanzleistung von mir, aber sobald sich jemand in mich verliebte, brach ich den Kontakt ab. Von jetzt auf gleich. Ich konnte es einfach nicht ertragen. Gefühle machten mir irgendwie schreckliche Angst. Sie waren unkontrollierbar, und wenn sie einfach so kamen, konnten sie ja sicherlich auch einfach so wieder verschwinden. Nee, nee – wenn ich es gar nicht erst beginnen ließ, konnte es auch niemand anderes beenden.

Aber hier konnte mir ja nichts passieren. Ich saß hier unten, und der hübsche Sänger stand da oben. Und bei den vielen Gesichtern sah er mich ja noch nicht mal. Und selbst wenn, wie arrogant war es eigentlich, mir überhaupt solche Gedanken zu machen? Jemand wie er würde sich doch niemals für jemanden wie mich interessieren.

Jule stand auf, nahm mir das Glas aus der Hand und versuchte mich auf die Tanzfläche zu ziehen. Zumindest auf das kleine Fleckchen, das vor unserem Tisch noch frei war. Ich lehnte mich dagegen, denn eigentlich war ich ganz froh, dass ich auf dem Barhocker sitzen konnte, schließlich hatte es lange genug gedauert, mich wenigstens halbwegs unauffällig draufzusetzen, und unter dem Tisch sah man meine Beine nicht.

Gut, mein Oberkörper war nun wirklich nicht das, was man schlank nennen konnte, aber doch zwei bis drei Kleidergrößen schmaler als der Rest. Sitzend machte ich also eindeutig eine deutlich bessere Figur als stehend. Und tanzend erinnerte ich dann doch eher an eine Schwabbellawine.

Jule legte den Kopf schief und zog die Stirn kraus, denn natürlich kannte sie den Grund meiner Tanzverweigerung. Na gut, wenn wir schon mal da waren, konnte ich auch mit Jule tanzen. Ich checkte kurz die Lage. Die Leute standen so dicht, dass niemand freie Sicht auf meine größten Problemzonen hatte. Perfekt! Das beruhigte mich, und ich fing an, mich sachte im Takt der Musik zu bewegen. Die Musik glitt über mich hinweg wie Klang gewordene Schwerelosigkeit, wie ein Windhauch. Ich fühlte mich mit einem Mal unglaublich leicht. Ich schloss die Augen und ließ mich einfach in die Musik fallen. Ich machte mir über nichts Gedanken. Nicht über mich und nicht darüber, was die anderen vielleicht über mich dachten. Ich war ganz bei mir.

»Oh nein, bitte nicht aufhören!«, ging es mir durch den Kopf, als ich den Sänger auf einmal »Wir machen jetzt eine kurze Pause, trinken zusammen was an der Bar und sehen uns gleich wieder hier« sagen hörte. Er gab dem Barkeeper ein Zeichen, und sofort ertönte leise Musik aus den Boxen, die in den mit Lichtern geschmückten Bäumen um uns herum hingen.

Es dauerte nur wenige Momente, bis sich das Publikum zerstreute. Einige strömten zu den großen Türen, die in die anderen Räume führten, andere gingen zu den Theken, um sich weiter mit Getränken zu versorgen, und eine Gruppe Mädels machte sich auf den Weg zu der Treppe rechts neben der Bühne.

Ausschnitte wurden tiefer gezogen, die eh schon kurzen Röcke noch ein Stückchen weiter hochgeschoben, sodass der Ansatz der halterlosen Strümpfe zu sehen war, und der Lippenstift aufgefrischt. Mir kam die Textzeile »Fliegen Motten in das Licht, genau wie du und ich« von Nena in den Kopf, und ich musste grinsen. Jule warf mir einen fragenden Blick zu, und ich nickte Richtung Bühnenaufgang, wo der Sänger gerade die Treppe herunterkam. Wirklich weit kam er nicht. Die fünf redeten alle gleichzeitig auf ihn ein, und jede versuchte verführerischer als die anderen zu sein.

Er lächelte und strich sich die Haare aus dem Gesicht, hob dann aber doch höflich abwehrend die Hände und ging weiter zur Bar. Die Mädels ignorierten völlig, dass er ihnen gerade einen Korb gegeben hatte, und folgten ihm. Am Tresen ging das Theater weiter. Dicht gedrängt standen sie nun um ihn herum und gönnten ihm nicht mal seine Pause. Eine Schwarzhaarige mit Pulp-Fiction-Frisur spielte sogar lasziv mit der Zungenspitze an dem schwarzen Strohhalm in ihrem bunten Cocktailglas.

»Sag mal, ist das nicht Caro aus unserer Stufe?«, fragte mich Jule fassungslos.

Ich schaute genauer hin. Und ob! Auf jeden Fall war das Caro. Sie war im letzten Schuljahr hängen geblieben und seitdem bei uns im Abschlussjahrgang. Ich hatte zwar keinen Kurs mit ihr und auch noch nie länger mit ihr gesprochen, hatte sie aber schon öfter mit Jasmin gesehen.

Die Blonde neben ihr, mit den halterlosen Strümpfen und den knallroten Lack-High-Heels, zog die typische Kleine-Mädchen-Nummer ab, große Kulleraugen und ein unschuldiger Schmollmund, dabei wickelte sie verführerisch eine Haarsträhne um ihren Zeigefinger.

Der Sänger unterhielt sich, von den Mädels absolut unbeeindruckt, angeregt mit dem Barkeeper. Am Tisch neben uns standen seine Jungs aus der Band und beobachteten, genau wie wir, amüsiert das Spektakel. »Oh Mann, wenn die wüssten …«

»… wäre es vor unserer Bühne nicht halb so voll«, beendete ein Bandkollege den Satz des Drummers, und alle lachten. »Moment! Wenn sie was über ihn wüssten? Dass er eine Frau und zwei Kinder zu Hause hat? Dass er jeden Abend eine andere mit ins Hotel nimmt? Oder dass er im Bett auf so abgefahrene Sachen steht, dass *Shades of Grey* dagegen ein Kinderbuch ist?«, schoss es mir durch den Kopf, als Jasmin und die anderen zurück an unseren Tisch kamen.

Im Schlepptau hatten sie ausgerechnet die Typen, die Jule eben so plump an der Theke angemacht hatten. »Wir wollen mit den Boys hier noch in einen anderen Club. Seid ihr dabei?«, kicherte Jasmin, während ihr ein widerlich schleimiger Typ, der wie eine ganze Parfümerie stank, den Hals küsste und an ihrem Ohr knabberte.

»Nein, geht ihr mal allein, wir sehen uns Montag in der Schule«, sagte Jule und bemühte sich, nicht laut loszuhusten. Der Typ stank aber auch einfach nur bestialisch. »Wir bleiben noch und hören uns die Band weiter an. Die sind echt gut!«

Wir verabschiedeten uns und guckten den Mädels hinterher, als vom Nachbartisch »Vielen Dank, das hört man gern« kam und der Gitarrist uns zuprostete. Jule lächelte und hob ebenfalls ihr Glas.

Ich fragte Jule, ob ich sie kurz allein lassen könnte, da ich dringend aufs Klo musste. »Klar, ich bewache unseren Tisch vor den Groupies«, flachste Jule und grinste mich breit an. Auf dem Weg zu den Toiletten war ich vollkommen in Gedanken. Was für eine unglaublich schöne Stimme, ich hätte dem Sänger ewig zuhören können. Okay, ich geb's ja zu: Ich hätte ihn auch ewig weiter anschmachten können. Dass er sich seiner Wirkung auf Frauen so bewusst war und sie eiskalt ignorierte, machte ihn in meinen Augen nur noch attraktiver.

Ich reihte mich in die Schlange ein, die zum Glück nicht besonders lang war. Direkt vor mir standen zwei von den Frauen, die sich beim Einlass an uns vorbeigedrängt hatten. Wahnsinn, die waren wirklich locker zwei bis drei Köpfe größer als ich. So betrachtet, war ich also gar nicht zu dick, sondern einfach nur 50, okay, 60 Zentimeter zu klein.

Ich habe eine Wassermelone getragen

Wow, das war eher ein Wellnessbereich als eine Damentoilette! Der Boden aus dunklem Marmor, die Wände aus hellem Sandstein, in der Mitte ein großer, rechteckiger Waschtisch aus dunklem Holz mit zwölf Wasserhähnen aus Messing, sechs auf der einen Seite, sechs gegenüberliegend auf der anderen. Daneben schwarze und beige kleine Handtücher, sauber und ordentlich gestapelt. Der Raum war in warmes Licht getaucht, und es roch durch diese kleinen Rituals-Duftgläser mit den Holzstäbchen, die auf einer kleinen Anrichte vor der Spiegelwand aufgereiht standen, angenehm frisch.

Ich stand mitten im Raum, als plötzlich eine Kabinentür aufging und mir der attraktive Sänger direkt gegenüberstand. Er war gerade dabei, sich die Hose zuzuknöpfen. Während er mich von oben bis unten musterte, spielte ein verdutztes Schmunzeln um seine Mundwinkel. Er legte den Kopf schief, zog eine

Augenbraue nach oben und sagte amüsiert: »Na, du hast dich aber in der Tür geirrt!« Bei diesen Worten erreichte das Lächeln nun auch seine stahlblauen Augen. Ich war wie versteinert und starrte ihn einfach nur an.

In diesem Moment öffnete sich eine weitere Toilettentür und eine von den großen Frauen … große Frau? Von wegen! Geschminkt, mit bunten Extensions, in Frauenklamotten und High Heels, aber definitiv ein Mann. Oh Gott, ich wäre am liebsten im Erdboden versunken, was für eine unglaublich peinliche Situation. Ich lief tiefrot an und konnte nur noch ein »Tut mir leid. Entschuldigung!« stammeln, bevor ich das Weite suchte.

Ich zog an der Tür, nichts rührte sich. Konnte sich nicht bitte sofort die Erde vor mir auftun? So eine Blamage, das konnte auch echt nur mir passieren. Ich zog fester und fester, als der Sänger plötzlich dicht neben mir stand. Sein unverschämt verführerischer Duft stieg mir in die Nase, als er mit einem Mal seine Hand auf meine legte. Es durchzuckte mich wie ein Stromschlag, und mein einziger Gedanke war, dass er hoffentlich nicht merkte, wie schwitzig meine Hände waren. Er drückte die Tür auf und sagte leise: »Siehst du, so geht's.«

Seine Stimme klang freundlich, irgendwie belustigt, was natürlich kein Wunder war, denn ich machte mich hier gerade zum Vollhorst. Dass ich beim Rausstürmen nicht noch auf allen vieren landete, war echt ein Wunder. Was für ein peinlicher Abgang.

Vor der Bühne war es schon wieder brechend voll, und die Musiker nahmen bereits ihre Plätze an den Instrumenten ein, um das nächste Set zu eröffnen. Schnell Jule Bescheid sagen, bevor der Sänger auf die Bühne kam, dann unsere Jacken holen und abhauen – das war der Plan. Mit »Willkommen zur zweiten Runde, habt ihr irgendwelche Musikwünsche?« begrüßte er das Publikum, und beim Klang seiner Stimme zuckte ich zusammen.

Ich war zu langsam gewesen. Noch mehr erschrak ich nur eine Sekunde später, als plötzlich hinter uns eine Frauenstimme »*If I were a boy* von Beyoncé!« rief. Musste die denn ausgerechnet genau hinter mir stehen? Der Sänger schmunzelte und suchte meinen Blick. Wieder lief ich knallrot an, konnte aber nicht wegschauen. »Wie darf ich das verstehen?«, lachte er und strich sich die widerspenstigen Haare aus dem Gesicht. »Sicher, es mag praktisch sein, mal für einen Tag das Geschlecht zu tauschen. Als Mann müsstet ihr zum Beispiel nicht so lange an der Toilette anstehen«, sagte er und zwinkerte mir zu, »aber so hoch wie Beyoncé zu singen, will ich weder mir noch euch zumuten. Hat jemand einen anderen Wunsch, vielleicht von einem männlichen Interpreten?« Das Publikum lachte.

Nicht weit von mir entfernt stand Caro und warf mir einen bösen Blick zu. Ich lächelte sie trotzdem freundlich an, schließlich kannten wir uns ja, wenn auch nur vom Sehen, aber das ignorierte sie völlig. Was hatte sie denn? Hatte ich ihr irgendwas getan, dass sie nicht gut auf mich zu sprechen war?

»Hier geht doch irgendwas vor, von dem ich nichts weiß. Dich darf man auch nicht mal fünf Minuten alleine lassen! Was ist hier im Busch?«, neckte mich Jule und hielt mir auffordernd ihr Ohr hin.

Ich erzählte ihr, was mir auf der Toilette passiert war und dass ich mich am liebsten in Luft aufgelöst hätte, doch ihre einzige Reaktion war: »Und, Maus, warst du dann noch auf der Toilette?« Sie hatte diese unglaubliche Gabe, Dinge, die mich verzweifeln ließen, endlos zum Grübeln brachten, oder Situationen, die mir unsagbar peinlich waren, einfach wegzulächeln. Ich schüttelte den Kopf, denn das hatte ich bei der Aufregung tatsächlich völlig vergessen. »In der nächsten Pause gehen wir zusammen aufs Klo. Es hat schon seinen Sinn, dass Mädchen immer zu zweit gehen«, flachste sie, und schon tanzten wir wieder inmitten der anderen Gäste.

Als die Bedienung unseren Tisch abräumte, bestellte ich noch eine Cola für Jule und eine Cola light für mich, dann mussten wir uns nicht wieder bis zur Theke durchkämpfen. Da hörte ich ein: »Bist du so nett und bestellst mir ein Helles mit?« Moment! Sprach da jemand mit mir? Verdutzt drehte ich mich um. Tatsächlich, die Stimme kam von der Bühne. Der Sänger schaute mich auffordernd an und wiederholte: »Ja, genau, bestellst du mir bitte ein Helles?«

Als ich es gerade für die Bedienung wiederholen wollte, lächelte sie mich nur an und sagte: »Und ein Helles, geht klar.« Wieder spürte ich, dass mir die Röte ins Gesicht stieg. Das war wirklich nicht mein Tag, absolut nicht mein Tag. Ich strich mir eine widerspenstige Haarsträhne hinters Ohr, nahm meine Getränkekarte wieder entgegen und zuppelte an meinem Shirt, damit es lockerer fiel. Jule flüsterte mir ein »Da geht noch was!« ins Ohr, bevor sie sich wieder ins Getümmel stürzte und mich hinter sich herzog. Widerstand zwecklos, jetzt wurde getanzt.

Die Band spielte einen Chart-Hit nach dem anderen, und das Publikum sang lauthals mit. Ich kannte alle Songs aus dem Radio, aber live und mit seiner Stimme gefielen sie mir noch viel besser. Als ich mich das nächste Mal zu unserem Tisch drehte, standen dort unsere Getränke, sein großes Bier und daneben eine grinsende Jule. Mist, warum hatte die Kellnerin es ihm denn nicht einfach rüber zur Bühne gebracht? Ich schob das Bier in Jules Richtung, in der Hoffnung, dass sie es ihm brachte, aber sie schüttelte nur kichernd den Kopf. »Von wegen, das ist euer Ding – los, bring's ihm, er wird dich schon nicht fressen.«

Ich nahm das Bierglas, atmete dreimal tief durch und machte mich auf den Weg zur Bühne.

Obwohl die Leute wirklich ganz dicht gedrängt standen, machten sie mir umgehend Platz, lächelten mich freundlich an, und es war, als öffnete sich vor mir eine Schneise bis zur Bühne. Ich fühlte mich mit einem Mal irgendwie wichtig. Ich hatte eine Mission. Die Mission, ihm sein Bier zu bringen. Na gut, es war zwar nur eine sehr kleine Mission, aber immerhin.

Je näher ich der Bühne kam, desto mehr verließ mich der Mut. Tief durchatmen und jetzt bitte nicht rot anlaufen, nicht wieder rot werden, sagte ich mir immer wieder wie ein Mantra vor. Geholfen hat's natürlich nicht.

»Du stehst nicht so gerne im Mittelpunkt, was?« Da waren sie wieder, diese stahlblauen Augen mit den kleinen Lachfältchen und das Grübchen am Kinn. Er war in die Hocke gegangen, hatte sich zu mir hinuntergebeugt und sprach so leise, dass ihn niemand sonst hören konnte. Ich biss mir auf die Unterlippe und senkte den Kopf, konnte meinen Blick aber nicht von seinen unfassbar blauen Augen abwenden. Wie war das mit der Kleine-Mädchen-Nummer?

»Ne, nicht so unbedingt«, sagte ich leise, als seine Hand meine berührte und er mir das Bierglas abnahm. Die Berührung durchzuckte mich wieder wie ein Schlag, mein ganzer Körper schien zu beben, und mein Herz raste. So etwas hatte ich noch nie gespürt, es fühlte sich unglaublich an. »Los, sag irgendwas Schlaues, irgendwas Witziges!«, ging es mir durch den Kopf, aber da herrschte völlige Leere. Mir fiel die Szene aus *Dirty Dancing* ein, in der Baby »Ich habe eine Wassermelone getragen« sagt. Also hielt ich den Mund, lächelte verlegen, drehte mich um und ging schnell wieder zurück in die sichere Zone, als ich noch ein lautes »Danke dir!« hörte. Oh Mann, der Kerl wollte mich wohl echt fertigmachen, so viel Aufmerksamkeit war ich nicht gewohnt. Konnte er nicht einfach weitersingen?

»Ha-ha, er mag dich«, begrüßte mich Jule breit grinsend, als ich zurück an unseren Tisch kam, und hielt mir meine Cola light hin.

Ich schaute sie mit meinem überzeugendsten Halt-sofort-den-Mund-Gesicht an und nahm einen großen Schluck. So viele verwirrende Gedanken und Gefühle. Obwohl er mich nur eine Sekunde berührt hatte, spürte ich immer noch seine Hand auf meiner und dieses angenehme Kribbeln. Ich strich über die Stelle und ging die Situation wieder und wieder im Kopf durch. Was für Augen, was für ein sinnlicher Mund, mit diesem hinreißenden Lächeln. Ich konnte nichts dagegen machen, ein Honigkuchenpferd war depressiv im Vergleich zu mir.

Was war denn auf einmal mit mir los? Ganz normal war das nicht – oder war vielleicht genau das eben doch normal? Einen Tisch weiter stand wieder Caro. Hatte sie mich eben nur missgünstig angesehen, sprang mir nun blanker Hass entgegen, und sie machte auch kein Geheimnis draus. Sie musterte mich von oben bis unten, schnaubte verächtlich und schaute mich so angewidert an, als ob ich etwas Ekliges wäre, in das sie gerade hineingetreten war. Am liebsten wäre ich zu ihr rüber gegangen, hätte mich vor ihr aufgebaut und sie mit fester, ruhiger Stimme gefragt, was genau ihr Problem war. Strotzend vor Selbstbewusstsein hätte ich in ihr verdutztes Gesicht geschaut, bis sie den Blick gesenkt hätte. Für so einen Auftritt musste man nur leider auch die nötige Portion Selbstbewusstsein haben. Schade. So vermied ich also einfach jeden weiteren Augenkontakt und stellte mich etwas weiter weg von ihr. Das war zwar nicht ganz so eindrucksvoll, aber schien mir in dem Moment die deutlich bessere Alternative.

Der restliche Abend verging wie im Flug, wir tanzten, bis uns die Füße wehtaten, sangen unfassbar laut und schrecklich schief auch die Songtexte mit, die wir nicht kannten, und immer wieder wanderten meine Augen zu ihm – vorzugsweise in den Momenten, in denen er es nicht bemerkte. Nur hin und wieder kreuzten sich unsere Blicke, und ich hatte das Gefühl, dass er sich freute, mich noch im Publikum zu sehen. Er nickte mir jedes Mal leicht zu oder legte den Kopf ein klein wenig schief. Aber vielleicht bildete ich mir das auch einfach nur ein.

Als der Abend zu Ende war, die Band ihre Instrumente abbaute und die Gäste langsam ihre letzten Drinks austranken, überlegte ich tatsächlich hin und her, ob wir noch so lange an unserem Tisch stehen bleiben sollten, bis er fertig war und wieder die Treppe rechts neben der Bühne herunterkommen würde. Dann musste er gezwungenermaßen direkt an unserem Tisch vorbei.

Aber was erwartete ich? Dass er sich zu uns stellte, um sich mit uns zu unterhalten? Worüber hätten wir sprechen sollen? Über den peinlichen Vorfall auf der Toilette? Außerdem standen am Tisch neben uns schon wieder die Mädels, die ihm bereits in der Pause aufgelauert hatten, und meine besondere Freundin hatte mich bestens im Blick.

Nein, es war wohl besser, wenn wir den Abend jetzt einfach beendeten und nach Hause fuhren. Wie immer, wenn ich alle Eventualitäten schon mal im Kopf durchging, bevor überhaupt der erste Schritt gemacht war, kaute ich auf meiner Unterlippe, als Jule mich mit einem »Wollen wir auch gehen, oder möchtest du hier in Ruhe weiter vor dich hin träumen?« in die Wirklichkeit zurückholte. Ich zog eine Schnute, trank den letzten Schluck aus, zuppelte an meinem Shirt, dann gingen wir Richtung Foyer. Aus dem Augenwinkel konnte ich noch sehen, wie er die Bühnentreppe herunterkam und sich die Mädels tatsächlich wieder direkt auf ihn stürzten. Puh, gut, dass wir nicht gewartet hatten.

Auf dem Heimweg hielten Jule und ich noch kurz bei McDonald's, um einen McFlurry zu essen. Den leckeren mit Oreo-Stückchen und Karamell-Soße. Jule lebte, genau wie ich, noch zu Hause und hatte im Gegensatz zu mir einen Führerschein. Ihre Eltern konnten es sich leisten, ihr so ein teures Auto zum Geburtstag zu schenken. Meine Eltern hätten mir mit Sicherheit auch ermöglicht, den Führerschein zu machen, aber irgendwie hatte es sich bis jetzt nicht ergeben, und da Jule fuhr, wenn wir dann doch mal irgendwohin wollten, war es auch nie notwendig gewesen. Ich konnte mich also gut davor drücken.

Zu Hause angekommen, führte mich mein erster Weg direkt in die Küche. Ein kleiner Nach-Mitternachts-Snack konnte ja nicht schaden, und ab dem nächsten Tag fing ich dann an abzunehmen. Wirklich. Wie oft hatte ich mir das eigentlich schon vorgenommen? Aber jetzt war ja alles anders, jetzt hatte ich ja einen echten Anreiz. Einen Anreiz mit blauen Augen und einem umwerfenden Lächeln. Beim nächsten Discobesuch wäre es also damit vorbei, dass ich ständig mein Shirt in die Breite ziehen musste. Jetzt war Schlemmen aber noch einmal erlaubt. Es war auch wirklich das letzte Mal.

So nahm ich mir eine große Tafel Schokolade, die Tüte Weingummi und den Rest von der Pizza Margherita, die noch im Kühlschrank stand, mit auf mein Zimmer. Und mit dem festen Vorsatz, dass ich ja am nächsten Tag anfing, gesünder zu essen, schmeckte es gleich doppelt so gut. Kalte Pizza, es gab kaum was Besseres. Als ich gegen halb vier in meinem Bett lag, war ich immer noch total aufgedreht und überwältigt von den Eindrücken.

Wie konnte jemand mit so einer unverwechselbaren, so außergewöhnlichen Stimme, der dazu noch umwerfend aussah, bei einer gewöhnlichen Coverband singen? Der gehörte doch auf ganz andere, viel größere Bühnen. Mir ging wieder und wieder die Szene auf der Männertoilette durch den Kopf, die jetzt, mit einem gewissen Abstand, gar nicht mehr so unglaublich peinlich war. Gut, ein bisschen blöd war es schon, aber ich hatte echt übertrieben, da einfach rauszustürmen. Wenn man es genau nahm, war das noch viel peinlicher, als sich in der Tür zu irren.

Na ja, jetzt war es eh zu spät, es gibt keine zweite Chance für einen ersten Eindruck. So lächerlich konnte er meinen Auftritt auch gar nicht gefunden haben, sonst hätte er mich nicht gebeten, ihm das Bier zu bestellen. Noch dazu vor all den Leuten. Ein Bier, das übrigens ich bezahlt hatte. Ich hatte ihn also quasi auf ein Bier eingeladen. Obwohl mein Bauch durch die langsam im Magen aufquellende Pizza unangenehm spannte, ließ mich dieser Gedanke schmunzeln, und so schlief ich glücklich ein. Ich träumte von stahlblauen Augen, widerspenstigen Haaren, großen Bühnen, kühlen Biergläsern und eifersüchtigen Mädels, die gerne mit mir getauscht hätten.

Wer kümmert sich ums Essen?

Am nächsten Morgen riss mich das Klingeln meines Handys unsanft aus den Träumen. »Na, du Schlafmütze, wolltest du mich nicht anrufen, wenn du aufgestanden bist?«, hörte ich Jule in gespielt vorwurfsvollem Ton. Sie klang schon wieder wie das blühende Leben. Bestimmt war sie gerade vom Kirchenbesuch mit ihren Eltern zurück.

»Guten Morgen! Ja, schon, aber ich bin doch noch gar nicht aufgestanden«, antwortete ich mit belegter Stimme, während ich mir die Augen rieb.

»Guten Morgen? Lea, wir haben halb zwölf.« Ich konnte förmlich sehen, wie Jule eine Augenbraue nach oben zog. Was? War es wirklich schon so spät? Ich schaute mich schlaftrunken in meinem Zimmer um. Tatsächlich, draußen war es schon hell. Die Sonne schien auf meinen Schreibtisch, auf dem die vielen dicken Bücher und Ordner zur Vorbereitung aufs Abi lagen. Daneben mein Lernplan und To-do-Listen. Endlich wieder Sonne, ich liebte es, wenn sich die Sonnenstrahlen ganz langsam durch den kalten Nebel kämpften und die Welt mal für einen kurzen Moment den Atem anhielt. Das gibt's nur im Winter.

»Hallo!? Lea? Bist du etwa wieder eingeschlafen?«, kam es aus dem Handy, und ich zuckte erschrocken zusammen.

»Quatsch! Ich bin hellwach«, war meine wohl nicht ganz so überzeugende Antwort, denn ich versuchte dabei erfolglos, ein Gähnen zu unterdrücken.

»Ja, ja, gib's ruhig zu, die Gedanken an den hübschen Sänger haben dich nicht schlafen lassen«, lachte Jule. »Ich hab mich mal auf der Homepage von Joyning, das ist nämlich die Band zu deinem Sänger, umgesehen.« Ihr war deutlich anzuhören, wie sehr sie es gerade genoss, mich aufzuziehen: »Der Mann deiner schlaflosen Nächte heißt übrigens Ben und der Gitarrist Tobi. Und jetzt pass auf, nun kommt das Beste: In zwei Wochen spielen sie auf einem Frühlingsmarkt, und zwar ganz bei uns in der Nähe.«

Jule war völlig aus dem Häuschen und ich auf einen Schlag hellwach. Ben. Was für ein schöner Name. Sofort kamen mir wieder seine blauen Augen mit den kleinen Lachfältchen in den Sinn. Aber Moment, wer war dieser Tobi, von dem Jule sprach? Stimmt, der Gitarrist mit den blonden Locken hatte uns zugeprostet, als er am Tisch neben uns stand, aber mir war gar nicht aufgefallen, dass Jule ihn nett fand. »Aha, der Gitarrist heißt also Tobi«, wiederholte ich schmunzelnd.

»Komm, lass uns da an dem Freitag bitte hinfahren. Wir könnten schon nachmittags los, gehen noch ein bisschen bummeln, abends was essen, und um acht Uhr spielen sie dann auf dem Rathausplatz.« Ich hatte Jule noch nie so begeistert erlebt, ihre Stimme überschlug sich ja geradezu vor Vorfreude.

»Oh ja, das machen wir. Wir zwei machen uns einen richtig schönen Tag«, stimmte ich mit in ihre Euphorie ein, und noch während ich das sagte, wanderte mein Blick rüber zum Kleiderschrank. Zu meinem Kleiderschrank voll Nichts-Anzuziehen.

Die nächste Woche verlief schleppend langsam. Die Schultage zogen sich endlos hin, an den Nachmittagen lernte ich erst fürs Abi und verbrachte dann den Rest des Tages vor dem Fernseher. Die Planungstreffen mit unserem Abi-Komitee waren da eine schöne Abwechslung. Dieses Mal wollten wir die Aufgaben verteilen, und ich freute mich tierisch drauf. Organisieren, vorbereiten, Pläne erstellen, da war ich völlig in meinem Element. Ich liebte es, To-do-Listen und Zeitpläne zu erstellen. Noch mehr liebte ich nur, die Deadlines einzuhalten und dann Häkchen an die einzelnen Punkte zu setzen. Diese Kontrolle gab mir einen regelrechten Kick.

Jasmin, die Jule und mich seit dem Abend im *Babylon* schnitt, war die Vorsitzende unseres Komitees. Ich konnte es nur schwer ertragen, wenn etwas unausgesprochen blieb, und wollte sie eigentlich schon längst drauf angesprochen haben, hatte sie bislang aber nie irgendwo allein erwischt. Vielleicht ergab sich ja nun eine Gelegenheit. Da saßen wir nun in unseren Reihen, und Jasmin stand, wie jedes Mal, vorne neben einem Flipchart, das fast so groß wie sie selbst war. Sie gefiel sich sichtlich in der Chefinnenrolle, hielt wie immer einen langen Monolog zur Eröffnung der Sitzung und kringelte in der endlos langen Aufgaben-Liste die noch offenen Punkte mit einem fetten roten Marker ein. Gerade so, als ob sie sich dadurch schneller erledigen würden.

Wie konnte jemand nur so darauf abfahren, im Mittelpunkt zu stehen? »Du stehst nicht gerne im Mittelpunkt, was?«, kamen mir wieder Bens Worte in den Sinn. Das passierte mir ständig. Die entferntesten Zusammenhänge erinnerten mich an ihn, und ich spulte die Situation wieder und wieder vor meinem inneren Auge ab. Nur war ich in meinem Kopfkino schlank und glücklich. Ach ja, und schlagfertig. Warum fielen mir die besten Antworten nur immer erst Tage später ein?

»Wer kümmert sich ums Essen?«, fragte Jasmin, nachdem sie diesen Punkt besonders dick eingekringelt hatte.

»Lass das doch Lea machen! Oder nein, lieber doch nicht, sonst ist das Büfett schon leer geräumt, bevor wir da sind«, kam es verächtlich aus der Reihe hinter mir, und alle bis auf Jule lachten. Caro. Wo kam die denn auf einmal her?

Jule drehte sich mit einem Ruck, dass sogar ich mich erschrak, nach hinten, beugte sich zu Caro und herrschte sie an: »Du gehörst weder zum Komitee, noch hat dich hier irgendjemand nach deiner Meinung gefragt. Sieh du erst mal zu, dass du deinen Abschluss packst, danach kannst du dir Gedanken über den Abi-Ball machen – oder eben auch nicht!« Puh, das war Jule in Bestform.

Während ich noch darüber nachdachte, ob mir überhaupt etwas einfiel, was ich darauf erwidern konnte, hatte sie mal wieder ganz deutlich gemacht, dass man sich mit ihr besser nicht anlegen sollte. Einen Schlagabtausch mit ihr konnte man einfach nur verlieren. Es überraschte mich immer wieder, dass sie, wenn es drauf ankam, selbst die kleinste Schwachstelle des Gegenübers gezielt ausnutzte, denn es war eigentlich überhaupt nicht ihre Art, jemanden vorzuführen.

Jule war sonst eher eine Ruhige. Sie fiel nie durch irgendwelchen Stress oder Ärger mit jemandem auf, und jeder wollte mit ihr befreundet sein. Eigentlich war sie immer entspannt und freundlich, aber wenn sich jemand über mich lustig machte, wurde sie zur Löwin und verteidigte mich, dann stellte sich ihr besser niemand in den Weg. Da es leider recht häufig passierte, war sie da ziemlich gut in Übung.

Caro nahm wütend ihre Tasche und knallte heftig die Tür hinter sich zu, als sie hastig den Raum verließ. Ich fühlte mich so elend, dass ich am liebsten auch gegangen wäre, aber draußen war jetzt eine wütende Caro, da blieb ich doch lieber hier bei Jule.

Ihr Spruch hatte mich echt getroffen, und dass alle mit ihr über mich gelacht hatten, tat einfach nur schrecklich weh. Jule wandte sich an die Übrigen im Raum und sagte mit gefährlich ruhiger Stimme: »Können wir uns dann jetzt wieder den Vorbereitungen zuwenden, oder möchte sich noch jemand Caro anschließen?« Absolute Stille. Aus dem Augenwinkel sah ich, dass die meisten den Blick gesenkt hatten.

Drei Türen, vier Schubladen voll Nichts-Anzuziehen

»Ich wünsche Ihnen ein gutes Wochenende, genießen Sie die freien Tage«, beendete Herr Häcker unsere Englischstunde, und ich war heilfroh, dass auch diese grauenvolle Woche endlich rum war. Seit Caro mich vor einer Woche so mies angegangen war, hatte ich schon beim Gedanken daran, die Leute aus meiner Stufe wiederzusehen, solche Bauchschmerzen, dass ich beim

Frühstück keinen Bissen hinunterbekam. Und in der Schule hatte ich mich auch nicht getraut, vor den anderen etwas zu essen. Jetzt wusste ich ja genau, was sie von mir hielten. »Iss doch noch mehr, damit du noch fetter wirst«, hatte mir zwar niemand ins Gesicht gesagt, aber ich war mir sicher, dass sie genau das über mich dachten.

Wenn ich durch den Flur ging und die anderen zusammenstanden, hatte ich immer das Gefühl, dass sie hinter meinem Rücken über mich tuschelten. Kam ich in einen Raum, verstummten die Gespräche und es wurden nur noch vielsagende Blicke ausgetauscht. Dieses peinliche Schweigen machte mich wahnsinnig, wahnsinnig traurig. Den ganzen Tag lag mir ein schwerer Stein im Magen, und die letzten Schulstunden konnte ich mich kaum noch konzentrieren, weil mir vor Hunger schon ganz schlecht war. Auf dem Nachhauseweg machte ich dann meist schon bei der Tankstelle halt, um mir was Süßes zu kaufen. Fünf Schokoriegel reichten für den Heimweg. Zu Hause angekommen, nahm ich mir gierig immer besonders große Portionen und mindestens zwei Mal nach. So lange, bis das Völlegefühl endlich die dunklen Gedanken vertrieb.

Ich wusste natürlich genau, dass mein Essverhalten nicht gesund war und ich davon eher zu- als abnehmen würde, aber nach meinem Abi würde alles besser werden. Ich musste nur noch dieses halbe Jahr durchhalten. Ein halbes Jahr, dann konnte ich mit all dem abschließen und völlig neu anfangen, dann musste ich die aus meiner Stufe nie wieder sehen. Dann war ich frei.

Ich atmete mehrmals tief durch, aber der Kloß in meinem Hals wollte nicht verschwinden. Herr Häcker, der als Letzter mit mir im Raum war, schaute mich fragend an. Vermutlich dachte er, ich würde Wehen veratmen, den richtigen Bauchumfang hatte ich ja fast. Während ich aufstand und vor ihm die Klasse verließ, sagte ich mir immer wieder lautlos: »Nur noch dieses halbe Jahr, das schaffst du!«

»Wochenende!«, durchfuhr es mich wie ein Blitz. Wir wollten doch zu dem Auftritt von Ben beim Stadtfest gehen. »War das echt schon heute Abend?« Da Jule unheimlich ehrgeizig war, nutzte sie im Moment jede freie Minute, um den Kopf in die Bücher zu stecken, sodass wir gar nicht mehr drüber gesprochen hatten. Ich war wirklich nicht faul, aber sie war an Zielstrebigkeit echt nicht zu überbieten. Sie wollte Jura studieren und brauchte dafür den besten Abschluss.

Jule war immer wie eine große Schwester für mich, die ich bewunderte, ja, zu der ich aufschaute. Nicht nur, weil ich sie außergewöhnlich hübsch fand, sondern auch, weil sie der liebenswerteste Mensch war, den ich mir vorstellen konnte. Bei ihr konnte ich einfach ich sein, musste mich nicht verstellen, mich für nichts schämen und ihr auch nie etwas vormachen.

Jule hatte – mal wieder im völligen Gegensatz zu mir – nicht nur eine ganz genaue Vorstellung von ihrer Zukunft, sie hatte auch das Selbstvertrauen, dass sie ihre Ziele erreichen würde. »Nur weil es mir niemand zutraut, heißt es noch lange nicht, dass ich es nicht kann« war immer ihr Motto, und genau das strahlte sie auch aus. Vielleicht traute ihr auch genau wegen dieser Selbstsicherheit jeder einfach alles zu.

Ich machte mir immer viel zu viele Sorgen, aber statt sich von meiner Angst anstecken zu lassen, lachte sie meine Bedenken einfach weg: »Wer sollte mich denn davon abhalten? Im Weg stehen kann man sich schließlich nur selbst.«

Sie wusste genau, wo sie studieren, was für Fächer sie belegen und wie sie wohnen würde. Auch, dass wir später, wenn wir alt und schrumpelig waren, zusammen unseren Lebensabend in einer WG irgendwo am Strand verbringen würden, war für sie sonnenklar. »Freundschaft ist die wahrste und ehrlichste Beziehung von allen«, sagte sie immer. Ja, sie hatte wirklich große Pläne für uns.

Aber jetzt brauchte ich erst mal einen Plan, wie ich diesen Frühlingsmarkt überstand, denn mir war so rein gar nicht nach Ausgehen zumute. Lieber wollte ich zu Hause bleiben, mir die Decke über den Kopf ziehen und mir Gedanken machen. Aber das konnte ich Jule nicht antun, und auch wenn ich zwar nicht unbedingt wollte, dass Ben mich sah – ich wollte ihn natürlich schon wiedersehen.

Eine Stunde später stand ich ziemlich verzweifelt vor meinem Kleiderschrank. Sonst war ich nie der Typ, der groß drauf achtete, ob die Hose gut saß oder ob das Shirt nicht vielleicht doch schon etwas zu ausgeleiert war. Der einzige Grund, etwas nicht mehr anzuziehen, war die Tatsache, dass die Hose nicht mehr zuging oder das Shirt zu sehr überm Hintern spannte.

Ich streifte durch die Bügel und blieb an der schwarzen Stoffhose und dem schönen Lagenshirt hängen. Diese Kombi hatte ich mir vor einiger Zeit für schickere Anlässe gekauft und fühlte mich darin auch ganz wohl. Nur war ein Stadtfest wohl kaum etwas, wo man in so einem Outfit auftauchte, und außerdem hatte Ben mich genau darin ja kennengelernt, wenn man es überhaupt als kennenlernen bezeichnen konnte.

Es half alles nichts, also nahm ich meine sämtlichen Jeans aus dem Schrank, breitete sie auf dem Bett aus und probierte eine nach der anderen an. Die saßen alle so knalleng, dass mein Bauch nach oben gequetscht wurde und ich wirklich als schwanger durchgehen konnte. Vielleicht fünfter Monat? Ich hatte echt verdammt viel zugenommen. Die Hose, die ich die letzten Tage in der Schule getragen hatte, passte zwar, denn der Jeansstoff gab immer noch ein bisschen nach, aber ich konnte ja nicht schon wieder dieselbe Hose anziehen. Und wenn ich sie jetzt noch express waschen und dann trocknen würde, wäre sie auch wieder zu eng.

Ich erinnerte mich, dass eine Freundin von meiner Mutter ihr vor einiger Zeit eine Jeans für mich gegeben hatte, die mir damals noch viel zu groß war. Ich war total empört, wie sie denn glauben konnte, dass mir diese viel zu große Hose passen könnte, aber jetzt hatte ich keine andere Wahl. Auf der einen Seite hoffte ich, dass sie mir nicht passte, auf der anderen Seite brauchte ich jetzt irgendeine Hose, die vernünftig saß, ohne mir die Luft abzuquetschen.

Augen zu und durch. An den Oberschenkeln saß sie schon mal, jetzt noch den Reißverschluss hoch und den Knopf zu. Sie passte wie angegossen, nicht zu eng, aber leider auch nicht mehr zu weit.

»Hi Maus, komme um 17 Uhr. Freu mich auf unseren Abend. Kuss Jule«, blinkte die Nachricht auf meinem Handy auf. Ich hatte noch fast eine Stunde. Das reichte, um noch zu duschen. Ich stand noch im Badezimmer vorm Spiegel und war gerade dabei, meine Wimpern zu tuschen, als Jule um Punkt 17 Uhr an der Tür klingelte.

»Du siehst ja toll aus!«, begrüßte sie mich und nahm mich so fest in die Arme, als hätten wir uns eine Ewigkeit nicht gesehen. Sie duftete nach *All about Eve*, ihrem Lieblingsparfum, das sie immer dann trug, wenn irgendwas Besonderes anstand. Sie freute sich anscheinend wirklich sehr, den Gitarristen wiederzusehen, und in mir kroch ein komisches Gefühl hoch. Wir hatten doch uns, war ihr das plötzlich nicht mehr genug? Wir wollten doch alt und schrumpelig auf unserer Veranda sitzen. Das hatte sie gesagt. Ihre Worte. Was würde denn aus unseren Plänen, wenn jetzt dieser Tobi plötzlich eine Rolle spielte?

Jule schob mich ein Stück von sich weg, um mich von oben bis unten anzuschauen, und lächelte. Warum guckte sie mich jetzt so an? Sie war es doch, die, wie immer, absolut umwerfend aussah. Sie hatte eine Bluejeans an, dazu schwarze Chucks und einen schwarzen, eng geschnittenen Pullover aus ganz leichtem Stoff, der ihren schwarzen BH ansatzweise erahnen ließ. Darüber eine schwarze, kurze Jacke. Die Haare waren zu einem lockeren Zopf zusammengebunden, sodass ihr nur wenige Strähnen ins Gesicht fielen.

Wie konnte jemand in so dezenter Kleidung nur so umwerfend aussehen? Wenn ich schlank war, würde ich genau so einen Stil tragen wollen. Keine tiefen Dekolletés, keine bunten Printshirts, die »Hallo, guck mich an« schrien. Ganz klassisch. Bluejeans und schwarze Shirts aus hochwertigen Stoffen, die durch schlichte Eleganz bestachen. Dazu schwarze Schuhe, vielleicht mit einem kleinen Absatz, damit ich mich etwas größer mogeln konnte. Ich liebte dieses Bild von mir, und allein der Gedanke an mein besseres Ich brachte mich schon dazu, mich besser zu fühlen.

Da dies aber noch in weiter Zukunft lag, war es zwar auch eine blaue Jeans mit schwarzem Shirt, aber von schlichter Eleganz konnte ich da nicht wirklich was sehen. Deshalb sah ich an mir herunter, zog eine Schnute und sagte: »Na ja, geht so.«

Jule machte ihr typisches Jetzt-hörst-du-mir-mal-zu-Gesicht und betonte, wie schön ich geschminkt sei, wie toll meine langen Wimpern zur Geltung kämen und wie sehr sie mich um meine braunen Naturlocken beneidete. Gut, da hatte sie recht, meine Haare waren mir wirklich gelungen.

Die Locken hatte ich von meinem Vater, das war unverkennbar. Sonst hatte ich optisch nicht viel von ihm. Er war, ganz im Gegensatz zu mir, sehr groß und bis auf seinen Bierbauch auch sehr schlank. Bier! Sofort bekam ich weiche Knie. Gleich würde ich Ben wiedersehen. Ob er sich noch daran erinnern konnte, dass ich ihm sein Bier gebracht hatte? Oder ob er sich bei meinem Anblick nur an die peinliche Aktion auf der Herrentoilette erinnern würde? Vielleicht hatte er mich auch schon gar nicht mehr auf dem Schirm. Mir kamen wieder die Worte seiner Bandkollegen in den Sinn, und ich fragte mich, was dieses Geheimnis war, von dem sie gesprochen hatten. Aua! Ich hatte mir bei dem Gedanken an ihn ein wenig zu fest auf die Unterlippe gebissen, und schon war ich wieder im Hier und Jetzt.

Jule saß im Wohnzimmersessel, die Beine elegant übereinandergeschlagen, und hatte sich, um mich aufzuziehen, ein Buch genommen, von dem sie jetzt oberlehrerhaft aufschaute. Ich lächelte verlegen, denn natürlich wusste sie genau, an wen ich dachte. »Können wir los, du Tagträumerin?«, schmunzelte Jule und legte den neuen Fitzek zurück auf den Couchtisch. Jetzt ging es los, auf zum Frühlingsmarkt.

Hektische rote Flecken

Je näher wir dem Ortskern kamen, desto nervöser wurde ich. Jule aber scheinbar auch, denn für unsere Verhältnisse waren wir beide erstaunlich still. Von irgendwoher kam Musik, oder zumindest konnte man erahnen, dass es Musik war, denn man hörte eher nur ein tiefes Wummern. Ich kurbelte das Fenster runter, um besser ausmachen zu können, von wo genau das

Geräusch kam, und jetzt konnte ich sogar eine Stimme erkennen. Seine Stimme!

Je weiter wir Richtung Ortskern fuhren, desto deutlicher wurde sie, und je deutlicher sie wurde, desto unruhiger wurde ich. Ich klappte die Sonnenblende herunter, um mich im Spiegel sehen zu können. Ich war zwar nicht, wie ich erwartet hatte, im Gesicht rot, hatte aber dafür knatschrote hektische Flecken am Hals. Na super.

»Alles gut?«, fragte mich Jule mit prüfendem Blick, während sie auf einen Parkplatz direkt vor der Fußgängerzone bog.

»Nein, nichts ist gut! Guck mal, wie ich aussehe!«, erwiderte ich und deutete auf die roten Stellen.

Jule stellte den Motor ab, guckte auf meinen Hals und lächelte. »Du hast entweder eine sehr schlimme und äußerst ansteckende Krankheit und musst für die nächsten vier Wochen in Quarantäne, oder du bist einfach nur nervös, Maus!« Ich zog eine Schnute. »Aber das musst du doch gar nicht sein, schließlich musst nicht du auf die Bühne, sondern Ben. Wenn also einer nervös sein sollte, dann der werte Herr, der dir noch ein Bier schuldet.«

Da hatte sie absolut recht. Ich war nur hier, um gute Musik zu hören und einen schönen Abend mit meiner besten Freundin zu verbringen. Einen schönen Abend nach einer grauenvollen Woche. »Komm, nicht wieder drüber nachdenken, nicht wieder drüber nachdenken!«, ermahnte ich mich lautlos.

Plötzlich war die Musik aus, und ich sah Jule mit großen Augen an. »Das war bestimmt nur der Soundcheck, die spielen erst in ein paar Stunden, wir haben also noch genug Zeit, um in Ruhe was essen zu gehen. Lass uns doch einfach auf dem Marktplatz gucken, ob wir ein schönes Restaurant finden. Ganz in der Nähe muss dann auch die Bühne stehen«, schlug Jule vor.

Ich schaute noch einmal in den Spiegel. Die blöden Flecken waren zwar immer noch nicht weg, aber wenn ich darauf wartete, kämen wir gar nicht mehr los. Als wir ausstiegen, griff Jule auf die Rückbank und präsentierte mir freudestrahlend ein Halstuch. »Tadaaa!« Gar keine schlechte Idee.

Es war eine niedliche, kleine Stadt mit vielen alten, sehr gepflegten Fachwerkhäusern. In den verwinkelten Gassen waren überall Stände vom Frühlingsmarkt aufgebaut, und um uns herum war alles mit Blumen und Girlanden, Wimpeln und bunten Bändern, die lustig im Wind tanzten, geschmückt. Einige Frauen konnte man beim Körbeflechten beobachten, andere, wie sie Blumengestecke arrangierten, und die ganze Zeit über stieg mir der Duft von frisch gebackenem Brot in die Nase. Ich liebte frisch gebackenes Brot, wenn es noch so feucht und weich war, dass man es zusammendrücken konnte.

Obwohl wir erst März hatten, wärmte die Nachmittagssonne schon ganz ordentlich, sodass Jule ihre Jacke auszog und sich über den Arm legte. Genau das hätte ich auch gerne getan, aber so ein schwarzer Mantel kaschierte doch ganz gut, also ließ ich ihn lieber an. Schließlich konnte es jederzeit passieren, dass plötzlich die Jungs aus der Band vor uns standen. Und sie sollten ja nicht sofort sehen, dass ich seit unserem letzten Treffen deutlich zugenommen hatte.

Wie sehr ich mich gerade dafür hasste, mal wieder schwach geworden zu sein. Wie sehr hätte ich dieses Wiedersehen erst genießen können, wenn ich nicht noch weiter zugenommen hätte? Warum stand ich mir immer wieder so sehr selbst im Weg? Es war, als würde ich mir immer selbst vorsätzlich die Vorfreude verderben.

Als wir auf den Rathausplatz kamen, sahen wir eine große Bühne mit einem langen Steg ins Publikum stehen. Dort wurde zwar gerade noch eine Modenschau vorgeführt, aber auf dem hinteren Teil der Bühne konnte man schon die Instrumente der Band sehen und an der Rückwand ein großes Schild mit dem Bandlogo *Joyning*. Hier waren wir also richtig.

Am Rand des Platzes standen Fressbuden und Bierwagen. »Wollen wir was auf die Hand essen oder uns irgendwo reinsetzen?«, fragte mich Jule. Hm, dass mich Jule beim Essen sah, war überhaupt kein Problem für mich, aber da die Band noch nicht auf der Bühne war, mussten die Jungs ja auch irgendwo hier in der Nähe sein, und Ben wollte ich nicht unbedingt mit 'ner Pommes in der Hand gegenüberstehen. Irgendwo reinsetzen war also super. Außerdem waren wir eh viel zu früh da, und er sollte mich lieber erst dann sehen, wenn das Konzert schon begonnen hatte. Dann war ich, zumindest solange die Band auf der Bühne stand, in Sicherheit.

Was sollte ich ihm auch sagen, wenn er mir gegenüberstand? Warum waren wir hier? Ich konnte ja schlecht zugeben, dass ich ihn unbedingt wiedersehen musste, weil er mir seit dem Auftritt im *Babylon* einfach nicht mehr aus dem Kopf ging. Nicht am Tag und nicht in der Nacht, es gab kaum einen Moment, den ich nicht mit ihm in Verbindung bringen konnte, und wenn es nur die Songs im Radio waren, die mein Herz höherschlagen ließen.

Ich war so froh, dass mir Jule ihr Tuch gegeben hatte, und ich wollte lieber gar nicht wissen, wie es darunter aussah. Sicher hatten sich die hektischen Flecken mittlerweile zu einer Landkarte formiert. Nein, nein, er da oben auf der Bühne, ich hier unten im Publikum, da war mir wohler.

Seitlich der Bühne gab es eine kleine Pizzeria. Auf den Sitzplätzen draußen lagen dicke Stuhlkissen und dazu kuschlige Decken, das war doch mal eine gute Idee. Der Außenbereich war mit dichten Pflanzkübeln so umstellt, dass man zwar mitbekam, was sich auf dem Platz abspielte, aber doch so sichtgeschützt saß, dass einem die Leute nicht auf den Teller gucken konnten. Yepp, damit konnte ich mich anfreunden.

Es war nur ein einziger Tisch mit drei Stühlen frei, und noch während wir unsere Plätze einnahmen, kam eine kleine, sehr stabile Italienerin auf uns zu und begrüßte uns, als wären wir ihre liebsten Stammgäste. »Ciao Belle, wisst ihr schon zu trinken? Ich bringe euch gleich Karte, wir haben leckerste Pizza von allen, müsst ihr probieren, und ein Tiramisu, ganz lecker, ich verspreche!« Die Blicke der anderen Gäste verrieten uns, dass sie ebenso herzlich begrüßt worden waren. Jule beugte sich zu mir über den Tisch und kicherte: »Das nenne ich doch mal italienisches Blut.«

Irgendwie mochte ich die kleine Frau, sie hatte so eine offene, herzliche Art. Sie schien völlig darin aufzugehen, was sie hier tat, und fühlte sich scheinbar rundum wohl. Ich würde niemals auf die Idee kommen, eine so stramm sitzende Bluse zu tragen und dazu noch eine mehr als eng gebundene Schürze. Sie streichelte sich jedoch lachend über den kugelrunden Bauch, als sie mit den Karten vor unserem Tisch stand, und sagte mit lauter Stimme: »Hmmmmm! Leckerste Pizza, ich verspreche!« Wir bestellten jede einen gemischten Salat und eine große Veggie-Pizza mit gegrilltem Gemüse.

Es dauerte nicht lange, bis sie unser Essen auf Händen und Armen zu uns nach draußen balancierte. Wow, die meinten es aber echt gut mit ihren Gästen. Unser Tisch war fast zu klein für so große Portionen, und die Pizzen sahen fantastisch aus. Genau so musste eine Pizza sein, knusprig gebacken, dass der Teig große Blasen warf, die man mit der Gabel kaputt stechen konnte. Sie kamen so frisch aus dem Ofen, dass sie noch heiß dampften. Während des Essens sprachen Jule und ich noch mal über das letzte Abi-Komitee-Treffen und dass wir beide das Gefühl hatten, dass Jasmin schon vor dem Stress mit Caro komisch zu uns war. Jule meinte, dass Jasmin auf uns zukommen müsste. Wenn sie ein Problem mit uns hatte, dürfte sie es gerne für sich behalten. Schließlich war es ja ihr Problem.

Damit hatte sie eigentlich recht. Vermutlich machte ich mir einfach mal wieder zu viele Gedanken, was die anderen über mich dachten. Ich suchte, wie so oft, den Fehler bei mir. Wenn Jasmin ein Problem mit uns hatte, dann sollte sie doch kommen und sagen, was sie störte. Freundinnen waren wir eh nie und würden es bestimmt auch nicht mehr werden, warum musste ich mir also über sie den Kopf zerbrechen?

Ich erzählte Jule, dass ich mich in der Schule nur noch unwohl fühlte, inzwischen sogar schon Angst hatte, allein über den Flur zu gehen, und heilfroh war, wenn wir den Abschluss endlich in der Tasche hatten. Dabei kam in mir wieder so eine Unruhe hoch, dass ich anfing, immer schneller zu essen. Jule legte ihre Hand beruhigend auf meine und meinte, dass ich aufhören müsste, mich mit diesen Idioten zu beschäftigen. »Das sind doch alles nur Spinner. Die sind es doch gar nicht wert, dass du einen Gedanken an sie verschwendest.«

Es tat so gut, mit ihr darüber zu sprechen, und sie erzählte weiter, dass sie neulich in Mathe mit Andrea und Christin gesprochen hätte, um ihnen zu sagen, dass sie es unmöglich fand, dass niemand den Mund aufgemacht hat, als Caro mich beim

Treffen so unmöglich angegangen war. Sie hätten gesagt, dass es ihnen leidtäte, es wäre nicht ihre Absicht gewesen, mich zu verletzen, und sie wollten sich noch bei mir entschuldigen. Es sei einfach eine Übersprunghandlung gewesen, weil sie so geschockt waren. Hm, das kenne ich von mir, wenn ich beschämt bin, fange ich manchmal auch an zu lachen, selbst wenn's total unangebracht ist. Einfach, weil ich mit dem Gefühl nicht klarkomme und es irgendwie raus muss. Trotzdem hoffte ich, dass sie sich nicht bei mir entschuldigten. Wie peinlich wäre das denn?

Jule holte tief Luft: »Wenigstens tut es ihnen leid. Ich glaube, dass denen in dem Moment gar nicht klar war, was das in dir ausgelöst hat und wie sehr sie dich damit getroffen haben. Sei nicht mehr traurig drüber, Maus, nächste Woche haben die wieder ein anderes Thema. Vielleicht ja, wie Caro mal wieder ihrem Schwarm hinterherhechelt.« Sie lächelte amüsiert und deutete auf den Rathausplatz. Dort steuerte Caro im ultrakurzen Ledermini und schwarzen Overknees auf Ben und Tobi zu, die gerade zur Bühne gingen.

Ich weiß gar nicht, was mich mehr freute: Ben wiederzusehen oder das fassungslose Gesicht von Caro, als Ben dem Versuch ihrer Umarmung geschickt einen Schritt nach hinten auswich und ihr nur die Hand reichte. Sie wechselten ein paar Worte, dann ließen die beiden Caro allein auf dem Platz stehen. Ziemlich verloren sah sie aus. So! Geschah ihr ganz recht.

Ein zufriedenes Lächeln machte sich auf meinen Lippen breit. Das war eine gelungene Vorstellung, und obwohl sich Popcorn in dieser Situation sicher auch gut gemacht hätte, schmeckte mir das hauseigene Tiramisu gleich doppelt so gut, und ich leckte genüsslich meinen Löffel ab.

»Der Tobi ist schon ein Netter, hm?«, versuchte ich so beiläufig wie möglich zu fragen.

»Ja, er ist schon interessant«, kam es von Jule. »Als du im *Babylon* kurz auf der Toilette warst, haben wir uns nett unterhalten. Na ja, oder als du eben auch nicht auf der Toilette warst.« Sie prustete los vor Lachen.

Mit ihr war der Gedanke an die Situation schon wieder witzig, und ich musste mitlachen. »Ach, unterhalten habt ihr euch also, und worüber?«, hakte ich nach, und wieder machte sich in mir diese Unruhe breit.

»Nichts Besonderes. Er hat gefragt, wo ich herkomme, dass er mich noch nie in der Disco gesehen hätte, was ich so machen würde. Halt ganz normaler Small Talk. Aber irgendwie war er echt charmant und nicht so aufdringlich wie die anderen Typen. Außerdem hatte er Glühweinbonbons.« Sie strahlte übers ganze Gesicht, und ich zwang mich auch zu einem Lächeln. »Aber warten wir erst mal ab, ich kenne ihn noch gar nicht, und nur weil mir ein Typ meine Lieblingsbonbons anbietet, springe ich noch nicht jubelnd zu ihm in den fensterlosen Lieferwagen.«

Da war sie wieder, meine Jule! Erst mal genau die Lage checken, um dann alles ganz nüchtern zu betrachten und die Situation zu analysieren. Vielleicht fand sie ihn ja wirklich nur interessant. Hoffentlich. In meinem Kopf spulten sich direkt Szenen ab, wie ich versuche, sie anzurufen, während sie mit Tobi auf der Couch liegt, und beide synchron genervt die Augen verdrehen, weil ich störe. Wenn überhaupt, würden wir uns nur noch auf den Konzerten sehen, falls dieser Tobi sie dann nicht völlig in Beschlag nahm. Warum hatte sie mir das mit dem Gespräch denn nicht direkt erzählt? Ich fühlte mich ausgeschlossen und kochte vor Eifersucht, versuchte aber, die Gedanken beiseitezuschieben.

Vor der Bühne wurde es immer voller, und wir ließen die Rechnung kommen. Wir machten uns immer einen Spaß draus, dass derjenige bezahlen durfte, der schneller an seinem Portemonnaie war. Ich weiß nicht, wie sie es wieder geschafft hatte, aber als ich meine Tasche suchte, lag sie auf dem freien Stuhl mir gegenüber, versteckt unter Jules Jacke, und sie konnte ganz in Ruhe die Rechnung bezahlen. Ich gab ihr als Dankeschön einen Kuss auf die Wange und sagte, dass ich beim nächsten Mal aber wieder dran sei, was sie nur mit einem augenzwinkernden »Wir werden sehen« beantwortete.

Ich stehe auf Konzerten vorne, weil hinten alles voll ist

Als wir uns gerade auf den Weg zur Bühne machten, legte die Band bereits los, und das Intro von Robbie Williams' *Let me entertain you* hallte über den Platz. Einige im Publikum hatten tatsächlich Shirts an, auf denen groß das Logo der Band zu sehen war, und klatschten begeistert im Rhythmus mit. Na ja, mehr oder weniger im Rhythmus. Schon nicht schlecht, wenn man so einen Fanclub hatte, dann konnte man sich auf jeden Fall drauf verlassen, dass ab dem ersten Ton richtig Stimmung im Publikum war. Oder waren das gar keine Fans, sondern nur Freunde und Familie? Ob auch Bens Freundin hier im Publikum stand? Im *Babylon* schien sie auf jeden Fall nicht dabei gewesen zu sein. Eigentlich war es mir auch ziemlich egal, ob er eine hatte, ich wollte es einfach nur nicht wissen.

In diesem Moment betrat Ben die Bühne. Ich war wie gelähmt und blieb abrupt stehen. Jule zögerte zwar auch einen Moment, schüttelte dann aber lachend den Kopf und setzte sofort zum Weitergehen an, dabei riss sie mich mit.

»Wie schnell kann ein Herz eigentlich schlagen, bevor es aus der Brust springt?«, waren meine lautesten Gedanken, und ich glaubte, sie waren durchaus berechtigt. Hatte ich mich vorher nur gefreut, ihn wiederzusehen, machte es mich dann unheimlich an, ihn dort auf der Bühne zu beobachten. Mir wurde heiß und kalt zugleich, und dieses Kribbeln in der Magengegend war auch wieder da. Wenn man's genau betrachtete, lag dieses Kribbeln vielleicht sogar doch noch etwas tiefer. Diese Gefühle hatte noch nie ein Mann zuvor in mir ausgelöst, aber ich hatte ja auch noch nie einen Mann wie Ben kennengelernt.

Er sah einfach unfassbar sexy aus, wie er sich da oben im Rhythmus der Musik bewegte und sein Mikro von der einen in die andere Hand gleiten ließ.

Die Leute standen zwar dicht gedrängt, aber Jule nahm mich bei der Hand und schlängelte sich vor, bis in die fünfte oder sechste Reihe. »Warum müssen wir denn so weit nach vorne?«, fragte ich, in der Hoffnung, mich nicht noch weiter durch die

Menschen quetschen zu müssen. »Na, weil hinten alles voll ist!« Jule grinste, und da sie die Leute mit einem lauten »Tschuldigung!« ansprach, machten sie uns wie selbstverständlich Platz.

Wir stellten uns, wie sollte es anders sein, auf die linke Bühnenseite, denn da stand Tobi. Als er Jule im Publikum entdeckte, leuchteten seine Augen und er nickte ihr freundlich zu. Tobi war, ebenso wie Ben, ein sportlicher Typ, aber sah mit seinem stoppeligen Bart, der definitiv länger als drei Tage stand, und seinen etwa schulterlangen, blonden, leicht gelockten Haaren mehr aus wie ein Surfer. Und das, obwohl er wieder einen schwarzen Schlips zum weißen Hemd trug.

Tobi war durch Jules Auftauchen scheinbar so abgelenkt, dass er prompt seinen Einsatz zum nächsten Song verpatzte. Das brachte wiederum Ben raus, und er folgte Tobis Blick, um zu sehen, was den denn plötzlich so sehr aus dem Konzept gebracht hatte. Als er Jule sah, schien ihm die Sache klar zu sein, und während der Drummer neu einzählte, warf Ben Tobi einen vielsagenden Blick zu. Tobi reagierte ziemlich gelassen, zuckte nur kurz mit den Schultern und war mit seinen Augen direkt wieder bei Jule.

Jetzt hatte Ben mich gesehen, und da war es wieder, dieses atemberaubende Lächeln. Er drehte sich kurz vom Mikro weg und formte, während er mich anstrahlte, ein deutliches »Hi!« mit den Lippen, was ich zaghaft erwiderte. Innerlich explodierte ich geradezu vor Freude, aber das musste ich ihm ja nicht auf die Nase binden. Also bemühte ich mich um einen freundlichen, aber nicht allzu hingerissenen Gesichtsausdruck. Gott, hoffentlich sah ich jetzt nicht total bescheuert aus.

Egal, er hatte mich also nicht vergessen. Obwohl … vielleicht erinnerte er sich auch nur an Jule und sah, dass ich zu ihr gehörte, und wollte deshalb höflich sein. Ohne hinzusehen, spürte ich, wie mich einige der umstehenden Leute neugierig anschauten. Komischerweise war es mir nicht unangenehm, es fühlte sich sogar gut an. Richtig gut sogar. Wir waren hier willkommen, und das durfte auch jeder sehen. Sein Lächeln galt ganz allein mir, und selbst wenn es tatsächlich nur aus Höflichkeit war, wusste das ja niemand. Und Caro, die mit Sicherheit irgendwo in unserer Nähe stand, schon dreimal nicht. Sollte sie uns doch beobachten und vor Eifersucht platzen, die blöde Kuh.

Ben verstand es, das Publikum in seinen Bann zu ziehen. Ich hing an seinen Lippen, und mein Blick wanderte von diesem sinnlichen Mund, um den immer ein kleines Lächeln spielte, hoch zu seinen unfassbar stahlblauen Augen und entlang seines Dreitagebartes hinunter zu dem kleinen Grübchen am Kinn. Wie konnte jemand nur so atemberaubend gut aussehen?

Es gab ja viele Menschen, die einfach nur schön waren, aber er hatte dazu diese unglaubliche Ausstrahlung. Diese vielen interessanten Kleinigkeiten, die man in seinem Gesicht entdecken konnte, wenn er bei seinen Ansagen von den Geschichten hinter den Songs sprach. Er erzählte sie so, dass ich das Gefühl hatte, er hätte all das selbst erlebt. Wäre an diesen fernen Orten gewesen, hätte dieses Leid ertragen müssen oder jenes Glück erleben dürfen. All das spiegelte sich in seinem Gesicht wider, in seinem tiefen Blick, in dem ich mich so sehr verlieren konnte.

Sie spielten einige Songs, die wir schon im *Babylon* gehört hatten, nur seine Stimme war diesmal noch rauchiger. Sie hatte diesen leichten Crisp, der sie so unheimlich sexy machte, und er bewegte sich so sicher und elegant, dass sein ganzer Körper, ja, seine ganze Haltung nur so vor Selbstbewusstsein strotzte. Seine Bewegungen waren fließend, geschmeidig. Er verstand es, sich dermaßen in Szene zu setzen, dass ich meinen Blick nicht von ihm abwenden konnte, und dieses angenehme Kribbeln war immer noch da.

Mit Sicherheit war ich nicht die Einzige, die sich vorstellte, wie es wohl wäre, mit ihm zu tanzen, seinen Körper, jede Bewegung, jeden einzelnen Muskel hautnah zu spüren. Musste ganz schön komisch sein, da oben als Lustobjekt angeschmachtet zu werden, aber er schien es zu genießen.

Neben mir standen drei Mädchen, vielleicht gerade 15 und völlig überdreht. Sie jubelten immer extra laut und schrill, um auf jeden Fall aus der Masse hervorzustechen. Eine hatte ein Shirt an, auf dem in großen Buchstaben »I prefer the singer« stand, und jedes Mal, wenn Ben in ihre Richtung sah, deutete sie mit beiden Daumen auf den Text. Ben zwinkerte ihr zu, was sie vor Begeisterung hell aufquietschen ließ, und sofort steckte sie wieder mit ihren Freundinnen die Köpfe zusammen.

Der Spruch auf dem Shirt war schon witzig, und wenn man eine gute Figur hatte, war so ein provokantes Shirt sicher auch sexy, aber wenn jemand, der so dick wie ich war, so ein Shirt trug, fand ich es doch eher peinlich. Vielleicht in einigen Monaten, wenn die Erfolge meiner neuen Diät zu sehen wären. Dann würde ich mir als Belohnung genau so ein Shirt besorgen, in Weiß mit schwarzem Text, eine enge Jeans und schwarze hohe Schuhe, dazu eine kurze schwarze Jacke, die den Text ein bisschen verdeckte. Eben so, dass man sich schon bemühen musste, um ihn ganz lesen zu können. Bis jetzt kannte er mich ja nur mit meinen braunen Naturlocken. Wenn ich ihn dann wiedersehen würde, könnte ich mir die Haare glatt machen, dazu dieses neue Outfit, und dann hätte ich vielleicht doch eine Chance, meinen ersten Eindruck auszuradieren.

Ich hatte mit einem Mal eine ganz genaue Vorstellung, wie ich aussehen wollte, und konnte das Bild von der neuen Lea schon vor meinem inneren Auge sehen, fast wie ein Foto. Mir kamen Fotos von mir in den Sinn, die während Urlauben, Familienfeiern oder Stufenfahrten gemacht wurden. Fotos, die mich noch breiter aussehen ließen, als ich eh schon war. Zumindest kam es mir so vor. Ich hasste mich auf Fotos und versuchte mich, so oft es nur ging, irgendwie davor zu drücken. Dieses Elend musste nun wirklich nicht für alle Ewigkeit auf Bildern festgehalten werden. Daher bot ich mich auch immer liebend gern ungefragt an, die Fotos zu machen.

Das schlimmste Foto war während der letzten Stufenfahrt, die wir als Abschlussfahrt gemacht hatten, entstanden. Wir waren mit der Schule im Sommer in Frankreich in der Camargue gewesen, und auf dem Bild waren wir mit der ganzen Stufe am Strand. Die Jungs in Boxershorts und alle Mädchen in Badeanzügen oder knappen Bikinis. Nur ich hatte eine lange Hose und ein extraweites Shirt an. Ich erinnerte mich genau, wie unfassbar heiß mir gewesen war. Ich hatte geschwitzt wie ein Schwein und mich einfach nur geschämt. Mit voller Montur am Strand, noch blöder ging's echt nicht.

Jemand aus meinem Englischkurs hatte das Bild mit Schneeflocken um mich herum bearbeitet, und tagelang wurde es in der WhatsApp-Gruppe meiner Stufe von Mal zu Mal mit Schneemännern und Süßigkeiten weiter vollgestopft, bis am Ende nur noch ich, umgeben von Essen, zu sehen war. Ich hasste sie dafür.

Ich atmete tief durch und schaute hoch zur Bühne. Mit ihm vor Augen stand mein Entschluss fest: Am nächsten Tag würde ich mich zu Hause hinsetzen, mir wirklich Zeit nehmen und einen ganz genauen Essensplan zusammenstellen. Ja, in ein paar Monaten war die alte Lea endlich Geschichte. Innerlich fühlte ich mich sogar schon ein bisschen leichter. Mein Weg stand fest, jetzt musste ich ihn nur noch gehen. Wenn eiserne Disziplin beim Lernen fürs Abi funktionierte, dann ganz bestimmt auch beim Essen.

»Na, was ist denn mit dir los?«, stupste mich Jule in die Seite.

»Ach, ich freue mich einfach auf die Zukunft!«, lächelte ich.

Jules Blick verriet, dass sie zwar nicht verstand, worum es ging, aber sie grinste und antwortete: »Okay, wenn du dich freust, dann freue ich mich mit dir!«

Ben kündigte dem Publikum an, dass die Band jetzt zum letzten Song vor der Pause kommen würde, und schon die ersten Töne kamen mir bekannt vor. Moment, war das jetzt ein schlechter Scherz? »Bilder von dir überdauern bis in alle Zeit – Bilder von dir überdauern bis in die Ewigkeit.«

Ausgerechnet jetzt spielten sie *Bilder von dir* von Laith Al-Deen? Ich wollte doch eben genau diese alten Bilder loswerden, sie für immer vergessen, und er singt, dass Bilder bis in die Ewigkeit überdauern? »Tausend Spuren und Gedanken«, Ben suchte meinen Blick, hielt ihn fest und sang weiter: »Nicht das kleinste Stück von – mir, lässt mich taumeln, lässt mich wanken, die Luft ist voll von – dir.« Dabei schaute er mir tief in die Augen und deutete mit seinem Zeigefinger direkt auf mich. Sein charmantes Lächeln vertrieb binnen Sekunden alles, was sich gerade noch wie eine dunkle, schwere Wolke über meine Hoffnung legen wollte. Es lag allein bei mir, und ich würde es allen beweisen: Ben, Caro, den anderen aus meiner Stufe und mir selbst.

Jetzt war ich hier, diesen Abend wollte ich genießen, und meine Zukunft hatte ganz allein ich in der Hand. Ich würde mir die Stimmung doch nicht von so einem Möchtegern-Zeichen verderben lassen. Der Song gehörte seit Jahren zu meinen absoluten Lieblingssongs. Wenn er im Radio kam, drehte ich sofort lauter. Dieses Lied konnte gar nichts Schlechtes bedeuten. Außerdem hatte Ben gerade mit mir geflirtet. Jawohl, mit mir, und das vor allen Leuten.

Er schaute mich an, und ich war nicht mal rot geworden, glaubte ich zumindest. Nein, dieser Song und meine Gedanken hatten nichts miteinander zu tun, es war nur ein Zufall. Oder vielleicht doch nicht? Ich brauchte eine Art Bestätigung. Ich wollte bis nach der Pause warten, und der erste Song, den die Band dann spielte, sollte mir sagen, ob ich es in Zukunft schaffen würde, mich von meinen alten Bildern zu lösen oder eben nicht. Ich musste über die Idee meines ganz persönlichen Song-Orakels lachen. Sich von einem Song die Zukunft vorhersagen lassen – oh Mann, zum Glück bekam keiner um mich herum mit, was in meinem Kopf so vor sich ging.

»Lea?«, riss mich Jule aus den Gedanken. »Komm, lass uns hinter die Bühne gehen. Mal gucken, ob es Backstage wirklich so spannend ist, wie alle immer sagen.«

»Ja, aber dürfen wir denn da so einfach hin?«, fragte ich zögernd, doch da lief Jule schon los.

Die Nutten des Musikbusiness

Wir schlängelten uns durch die Leute bis zum Bereich hinter der Bühne, der durch einen großen, mit schwarzen Planen verkleideten Bauzaun abgesperrt war. Gerade als wir ankamen, hob ein bulliger Security-Mann in schwarzer Uniform die eine Seite des Bauzauns an, öffnete ihn einen Spalt und Tobi kam zu uns raus. Er gab uns beiden zur Begrüßung höflich die Hand und sagte, dass er sich sehr über unser Kommen freue und überhaupt nicht mit uns gerechnet habe. Dabei strahlte er Jule an, dass sogar sie verlegen wirkte.

So kannte ich meine Jule gar nicht. Und ehrlich gesagt, mochte ich sie so auch nicht. Sie war doch immer die Starke, die Selbstbewusste. Nun stand sie so unsicher vor ihm, wie ich es nur von mir kannte. Warum war sie so verändert? Ich hasste Veränderungen. Was war, wenn das erst der Anfang war? Bestimmt hatte ich mit meinen Befürchtungen, dass er sich ab jetzt mehr und mehr zwischen uns drängen würde, recht.

»Kommt gerne mit nach hinten, ihr zwei. Es ist zwar nicht sehr komfortabel, aber wir können uns setzen und gemeinsam was trinken«, lud Tobi uns ein. Der Security-Mann gab den Weg frei, um direkt nach uns den Zaun wieder zu schließen. Das war er also, der Backstagebereich. Hm, ehrlich gesagt, hatte ich mir den doch ein bisschen anders vorgestellt. Hier stand nur ein weißer Gartenpavillon, darunter zwei Bierzeltgarnituren und ein Stehtisch, auf dem diverse Getränke, einige Plastikbecher, darunter ein Kasten Wasser und ein Kasten Bier standen. An einem Tisch saß die Band und schaute sich irgendwelche Videos auf dem Handy an. Tobi stellte uns jedem kurz vor, und wir grüßten in die Runde. Nur Ben saß nicht mit den anderen am Tisch.

Ich schaute mich um, und genau in dem Moment kam er aus dem Dixi-Klo, das links in der Ecke des umzäunten Bereiches stand. Oh nein, genau wie im *Babylon* war er gerade dabei, seine Hose zuzuknöpfen. Das sollte mich wohl ewig verfolgen.

»Eine Sekunde, Ladys, ich bin sofort bei euch«, rief Ben bestens gelaunt, bevor er zum Stehtisch ging und eine Wasserflasche öffnete, um sich das Wasser erst über die eine, dann über die andere Hand zu gießen. Er schaute sich kurz nach einem Handtuch um, entschied sich dann aber, die nassen Hände einfach an seiner Jeans trocken zu wischen.

Als seine Bandkollegen plötzlich anfingen, laut über irgendein Video zu lachen, schaute Ben den Jungs im Vorbeigehen interessiert über die Schulter. Sie waren so sehr auf das Handy fixiert, dass sie ihn nicht hinter ihrem Rücken bemerkten. Sonst hätte Patrick vermutlich nicht ganz so laut gesagt, dass er Ben auf jeden Fall davon abgeraten hätte, hätte man ihn gefragt. Bens Gesichtsausdruck verfinsterte sich deutlich, er nahm Patrick ohne weitere Vorwarnung das Handy aus der Hand und ließ es mit den Worten »Dich fragt aber keiner« in das Bierglas auf dem Tisch vor ihm plumpsen. Während sich die anderen Jungs halb totlachten, sprang der hektisch auf und fischte fluchend sein Handy aus dem Glas. Ben schien das völlig kaltzulassen. Er ignorierte ihn und kam freudestrahlend, als wäre überhaupt nichts gewesen, zu uns rüber.

»Hallo ihr zwei, wie schön, dass ihr gekommen seid!« Er begrüßte Jule mit einem angedeuteten Wangen-Kuss links und rechts und flüsterte mir, als er es bei mir tat, »Da waren die Toiletten im *Babylon* deutlich komfortabler, aber man kommt klar« ins Ohr.

Der Mann war mir echt ein Rätsel – Ben mit den zwei Gesichtern. Wie konnte er sich in der einen Sekunde noch wie ein arrogantes Arschloch aufführen und war schon im nächsten Moment uns gegenüber ein wahrer Gentleman? Klar, Jule war hübsch, zu ihr war jeder, besonders jeder Mann, höflich, aber warum war Ben so nett zu mir? »Sorry, ich rieche nicht mehr ganz so frisch, die Scheinwerfer auf der Bühne heizen wie sonst was!« Dabei roch er mit gespielt angewidertem Gesicht unter seinen Achseln. »Möchtest du was trinken?« Er schaute mich auffordernd an.

»Ich? Wieso nur ich?«, ging es mir durch den Kopf, als ich sah, dass sich Jule und Tobi inzwischen auf den Aufgang zur Bühne gesetzt hatten. Sie wollten wohl ungestört sein, und gerade, als wieder dieses Gefühl in mir hochkam, schaute Jule kurz mit einem fragenden Blick, ob alles gut sei, zu mir hinüber. Sie hatte mich nicht vergessen. Ich war ihr nicht plötzlich egal, nur weil Tobi da war. »Ja, gerne ein Wasser, wenn ihr habt«, antwortete ich Ben, und wir setzten uns, etwas abseits von den anderen und dem immer noch fluchenden Patrick, an den freien Tisch.

Jetzt, wo wir hier so zusammensaßen, war ich plötzlich gar nicht mehr aufgeregt. Je länger wir uns unterhielten, desto lockerer wurde ich. Ich machte mir, anders als das sonst bei Gesprächen mit Fremden oft der Fall war, überhaupt keine Gedanken darüber, wie ich mich am besten ausdrücken sollte oder ob er mich missverstehen könnte. Ben verstand mich.

Wir sprachen über seine Band, und ich machte ihm, auch wenn er es sicher schon tausendmal gehört hatte, Komplimente, wie umwerfend ich ihn auf der Bühne fand. Ohne rot zu werden, ohne zu stottern oder mich zu verhaspeln, sagte ich ihm ganz offen und ehrlich direkt ins Gesicht, dass er mich als Sänger begeisterte, und dass ich gar nicht verstehen könnte, warum er nur in einer Coverband spielte. Nicht dass ich seine Coverband schlecht fand, ganz im Gegenteil, aber ich fand schon, dass er auf viel größere Bühnen gehörte.

Ben fragte mich, ob ich eine blasse Vorstellung davon hätte, wie viele richtig gute Sängerinnen und Sänger es da draußen geben würde, und dass es gar nicht so viele große Bühnen wie Talente gab. »Wir Cover-Mucker sind doch nur die Nutten des Musikgeschäftes. Für Geld spielen wir dir jeden beschissenen Song. Du kannst noch so gute Lieder schreiben, wenn du keinen Produzenten findest, der in dir kommerziellen Erfolg sieht, kein Label findest, dass dich als jung und fuckable genug einstuft, hast du keine Chance, aus diesem Kreis auszubrechen. Dann singst du mit Anfang 30 immer noch auf einer Stadtfestbühne Top-40-Songs und lächelst kleine Mädchen an, die dir per T-Shirt-Spruch deutlich machen, dass sie auf dich stehen und sonst was mit dir anstellen würden.« Okay, damit war das »I prefer the singer«-T-Shirt für mich definitiv gestorben.

»Weißt du, Lea, ich nehme seit über 15 Jahren Gesangsunterricht, habe eine Schublade voll selbst geschriebener Songs und mich damit bei etlichen Produzenten vorgestellt. Ich hätte meinen Arsch drauf verwettet, dass die Songs einschlagen wie eine Bombe, dass man sie mir aus den Händen reißen würde, aber wenn du immer nur einen Schlag nach dem anderen in die Fresse bekommst, musst du dir irgendwann eingestehen, dass es für mehr leider nicht reicht. Und dann kannst du dich entweder weiter kaputtmachen, deinem Traum hinterherjagen und daran zerbrechen oder dich damit abfinden und das Beste draus machen. So wie heute. Wir haben tolles Wetter, vorhin sehr lecker gegessen, ich hab mit meinen Jungs 'ne gute Zeit auf der Bühne, sehe freundliche Gesichter im Publikum, sitze jetzt hier in charmanter Gesellschaft und trinke mein Bier.«

Er nahm einen großen Schluck und fuhr fort: »Meine Songs sind ja auch nicht verloren, ich habe mich einfach nur entschieden, den Druck rauszunehmen. Die Songs sind gut, richtig gut, das weiß ich. Nur ist im Moment nicht meine Zeit. So ist das Musikbusiness, der Markt bestimmt die Regeln, und wenn deine Mucke im Moment nicht gefragt ist, dann hast du einfach Pech.« Er zuckte mit den Schultern. »Entweder kommt deine Zeit noch oder eben nicht. Es liegt nur zu einem gewissen Teil in deiner Hand. Das Leben gibt dir zwei Möglichkeiten: Dran kaputtgehen und dein Leben als gescheitert betrachten oder abwarten, weiter deinem normalen Money-Job nachgehen, Bühnenerfahrungen sammeln und das Hier und Jetzt genießen. So wie in diesem Moment. Montag gehe ich wieder früh morgens ins Büro, höre mir Marketing-Strategien an, gebe Werbebudgets frei und jongliere mit Zahlen. Rate mal, warum ich auf der Bühne keinen Schlips trage. Weil er mir schon in der Woche jede Luft zum Atmen nimmt. Wenn ich schon bei den Songs keine freie Wahl habe, dann zumindest bei meinem Outfit. Ich bin nicht glücklich, aber zufrieden, und das ist schon verdammt viel wert.«

Gebannt hing ich an seinen Lippen. Er hatte so eine entwaffnende Offenheit, und es stimmte, warum musste man immer mehr wollen, wo doch eigentlich bereits alles gut war? Na ja, oder zumindest okay. Auch wenn ich es auf der einen Seite traurig fand, dass er seinen Traum bis jetzt nicht verwirklichen konnte, bewunderte ich seine Einstellung. Eine positive Resignation auf Zeit.

Wir sprachen über mich, dass ich mich grad aufs Abi vorbereitete, ein Faible für To-do-Listen und Zeitpläne hatte, und was ich nach meinem Abschluss machen wollte. Er bestätigte mir, dass ein Psychologie-Studium hervorragend zu mir passte, denn ich hätte in den letzten paar Minuten mehr über ihn erfahren als sonst wer in den letzten Jahren. Nicht mal Tobi.

Er deutete zu ihm und Jule hinüber, die auf der Treppe saßen und uns beobachteten. »Deine Freundin hat ihm ganz schön den Kopf verdreht. So kenne ich ihn gar nicht, und wir kennen uns schon ewig. Schön, ihn so zu sehen«, bemerkte Ben leise, und irgendwie klang seine Stimme merkwürdig. Sein Ton passte nicht wirklich zu dem, was er da gerade gesagt hatte. Genauso wenig, wie mein lächelndes Nicken zu meinen Gedanken passte, wenn ich die beiden da so sitzen sah.

Song-Orakel

Jule und ich wollten gerade die Backstage verlassen, weil die Band die Setliste für die nächste Runde besprechen musste, als mich Ben zur Verabschiedung fest in die Arme nahm und »Ich freu' mich echt, dass du da bist« ins Ohr flüsterte. Ich war überwältigt von so vielen Eindrücken, von seinem Charme und seiner Offenheit, und trotzdem war da so etwas wie Enttäuschung in mir.

Warum machte diese Nähe zu ihm denn nicht mehr mit mir? Jetzt, wo ich nicht mehr direkt neben ihm war, fühlte ich mich mehr zu ihm hingezogen als gerade, als ich noch genau neben ihm gesessen hatte. Wie kann der Gedanke an jemanden so viel intensiver sein als der Moment, wenn er zum Greifen nah war?

Als wir um die Ecke bogen und außer Sichtweite der anderen waren, schaute mich Jule mit großen Augen an. »Und?«

Ich kam aber gar nicht dazu, irgendwas zu antworten, denn aus Jule sprudelte es plötzlich wie aus einem Wasserfall. Sie gestand, dass sie und Tobi bereits vor dem Wiedersehen telefoniert hatten, aber dass sie mir erst mal nichts erzählen wollte, weil sie ja selbst noch gar nicht wusste, wohin das Ganze führen würde. Jetzt wollte sie ihn aber schon näher kennenlernen – wenn ich ihn denn auch mochte.

»Wie, wenn ich ihn auch mag?«, fragte ich irritiert nach.

»Na, mindestens genauso wichtig ist ja, was du von ihm hältst. Ist doch ganz klar, dass er uns nur im Doppelpack bekommt«, lachte Jule und schob als Reaktion auf meinen doch sehr verwunderten Gesichtsausdruck direkt noch ein »Nein, nein! So jetzt auch nicht! Ach, du weißt doch, wie ich das meine!«

Ich schüttelte den Kopf, um diese Bilder loszuwerden, und schämte mich nun für meine völlig unbegründete Eifersucht. »Natürlich mag ich ihn. Ich sehe ja, wie er dich anhimmelt. Der

Typ ist ganz schön verknallt in dich«, platzte es aus mir heraus. Und ich meinte es auch genau so, wie ich es sagte. Ja, ich freute mich für meine beste Freundin, wie es sich gehörte.

Jule strahlte übers ganze Gesicht, und ihre Augen leuchteten. Als ich sie in die Arme schloss, merkte ich, dass sie sogar ein ganz klein wenig zitterte. Krass. Jule war zum ersten Mal verliebt.

Ich horchte in mich hinein. Alles ruhig. Kein Zittern. Kein Herzrasen – nichts. Ben war doch wirklich nett, sah unverschämt gut aus, und wir konnten echt gut miteinander reden und Spaß haben. Warum machte das so rein gar nichts mit mir? Was war denn falsch an ihm? Auch wenn er sich natürlich nie in mich verlieben sollte, wollte ich mich doch trotzdem in ihn verlieben, um auch mal diese Schmetterlinge im Bauch zu spüren.

Da es in der Zwischenzeit vor der Bühne deutlich voller geworden war, standen wir nun etwas weiter hinten am Steg, und ich schaute in den dunklen Himmel, wo sich ein Gewitter zusammenbraute. Moment, wie war das mit dem Song-Orakel? Der erste Song, der jetzt kam, sollte mir sagen, ob ich es schaffen konnte, meine Vergangenheit hinter mir zu lassen. Gespannt wartete ich, wie sie das nächste Set eröffnen würden.

Ich kannte das Lied, es war von U2, aber ich hatte noch nie bewusst auf den Text gehört. Bens Stimme erfüllte den kompletten Platz. Er stand ganz vorne auf dem Steg, nur er mit seinem Mikroständer. Er, ganz allein im Licht eines Scheinwerfers, umhüllt vom Rauch. Was für ein Bild. Es sah irgendwie beklemmend aus, dann setzte er zum Refrain an: »With or without you – with or without you – I can't live with or without you.« Er sang mit geschlossenen Augen, beide Hände dicht ums Mikro gelegt. Seine Stimme klang so sehnsuchtsvoll, so voller Qual, dass ich erschrocken war. Erschrocken, wie er, der mir gerade noch erzählt hatte, wie sehr er diesen Abend genießen würde, jetzt da oben auf der Bühne stand und diese Zeilen mit so verletzlicher, fast brüchiger Stimme sang, dass mir langsam Tränen in die Augen stiegen.

Da waren so viele Gefühle. Gefühle, die mir sonst Angst machten und mich die Flucht ergreifen ließen, aber ich blieb und ließ sie zu. Meine, seine – es war, als würde sich sein Schmerz auf mich übertragen. Die Emotionen überwältigten mich, und in dem Moment, als mir langsam eine Träne die Wange hinunterkullerte, öffnete Ben seine Augen und schaute mich an. Sein Blick verriet mir, dass es ihn verunsicherte, mich so zu sehen, aber er wandte ihn nicht ab, er hielt es aus und war ganz bei mir. Bis zum Ende des Songs schauten wir uns so tief in die Augen, als könnten wir beide im anderen wie in einem offenen Buch lesen, und ich spürte, dass da irgendwas Besonderes zwischen uns war.

Auch wenn der Song sicher als Liebeslied gedacht war, war er ebenso eine sehr passende Antwort auf meine Frage. Ja, es fühlte sich an, als hätte er ihn nur für mich gesungen. Und es stimmte, ich konnte mich nicht von meiner eigenen Geschichte befreien, ich konnte mich nicht von mir selbst verabschieden. Egal, wohin man geht, seine Vergangenheit nimmt man immer mit: »I can't live with or without you.« Ich bemerkte, wie sich Jules warme Hand vorsichtig in meine schob, und es tat gut, sie zu spüren.

Ich konnte die Dunkelheit in meinem Zimmer nicht ertragen und schaltete die Nachttischlampe ein. Tief in meine Bettdecke eingekuschelt lag ich da, hörte die schweren Regentropfen gegen mein Fenster prasseln, und die Szenen des Abends erschienen vor meinem inneren Auge. Bens umwerfendes Lächeln, als er mich im Publikum entdeckt hatte. Wie wir dann Backstage plötzlich wieder voreinander standen. Unsere entwaffnend ehrliche Unterhaltung. Aber ebenso sein merkwürdiger Tonfall, als er sagte, dass er sich für Tobi und Jule freue. Auch wenn ich seine Stimme noch ganz genau im Ohr hatte und den Satz immer und immer wieder abspulte, konnte ich ihn nicht deuten. In mir kroch wieder dieses Gefühl hoch, genau wie in dem Moment, als er oben auf der Bühne mit einem Mal so verletzlich und verloren wirkte. Ich fühlte mich ihm so sehr verbunden, dass es wehtat.

Obwohl ich eingekuschelt in meinem Bett lag, fühlte ich mich ausgeliefert und schutzlos. So wie er da oben auf der Bühne, als alle Blicke auf ihnen gerichtet waren, und doch hatte ich das Gefühl, nur ich konnte ihn wirklich sehen.

Ich hatte keine Kontrolle über das, was da in mir passierte, und spürte, wie sich mit jedem Gedanken, mit jeder Frage die Psycho-Spirale tiefer drehte und mich gnadenlos mit in die dunkle Tiefe zog. Ich kauerte mich zusammen und schlang die Arme um meinen Körper, um zu spüren, dass er noch da war. Dass ich noch da war.

Plötzlich brach alles über mich herein. Meine Ängste, dass mich meine Vergangenheit, egal, was ich tat, sowieso immer wieder einholen würde, dass ich nichts an meiner Situation ändern konnte, dass ich Jule verlieren würde, und die bittere Erkenntnis, dass ich mich nie verlieben werde. Dicke Tränen kullerten meine heißen Wangen hinunter und versickerten im Kopfkissen. Erst als es draußen schon wieder langsam hell wurde, war ich so erschöpft, dass ich einschlief.

Große Pläne

Seit diesem Abend fuhren Jule und ich fast jedes Wochenende zu einem Auftritt der Jungs. Sie und Tobi waren nun, seit fast einem halben Jahr, ein glückliches Paar und trafen sich auch außerhalb der Konzerte, dann natürlich meist ohne mich. Und ja, zu Beginn war es für mich irgendwie komisch, die beiden zusammen zu sehen und zu wissen, dass sie etwas teilten, was mir völlig fremd war. Aber nach und nach gewöhnte ich mich an das Bild, und was ich dann sah, machte mich glücklich. Ich war glücklich, weil Jule es war.

Die zwei gingen immer so liebevoll miteinander um, dass ich sie inzwischen sogar gerne beobachtete und mir vorstellte, wie es wohl wäre, wenn mich mal jemand so auf Händen tragen würde. Aber genau das war der springende Punkt, mich konnte nach wie vor niemand auf Händen tragen, da brauchte ich mir auch gar nichts vorzumachen. Okay, vielleicht ein Bodybuilder, wenn er stark genug war.

Die Abläufe in meinem Leben glichen einem sich wiederholenden Muster. Ich probierte eine Reihe von Diäten aus, über die ich Erfolgsgeschichten im Internet gelesen hatte: Trennkost, morgens Kohlenhydrate, abends Eiweiß, Ananasdiät, Low Carb, Slow Carb, No Carb …

Es gab keine Diät, die ich nicht versuchte, und es machte mir auch Spaß, mich über die Diäten zu informieren, genaue Pläne aufzustellen. Immer wieder keimte die Hoffnung in mir auf, dass es dieses Mal klappte. Mein ganzes Denken war zwar vom Essen bestimmt, aber das machte nichts, denn die Klamotten saßen schon nach wenigen Tagen lockerer, und ich freute mich, dass ich die Erfolge so schnell im Spiegel sehen konnte. Disziplin war mein zweiter Vorname.

Es machte mir auch nichts aus, wenn andere in meiner Gegenwart schlemmten, und sogar meine Lieblingsgerichte konnte ich problemlos stehen lassen, ohne zu leiden. Ganz im Gegenteil: Wenn ich jemanden beim Essen beobachtete, war es wie eine Challenge. Ein Wettkampf, von dem nur ich wusste. Die ersten Tage fielen mir zwar immer schwer, weil ich mich schlapp und traurig fühlte, aber nach etwa einer Woche stellte sich ein Hochgefühl ein, das ich mit Worten kaum beschreiben konnte.

Es war so ein Gefühl, als wäre ich allmächtig. Woche um Woche habe ich gefastet und wann immer ich jemanden mit etwas zu essen gesehen habe, machte sich in mir eine Arroganz breit. »Du jämmerlicher Schwächling. Stopf ihn dir doch rein, deinen ekelhaften Burger, der nur so vor Fett trieft. Bald bestehst du ja selber nur noch aus Fett, du wirst nichts weiter als eine ekelige fette Masse sein. Ja, schieb die Pommes gleich noch hinterher. Du musst essen, ich nicht. Ich nicht«, waren die Gedanken, die sich mit Fragen abwechselten. Fragen wie: Wann war es wieder so weit, dass die nächste Mahlzeit an der Reihe war? Wie viele Kalorien hatte ich schon gegessen? Wie viele davon waren Kohlenhydrate, Fett und Eiweiß? Konnte ich meinen Plan so weiterverfolgen oder musste ich ihn anpassen und die Kalorienzufuhr drastischer reduzieren, war ich auch wirklich eisern genug?

Aber dann kam irgendwann doch immer ein Punkt, an dem ich schwach wurde. Meist wenn ich mich auf Geburtstagsfeiern oder ähnlichen Anlässen nicht davor drücken konnte, gemeinsam mit den anderen zu essen. »Na, komm schon, ein so kleines

Stück Kuchen hat noch niemandem geschadet. Ich habe ihn extra für dich gebacken, weil du ihn immer so gerne mochtest. Nur ein kleines Stück!« Solche Sätze waren das Todesurteil für jede Diät. Ich konnte einfach nicht »Nein« sagen, und sobald ich auch nur minimal von meinem jeweiligen Diätplan abrückte, war es, als ob sich ein Schalter in meinem Kopf umlegte, und binnen weniger Tage waren die runtergehungerten Kilos wieder drauf. Und von Mal zu Mal waren es immer ein paar Kilo mehr, die ich mit mir rumschleppte. Das war also der berühmte Jo-Jo-Effekt.

Auch wenn ich mir immer wieder sagte, dass kleine Ausrutscher nicht schlimm waren, solange ich mich am nächsten Tag nur wieder an meinen Plan halten würde, konnte ich mich nicht dagegen wehren. Die kleinste Abweichung von meinem selbst zusammengestellten Essensplan war wie ein Startschuss für einen Fressflash, und ich fieberte voller Unruhe dem Moment entgegen, dass ich sie endlich ausleben konnte.

Beim Einkaufen vermied ich es, jemandem ins Gesicht zu schauen. Ich hatte Angst, dass ihre Augen mir zeigten, was sie über mich dachten. »Friss doch noch mehr, damit du noch fetter wirst!« Ich kannte diese Gedanken gut, hatte ich sie ja selbst oft genug.

Ich fühlte mich wie fremdgesteuert, als würde mich eine unstillbare Gier lenken. Eine Gier, die nur durch Zucker und Fett befriedigt werden konnte. Das Herz schlug mir bis zum Hals, meine Hände waren schweißnass, und die bunten Verpackungen in den Regalen überforderten mich so sehr, dass mir ganz schwindelig wurde.

Da ich ungesundes Zeug wie Chips, Eis, Schokolade, Schaumküsse, Pizza und Pommes in solchen Mengen aufs Band legte, fragten mich die Kassiererinnen manchmal, ob eine Party stattfinden würde. Das bejahte ich einfach und war froh, dass niemand zu glauben schien, dass ich diese riesigen Mengen alleine verdrücken wollte. Schon auf dem Heimweg sammelte sich dieser widerlich süße Speichel in meinem Mund, und ich wurde so unruhig wie ein Abhängiger, der kurz davor war, seinen nächsten Schuss zu bekommen.

Zu Hause schloss ich mich dann in meinem Zimmer ein und machte den Fernseher an, obwohl ich weder hinhörte noch hinsah. Ich konnte es nicht ertragen, mich beim Kauen und Schlucken zu hören. Essgeräusche widerten mich an, besonders meine eigenen.

Ich breitete alles auf dem Bett aus und fing, noch während ich die letzten Packungen aufriss, an zu fressen. Rebellierte anfangs noch mein Magen, weil er irgendwann Sättigung verspürte, lernte ich mit der Zeit, strategisch zu essen, und zwang so mein Bauchgefühl nach und nach in die Knie. Zwischen den anderen Sachen immer mal wieder ein paar Löffel Eis, dann rutschte die ganze Masse besser. Die ersten Male konnte ich dieses Gelage tatsächlich noch genießen. Wie die Schokolade auf meiner Zunge schmolz und sich der herrliche Geschmack in meinem Mund ausbreitete. Das sahnige Eis, kalt und cremig, und dazu die salzigen Pommes, die ich in so viel würzige Soße tauchte, dass sie mir runter auf die Finger tropfte.

Aber je öfter das passierte, desto mehr Abscheu entwickelte ich vor dem Essen. Ich ekelte mich vor dem Geschmack, der Konsistenz, und der Geruch war mir so zuwider, dass ich würgen musste. Es dauerte nicht lange, bis mir heiße Tränen über die Wangen liefen und sich mit dem Essen zu einer widerlich salzigen Mischung in meinem Mund vermischten. Trotzdem konnte ich mich nicht bremsen, bis es vorbei war. Manchmal nach einer Viertelstunde, manchmal brauchte es eine halbe. Essen tröstete mich nicht, Essen befriedigte mich nicht, Essen lähmte meine Gedanken – und das war schon verdammt viel wert. Die Gier war nicht befriedigt, aber ich war zu erschöpft, um weiter zu essen.

Nachdem alles vernichtet war und ich mir das Gesicht gewaschen hatte, stöberte ich sofort wieder im Internet nach neuen Diäten, las mir Erfolgsgeschichten durch und stellte mir Ernährungspläne zusammen. War ich fündig geworden, nahm ich mir einen kleinen Jahreskalender und schrieb in die Sonntagsfelder hinein, welches Gewicht ich von Woche zu Woche erreichen wollte.

Wieder durchatmen konnte ich erst, wenn ich an dem Tag ankam, an dem ich mein Idealgewicht eintragen konnte, denn ich glaubte daran. Ich glaubte an mich. Genau so lange, bis ich wieder umgeben von Essen auf meinem Bett saß und das Ganze von vorne losging.

Die einzigen Momente, in denen ich völlig normal essen konnte, also normale Portionen, ohne schlechtes Gewissen und ohne den Drang nach mehr, waren an den Wochenenden mit Jule, wenn wir zu den Auftritten unserer Band fuhren. Diese Tage waren die absolute Erholung für mich. In der übrigen Zeit war es die Hölle. Eine Auszeit von diesem quälenden Gedankenkarussell gab es sonst nur, wenn ich in meinem Zimmer am Schreibtisch saß und für die bevorstehenden Abiturprüfungen lernte.

Regelmäßig kam meine Mutter ins Zimmer, um zu schauen, ob es mir gut ging oder ich vielleicht etwas brauchte. Sie schnitt mir Äpfel so auf, dass sie neben den süßen Trauben auf dem Teller hübsch anzusehen waren, kochte mir meinen Lieblingstee und bemühte sich, auf dem Weg von der Tür bis zu meinem Schreibtisch möglichst kein Geräusch zu machen. Sie war übervorsichtig und brachte mich genau damit binnen Sekunden auf die Palme. Dass sie den Teller auf meinen Schreibtisch stellte, den ich mir extra freigeräumt hatte, damit mich auch bloß nichts vom Lernen ablenkte, war der Gipfel des Ganzen.

Das hier war mein Zimmer, mein Bereich, konnte ich nicht wenigstens hier allein sein? »Du weißt schon, dass Obst Fruchtzucker hat und ich nur noch eiskaltes Wasser trinke? Kannst du mich nicht einfach nur in Frieden lassen? Ich will meine Ruhe!«, schrie ich sie regelrecht an, als ob wir den bösesten Streit hätten. Manchmal schaute ich nicht mal auf, sondern schüttelte einfach nur den Kopf und verdrehte die Augen, als wäre das gerade die dämlichste Aktion, die ich seit Langem erlebt hatte.

Schon während ich sie aus dem Zimmer schmiss, wusste ich, dass ich mich gerade absolut unfair verhielt, dass sie es nur lieb meinte, aber sie war das einzige Ventil zum Dampfablassen. Meine Mutter liebte mich bedingungslos, und ihrer Liebe konnte ich mir immer sicher sein. Vermutlich war auch das der Grund, dass ich so mit ihr umging. Ich musste keine Angst haben, sie zu verlieren.

Meinen Vater hatte ich schon vor Jahren verloren. Verloren an die Sucht. Manchmal kamen die Erinnerungen wieder hoch, wie es war, als wir noch zusammenwohnten. Er hat uns nie geschlagen, aber der Streit war jeden Abend vorprogrammiert, und manchmal wünschte ich mir, dass ihm endlich die Hand ausrutschte. Alles war besser als diese angespannte Stimmung, diese Vorwürfe, die ständig im Raum schwebten. Je schlimmer es auf seiner Arbeit wurde und je mehr Leute aus betriebsbedingten Gründen entlassen wurden, desto mehr flüchtete er sich in den Alkohol. Betriebsratsvorsitzender zu sein, war ein Scheißjob.

Ich wollte es meiner Mutter nicht zumuten, mit ihm allein zu sein, und so saßen wir jeden Abend zusammen im Wohnzimmer und sahen fern. Ich saß in dem Sessel, meine Mutter lag – von meinem Vater abgewandt – auf dem einen Sofa, er auf dem anderen. Neben sich auf dem Fliesenboden hatte er seine Weinflasche stehen, vor ihm auf dem Tisch lagen Erdnüsse, die er so knackte, dass sich die Schalen über den ganzen Boden verteilten. Er aß wie ein Schwein.

Wie sehr ich diese Geräusche hasste! Dieses Glucksen, wenn der Wein viel zu schnell nachgeschenkt wurde, gefolgt von dem dumpfen Klirren, wenn er die Flasche unsanft zurück auf die Fliesen stellte. Ich fand es so lächerlich, dass er zwischendurch immer wieder in die Garage ging. Wir wussten doch eh, dass er dort die harten Sachen versteckt hatte. Wenn er wiederkam, konnte er oft nicht mal mehr zurück zum Sofa gehen, ohne gegen den Türrahmen zu knallen oder sich unbeholfen auf dem Wohnzimmertisch abzustützen.

Dann fing er regelmäßig mit seiner lallenden Stimme Streit an, dass wir maßlos übertrieben, wenn wir ihm sagten, dass er betrunken sei. Wir hätten doch keine Ahnung. Er hätte doch immer alles für uns getan, und wenn wir mal aufhören würden, so hohe Ansprüche zu stellen, müsste er nicht so leiden. Uns wäre es doch scheißegal, wie es ihm ging. Wir hätten uns doch schon vor Jahren gegen ihn verbündet und würden ihn nur noch als Fußmatte benutzen.

War er nüchtern, konnte er sich sehr gewählt ausdrücken, und ich liebte es, ihm zuzuhören. Ja, wenn er diskutierte und sich für andere einsetzte, da bewunderte ich ihn für sein Auftreten und seine unglaubliche Redegewandtheit. Aber wie er Abend für Abend auf der Couch lag, nach Alkohol stank, keinen geraden Satz mehr rausbrachte, seine Mückenstiche an den Armen aufknibbelte und das Blut schmatzend von den Fingern leckte, widerte er mich einfach nur an. Wir waren beide süchtig, und ich hasste uns dafür.

Ich ging auf jede Provokation ein und forderte ihn heraus. Ich genoss es regelrecht, dass er mir in diesen Situationen verbal völlig unterlegen war, und machte ihn fertig. Ich konnte seinen jämmerlichen Anblick kaum ertragen, wie musste es sich erst für meine Mama anfühlen? Sie hatte ihn doch mal geliebt. Hatte sie sich ihr Leben so gewünscht? Sollte das hier etwa alles sein? Den ganzen Tag ging sie arbeiten, um den Abend irgendwie zu überstehen, bevor der Wecker am nächsten Morgen wieder schellte, dann musste ich sie wenigstens vor diesem Anblick beschützen und ihn vertreiben.

Ich glaubte manchmal, sie wollte sie sich einfach auflösen, so still und unsichtbar, wie sie dort auf der Couch kauerte. Kein Wort, keine Bewegung. Sie saß einfach nur da und versuchte, nicht aufzufallen. Und trotzdem schaute er immer wieder zu ihr rüber und schüttelte in Zeitlupe den hochroten, aufgequollenen Kopf. Als sei allein sie das Problem und er könnte nicht fassen, dass sie einfach so dasaß.

In diesen Momenten fühlte ich mich, als würde mir jemand die Seele aus dem Leib reißen und sie mit einem mit Nägeln besetzten Baseballschläger zertrümmern. Immer weiter drauf, immer fester, wieder und wieder. Und ich stand einfach nur daneben, unfähig, mich zu bewegen oder auch nur ein Wort zu sagen. Aber ich lernte dazu. Über all die Jahre perfektionierte ich meine grenzenlos enttäuschte Wortwahl und meinen gnadenlos herablassenden Unterton. Meine Stimme war meine Waffe, und ich setzte sie ein. Je trauriger und verzweifelter ich war, desto grausamer. So lange, bis mein Vater wütend torkelnd und türknallend ins Schlafzimmer verschwand. Räumte er das Feld, hatte ich gewonnen. Nicht selten stürzte er auf dem Weg ins Schlafzimmer, und ich hielt die Luft an. Ich hielt die Luft an, um zu hören, ob er wieder aufstand.

Irgendwann hörten wir einfach auf, uns am nächsten Morgen beieinander zu entschuldigen. Er erinnerte sich eh kaum noch an irgendwas, und ich wollte mich nicht erinnern. Mit einigen Stunden Abstand war ich sogar ganz froh, dass er Abend für Abend einen Filmriss hatte. Ich hasste ja nicht ihn. Ich verabscheute das Monster, das die Sucht mal wieder aus ihm gemacht hatte. Und wenn ich dann so drüber nachdachte, wurde ich wütend auf mich. Ich schämte mich, dass ich ihn noch niedermachte, wenn er schon am Boden lag.

Mein Vater liebte mich, das wusste ich, und wenn es irgendwie möglich gewesen wäre, hätte er die Sucht bekämpft, und er hätte sie für mich besiegt. Für mich, für sein kleines Mädchen. Er war so gut, wie er nur sein konnte – und war er nüchtern, war er in meinen Augen der beste Dad der Welt. Mein Dad, der mich mit Aufmerksamkeit und Liebe überschüttete, mit dem ich lachen konnte, stundenlang diskutierte, der mir jeden Wunsch erfüllte und mit dem ich ans Meer Schiffe gucken fuhr. Vermutlich war es für mich genau deshalb so schwer zu ertragen, wie er wurde, wenn er trank. Kam ich nach Hause, wusste ich nie, was mich hinter der Tür erwartete. Himmel oder Hölle.

Irgendwann war es nur noch die Hölle und das schon morgens. Meine Mutter war zu einer Selbsthilfegruppe für Angehörige gegangen, und je öfter sie dort hörte, dass Alkoholsüchtige erst dann Hilfe zuließen, wenn sie alles verloren hatten, desto fester wurde der Entschluss, endlich auszuziehen. Es brauchte keinen äußeren Auslöser, es brauchte nur genug inneren Mut, dass wir es schließlich wirklich taten.

Meine Eltern hatten seitdem keinen Kontakt mehr, aber zwischen meinem Vater und mir lief es deutlich besser. Wir sahen uns zwar nur sehr selten, meistens dann, wenn ich ihn auf der Arbeit besuchte und wir gemeinsam einen Kaffee trinken gingen, aber er kämpfte darum, dass unser Kontakt nicht abbrach.

Über seine Alkoholsucht sprachen wir nie wieder, aber ich sah ihm an, dass es nicht besser wurde. Sein Gesicht war von Mal zu Mal aufgedunsener und übersäht von geplatzten Äderchen. Ich mochte ihn gar nicht mehr anschauen.

Einmal wollte er der Kellnerin helfen und nahm ihr den Kaffee quer über den halben Tisch ab. Seine Finger zitterten so sehr, dass der heiße Kaffee überschwappte und den kompletten Tisch einsaute. Ich war völlig verstört und schämte mich für ihn, sagte aber nichts. Seitdem versteckte er seine Hände, die ganz gelb vom vielen Rauchen waren, unbeholfen unter dem Tisch oder verschränkte die Finger, in der Hoffnung, dass es mir nicht so auffiel.

Ich hingegen versuchte unter weiten Klamotten und einer dicken Schicht Make-up zu verstecken, wie es mir ging. Wir schauten beide weg und ließen uns nichts anmerken. Stattdessen erzählte er mir von seiner neuen Freundin Heike, die er übers Internet kennengelernt hatte, und ich berichtete ihm, dass meine Abiprüfungen bis jetzt zum Glück ganz gut liefen, und natürlich von meinen Wochenenden.

Wird das nicht schnell langweilig?

»Was? Ihr schaut euch immer wieder dieselbe Band an? Warum das denn, wird das nicht schnell langweilig?«, fragte mein Vater irritiert, und ich versuchte, meine Euphorie zu erklären. Aber wie sollte man ein Gefühl erklären, das man selbst nicht in Worte fassen konnte? Okay, ich ließ es auf einen Versuch ankommen.

»Langweilig? Nein, ganz im Gegenteil! Letztes Wochenende waren wir oben an der Nordsee, direkt am Strand. Und da man ja doch schon so 'n paar Stündchen unterwegs ist, sind wir direkt um sieben Uhr morgens los, weil wir ja noch Snacks für die Fahrt einkaufen mussten. Auf der Rückbank von Jules Auto steht mittlerweile 'ne Kühlbox und die ist gut in Betrieb.«

Der Blick meines Vaters verriet, dass um sieben Uhr morgens aufzustehen, in seinen Augen alles, aber kein Grund für Begeisterungsstürme war. Davon ließ ich mich aber überhaupt nicht beirren und erzählte weiter: »Weißt du, es ist so herrlich, über die Autobahn zu fahren. Sonnenbrille auf, die Musik voll aufgedreht, die beste Freundin an der Seite, Fenster auf und die Hand gegen den kühlenden Fahrtwind drücken, ja, das fühlt sich jedes Mal wie ein kleiner Urlaub an.« Von meinem Vater kam nur ein mehr oder weniger interessiertes »Hmhm …«, trotzdem fuhr ich fort: »Wir fahren morgens natürlich nicht in den Klamotten los, die wir abends auf dem Gig anziehen. Wir ziehen uns auf den Toiletten der Raststätten um. An den größeren kennen uns sogar schon die Mitarbeiter, und wenn's mal wieder zu voll ist, dürfen wir in den Personalbereich, um uns umzuziehen. Echt praktisch.«

Die Augen meines Vaters weiteten sich. »Was? Ihr zieht euch auf einer Raststätte um?«

»Klar, und wir schminken uns dort auch, wozu haben die denn sonst diese riesigen Spiegel? Und danach geht's dann zum Gig. Dieses Mal war die Location der absolute Wahnsinn: direkt am Meer.«

Jetzt hing mein Vater an meinen Lippen. Ich wusste doch, dass ich ihn mit dem Gig am Strand kriegen würde. »Kannst du dir das vorstellen? Da stand eine Bühne, direkt am Meer, und der ganze Strandabschnitt war mit diesen großen Gartenfackeln geschmückt. Vereinzelt standen da bunte Strandkörbe, und etwas abseits gab es noch ein riesiges Lagerfeuer mit Steinen drumherum, auf denen man sitzen konnte, und die Leute haben sich dort Stockbrot gebacken und Folienkartoffeln in die heiße Glut gelegt.«

Ich erinnerte mich, wie sehr ich mir an dem Abend die Finger verbrannt hatte, und fügte, während ich ihm die eingetrocknete Brandblase präsentierte, hinzu, dass wir seitdem immer Brandsalbe in unserer kleinen Reiseapotheke dabei hatten.

»Wir treffen auf den Gigs immer wieder dieselben. Das ist, als hättest du dich mit Freunden zu einer großen Party verabredet. Sophie, Dennis, Sarah, Mia und all die anderen sind schon seit Jahren bei den Konzerten. So ein Fanclub ist ein hochsensibles Gefüge«, sagte ich, nun mit erhobenem Zeigefinger, als würde ich ihm gleich ein bedeutsames mehrdimensionales Konstrukt erklären. »Es gab sogar mal verfeindete Lager. Allein durch die Platzwahl, auf welche Bühnenseite du dich gestellt hast, hast du bereits ein ganz klares Statement abgegeben. Wenn du da nicht aufpasst, gerätst du ruckzuck zwischen die Fronten.«

Mein Vater guckte mich fragend an. »Ach, aber jetzt ist alles wieder gut?«

Ich musste ebenfalls grinsen. »Ja, jetzt sind alle wieder friedlich, und wir mittendrin.«

Mein Vater unterbrach mich und verschwand kurz auf die Toilette. Ich erinnerte mich dran, wie Sophie uns ganz entgeistert angeschaut hatte, als wir uns beim Essen nicht sofort zu ihr und den anderen gesetzt hatten. »Hallo? Mädels?! Was stimmt denn nicht mit euch? Braucht ihr zwei 'ne besondere Einladung, oder greift ihr jetzt mal langsam zu?«

Irgendwie mochte ich Sophie, sie hatte so was Freches. Das spiegelte auch ihr ganzer Stil wider: Braune, durchgestufte Haare mit einem strengen Pony, der ihre Katzenaugen besonders gut betonte. Klamottentechnisch war sie eigentlich immer in Jeans und hohen Schuhen unterwegs, und nicht selten zierten große Labelprints ihre Shirts oder eben Statements. Ihr hätte das »I prefer the singer«-Shirt bestimmt auch gut gestanden.

Mit den Worten »Ja, und dann habt ihr ein Strandpicknick gemacht?« setzte sich mein Vater wieder und bot mir auch ein Pfefferminz an.

»Nein, danke.« Ich schüttelte den Kopf und berichtete weiter: »Ja, genau, wir haben uns dazugesetzt und einfach nur aufs Wasser geschaut. Du kannst dir nicht vorstellen, wie schön das war. Der Himmel war blutrot, und es sah aus, als würde ein riesiger Feuerball im Meer versinken. Ich habe selten so etwas Schönes gesehen! Ich habe davon auch Fotos gemacht, die zeige ich dir beim nächsten Mal. Ich habe jetzt nämlich eine richtig gute Kamera«, verkündete ich stolz. »Die haben mir die Jungs von der Band geschenkt, weil ich seit einiger Zeit die Bilder und Videos für die Homepage mache. Auch die Pressemappe gestalte ich gerade neu, damit wir mehr Auftritte bekommen. Ich klicke mich einfach durch etliche YouTube-Tutorials, und irgendwann klappt's dann. Ich lerne so echt 'ne Menge, und man weiß ja nie, wofür man's später mal braucht. Ich könnte dir jetzt zum Beispiel 'ne eigene Homepage designen«, sagte ich und fügte lachend hinzu: »Wenn du 'ne Band hättest.« Ich merkte, wie euphorisch meine Stimme klang, und strahlte übers ganze Gesicht.

»Ihr scheint eine verdammt gute Zeit zu haben, das freut mich sehr. Pass nur auf, dass du nicht zu viel in diese Band investierst. Nicht, dass sie dich ausnutzen«, waren die Worte meines Vaters, die mich ohne Vorwarnung wie ein Stich ins Herz trafen.

Zur Verabschiedung schloss er mich noch einmal liebevoll in die Arme, aber sein »Ich wünsche dir viel Erfolg für die letzte Prüfung morgen, du packst das schon« wollte ich schon gar nicht mehr hören.

Als ich im Fahrstuhl stand, kamen mir sofort wieder ein paar von Caros blöden Bemerkungen in den Sinn: »Na, haben sie 'ne Dumme gefunden, die wieder Fotos macht?« Oder: »Warum schleimst du dich eigentlich immer so ein, findest du dich nicht langsam selber peinlich? Frag doch mal, ob du noch beim Schleppen helfen darfst. Das würde zu dir passen.« Caro passte immer wieder ganz geschickt die seltenen Momente ab, in denen ich mal irgendwo alleine war. Das letzte Mal, dass sie mich alleine erwischt hat, war im Toilettenwagen bei dem Strandgig.

Urplötzlich stand Caro direkt hinter mir, sodass ich vor Schreck total zusammengezuckt bin. Sie war so dicht, dass ich ihren Atem in meinem Nacken spüren konnte. »Merkst du nicht, dass du die Band unheimlich nervst mit deiner ewigen Anbiederei? Die Jungs sind nur zu höflich, es dir ins Gesicht zu sagen! Du machst dich so lächerlich und merkst es nicht mal. Pass auf, dass du es nicht übertreibst!«

In dem Moment war ich so eingeschüchtert und gekränkt, dass ich überhaupt nichts erwidern konnte. Ich starrte einfach nur regungslos ihr Spiegelbild an. Sie war so angespannt, dass ich fürchtete, die kleinste Bewegung von mir würde sie dazu bringen, auszuholen und mir eine zu scheuern. Dabei hatte sie doch überhaupt keinen Grund, mich so zu hassen. Ich hatte ihr doch wirklich nie etwas getan. Was konnte ich denn dafür, dass sie bei Ben keine Chance hatte? War es etwa meine Schuld, dass er sich nicht für sie interessierte? Wohl kaum!

Klar, man merkte schon, dass Ben und ich uns gut verstanden. Wir verbrachten oft die Setpausen zusammen. Okay, eigentlich so ziemlich jede. Na gut, ausnahmslos jede, bis die Jungs die neue Setliste schrieben. Und es stimmte, wenn er auf der Bühne war, flirtete er schon sehr auffällig mit mir. Mit dem Publikum zu spielen war ja nun mal sein Job, da dachte er sich doch auch gar nichts weiter bei. Außerdem gab es so nun mal die besten Aufnahmen für die Homepage, Facebook und Instagram. Zu Hause schaute ich mir solche Szenen wieder und wieder an und erkannte jedes Mal aufs Neue kleine Feinheiten in seinem Gesicht, ein Augenzwinkern hier, ein Lachfältchen da.

Ich schüttelte verlegen den Kopf, als sich mit einem Mal die Fahrstuhltür öffnete und ich einem großen Spiegel gegenüberstand. Einem Spiegel, der ein verträumt lächelndes Fangirl-Gesicht zeigte: meins. Mist, ertappt.

Okay, Caro war in Ben verliebt, und irgendwie konnte ich schon ein bisschen verstehen, dass sie eifersüchtig war. Sie hatte also einen plausiblen Grund, mir alles schlechtzureden. Aber warum kam mein Vater auf die Idee, dass mich die Band ausnutzte? War es wirklich so abwegig, dass ich einfach mal irgendwo dazugehörte?

Ein bisschen psycho war das schon

Ein lautes Donnern riss mich aus meinen Gedanken, und ich schaute gen Himmel. Ich musste noch fast eine Viertelstunde bis nach Hause laufen, aber da rennen eh nicht in Frage kam, konnte ich den warmen Sommerregen auch genießen. Ich beobachtete, wie mehr und mehr dicke Regentropfen mit einem kräftigen Platschen auf den Bürgersteig fielen. Sie durchnässten meine Haare, bis mir der Regen in Rinnsalen über die Stirn lief, sich sammelte und schließlich an meiner Nasenspitze hinuntertropfte. Ich kostete es richtig aus, völlig allein auf der Straße zu sein, und hing weiter meinen Gedanken nach.

Natürlich bekam ich kein Geld dafür, dass ich Fotos und Videos anfertigte und die Bandpage pflegte. Dennoch spürte ich, dass sie für meine Unterstützung dankbar waren, und das zeigten sie mir ja auch immer wieder sehr deutlich. Nicht nur mir, sondern auch allen anderen. Der unterste Absatz im letzten Newsletter war mit »Schaut doch mal wieder auf unserer Homepage vorbei. Sie erstrahlt, dank unserer lieben Freundin Lea, in völlig neuem Glanz« nicht nur Balsam für meine Seele, sondern auch das einzig Schöne an diesem Tag.

Bei der Abi-Komitee-Sitzung war rausgekommen, dass Jasmin immer noch keinen DJ für den Abend gebucht hatte, und was eigentlich mal Spaß machen sollte, war nur noch anstrengend. Klar, mir konnte eigentlich egal sein, dass sich alle an die Gurgel gingen, aber meine Nerven waren eh schon am Ende. Meine letzte passende Jeans war bei einer ungeschickten Bewegung am Papierkorb genau am Hintern gerissen, und Jasmin und Caro haben sich weggeschrien vor Lachen. Vor lauter Frust habe ich mir nachmittags eine große Familienpizza mit Brokkoli und extra Sauce hollandaise bestellt. Dazu gab's als Dankeschön immer einen Becher Eis, natürlich – passend zur Pizza – in Familiengröße. Auf das Kilo mehr oder weniger kam es jetzt schon gar nicht mehr an. Ich resignierte, und das machte mich am allertraurigsten. Es war ein richtiger Scheißtag …

Doch genau dann kam dieser Newsletter. Breit grinsend saß ich vor meinen Laptop, habe die Zeilen wieder und wieder gelesen und mir ganz genau vorgestellt, wie Ben ihn verfasst hat. Ich weiß gar nicht so genau, wie es dann dazu kam, aber plötzlich lief ein Film, den ich mal mit lauter kleinen Szenen von ihm zusammengeschnitten hatte.

Ein bisschen psycho war das schon, wenn ich jetzt so drüber nachdachte. Ein kompletter Film nur mit Szenen, in denen er mich angelächelt oder lustige Grimassen in die Kamera gemacht hat, unterlegt mit dem original Kameraton. Ich hatte ihn mir schon so oft angesehen, dass ich jeden seiner Atemzüge, jedes Sing-along mit den Fans, jeden Texteinwurf und jede Atempause in Gedanken völlig automatisch und erschreckend synchron mitmachte. Mitmachte und mich gleichzeitig drüber freute.

Ja, andere mochten vielleicht denken, dass dieses Vorhersehbare langweilig war, dass es bewies, dass Ben dort oben auf der Bühne nur sein einstudiertes Programm durchzog, aber für mich hatte es irgendwie eine angenehme Vertrautheit. Ich mochte, dass ich immer ganz genau wusste, welcher Song als Nächstes kam. Es gab mir irgendwie ein gutes Gefühl, und wenn die Jungs dann doch mal etwas im Set umstellten, einen neuen Song reinnahmen oder Ben einfach nur spontan etwas änderte, um mich aus dem Takt zu bringen, beobachtete er mich genau, und sein schiefes Grinsen verriet, wie sehr er sich über meine Irritation freute.

»Ach, Lea, du bist aber auch einfach viel zu niedlich, wenn du so unsicher bist«, sagte er dann immer, während er meinen Kopf so zwischen seine Hände nahm, dass ich den Blick nicht senken konnte und gezwungen war, ihm direkt in die Augen zu schauen. Natürlich lief ich in diesen Momenten tiefrot an, denn dass er mich niedlich fand, verunsicherte mich am allermeisten. Was ihn dann nur noch mehr freute.

Nein, die Jungs nutzten mich nicht aus. Ben schon gar nicht, da war ich mir absolut sicher. Mein Vater kannte sie ja auch gar nicht, woher sollte er das also auch beurteilen können? Sicher machte er sich einfach nur Sorgen und wollte nicht, dass mich jemand verletzte.

Vielleicht würde es ja schon helfen, ihm den Newsletter weiterzuleiten? Einfach, damit er sah, dass ich ein Teil des Ganzen war und dass die Jungs mich und meine in die Band investierte Zeit wertschätzten. Vielleicht hatte mein Vater ja auch mal Lust, zu einem Konzert zu kommen, wenn die Jungs hier in der Nähe spielten. Wenn's sein musste, auch mit seiner neuen Freundin, die wollte er mir doch eh mal vorstellen, und so ein Auftritt bei 'nem Stadtfest um die Ecke war da doch eine perfekte Gelegenheit. Außerdem konnte ich bei der lauten Musik den Small Talk umgehen, darin war ich eh nicht gut.

Schüttel deinen Speck

Als ich zu Hause ankam, war ich nass bis auf die Knochen, die Klamotten klebten an mir, und ich fror total. Die durchgeweichten Schuhe ließ ich vor der Tür stehen und ging auf Zehenspitzen durch die Wohnung. Schon nach wenigen Schritten spürte ich Muskeln, die ich wohl schon ewig nicht beansprucht hatte, und keine fünf Schritte weiter zitterten sie so sehr, dass ich aufgab und die klitschnassen Hosenbeine den Boden auf dem Weg zum Bad einsauten.

In nicht mal vier Wochen war mein Abi-Ball, und ich beschloss in diesem Moment, meine strenge Diät mit maximal 700 Kalorien pro Tag, wovon mindestens 400 Eiweiß waren, auf 500 Kalorien zu reduzieren. Vielleicht hatte ich so wenigstens den Hauch einer Chance, in den Hosenanzug zu passen, den ich mir extra für den Abend von einer Freundin meiner Mama lieh.

Da meine Mutter nicht da war, entschied ich mich, ganz in Ruhe ein Bad zu nehmen, legte zwei nach Granatapfel duftende Badekugeln in das einlaufende Wasser und zündete mir einige Teelichter auf der Fensterbank an. Die nassen Sachen stopfte ich in die silberfarbene Wäschetrommel und legte mein iPad drauf.

Ich freute mich schon auf das warme Wasser, außerdem brauchte ich mich dann nicht noch länger in dem großen Ganzkörperspiegel neben der Dusche zu sehen. In meinen breiten Oberschenkeln waren tiefe Dellen, die sogar schon eigene Schatten warfen, eine richtige Kraterlandschaft zeichnete sich da ab. Mein Bauch war schwabbelig und hing so sehr, dass er auf die Oberschenkel stieß. Ich hob ihn an und ließ ihn fallen, mit einem Klatschen prallte er auf. Ein widerliches Geräusch. Ich hob meine Arme an und wackelte so mit den Oberarmen hin und her, dass das Fett schlackerte. Scheiße, da waren echt überhaupt keine Muskeln mehr zu sehen. Meine Haut war durch das viele Ab- und Zunehmen grauenvoll ausgeleiert, überall waren Dehnungsstreifen und tiefe Risse, besonders an den Brüsten. Ich hatte mal in einer Zeitschrift gelesen, dass man von einem Hängebusen sprach, wenn man einen Bleistift drunterklemmen konnte. Also unter meinen Brüsten hielten sicher problemlos mehrere Eddinge.

Egal. Schnell schaltete ich das helle Deckenlicht aus, und das warme Licht der Kerzen erfüllte den Raum, gleich fühlte ich mich wohler. Schnell in die Wanne und ganz viel Schaum drüber, was ich nicht sah, war auch nicht da. Als ich mich, mit beiden Händen auf dem Wannenrand abgestützt, langsam in das Wasser runterließ, verdrängte mein Körper so viel davon, dass die Wanne kurz davor war, überzulaufen. Hm, so hatte das Ganze doch noch was Gutes: Für ein Vollbad brauchte ich nur halb so viel Wasser.

Erschrocken über meinen Galgenhumor schüttelte ich den Kopf und verteilte Schaum auf meinem Oberkörper, der kalkweiß aus dem Wasser ragte. Dabei hatte ich nur einen Gedanken: Was für eine widerliche Masse Mensch ich doch war. Ich saß hier, eingequetscht zwischen den Wannenwänden, konnte mich nicht mal drehen, ohne das Bad zu fluten, und versuchte meine schlaffen Brüste unter Schaum zu verstecken, da nicht mal ich selbst diesen Anblick ertrug. Was für ein jämmerliches Bild.

Aber damit war jetzt ein für alle Mal Schluss. Die neue Diät funktionierte, und wenn ich jetzt noch mal etwas weiter mit den Kalorien runterging, konnte es das Ganze ja nur beschleunigen. Ich lehnte mich zurück, eine Welle mit Schaum schwappte über den Badewannenrand und ergoss sich über den dunklen Fliesenboden. Oh ja, es wurde Zeit, dass sich ganz schnell was änderte.

Seit meiner Idee mit dem Song-Orakel machte ich das ständig. Wenn das Radio an war, wir auf einem Konzert waren, oder wenn irgendwo eine zufällige Playlist lief. Ich überlegte mir eine Frage, und der nächste Song sollte mir die Antwort geben.

Wie formulierte ich das jetzt am besten? Der nächste Song sollte mir sagen, ob ich es schaffte, bis zum Abi-Ball mindestens zehn Kilo abzunehmen. Zweieinhalb Kilo pro Woche, yepp, das sollte doch drin sein, wenn ich mit Entwässerungstabletten nachhalf. Neugierig spitzte ich die Ohren. *Wie schön du bist* von Sarah Connor. Eigentlich war ich kein Fan von weiblichen

Stimmen, aber Sarahs war eine der wenigen Ausnahmen. Ihre Worte »Lass dir nichts sagen, nein, lass dir nichts sagen. Weißt du denn gar nicht, wie schön du bist?« ließen mir Tränen in die Augen steigen. Während ich, zumindest mit der unteren Hälfte meines Körpers in dem warmen Wasser lag und die tanzenden Flammen der Teelichter auf der Fensterbank beobachtete, dachte ich jetzt darüber nach, wie sehr diese ständigen Gedanken ums Abnehmen mein Leben bestimmten. Es verging nicht eine Stunde, in der ich nicht Kalorien zählte, Diätpläne aufstellte oder mal wieder über den Haufen warf.

Ben schien meine Figur nie zu stören. Es war ihm auch nie peinlich, in den Setpausen mit mir gesehen zu werden. Ganz im Gegenteil: Sobald ich den Raum betrat, schenkte er mir seine ungeteilte Aufmerksamkeit. Zwischen uns war es so angenehm unkompliziert, weil er zu spüren schien, dass ich gar nicht mehr von ihm wollte. Zumindest nicht mehr als seine ungeteilte Aufmerksamkeit. Denn, ja, das musste ich mir schon eingestehen. Auch wenn ich mich zwar leider nicht ihn verliebte und er sich ganz sicher nie in mich verlieben könnte, wäre für mich eine Welt untergegangen, hätte Ben plötzlich eine Freundin gehabt. Zumindest wäre meine Traumwelt zerplatzt wie eine Seifenblase, und sie war doch mein einziger Halt, wenn ich die Wirklichkeit nicht mehr ertrug.

Ich liebte dieses Bild von mir, das ich in meinem Kopfkino zeichnete: eine enge Jeans, dazu ein schwarzes, hauchdünnes Top, das nur gerade so bis zum locker sitzenden Hosenbund reichte. Meine braunen Haare fielen mir in großen Wellen bis über die Schultern, ich war von der Sonne zart gebräunt, sodass ich nur ganz leicht geschminkt sein musste und trotzdem so frisch und erholt aussah, als wäre ich gerade aus dem Urlaub gekommen.

Irgendwie hatten meine Tagträume immer etwas von einer perfekt retuschierten Modezeitschrift, aber genau die waren ja auch die Vorlage für mein Drehbuch. Ben hatte inzwischen eine Hauptrolle, und es war immer und immer wieder dieselbe Situation, die ich von Mal zu Mal mit mehr Details ausschmückte. Seine Band hatte gerade das Set beendet, Ben kam von der

Bühne und steuerte direkt auf mich zu, ohne die anderen Frauen auch nur eines Blickes zu würdigen. Ich stellte mich zur Begrüßung auf die Zehenspitzen, schlang meine Arme um seinen Hals und drückte mich fest an ihn, um seinen herrlichen Duft einzusaugen. Sein Bart kitzelte mich an dieser Stelle immer so sehr, dass ich eine Gänsehaut bekam, deren Kribbeln nur noch von den Schmetterlingen in meinem Bauch getoppt werden konnte. Dann umfasste er meine schlanke Taille, hob mich mit den Worten »Hallo meine Schöne!« ganz hoch in die Luft und wirbelte mich – scheinbar schwerelos – herum, bevor er eine Hand unter mein Kinn legte, es leicht anhob und mich zwang, ihm direkt in die Augen zu sehen, während er mir sagte, wie schön ich war. Die anderen Frauen im Publikum schauten uns an, und ihre neidischen Blicke verrieten, dass ich mir keine Sorgen machen brauchte, da es eh keine Frau gab, die sich mit mir hätte messen wollen.

Ja, genau so waren meine Tagträume, bevor sich mein Verstand wieder einschaltete und ich heilfroh war, dass niemand meine albernen Luftschlösser erahnte. Die lösten sich dann auch immer wieder ziemlich schnell in Luft auf, wenn er tatsächlich von der Bühne kam, direkt, ohne die anderen Frauen auch nur eines Blickes zu würdigen, auf mich zusteuerte und mich zur Begrüßung in die Arme schloss, denn genau an diesem Punkt gingen mein Traum und ich getrennte Wege.

Nichts da mit schwerelosem Durch-die-Luft-Gewirble, stattdessen spürte ich, dass seine Arme auch nur noch so gerade eben um mich herum reichten. Eher eine ziemlich unsanfte Bruchlandung in der Realität. In einer Realität ohne Bauchkribbeln. Trotzdem beobachteten uns die Frauen genau, und da wir allein optisch alles, aber kein Paar sein konnten, hielten sie uns dann eher für Geschwister. Wobei leider ganz deutlich war, wer bei uns die guten Gene abbekommen hatte.

Ich ließ meine Hand durch den Badeschaum streichen und spürte, wie die kleinen, schimmernden Bläschen eins nach dem anderen zerplatzten. Träume waren eben doch nur Schäume. Jetzt lief ein Song vom letzten Muse-Live-Album und packte mich sofort. Live-Versionen hatten für mich eine noch viel stärkere Energie, waren irgendwie fesselnder, da die Seele der Musiker zu spüren war. Die Seele und ihre gewaltige Kraft. Ja, Menschen auf einer Bühne konnten schon eine gewisse Form der Macht ausüben und die Fans zu ihren Marionetten machen, der Vergleich war in der Tat gar nicht schlecht.

Wenn jemand Präsenz auf der Bühne hatte, war es für ihn ein Leichtes, das Publikum nach seinen Wünschen zu dirigieren. Ben beherrschte dieses Spiel geradezu perfekt, meist musste er das Publikum nicht einmal mit Worten dazu auffordern, die Hände nach oben zu nehmen, um seine Band durch Klatschen zu unterstützen. Oft reichten angedeutete Bewegungen und sein Wille geschah. Und er genoss es sichtlich, uns so unter Kontrolle zu haben, was ihn in meinen Augen nur noch attraktiver wirken ließ. Bei einigen Konzerten musste er sich stärker bemühen, und ich merkte in den Pausen, wie sehr es ihn ärgerte, wenn er das Publikum, wie er immer sagte, »noch nicht im Griff hatte«. Aber es war ein Kampf, den er bis jetzt immer gewonnen hatte.

Er hat mal zu mir gesagt, dass dies mit ein Grund ist, warum er seinen Job auf der Bühne so liebte: Die Interaktion mit dem Publikum, dieses sich vollends Verausgaben, bis auch der letzte Gast des Abends von ihm überzeugt war. Anders als ich immer gedacht hatte, war er auf der ständigen Suche nach Bestätigung. Ich würde mich nie dieser Beurteilung durch andere Menschen aussetzen wollen, selbst wenn ich ein solches Talent hätte. Aber Ben brauchte diesen Kick. Wenn ihm das Adrenalin durch die Adern schoss, die Energie aus dem Publikum wie eine Welle über ihn einbrach und ihm für einen Moment den Atem raubte … Genau das zeigte ihm, dass er noch lebte.

»Andere holen sich diesen Kick beim Sex, ich in der Musik«, waren Bens Worte, die ich nie mit Tobis zusammenbrachte. Bei unserem ersten Konzert im *Babylon* hatte Tobi in der Pause laut und deutlich gesagt, dass sich die Frauen, die Ben anhimmelten, sicher nicht so verhalten würden, wenn sie mehr über ihn wüssten, das konnte doch nur bedeuten, dass er sehr oft Sex mit wechselnden Frauen hatte. Oder nicht?

Langsam wurde das Badewasser kalt, also schnell raus aus der Wanne und in das große Badetuch einmummeln. Mist, es war zwar groß, aber nicht groß genug. In diesem Moment begann mein iPad *Schüttel deinen Speck* von Peter Fox zu spielen. Ha-ha, sehr witzig!

Einsatzplanung

Jule und ich legten im selben Moment die Stifte hin, als sich unsere Blicke trafen. Jule sah so erleichtert aus, wie ich mich fühlte. Das war sie gewesen, die letzte Abiprüfung. Wir stapelten annähernd synchron unsere Unterlagen und gingen zeitgleich nach vorne zum Pult. Herr Faber, unser alter Lateinlehrer mit der lustigen Einsteinfrisur, der uns schon seit der fünften Klasse nur im Doppelpack kannte, strahlte uns an, während er unsere Prüfungsbögen entgegennahm.

Als die Tür zum Prüfungssaal hinter uns ins Schloss fiel, fielen wir uns in die Arme. Auch wenn ich es in der ganzen Vorbereitungsphase nicht so empfunden hatte, merkte ich jetzt, was für eine zentnerschwere Last von mir abfiel. »Wir haben es geschafft!«, flüsterte mir Jule ins Ohr. »Maus, jetzt haben wir es wirklich geschafft!«

Draußen setzten wir uns auf die Steinplatte, auf der in den Pausen immer Tischtennis gespielt wurde. Die Sonne spiegelte sich in den breiten Fensterfronten, die großen Bäume warfen lange Schatten, und aus der unteren Etage, wo die fünften Jahrgänge untergebracht waren, schallte lautes Geschrei auf den Hof.

»So waren wir aber nie«, sagte ich zu Jule.

»Nein, wir doch nicht, wir waren immer brav und artig«, stimmte sie mir zu, und wir mussten grinsen.

Bei den Worten »Wir haben es geschafft« hatte Jule aus ihrer Tasche freudestrahlend eine Cola für sich und eine Cola light für mich hervorgezaubert. »Darauf müssen wir anstoßen!« Sie sprang auf und öffnete die Flaschen, indem sie die Kronkorken an der Steinplatte abschlug. Auch ich stellte mich hin, und wir nahmen übertrieben Haltung an. »Auf die Zukunft!« und unsere Glasflaschen klirrten aneinander.

Wir erinnerten uns, wie wir an unserem ersten Schultag hier am Gymnasium von unserer damaligen Klassenlehrerin nebeneinandergesetzt wurden und wir ab diesem Moment unzertrennlich waren. Uns kamen noch mal vergangene Klassenfahrten in den Sinn, wie wir in Prüfungen geschummelt hatten, erinnerten uns an unseren ersten Discobesuch und wie Jasmin und die anderen Mädels mit diesem widerlich stinkenden Typen abgezogen und wir bei Ben und Tobi im *Babylon* geblieben waren. Das war definitiv die richtige Entscheidung und vielleicht war es auch einfach Schicksal. Und schon waren wir wieder bei unserem Lieblingsthema: unserer Band.

Wir besprachen, welche Gigs in nächster Zeit anstanden, für welche wir noch Hotels buchen mussten und ob sonst noch was besorgt werden musste. Dieses Wochenende stand nämlich das große Bandjubiläum auf dem Schiff an, und die Jungs wussten bis jetzt nicht, dass wir kamen. Zu sehr freuten wir uns auf die Gesichter, wenn sie uns dann doch im Publikum entdeckten.

Jule und ich schrieben eine To-do-Liste, und sie wurde länger und länger. Wenn man uns so zuhörte, klang das weniger nach Freizeit als nach Einsatzplanung.

»Ihr habt auch kein anderes Thema mehr, was? Seid ihr nicht langsam zu alt für so 'n Teeniekram?«, machte uns plötzlich Jasmin blöd von der Seite an.

Wo kam die denn auf einmal her? Im Schlepptau, wie sollte es auch anders sein, ihre neue beste Freundin Caro. Je mehr sich die zwei gegen uns verschworen hatten, desto enger wurde ihre Freundschaft. Wenn man das überhaupt Freundschaft nennen konnte, denn außer dem Hass auf uns verband die beiden nicht wirklich viel.

»Na, wie ist die letzte Prüfung für dich gelaufen, Jasmin? Du sahst nicht ganz so glücklich aus«, entgegnete Jule kühl und wandte sich wieder mir zu.

»Was geht's dich an?«, blaffte Jasmin zurück, während sie sich eine Zigarette anzündete. »Ach, weißt du, ich wüsste nur gerne, ob du auf dem Abi-Ball auch etwas zu feiern hast. Dann wäre es nämlich auch in deinem Sinne, wenn du dich mal langsam um die Musik kümmerst«, wurde Jule etwas deutlicher.

Caro, die die ganze Zeit nichts gesagt hatte und nur bemüht war, ein äußerst böses Gesicht zu machen, bekam auf einmal große Augen, zog Jasmin am Arm weg und redete aufgeregt auf sie ein, während beide den Schulhof Richtung Parkplatz verließen.

»Was sollte das denn jetzt? Ich will gar nicht wissen, was die zwei wieder vorhaben«, sagte Jule schulterzuckend und schaute mich fragend an.

»Ist doch egal, bald sind wir die zwei für immer los«, sagte ich erleichtert, und wir setzten uns zurück auf die Tischtennisplatte, stießen erneut an, lehnten uns zurück und hielten unsere Gesichter in die warmen Sonnenstrahlen.

Kinderkuchen

Da ich die neu gewonnene Freizeit genutzt hatte, um mal richtig aufzuräumen, verging die Woche wie im Flug. Alte Schulordner und Bücher wurden allesamt von mir in große Umzugs-Kartons verbannt, die noch runter in den Keller sollten. Und da ich ja eh schon mal dabei war, hatte ich den Rest meines Zimmers gleich mit entrümpelt.

Da ich endlich mein Leben umkrempeln wollte, konnte es nicht schaden, wenn ich gleich mit meinem Zimmer anfing. Ich hatte dem Schulabschluss so entgegengefiebert, da sollte auch in meinem Zimmer nichts mehr an die Schulzeit erinnern. Alles auf Anfang.

Bei meiner Aufräumaktion fielen mir einige dieser kleinen Taschenkalender aus der Apotheke in die Hände, in denen ich meine Abnehmpläne bis zum Wunschgewicht notiert hatte. Ich dachte eigentlich, dass ich die alle vernichtet hätte.

Knapp drei Wochen hatte ich noch bis zum Abi-Ball, und im Moment lief es ganz gut mit dem Essen oder eben mit dem Nicht-Essen. Ich war vorsichtig optimistisch, dass die Chancen für mich und den Hosenanzug gar nicht so schlecht standen, während ich durch die Kalender blätterte. Dass meine sonntäglichen Gewichtseintragungen mit dem Wunschwert übereingestimmt hatten, lief maximal zwei Monate. Danach gab es immer noch so ein bis zwei Eintragungen, bei denen das tatsächliche

Gewicht etwas über dem Wunschwert lag, dann hörten die Eintragungen auf. Der älteste Kalender war fünf Jahre alt. So viele Jahre ärgerte ich mich also schon mit Diäten rum. Fünf Jahre Diäten, fünf Jahre Jo-Jo-Effekt. Vermutlich hatte ich umgerechnet ziemlich genau zweieinhalb Jahre gehungert und zweieinhalb Jahre gefressen.

»Was sind denn das hier alles für Kisten?«, fragte mich Jule, als sie sich am Nachmittag einen Weg durch den Flur bahnte.

»Ich bringe Ordnung ins Chaos«, antwortete ich grinsend.

Wir gingen in die Küche, und Jule packte zwei Backmischungen, Eier, Butter, gehackte Pistazien, Milch, Vollmilchkuvertüre und kleine Smarties zum Verzieren aus. Alles da, um unseren Jungs den schönsten Kuchen zum Bandjubiläum zu backen. Im Hintergrund lief der aktuellste Konzertmitschnitt, und beim Anrühren des Teigs kam einer unserer Spleens durch.

Wir entfernten, nachdem wir die Eier aufgeschlagen hatten, immer diese ekligen, glibberigen Schnüre links und rechts vom Eigelb, bevor wir das Ei zu den anderen Zutaten gaben. Es gab so viele Kleinigkeiten, für die uns jeder andere schräg anguckte, für uns beide waren sie selbstverständlich.

»Wann geht's denn morgen bei euch los?«, erkundigte sich meine Mutter. Und als Jule ihr antwortete, dass wir schon ziemlich früh loswollten, weil wir mit Pause locker sieben Stunden bis zum Starnberger See brauchten und vor dem Gig noch in unser Hotel einchecken wollten, verließ sie die Küche kopfschüttelnd mit einem »Für einen Tag? Ihr seid verrückt!«.

»Hoffentlich verpatzt Tobi nicht wieder seinen Einsatz, wenn er dich im Publikum entdeckt«, neckte ich Jule, als wir vorm Ofen auf dem Boden hockten und beobachteten, wie der Kuchen langsam aufging. Als ich ihr verträumtes Schmunzeln sah, wurde ich nachdenklich.

»Warte nur ab, der Richtige steht irgendwann einfach da, und dann verliebst du dich Hals über Kopf. Ich hätte das doch vor 'nem halben Jahr auch nie für möglich gehalten. Wir sind halt Spätzünder, ist doch nicht schlimm«, versuchte Jule mich aufzumuntern.

»Das Schlimme ist, dass ich nicht mal weiß, ob ich mich wirklich danach sehne, mich zu verlieben. Vielleicht wäre ich glücklich, wenn mir nur nicht permanent jeder einreden würde, ich sei unnormal. Ja, vielleicht will ich mich auch nur verlieben, um die Erwartungen der anderen erfüllen.«

Jule zog skeptisch eine Augenbraue hoch. »Natürlich sehnst du dich danach, dich zu verlieben. Die wahre Liebe mit all ihren wundervollen Schmetterlingen im Bauch und das Gefühl, ihn nie wieder loslassen zu wollen, und keine Minute, nein, nicht mal mehr eine Sekunde ohne ihn sein zu können, ist alles, worum es im Leben geht, Lea. Du wirst es erleben, da bin ich mir ganz sicher. Du brauchst halt nur noch etwas Geduld. Und was heißt denn bitte, nicht normal? Du gibst dich einfach nicht mit gut genug zufrieden. Du wirst spüren, wenn der Richtige da ist. Dann sind da Gefühle, gegen die selbst du dich nicht wehren kannst. Die Liebe ist das wertvollste Gefühl, so ehrlich und rein und durch nichts in der Welt zu ersetzen.« Sie rückte etwas näher zu mir rüber und fügte leise hinzu: »Und bis dahin: Mehr Lea für mich. Soll mir ganz recht sein. Sag mal, riechst du das auch?«, fragte Jule plötzlich und riss die Tür vom Backofen auf, sodass uns eine Hitzewelle entgegenschlug. Oje, der Kuchen. Zum Glück war er noch nicht richtig verbrannt, und wir stellten das Blech zum Abkühlen auf zwei Holzbretter. »Okay, aber bevor wir mir dann irgendwann doch noch 'nen Mann backen, üben wir das mit der Backzeit!«, sagte ich, während ich die doch etwas zu dunkel geratenen Stellen mit dem kleinen Messerchen abkratzte. »Da kommt gleich einfach richtig Schoko drüber und fertig.«

Solange der Kuchen abkühlen musste, zeigte ich Jule einige Szenen vom letzten Konzert, die ich zu einem Livetrailer zusammengeschnitten hatte.

»Apropos Männerwelt. Was ist das da eigentlich zwischen dir und Ben? Du kannst ja nicht mal mehr seinen Namen sagen, ohne dabei zu lächeln. Tobi hat mich auch schon darauf angesprochen, dass die komplette Band sehr dankbar ist, weil die Laune des werten Herrn, wenn du da bist, endlich mal erträglich ist. Aber darf ich ganz ehrlich sein? Ich finde ihn komisch.

Er wirkt so unnahbar und ist immer so unverbindlich. Irgendwas stimmt nicht mit dem. Ein bisschen für ihn zu schwärmen ist ja okay, aber verlieb dich bitte nicht in ihn. Er hat irgendwie was Unberechenbares an sich.«

Was hatte sie da gerade gesagt? Durch mich wurde Ben erträglich? Jule schaute zwischen mir und dem Bildschirm hin und her. »Ich wäre beruhigter, wenn du mal ein bisschen auf Abstand gehen würdest. Außerdem ist es langsam auch auffällig, dass die Band bei deinen Aufnahmen scheinbar nur aus einer einzigen Person besteht. Außer es mogelt sich mal einer der anderen Jungs ins Bild«, bemerkte Jule, ohne sich vom Computer abzuwenden.

»Quatsch, da ist nichts, er flirtet mit der Kamera, das ist alles«, versuchte ich betont beiläufig zu antworten und merkte, wie mir die Röte ins Gesicht stieg. Wie peinlich war das denn? Sie hatte absolut recht, ich filmte nur Ben, selbst wenn jemand anderes ein Solo spielte.

»Genau, da ist rein gar nichts zwischen euch, und du könntest dir natürlich auch nie vorstellen, dass da mal was sein würde. Dieses zarte Rot auf deinen Wangen kommt auch nur daher, weil es grad so heiß vorm Ofen war«, zog mich Jule lachend auf, bevor sie mich in die Seite stupste und mit einem »Sei bitte vorsichtig!« zurück in die Küche verschwand. Mein Blick klebte immer noch am Computer. Das Video hatte beim letzten Bild gestoppt, und Bens blaue Augen strahlten mich bildschirmfüllend an. Wie hübsch er war.

»Lecker«, hörte ich Jule wie durch eine Dunstglocke sagen und stimmte ihr, ohne meinen Blick von Bens zu lösen, mit einem leisen »Hmmhmmm« zu. Jule räusperte sich, und ich schaute zum Türrahmen. »Also, ich kann mir zwar vorstellen, wen du meinst, aber ich meinte eigentlich die Kuvertüre, die fertig geschmolzen ist«, kam es von ihr in strengem Ton, bevor sie die Kuvertüre von dem kleinen Löffel leckte und auf dem Absatz kehrtmachte.

Als ich ihr zurück in die Küche folgte, hörte ich gerade noch den letzten Akkord von *Ayo Technology*, bevor das Publikum in tosenden Applaus ausbrach. Wir bestrichen den Kuchen mit

Kuvertüre und legten aus den Smarties ein großes »10 Jahre« in die Mitte, darunter etwas kleiner im Bogen »Joyning«. Was etwas länger dauerte, da Jule, sobald Tobi ein Solo spielte, aufhörte, Smarties zu legen. Da ich eh die ganze Zeit an Ben dachte und den Mitschnitt schon auswendig kannte, legte ich in einem durch und schaute Jule grinsend an, als ob das irgendwas bewies.

Ach, ich wusste es doch auch nicht, vielleicht hatte Jule ja doch recht, dass da irgendwas zwischen uns war. Wenn ich jetzt an ihn dachte, war ich auch ganz aufgeregt und spürte dieses Kribbeln, aber wenn er dann direkt neben mir stand, war da nichts mehr, rein gar nichts. Also nichts außer Freundschaft.

Ich schob die Gedanken beiseite und konzentrierte mich wieder auf unser bunt verziertes Kunstwerk. »Das sieht irgendwie schon sehr nach einem Kindergeburtstagskuchen aus. Sind die Jungs dafür nicht schon etwas zu alt?«, murmelte ich vor mich hin, während ich den letzten Smartie in die Kuvertüre drückte.

»Zu alt? Unsinn, wir reisen 'ner Band quer durchs Land hinterher, dafür sind wir schließlich auch nicht zu alt«, versicherte mir Jule. »Und mal im Ernst, wir zwei haben so spät damit angefangen, richtig feiern zu gehen, da haben wir noch einiges aufzuholen.« Wo sie recht hatte, hatte sie recht.

Ein zertrampeltes Mauerblümchen

Pünktlich um 6:30 Uhr ertönte *Say a little prayer* aus dem Film *Die Hochzeit meines besten Freundes* aus meinem Handy. Die perfekte Weckhymne. Das Mitsingen sparte ich mir aber, seit meine Mutter total erschrocken in mein Zimmer gestürmt war und gefragt hatte, ob ich mir was getan hätte. Das Singen überließ ich dann doch lieber denen, die es konnten.

Ich ging in die Küche, wo meine Mutter vor dem geöffneten Kühlschrank stand. »Guten Morgen«, begrüßte sie mich. »Der Kuchen sieht echt klasse aus, da werden sich die Jungs freuen. Hoffentlich lassen sie euch auch mal probieren.«

Auf dem Weg ins Bad rief mir meine Mutter noch ein »Beeil dich bitte, ich muss auch noch vor der Arbeit duschen!« hinterher. Haare waschen, das bekam ich schnell hin, aber die Haare jetzt schon richtig zu stylen, konnte ich mir also klemmen. Mein Handy vibrierte, und auf dem Display erschien: »Guten Morgen, Maus, ich freu mich auf unser Wochenende. Kuss.« Jule war echt lieb, und eigentlich hätte ich ihr auch sofort geantwortet, aber die Bemerkung meiner Mutter ließ mich grübeln.

Natürlich würden uns die Jungs ein Stück vom Kuchen anbieten. Wie konnte ich mich davor am besten drücken? Bis jetzt hatte ich so gut durchgehalten, ein einziges Stück würde alles ruinieren. Der nächste Fressflash war dann auf jeden Fall vorprogrammiert. Ich musste durchhalten, zumindest bis zum Abi-Ball.

Ich huschte schnell an dem großen Spiegel vorbei und stieg unter die Dusche. Wir hatten so einen herrlichen Tropenschauerduschkopf, der ganz kleine Wasserperlen regnen ließ. Ich liebte das Gefühl, wenn ich mit geschlossenen Augen den Kopf in den Nacken legte und das warme Wasser mir in feinen Tropfen übers Gesicht lief. In dem Moment vergaß ich alles um mich herum. Ich wusste auch nicht so wirklich, warum ich mich dem Element Wasser so verbunden fühlte. Vielleicht lag es daran, dass ich früher oft mit meinen Eltern in den Ferien nach Holland gefahren bin. Wir hatten unzählige Ausflüge zu den verschiedensten Häfen gemacht, uns an die Kaimauer gesetzt, echte holländische Pommes mit diesem groben Salz und *Fritessaus* gegessen und die Schiffe bei der Ausfahrt aufs Meer beobachtet.

Es klopfte an der Tür. Mist. »Ja, ich mach ja schon, bin in zehn Minuten fertig!«, rief ich und beeilte mich. Wir konnten uns zwar vorher im Hotel noch in aller Ruhe zurechtmachen, aber etwas schminken musste ich mich schon. Das war echt gemein, wenn ich schon keine gute Figur hatte, hätte ich doch wenigstens reine Haut haben können. Von wegen.

Ich knetete meine langen Haare mit etwas Schaumfestiger über Kopf, sodass die Locken schön rauskamen, und drehte mir einen Wuscheldutt. Yepp, Witwe Bolte wäre stolz auf mich gewesen. Ich zog Socken, Slip und BH an – was ein Glück, dass es formende Unterwäsche gab, damit konnte ich zum Glück wenigstens etwas tricksen – und schlüpfte in meine blaue Jeans.

Der Bund saß tatsächlich nicht mehr so eng. Die übliche Aktion, mit offener Hose in die Hocke zu gehen und einige Sekunden auszuhalten, bis die Hose sich gedehnt hatte und endlich wieder zuging, konnte ich mir ab jetzt also wieder sparen. Schnell zog ich mein schwarzes Shirt drüber und stellte mich nun doch vor den Spiegel.

Hm, sah leider nicht anders aus als sonst. Ich zog den Bauch ein und machte den Rücken gerade, schon besser. Ich musste echt mehr auf meine Haltung achten und nicht immer wie so ein schlaffer Sack dastehen. Memo an mich: Bauch rein, Rücken gerade – zumindest, wenn mich jemand sah.

Meine Mutter wollte gerade erneut an die Tür klopfen, als ich sie genau in dem Moment öffnete und lächelnd an ihr vorbeihuschte. Das war Timing! Meine Reisetasche hatte ich schon gepackt, und mein Koffer sah aus, als wollte ich für Wochen in den Urlaub fahren. Das war ein weiterer Nachteil meiner Figur, für größere Klamotten brauchte man mehr Stoff, und für mehr Stoff größere Taschen.

Wenn wir uns auf Raststätten umzogen, reichte Jule immer eine klitzekleine, dezente Tüte für ihr Shirt. So eine, die man in der Apotheke bekam. Ich lief da regelmäßig mit einer auffälligen Supermarkttüte ein. Hm, vielleicht sollte ich mir mal eine mit »Hier könnte Ihre Werbung stehen!« drucken lassen. Oh Mann, manchmal musste ich mich echt selbst über meine wirren Gedankengänge wundern.

Noch eine halbe Stunde, bis Jule kam. Eigentlich genug Zeit, um noch ganz in Ruhe zu frühstücken, aber ich ließ es lieber bleiben, sonst nützte auch das stärkste Baucheinziehen nichts. Also nahm ich schon mal den Kuchen aus dem Kühlschrank, um ihn einzupacken. Wie gemein, jetzt stieg mir der verführerische Duft in die Nase. Ich ging ganz dicht an den Kuchen heran und atmete so tief ein, als würde mir der Geruch das Frühstück ersetzen. Schnell Folie drüber – aus den Augen, aus dem Sinn. Meine Mutter verabschiedete sich und wünschte mir schon mal einen richtig tollen Geburtstag, bevor sie zur Arbeit fuhr.

Stimmt, ich hatte ja am nächsten Tag Geburtstag, das hatte ich völlig verdrängt. Nur gut, dass ich mich in diesem Jahr vor der

Party mit den Verwandten drücken konnte, denn jedes Jahr aufs Neue wurde die Tatsache, dass ich noch nie einen Freund hatte, zum Hauptgesprächsthema. Danke, darauf konnte ich gerne verzichten. Ich hörte meine Mama im Hausflur noch »Fahrt schön vorsichtig und ganz viel Spaß« sagen, bevor unsere Wohnungstür ins Schloss fiel. War Jule etwa schon da?

Allerdings, und wie sie da war. Sie sah absolut umwerfend aus. Trug ein lockeres, nur an der Brust eng geschnittenes Trägerkleid in Dunkelblau mit ganz vielen kleinen weißen Pünktchen, dazu blaue Chucks, und ihre Haare wurden mit kleinen Klämmerchen zu einer romantischen Hochsteckfrisur zusammengehalten. Ich begrüßte sie mit einem überraschten »Wow«, sie stellte sich in Pose und grinste mich mit einem fröhlichen »Tadaa!« an. »Tadaa« – allerdings, das traf es ganz gut.

»Habe ich etwas verpasst, gehen wir heute doch woanders hin?«, fragte ich, bevor sie auf mich zuhüpfte, mich fest in die Arme schloss und mir einen dicken Kuss auf die Wange drückte. »Guten Morgen!«

Ich schaute sie immer noch geplättet von oben bis unten an. Sonst kannte ich Jule, außer wenn wir zu einem Auftritt der Jungs ins *Babylon* gingen, nur in Jeans und Shirt. Dieser neue Stil verunsicherte mich irgendwie. Sie sah einfach umwerfend schön aus, und dieses Kleid setzte ihre eh schon perfekte und außerordentlich weibliche Figur noch perfekter in Szene. »Neben dir sehe ich ja jetzt erst recht wie das letzte Mauerblümchen aus. Nein, wie ein zertrampeltes und von einem Hund angepinkeltes Mauerblümchen«, sprach ich meine Gedanken laut aus.

»Was redest du denn da, Maus? Wenn du deine tolle Mähne aufmachst, achtet doch eh keiner mehr auf mich«, sagte Jule und strich mir eine kleine Locke aus dem Gesicht. Ich antwortete »Ja, ja«, hörte aber schon längst nicht mehr hin. Gerade hasste ich es, wie sie mich »Maus« nannte, und dass sie mich berührte, konnte ich auch nicht ertragen. Nie war ich froher, auf die Kalorien zum Frühstück verzichtet zu haben und dieses leichte Glucksen im Magen zu spüren. Er war also fast leer und das würde auch erst mal so bleiben, schwor ich mir und spürte, wie mir wieder leichter ums Herz wurde.

Wir packten meine Taschen in den Kofferraum, legten noch den Kuchen oben auf die Ablage, dann ging's los. In meinen Fußraum lag eine Flasche Cola für Jule und eine Cola light für mich. Ach, geil! Daran hatte ich noch gar nicht gedacht, Cola light konnte ich ja ohne Sorgen trinken. Keine Kalorien und Geschmack im Mund. Perfekt. Noch bevor wir auf die Autobahn bogen, hatte ich die halbe Flasche ausgetrunken und fühlte mich immer besser.

Geheimer Garten

Die anderen Autofahrer schauten so irritiert zu uns rüber, als hätten sie noch nie zwei Mädels gesehen, die das Leben genossen. Die Sonne strahlte mit uns um die Wette, während wir über die Autobahn rasten, die Fenster runter- und die Musik voll aufgedreht. »Wenn die Erde sich zu langsam dreht, dann laufen wir, so schnell es geht«, sang Max Giesinger, so laut er konnte, und wir mit ihm. Ich schaute auf die Anzeige, 180 km/h. Kein Wunder, dass wir bald die Hälfte geschafft hatten und gegen Mittag in Nürnberg sein würden.

Nürnberg hatte wirklich eine malerische Altstadt, in der wir uns auf die Suche nach etwas zu Essen machten. Ich hatte zwar noch nicht entschieden, ob ich auch was essen wollte, aber Jule hatte Hunger. Die historischen Fachwerkhäuser sahen vor dem blauen Himmel einfach wunderschön aus, und wohin ich auch schaute, entdeckte ich kleine verwinkelte Gassen und verträumte Innenhöfe mit gemütlichen Cafés und Restaurants. »Wenn das da unten auch so ist, haben wir allerbestes Open-Air-Wetter. Ich hoffe, dass die Bühne auf dem Deck des Schiffes steht«, freute sich Jule und hakte sich bei mir unter.

So bummelten wir eine Weile durch die Fußgängerzone mit ihren niedlichen Boutiquen, in denen es zum Glück nicht nur Klamotten, sondern auch Accessoires und schöne Tücher gab. Schließlich entdeckten wir ein Restaurant in einem über und über mit Blumen geschmückten Innenhof, kleine und große Schmetterlinge flatterten überall umher, und man hörte das tiefe Brummen der dicken Hummeln, die von Blüte zu Blüte flogen.

Wie ein geheimer Garten, mitten in der Innenstadt. Zwischen den großen Kübeln standen nur ganz wenige Tische, aber zum Glück war ganz hinten in der Ecke noch einer für zwei Personen frei.

Jule bestellte gefüllte Nudeln mit Spinat und Ricotta und ich einen bunten Salatteller. Mit einem Salat konnte ich ja nicht wirklich was falsch machen. Wie herrlich süße Tomaten, knackige Gurken und bunte Blattsalate einfach mal schmeckten, wenn man länger nichts gegessen hatte. Nur größer hätte die Portion schon sein dürfen, denn jetzt hatte ich erst recht Hunger. Jule verschwand kurz auf die Toilette, und eigentlich wollte ich das Anstarrduell mit dem kleinen Brotkörbchen vor mir auf gar keinen Fall verlieren, aber jetzt tunkte ich doch eine Scheibe in das leckere Dressing.

Mein Puls wurde schneller und schneller, und ich spürte, wie meine Laune mit jedem Bissen schlechter wurde. Trotzdem konnte ich mich nicht stoppen, bis das Brot restlos aufgegessen und der letzte Tropfen Soße vom Teller war. In meinem Kopf ging es jetzt drunter und drüber, am liebsten hätte ich mir direkt noch eine große Pizza bestellt. Ich wollte einfach nur noch essen, essen, essen. Scheißegal was. Dieser schreckliche Drang nach mehr war so stark, dass ich ganz schwitzige Hände bekam. Vor lauter Anspannung wusste ich gar nicht mehr, wohin mit mir.

»Sag mal, war hier schon die ganze Zeit Musik an? Ist mir vorher gar nicht aufgefallen«, bemerkte Jule mit strahlenden Augen, als sie zurück an unseren Tisch kam. »Haben Joyning den Song nicht auch im Programm?«

Ich musste mich jetzt zusammenreißen, mich irgendwie ablenken und es zumindest noch so lange aushalten, bis mich niemand mehr sah. Ich trank meinen letzten Schluck Cola light und lehnte mich zurück. Meine Augen fielen auf einen kleinen, ziemlich pummeligen Spatz, der sich vor unserem Tisch die Brotkrumen aufpickte. Bevor ich nun anfangen würde, diesen kleinen, niedlichen Spatz in Gedanken zu beleidigen und als fett zu beschimpfen, ließen wir die Rechnung kommen und gingen zurück zum Auto.

Als ich die Beifahrertür öffnete, stieg mir wieder dieser intensive Duft in die Nase. Vielleicht probierte ich nachher doch ein Stückchen Kuchen, nur ein klitzekleines. Und dann war es ja auch nicht mehr so lang hin, bis ich endlich wieder alleine war. Es erschreckte mich, wie sehr ich mich gerade nach Einsamkeit sehnte. Ich wollte endlich unbeobachtet sein, um noch ein letztes Mal hemmungslos schlemmen zu können – ein allerletztes Mal.

Die restliche Fahrt hatten wir nur ein Thema: Die letzte Komiteesitzung, bei der mal wieder alles drunter und drüber ging, da eigentlich so ziemlich niemand seine Aufgaben erledigt hatte. Niemand außer uns. Wir waren für die Abschluss-Shirts zuständig, die wir alle beim Abisturm durch die anderen Klassen getragen hatten. Es war die perfekte Aufgabe, denn zum einen war sie erledigt und zum anderen musste ich so niemandem verraten, was für eine Shirtgröße ich trug.

Wir konnten völlig entspannt in unser Gig-Wochenende fahren, während Jasmin und Caro zusehen mussten, wie sie ihre Aufgaben noch erledigt bekamen. Caro trafen wir also nachher ganz sicher nicht beim Konzert, und diese Tatsache war fast das schönste Geburtstagsgeschenk.

Los, versteck dich

Ich schaute auf die Uhr. Noch nicht mal vier, als wir in Starnberg auf den mit strahlend weißem Kies ausgelegten Hotelparkplatz bogen. Das Hotel war nicht allzu groß, schneeweiß gestrichen und mit großen Holzbalkonen vor jedem Zimmer, von denen üppige, leuchtend rote Geranien herunterhingen. Direkt vor dem Eingang lag der Bootssteg, von dem an diesem Abend das Schiff ablegen sollte. Hofften wir mal, dass die Jungs sich nicht auch in unser Hotel eingebucht hatten, dann wäre die Überraschung dahin. Ich kam mir ein bisschen wie in einem Agentenfilm vor, und auch Jule schaute sich vorsichtig um, aber von unserer Band war weit und breit niemand zu sehen.

Es roch unheimlich intensiv nach Sommerblumen, Seeluft und nach Urlaub. Ich atmete ganz tief ein und schloss die Augen. Als ich sie wieder öffnete, musste ich lächeln.

Mit den Worten »Was grinst du denn so? Hattest du Angst, dass der See weg ist, wenn du wieder die Augen öffnest? Komm, lass uns den mal schnell aufs Zimmer bringen« drückte mir Jule den Kuchen in die Hand, schnappte sich unsere beiden Taschen, und wir gingen Richtung Rezeption. Na super, die zierliche Jule trug die schweren Koffer und ich das Kuchenblech, das passte ja mal wieder.

Eine hübsche junge Frau in einem rosa Dirndl empfing uns lächelnd und in zutiefst bayerischem Dialekt an der Anmeldung. Wir bemühten uns zwar echt, zu verstehen, wo genau unser Zimmer lag, aber ich sah Jules Gesichtsausdruck an, dass sie genauso planlos war wie ich. Die Frau lächelte uns erwartungsvoll an, sodass wir vermuteten, sie wäre alles losgeworden und erwartete nun eventuelle Rückfragen unsererseits. Wir bedankten uns höflich und gingen zum gläsernen Aufzug.

Gott, damit sollten wir wirklich fahren? Sofort, als sich die Fahrstuhltür hinter uns schloss, mussten wir losprusten. »Was hat die gesagt? Hast du ein Wort verstanden? Welche Zimmernummer haben wir?« Jule deutete lächelnd auf die Zimmerkarten, auf der unsere Zimmernummer vermerkt war, bevor sie panisch die Augen aufriss. Ich folgte ihrem Blick runter in die Empfangshalle. Scheiße, die Jungs kamen durch die große Eingangstür!

»Los, versteck dich!«, sagte ich zu Jule, die mich nur müde anlächelte und sich umsah. »Klar, in 'nem gläsernen Aufzug.«

Mir wurde ganz heiß.

»Bitte lass sie nicht hochgucken, bitte lass sie nicht zu uns hochgucken«, murmelte ich, während wir uns dicht an die Fahrstuhlwand drückten und die Lippen fest aufeinanderpressten, um nicht wieder laut loszulachen. Endlich hielten wir in der zweiten Etage und stürmten aus dem Aufzug, rechts rum, Zimmer 201, 203, 205, 207 … hier war es.

Ich stellte den Kuchen auf den großen Schreibtisch und schaute mich um. Krass, unser Zimmer war eher eine Suite, und bei der Klimaanlage merkte ich noch mehr, wie sehr ich innerlich kochte. War das jetzt wegen Ben oder weil wir so hastig geflüchtet waren?

Jule rief plötzlich: »Oh nein, meinst du, sie haben unser Auto gesehen?«, sprang vom Bett auf und ging zum Fenster. »Nein, alles gut, bei uns war keiner mehr frei, und mit dem Anhänger würden sie da eh nicht parken können«, sagte sie beruhigt. »Tobi fährt das Auto grad eh runter zum Anleger. Guck mal, wie schön das Schiff ist.«

Tatsächlich. An dem Steg lag jetzt ein doppelstöckiger Ausflugsdampfer mit einer kleinen Bühne auf dem oberen Deck, davor war ein großer freier Bereich, bestimmt die Tanzfläche, und gegenüber der Bühne stand eine Theke. Ringsherum, direkt an der Reling, waren gemütliche Loungeecken mit riesigen sonnengelben Kissen und dazwischen vereinzelt kleine Bäumchen aufgestellt. »Wow, da kann ich schon verstehen, dass das ein Traum von den Jungs war, mal auf so einem Schiff zu spielen«, sagte ich beeindruckt. Jule stimmte mir kopfnickend zu, guckte aber nur verträumt ihrem Tobi hinterher. War ja klar.

»Danke, dass du mich zu diesem Wochenende einlädst, das Hotel und alles hier ist einfach überwältigend«, strahlte ich Jule an.

»Gerne, Maus, sehr, sehr gerne!«, flüsterte sie und drückte mich an sich. »Was hältst du davon, wenn wir uns jetzt noch zwei Stunden ins Bett legen, ein bisschen ausruhen und uns dann ganz in Ruhe fertig machen? Ich bin doch ganz schön erledigt von der Autofahrt.«

Ich nickte und verschwand im Bad. Wow, zusätzlich zur Dusche gab's hier einen riesigen Whirlpool und daneben zwei mattsilberne Waschschalen auf einem großen gläsernen Waschtisch. Direkt dahinter über die komplette Wand ein beleuchteter Spiegel mit angenehm warmem Licht. So sollten sie's mal auf den Raststätten machen. Ich wollte nicht wissen, was Jule für die Übernachtung bezahlt hatte.

Ich setzte mich auf den Rand des Whirlpools und atmete tief durch. Was war das nur für ein Schmerz in meiner Brust? Kein Stechen oder Ziehen, es war mehr so ein beklemmender Druck, so ein schweres Gefühl von Unwohlsein, Angst und Traurigkeit. Woher kam das?

Ich verbrachte meinen Geburtstag mit meiner besten Freundin, einer fantastischen Liveband und das Ganze während eines Kurzurlaubs nach der letzten Abiturprüfung. Perfekter konnte es doch gar nicht sein, aber vielleicht war genau das mein Problem. Um mich herum war alles so perfekt, nur ich war es nicht. Ich passte nicht in das Bild. Ich spürte, wie meine Lippen anfingen heftig zu brennen, so fest hatte ich sie zusammengepresst.

Ich legte den Kopf in den Nacken und verfluchte mich, dass ich Jule zugesagt hatte, das Wochenende hier mit ihr zu verbringen. Wenn Jule mal eine Sekunde ehrlich gewesen wäre, wollte sie grad doch eh viel lieber mit Tobi hier sein. Mit ihm könnte sie Eis essen gehen, Klamotten shoppen, ja, sie könnten hier im See schwimmen oder mal Wasserski probieren, wovon sie schon so oft erzählt hatte. Früher hatte ihr all das nichts bedeutet, jetzt war das anders. Sie wurde mir immer fremder. Während sie sich weiterentwickelte, blieb ich einfach nur ich. Ich war es nicht, die sich veränderte, und ich war wütend, dass sie es tat. Mit Wut konnte ich besser umgehen als mit Angst.

Als ich zurück ins Zimmer kam, lag Jule bereits eingemummelt im Bett und hatte die Augen geschlossen. Ich stellte noch schnell den Wecker, dann legte ich mich auch unter die Decke und zog sie mir hoch bis zu den Schultern, denn die Klimaanlage leistete echt ganze Arbeit. Gut für den Kuchen.

Er duftete so verführerisch

War das da eben nicht Bens Stimme auf dem Flur? Draußen schien sich was zu regen. Ich hielt die Luft an, als ich ein dumpfes Klopfen an der Tür hörte. Erneut. Ich schlüpfte aus dem Bett, durchquerte das Zimmer und drückte vorsichtig die Klinke hinunter, bevor ich durch den Spalt auf den Flur schaute.

Da stand Ben, in seiner lässigen blauen Jeans und einem dunklen Hemd. Seine tiefblauen Augen funkelten mich an, und es verunsicherte mich, dass er nicht eine Miene verzog. Ich musste schlucken. Er strich sich eine widerspenstige Haarsträhne aus dem Gesicht, bevor er einen großen Schritt auf mich zumachte und die Tür aufdrückte, ohne den Blick von mir abzuwenden.

Jetzt kam er mir so nah, dass ich ihn riechen und seine Körperwärme spüren konnte. Er duftete verführerisch, nach Parfüm und nach Ben. Ich atmete ganz tief ein und merkte, wie ein erregtes Kribbeln in mir aufstieg. Was wollte er hier? Seine Augen wurden deutlich dunkler, als er mich plötzlich packte und unsanft gegen die Wand drückte. Mit einer Hand hielt er mir den Mund zu und flüsterte leise »Schön stillhalten!«.

Erschrocken von dieser Wucht, legte ich meine Hände auf seine Oberarme und konnte seine angespannten Muskeln durch den festen Hemdstoff spüren. Sein Atem ging jetzt deutlich schneller. Ganz vorsichtig, beinahe sanft strich er mir über die Haare, an meinem Ohr entlang, hinunter zu meinem Hals. Ich genoss diese zärtliche Berührung und schmiegte meinen Kopf gegen seine Hand, als er mit einem Mal in mein Haar griff und meinen Kopf ruckartig nach hinten zog. Erschrocken riss ich die Augen auf.

Deutlich hörbar zog er scharf die Luft ein, als ich ganz zaghaft mit meinen Fingern seinen Oberarm hinauf, über seine Schulter, bis hin zu seinem Nacken strich und ihn näher an mich zog. Er presste sich noch fester gegen mich, dass ich kaum noch Luft bekam. Alles in mir schien zu beben. Ganz langsam umfasste seine Hand mein Kinn und drehte meinen Kopf zur Seite. Er war mir so nah, dass ich seinen heißen Atem auf meiner Haut spürte. Was passierte hier gerade? Ich spürte seine Lippen und seine Bartstoppeln auf meiner Haut, hörte ihn direkt unter meinem Ohr, bevor er mit seinen Zähnen über meine Haut glitt. Es fühlte sich so aufregend, so sinnlich an, dass ich mich nicht dagegen wehren konnte, mich unter seiner Liebkosung zu winden. Ich lehnte mich ihm weiter entgegen. Er strahlte so eine Macht, so eine Unberechenbarkeit aus. Ich fühlte mich ihm völlig ausgeliefert. Ich wollte ihn küssen, versuchte meinen Kopf zu drehen, konnte ihn aber nicht bewegen, so fest war sein Griff um mein Kinn. Langsam knabbernd wanderte er von meinem Ohr hinunter über meinen Hals, hinauf bis zu meinem Kinnbogen. Schwer atmend öffnete ich die Lippen, ich brauchte Luft.

Quälend langsam strich er mit den Fingerspitzen an der Seite meines Körpers hinauf, als meine Knie weich wurden und nachgaben. Ganz langsam rutschte ich ein kleines Stück an der Wand hinunter und stöhnte laut auf, als er unerwartet ein Bein anhob und es genau zwischen meine Beine drängte. Quälend langsam und mit immer festerem Druck bewegte er es so hin und her, dass er über meine empfindlichste Stelle rieb. Wieder stöhnte ich auf. Ich drohte gerade vor Lust zu explodieren, als er mich mit einem Mal umdrehte und mit der ganzen Kraft seines Körpers gegen die Wand quetschte. Eine Hand griff um meinen Hals, dass er meinen Kopf genau in die Position dirigieren konnte, in der er mich haben wollte, mit der anderen raffte er den Kragen meines Shirts zusammen, dass es mir die Kehle zuschnürte. Als seine Hand langsam über den Stoff hinunter, entlang meiner Brust, über meinem Bauch zum unteren Saum glitt, wurde ich fast ohnmächtig. Ganz langsam schob er die Hand unter den Saum meines Shirts und strich Zentimeter für Zentimeter nach oben.

Alles andere als platonisch

Schlaftrunken schlug ich die Augen auf, als plötzlich meine Weckhymne ertönte. »I say a little prayer for you …« schallte es gut gelaunt vom Nachttisch neben mir. Die Sonne stand schon tief am Himmel und tauchte unser Zimmer in ein warmes Gold. Jule lag neben mir, rekelte und streckte sich, murmelte mit verschlafener Stimme ein leises »Guten Morgen«, bevor sie sich grinsend zurück in die Bettdecke kuschelte und wieder die Augen schloss.

»Bleib ruhig noch 'ne Viertelstunde liegen«, flüsterte ich leise, verschwand ins Bad, wusch mir mit kaltem Wasser das Gesicht und blickte hoch. Kein Wunder, dass mir nach diesem Traum die Schamesröte noch im Gesicht stand. Das war der Beweis: Ich hatte Gefühle. Gefühle für Ben, und die waren alles andere als platonisch.

Ich beeilte mich mit dem Duschen, schmierte ein bisschen Styling-Öl in die Haare, damit die Locken schön glänzten, und knetete sie kopfüber. Dann machte ich mir einen Turban, überdeckte die schlimmsten Pickel mit Concealer, trug ganz leichtes Make-up auf und zog mich für den Abend um. Ein kurzer Blick in den Spiegel: blaue Jeans und ein schwarzes, weites Shirt. Mal ganz was Neues. Im Ernst, hoffentlich dachten die Jungs nicht, dass ich immer dasselbe anhatte, nur weil ich immer gleich aussah.

»Ach ne, unsere ganz besondere Freundin ist wieder da, und dieses Mal hat sie sogar Jasmin mit dabei, als wenn die zwei an diesem Wochenende nichts anderes zu tun hätten«, rief Jule genervt und ich ging zurück in den Wohnbereich, wo sie versteckt hinterm Vorhang aus dem Fenster schaute.

Caro und Jasmin standen bei Tobi, der gerade dabei war, einen Teil der Anlage aufs Schiff zu tragen. Die zwei sahen aus wie das doppelte Lottchen. Beide hatten ultrakurze Faltenröcke und fast bauchfreie Trägertops an, dazu Sneaker und Kniestrümpfe. »Was sollte das denn werden, die neue Staffel vom Schulmädchenreport?«, rutschte es mir raus, und Jule musste lachen. Jetzt hatten sie Ben entdeckt und stürmten auf ihn zu. Wenn es einen Moment zum Fremdschämen gab, dann jetzt. Aber Ben ließ Caro und Jasmin, anders als ich erwartet hatte, nicht einfach stehen. Ganz im Gegenteil: Er begrüßte sie freundlich und unterhielt sich mit den beiden. Was sollte das denn?

Ich hatte immer das Gefühl gehabt, dass er Caro nicht ausstehen konnte und froh war, wenn sie ihm nicht zu nahe kam. Jetzt, wo ich mal nicht dabei war, stand er da bei den blöden Tussen. Und Caro, die dumme Nuss, kicherte auch noch so affektiert! Ich fühlte mich komplett verraten und hintergangen. Hatte ich mich wirklich so in ihm getäuscht?

Je mehr ich die drei dort unten reden und lachen sah, desto wütender wurde ich. Sollte Jule doch alleine da hingehen und sich mit Tobi einen schönen Abend machen, die waren sicher froh, wenn sie mich mal nicht im Schlepptau hatten. Aus dem Augenwinkel sah ich das große Kuchenblech, also mein Abend war gerettet.

Ich setzte mich zurück aufs Bett und verschränkte wütend die Arme vor der Brust. Mit einem »So müssen wir das Elend nicht länger sehen!« zog Jule den Vorhang zu und setzte sich neben mich. »Aber, Maus, du weißt doch selber, dass es sein Job ist, nett zu den Fans zu sein. Das hat rein gar nichts zu bedeuten. Sobald du da bist, sind die doch eh wieder Luft für ihn.«

Ich konnte es nicht ertragen, dass Jule versuchte, ihn in Schutz zu nehmen, wo sie ihn doch nicht mal mochte. Ich stand auf und ging wieder rüber zum Fenster. Okay, jetzt standen Caro und Jasmin wieder alleine da. Mit aufs Schiff hatte er sie also nicht genommen, sie waren ganz normale Fans und er war höflich, ja, das war sein Job. Dieser Gedanke beruhigte mich zumindest etwas, und ich zog die Vorhänge wieder auf.

Ich schaltete das Radio ein, denn der nächste Song sollte mir sagen, ob ich mir Gedanken wegen Caro und Jasmin machen musste. Mit den ersten Takten von *Sowieso* von Mark Forster besserte sich meine Laune spürbar.

Mit meinem Schminkzeug ging ich rüber zu Jule, die gerade im Bad ihren Lidstrich nachzog und sich bemühte, nicht im Takt mitzuwippen. »Auch wenn's grad nicht so läuft, wie gewohnt. Egal, es wird gut, sowieso.« Als wir, dicht vor den Spiegel gebeugt, unsere Wimpern tuschten und dabei angestrengt den Mund verzogen, mussten wir loslachen. Warum sah das eigentlich jedes Mal so bescheuert aus? Jetzt nur noch etwas Lidschatten und zartes Rouge, fertig. Ein Glück, dass das Make-up so gut deckte. Wenn man es nicht wusste, sah man die Pickel kaum.

»Brauchst du noch lange? Die lassen bald die Leute aufs Schiff, da ist 'ne endlose Schlange«, drängelte Jule und schaltete das Radio aus.

Wet-T-Shirt-Party

Unten am Steg herrschte riesiger Andrang, wie sollten diese vielen Menschen nur alle aufs Schiff passen? Die Reling war mit schier endlosen Lichtergirlanden geschmückt, die sich in den Wellen, die klatschend an den Bug des Schiffes schlugen, spiegelten. Das Bordpersonal hatte hübsche blaue Uniformen an, und die Kellner, die über Deck liefen, trugen ein weißes Tuch über dem Arm, wie ich es nur aus Filmen kannte. Trotzdem hatten die meisten Gäste, genau wie ich, 'ne einfache Jeans an, was mich echt beruhigte. Ziemlich weit vorne entdeckten wir Sophie, Dennis, der unsere Tickets hatte, Mia, Sarah und noch ein paar Leute aus dem Fanclub, die uns zu sich rüberwinkten. Wie ein rohes Ei balancierte ich das Backblech vor mir her, als der junge Mann, der die Tickets abriss, neugierig unter die Alufolie guckte: »Ein Kuchen für mich, ach, das wäre doch wirklich nicht nötig gewesen!« Erst tat er so, als wollte er ihn mir aus der Hand nehmen, bot uns dann aber an, den Kuchen doch noch unter Deck vom Personal kühl stellen zu lassen.

Was ein verrückter Haufen. Bei so vielen Leuten war es zwar immer eine endlose Begrüßungsarie, weil jeder jeden drücken wollte, aber witzig war es allemal. Und während die anderen schon in bester Feierstimmung die Treppe nach oben stiegen, gingen wir unter Deck zur Küche. Wo konnten wir denn jetzt am besten den Kuchen abgeben?

Suchend schauten wir uns um. Zwischen den vielen Gästen wuselten unzählige Bedienungen mit Fingerfood herum. Ich kam mir vor wie in einem Ameisenhaufen. Wir sprachen eine junge Frau vom Personal an und sie brachte uns in den hinteren Bereich, dann schrieb sie mit einem dicken Edding »Band« auf die Alufolie. So könne man auf jeden Fall sicher sein, dass niemand von der Bordcrew zum Naschen dranginge.

Plötzlich ertönte das ohrenbetäubende Schiffssignal zwei Mal. Bestimmt das Zeichen, dass wir jetzt ablegten. Immer mehr Menschen strömten zum Oberdeck und man hörte lautes Jubeln und Klatschen, die Jungs hatten wohl gerade die Bühne betreten.

Selbst hier unter Deck spürte ich die Energie, und mein Herz überschlug sich fast vor Vorfreude. Gleich Ben zu sehen, erzeugte ein Gefühl in mir, das ich nicht mal mehr in Worte fassen konnte. »Ey, da müsste Musik sein, überall wo du bist, und wenn es am schönsten ist, spiel' es wieder und wieder« kam mir Wincent Weiss in den Kopf. Ja, Wincent hatte mal wieder so vollkommen recht, dieser Moment hätte wirklich einen Soundtrack verdient gehabt.

Ich war so in Gedanken, dass ich einen Kellner anrempelte, der zum Glück so geschickt war, dass er die Gläser noch ausbalancieren konnte. Das hätte ordentlich gescheppert. Freundlich lächelnd bot er mir und Jule einen Sekt an, und obwohl ich sonst nur ganz selten mal Alkohol trank, griff ich zu. Jule zog zwar erst verdattert die Stirn kraus, nahm sich dann aber auch ein Glas und stieß mit mir an: »Auf das Bandjubiläum und deinen Fast-Geburtstag!«

Direkt nach dem ersten kleinen Schluck schüttelten wir uns angewidert. Ich hatte ganz vergessen, wie eklig ich das Zeug fand, und der Kellner nahm kopfschüttelnd unsere fast vollen Gläser zurück.

»Bereit?«, fragte mich Jule, als wir auf der vorletzten Stufe standen. Ich nickte, auch wenn ich mir da gar nicht so sicher war. Mit dem Betreten des Decks überrollte mich eine Welle. Eine Welle voll Musik, Partystimmung und grenzenloser Energie. *Sex on fire* von Kings of Leon. So sehr hatte ich mir gewünscht, dass sie den Song ins Programm nahmen, aber Ben mochte ihn nicht und hatte mir immer den Mund zugehalten, wenn ich davon anfing. Sofort dachte ich wieder an den Traum.

Alle Gäste schienen jetzt hier oben zu sein, wir hatten absolut keine Chance, bis zur Bühne durchzukommen. Es war so voll, dass ich die Bühne von hier hinten nicht mal sehen konnte. Die Musik erreichte mich trotzdem. Bens warme, rauchige Stimme umhüllte mich, er klang so nah, so verführerisch, ich musste ihn gar nicht sehen, um sein Bild direkt vor Augen zu haben. Mit seinem kleinen Grübchen am Kinn, den wilden Haaren und diesem intensiven Blick. Ich konnte mir genau vorstellen, wie er jetzt da vorne auf der Bühne stand, beide Hände fest ums Mikro geschlungen und mit dem Mund ganz nah dran. So nah, wie er mir in meinem Traum war … Gott, ich war ja geradezu besessen von ihm.

Rechts von uns teilte sich die Menge einen kleinen Spalt, und bevor ich reagieren konnte, griff Jule blitzartig meine Hand und wir schlängelten uns etwa zehn Reihen weiter nach vorne. Wir standen nun etwa acht Meter von der Bühne entfernt und eigentlich nah genug dran, um was zu sehen, aber da wir sonst den Blick aus der 1. Reihe gewohnt waren, kamen wir uns hier schon ziemlich abseits vor. Mindestens so wichtig, wie die Band zu sehen, ist ja, dass man auch von der Band gesehen wurde, aber hier hinten entdeckten uns die Jungs auf keinen Fall.

Jetzt spielten sie einen Song, den ich mir seit unserem ersten Konzert im *Babylon* jedes Mal wünschte, *Harder to breathe* von Maroon 5. Endlich mal ein Song, den Ben genau so sehr feierte wie ich.

Unglaublich, was für eine Energie sich selbst hier hinten noch auf das Publikum übertrug. Ich atmete tief durch und genoss den Moment. Die folgenden Songs waren alle eine Nummer rockiger, sodass ich den Bass mit jeder Faser meines Körpers deutlich zu spüren bekam. Die bunten Moving Lights, die an der oberen Traverse angebracht waren, tanzten vor dem dunklen Abendhimmel, und in weiter Ferne sah man noch die schneeweißen Gipfel der Alpen. Eine atemberaubende Kulisse, was für ein Abend!

Nicht weit hinter uns standen fünf junge Männer, die schon jetzt total betrunken waren und plötzlich lauthals eine Gruppe von Frauen anpöbelten. Solche Idioten, die einfach nicht wussten, wann es gut war, gab es zwar auf jedem Gig, aber die Typen übertrieben es gerade maßlos. Nun schienen sie es auf uns abgesehen zu haben. »Ey, Fetti, lass ma tanzen«, kam der eine auf mich zu, stolperte unbeholfen, fiel fast auf mich drauf, konnte sich nur gerade noch auf seinem Kumpel abstützen. Auch die anderen standen nun direkt hinter uns, als sie plötzlich lautstark »Wet-T-Shirt-Party« grölten und ihre Biergläser über unsere Köpfe hielten.

»Sofort die Biergläser runter, sonst komm ich zu euch da rüber!« Ben! Er hatte den Song unterbrochen, und auch die Band war verstummt. Tobi hatte seine Gitarre bereits zur Seite gestellt und sah so aus, als wollte er jede Sekunde von der Bühne springen. Alle Augen waren mit einem Mal auf Jule und mich gerichtet. Die Typen schauten sich erschrocken um.

»Runter damit, habe ich gesagt«, schallte es erneut aus den Boxen, und während sie entgeistert ganz langsam ihre Gläser runternahmen, bekam ich eine Gänsehaut. Die Typen folgten unserem Blick zur Bühne und hoben beschwichtigend die

Hände, als einer »Alles gut, Chef, war nur Spaß!« in Bens Richtung brüllte und sich die fünf aus dem Staub machten.

»Alles gut, Mädels?«, fragte Ben jetzt mit einem freundlichen Lächeln in unsere Richtung und fuhr, nun an das Publikum gewandt, mit einem »Seid doch so gut und gebt unseren Mädchen die Möglichkeit, in die 1. Reihe zu kommen, denn da gehören sie hin« fort. Erst als wir direkt vor der Bühne standen, Ben sich zu mir runtergebeugt hatte und ich auf sein »Wirklich alles gut bei dir?« zustimmend nickte, gab er Tobi ein Zeichen, der nahm wieder seine Gitarre, und sie spielten *Dance with somebody* von Mando Diao von vorn.

Der Song begann mit einem schweren Atmen, fast Stöhnen, und sofort dachte ich wieder an meinen Traum. Ben und Tobi ließen uns jetzt nicht mehr aus den Augen, und ich ertappte mich dabei, wie ich mich über den Vorfall mit den blöden Typen sogar ein bisschen freute. Ben, mein Beschützer, und irgendwie stand ich drauf, wenn seine Stimme so bedrohlich klang und keinen Widerspruch duldete.

»Ihr hättet gar nicht so einen großen Auftritt gebraucht, ich hätte mich auch so gefreut, dass ihr doch da seid!«, flüsterte Ben, als er mich in der Setpause in die Arme schloss. »Dir geht's gut, ja?« Er schaute mich prüfend an, bevor er mich an beiden Schultern packte, hin und her drehte, um mich mit einem »Noch alles dran, da bin ich aber beruhigt« wieder aus der Begutachtung zu entlassen.

Lautlos wiederholte ich seine Worte: Noch alles dran, da bin ich aber beruhigt. Wie meinte er das denn bitte? Sollte das eine Anspielung sein, dass an mir einiges dran war? Zum Beispiel ein dicker Hintern und etliche Kilo zu viel. Hm, aber er hatte ja »Da bin ich aber beruhigt« gesagt. Mochte Ben sogar, wenn an einer Frau einiges dran war? War das sein Ernst!? Die Gedanken in meinem Kopf überschlugen sich, bis Tobi fragte, ob wir mit runter in ihren Dayroom kommen wollten, da sei es gemütlicher und nicht so voll wie hier oben an Deck.

Wir folgten den Jungs die Treppe nach unten, machten aber einen kurzen Abstecher zur Küche, um den Kuchen zu holen. Nur ein kleiner Smartie hatte sich gelöst, den konnte man einfach wieder hinlegen. Ich war richtig stolz auf unser Kunstwerk. Als wir am Dayroom anklopften, öffnete Patrick die Tür. Ben und Tobi hatten es sich auf dem Bett bequem gemacht, kamen aber auch sofort neugierig auf uns zu, als sie das große Blech sahen. Von wegen zu alt für Kinderkuchen.

»Ihr seid ja wahnsinnig, euch solche Mühe zu machen!«, freute sich Tobi und drückte Jule einen Kuss auf den Mund. Ihre Arme um seinen Hals gelegt, erwiderte sie seinen Kuss stürmisch, und beide ließen sich eng umschlungen aufs Bett fallen. Ich hatte Jule noch nie so wild knutschen gesehen und musste mich erst mal an den Anblick gewöhnen.

Im Gegensatz zu mir schien das aber irgendwie auch niemand nur ansatzweise befremdlich zu finden. War ich echt so prüde? Ben zuckte mit den Schultern und bemerkte trocken: »Geil, live YouPorn und mehr Kuchen für uns!« Alle lachten. Tobi wollte noch irgendwas erwidern, aber Jule hatte sich auf ihn gesetzt und küsste ihn so leidenschaftlich, dass er nicht mehr zu Wort kam. Lars, der Keyboarder, kam mit einem großen Kuchenmesser zurück und drückte es mir auffordernd in die Hand.

»Nee, nee! Ihr habt Jubiläum, dann müsst ihr ihn auch anschneiden«, wehrte ich mit beiden Händen ab und trat einen Schritt zurück. Mist, gleich war es so weit, gleich musste ich ein Stück Kuchen ablehnen. Mein Herz begann zu rasen, als Ben mit Tellern auf mich zukam. Mist, Mist, Mist! In mir brach die blanke Panik aus. Wie kam ich hier raus? Toilette! Genau, ich musste zur Toilette, durchfuhr es mich. Hatte ich das etwa laut gesagt?

»Rechts raus, an dem Maschinenraum vorbei und dann die zweite Tür.« Ben stockte kurz und schob amüsiert »Quatsch, die erste! Du bist ja ein Mädchen!« hinterher.

Ich drehte mich noch mal um, musste aber beim Anblick seines schelmischen Grinsens selbst lachen und verschwand aus der Suite.

Während ich auf der Toilette Zeit totschlug, machte ich mir so meine Gedanken. Ob Ben den anderen gar nichts von unserer ersten Begegnung auf dem Herrenklo erzählt hatte? Zwischen uns beiden war es inzwischen ein Running Gag, und er ließ echt keine Situation aus, mich damit aufzuziehen. Ja, und ich liebte den Gedanken, dass wir beide einen Insider hatten.

Ich ließ meinen Blick umherschweifen und sah auf meine nackten Oberschenkel. Dass der Umfang meines Hinterns die Breite eines Toilettensitzes schon längst überragte, war eine Tatsache, an die ich mich inzwischen gewöhnt hatte. Dass aber auch meine Oberschenkel so dick waren, dass sie von einer Klowand zur anderen reichten, ohne dass ich zwischen ihnen zum Boden hindurchschauen konnte, schockierte mich. Meine Beine waren nicht nur dick, sie waren schlicht und ergreifend pures Fett, eingequetscht zwischen zwei schmierigen Kabinenwänden. Auch wenn es hoffentlich nur die Rückstände eines Hygienesprays waren, schüttelte es mich vor Ekel, als ich Jule hörte: »Maus, alles gut da drin?«

Ich zog mich an, öffnete die Kabinentür und gestand ihr, dass ich mich vor dem Kuchen versteckte. »Da bin ich beruhigt, ich dachte, ich wär dir peinlich.« Sie grinste. »Es ist nur so, Tobi und ich haben uns in letzter Zeit kaum gesehen, da konnte ich grad einfach nicht widerstehen.«

»Ich habe Angst, dass sie mich überreden, auch ein Stück zu essen. Und ich werde bestimmt nicht zugeben, dass ich gerade versuche, für den Abi-Ball abzunehmen.«

Jule machte ein grübelndes Gesicht. »Wenn sie dich nicht umbringen wollen, werden sie dich auch nicht überreden!«

»Mich umbringen?«, fragte ich entgeistert.

»Hast du vor, in Gegenwart der Jungs mal Pistazien zu essen?« Ich schüttelte den Kopf. »Na also, dann bist du ab jetzt hochgradig allergisch gegen Pistazien. Und die habe ich schließlich großzügig in den Teig und zur Verzierung auf den Kuchenrand gestreut, weil Tobi sie so gerne mag.«

Die Ausrede war gut, aber wir brauchten sie nicht, da sich die Jungs gerade zurück auf den Weg zur Bühne machten. Ben schaute mich fragend an, und ich sagte ihm, dass es einfach schrecklich voll vor der Toilette gewesen sei. Dann schob ich etwas leiser »Und die für Männer war auch besetzt« hinterher und freute mich wie ein kleiner Schneekönig, dass mir dieser

Spruch eingefallen war. Er schüttelte grinsend den Kopf. »Ne, is klar!«

Patrick und Timm, die in dem schmalen Gang vor uns liefen, unterhielten sich über eine Frau, die früher wohl bei jedem Konzert war und nun, seit zwei oder drei Jahren, zum ersten Mal wieder aufgetaucht war. »Hast du gesehen, mit was für 'ner dicken Karre die vorgefahren ist?«, bemerkte Timm ziemlich beeindruckt.

Patrick räusperte sich: »Kein Wunder, ihr war ja auch schon früher das Beste gerade gut genug.« Dabei stolzierte er wie ein stolzer Hahn vor uns her. Ben ging einen Schritt schneller, legte den Arm um Patricks Schulter und fragte provokant: »Okay, aber was wollte sie dann mit dir?« Patrick fiel wie ein nasser Sack in sich zusammen.

Timm schlug Ben in die Seite, worauf der nur die Schultern hochzog: »Was denn? Ist doch eine berechtigte Frage.« Timm verdrehte die Augen, schüttelte den Kopf und formte ein lautloses »Du Wichser« in Bens Richtung, worauf der ihn bittersüß anlächelte und das Thema beendet war.

Wir machen noch ein paar Jahre

Kurz bevor die Jungs den ersten Fuß aufs Deck setzten, entzündete Sophie eine Wunderkerze. Binnen Sekunden steckten auch alle anderen Passagiere ihre an oder hielten brennende Feuerzeuge in den dunklen Himmel, bis das komplette Deck ein einziges Funken sprühendes Lichtermeer war. Plötzlich stimmte der Fanclub »Wir sind wie Lichterketten, wenn wir zusammensteh'n. Wenn wir gemeinsam leuchten, kann man's schon von Weitem seh'n« von Sasha an, und auch Jule, ich und die anderen Gäste sangen lauthals mit. So gerührt wie die Jungs aussahen, hatten sie damit wohl wirklich nicht gerechnet. Das Lied wurde sonst immer zum Ende der Konzerte gesungen, wenn wir die Band dazu auffordern wollten, noch eine Zugabe zu spielen. Timm sagte mit leicht belegter Stimme: »Keine Sorge, wir machen noch ein paar Jahre!«, worauf alle in lauten Jubel ausbrachen.

Ich beobachtete Bens Reaktion und musste schlucken. Erst neulich hatte er mir geschrieben, dass er diesem Abend eher mit sehr gemischten Gefühlen entgegensah. Klar, es sei zwar schön, sich den Traum mit dem Schiff zu erfüllen, aber dieser Abend führe ihm deutlich vor Augen, wie viele Jahre er schon in der Coverszene festhing. Wann immer es in unseren Nachrichten um die Musik ging, war da diese Traurigkeit. Er brauchte es gar nicht zu formulieren, ich wusste, dass ihn der Wunsch, mit seiner eigenen Musik gehört zu werden, quälte.

Ben zwinkert mir zu und zwang sich zu einem Lächeln, zu einem Lächeln, das seine Augen nicht erreichte. Er wusste genau, was ich dachte.

Jetzt kam Dennis aus der hinteren Reihe mit einem riesigen, in quietschbuntes Papier eingepackten Rahmen nach vorne und überreichte ihn Ben. Der hielt den unhandlichen Rahmen hoch, während die anderen, stürmisch wie kleine Kinder, das Geschenkpapier zerfetzten.

Neugierig, durch das Gelächter, schaute ich auch genauer hin. Diese Collage war der deutliche Beweis, dass sich Frisuren und Mode in den letzten Jahren extrem geändert hatten. Ben hatte gar nicht genug Hände, um alle ihm peinlichen Bilder zu verdecken, deshalb stellte er sich mit breiten Schultern vor die Collage und sagte laut: »Gehen Sie bitte weiter, hier gibt es nichts zu sehen!«, bevor er sich bei den Umstehenden für das Geschenk bedankte. »Erinnerst du dich noch hier dran?« und »Mann, war das ein Abend, ich hatte gehofft, davon gibt es keine Beweisfotos!« waren Wortfetzen, die ich noch aufschnappte, bevor ich plötzlich auch Caro zwischen all den anderen, direkt vor Ben, stehen sah.

Um mich herum verschwamm alles, als er sie in die Arme nahm. Es war wie ein schwerer Faustschlag in den Magen, und als er sie einfach nicht wieder losließ, war es so, als würde sich die Faust in meinem Magen festkrallen. Ich fühlte mich wie in einem dunklen Tunnel, nur mit klarem Blick auf die beiden.

Ben hatte sie immer noch im Arm und flüsterte ihr jetzt irgendetwas ins Ohr. Ich war gelähmt vor Eifersucht und konnte nicht mal mehr schlucken. Caro schaute ihn an, guckte auf ihre Uhr und nickte. Hatten die sich gerade etwa verabredet? Als Ben weiterging, um sich auch bei Mia, Sophie und Sarah zu bedanken, wandte sich Caro zu Jasmin und zeigte ihr den erhobenen Daumen.

Ich musste hier weg. Irgendwohin, wo ich alleine sein konnte, wo ich all das hier nicht länger mit ansehen musste. Ich floh vor den Bildern, quetschte mich hastig durch die Reihen. Ich konnte es nicht eine Sekunde länger ertragen, die beiden zusammen zu sehen.

Endlich erreichte ich die andere Seite des Schiffes und lehnte mich über die Schiffsreling. Das Wasser brach sich am Bug des Schiffes, und erst ganz weit von uns entfernt liefen die Wellen seicht aus. Gerade so, als wären sie nie da gewesen – und niemand würde sie je vermissen.

Da war ein Schmerz in meiner Kehle, als hätte ich ein spitzes Stück Glas verschluckt, sodass ich nicht wagte, zu atmen. Obwohl mir zum Heulen zumute war, presste ich nur meine Lippen fest aufeinander und ließ langsam die angestaute Luft aus meiner Nase strömen. Mit aller Kraft wehrte ich mich gegen die Tränen, denn diesen Triumph wollte ich ihnen nicht gönnen. Durch meine Gedanken jagten Wortfetzen, die mit zunehmender Geschwindigkeit an Grausamkeit zunahmen. Ich konnte mir nur zu genau vorstellen, was Ben und Caro gerade zu tuscheln hatten: »Wir müssen vorsichtig sein, die beobachtet uns«, »Warum ist die überhaupt hier? Niemand hätte die Klette vermisst«, »Glaubst du, sie hat gemerkt, dass wir sie nur ausnutzen?«, »Wir treffen uns, wenn die Fette endlich weg ist!«.

Am schlimmsten war die herablassend angewiderte Art ihrer Stimmen in meinem Kopf. Ich konnte sie ja sogar verstehen, aber warum sagten sie es mir nicht einfach ins Gesicht? Warum beendeten sie nicht dieses grausame Spiel und ließen mich einfach gehen? Dass sie mich nicht in ihrer Nähe haben wollten, war doch verständlich, ich wollte ja nicht mal selbst in meiner Nähe sein.

Ich spürte nichts mehr, keinen meiner Arme, nicht meine Beine. Nicht mal mehr Schmerz. Ich setzte mich in die hinterste Ecke einer verlassenen Lounge und zog eins von den großen

Kissen an mich heran, als würde ich eine Mauer zwischen mir und jedem anderen auf diesem Schiff errichten. Ich wollte nicht mehr hier sein und niemand würde mich je vermissen.

Ich hatte mich noch nie so verletzlich gefühlt wie in diesem Moment. War das Liebe? Diese quälende Eifersucht? Diese erdrückende Angst, von ihm belogen, betrogen und verraten zu werden? Ausgetauscht gegen eine Hübschere?

Ausgetauscht?! Betrogen? Wo kam das denn auf einmal her? Ich zog die Nase hoch und atmete tief durch. Es fühlte sich beruhigend an, wieder kühle Luft in der Lunge zu spüren, und ich legte den Kopf in den Nacken. In was für einen Psychofuck hatte ich mich da wieder reingesteigert? Sollte ich es beruhigend finden, dass mir zumindest noch bewusst war, ziemlich einen an der Klatsche zu haben, oder war es doch eher beängstigend? Oh Mann, wie sehr ich mich in diesen Momenten selbst hasste.

Es war ein unglaublicher Abend, alle waren da, jeder hatte Spaß. Und was tat ich? Ich war sauer, dass meine beste Freundin umwerfend aussah, und steigerte mich in eine Eifersucht hinein, die mir überhaupt nicht zustand.

Jule war der liebenswerteste Mensch, den ich mir vorstellen konnte, und hätte wirklich alles für mich getan, und Ben war nur ein Freund. Ein Freund, der mich vor besoffenen Idioten beschützte, bei den Gigs jede freie Minute mit mir verbrachte und mir nie auch nur ansatzweise das Gefühl gab, ihm peinlich oder eine Klette zu sein. Im Gegenteil, er war es doch, der mir ständig bei WhatsApp schrieb. Was zum Teufel stimmte also nicht mit mir?

I gave you flowers

Der Wind wehte die Musik zu mir herüber und ungefragt mischte sich wieder das Song-Orakel ein. Ben eröffnete das Set gerade mit meinem Lieblingssong von Maroon 5. »I asked her to stay, but she wouldn't listen – And she left before I had the chance to say.« Was für ein Quatsch dieses Song-Orakeln eigentlich war, und trotzdem musste ich jedes Mal schmunzeln, wenn die Songs mir Antworten auf nicht mal gestellte Fragen gaben.

Yepp, ich konnte hier sitzen bleiben und mich weiter in meine schlechte Laune hineinsteigern. Das wäre die eine Möglichkeit gewesen. Ich konnte aber auch rüber zu den anderen gehen und mit meiner Lieblingsband und meiner besten Freundin in meinen Geburtstag hineinfeiern. Und ich würde mein altes Ich einfach hinter mir lassen und ab dem nächsten Tag die neue Diät anfangen. Anfangen und durchziehen und dann stünde mir niemand mehr im Weg. Keine Caro und nicht mal ich selbst. So. Ab dann begann mein neues Leben, motivierte ich mich, während die letzten Zeilen von *Won't go home without you* erklangen.

Ich bahnte mir einen Weg zurück zur Bühne. Dieses Mal aber auf der anderen Seite des Decks. Nicht dass ich wieder genau an den Leuten vorbei musste, die ich eben so unhöflich angerempelt hatte. Jule stürmte von der anderen Seite der Bühne vorbei an Caro, die mit Jasmin in der 1. Reihe tanzte, auf mich zu und fragte beunruhigt, wo ich denn bitte die ganze Zeit gewesen sei? Sie klang richtig sauer, und so wirklich verübeln konnte ich es ihr nicht. Meine Ausrede, dass mir auf einmal durch den ganzen Qualm der vielen Wunderkerzen so komisch geworden sei und ich nur etwas frische Luft gebraucht hatte, ließ sie zwar unkommentiert stehen, aber so wirklich nahm sie mir die Geschichte nicht ab. Dafür kannte sie mich einfach zu gut.

Ben stand am vorderen Bühnenrand: »I promised myself – I promised the world to you«, rupfte einen kleinen Ast von dem Zierbäumchen direkt neben der großen Box, streckte ihn bei der Zeile »I gave you flowers« dem Publikum entgegen und sah ziemlich irritiert aus, als Caro plötzlich direkt vor ihm auftauchte. Genau in dem Moment, als sie gerade danach greifen wollte, entdeckte er mich, schaute auf Caro, dann auf seine Hand, zog sie zurück, machte einen Schritt auf mich zu, kniete sich nieder und präsentierte nun mir lächelnd den kleinen Ast, während er »Für mein Mädchen aus der 1. Reihe« sagte. Meine Güte, das hat gesessen.

Ich weiß nicht, ob es mir nur so vorkam, weil ich es endlich zulassen konnte, aber die Stimmung an Deck wurde immer ausgelassener. Sie spielten nun auch einige Songs, die sie schon ewig nicht mehr im Programm hatten, quasi aus den Anfängen von Joyning: *All night long* von Lionel Richie, *Desert Rose* von Sting und *Africa* von Toto. Ich konnte beim besten Willen nicht verstehen, wie es Menschen geben konnte, die einen Abend in der Disco einem Livekonzert vorziehen konnten. Dieses Gefühl, wenn da oben Menschen standen, die ganz und gar in der Musik aufgingen und ihre tiefste Seele in die Songs legten, war doch wirklich durch absolut nichts in der Welt zu ersetzen.

Ich erinnerte mich an den Moment, als Ben *With or without you* gesungen hatte. Seine Stimme ging mir so unter die Haut, als hätte er mir seine eigene Geschichte anvertraut. Wie es wohl wäre, wenn Ben nicht nur covern, sondern seine eigenen Songs singen würde? War es überhaupt möglich, noch gefühlvoller zu singen? Ich verstand nicht, dass ihm niemand eine Chance geben wollte. Ben hatte doch alles, was man sich von einem Sänger, überhaupt von einem Mann, nur wünschen konnte. Auch jetzt konnte ich wieder kaum meine Augen von ihm abwenden. Er hatte so eine charmante Art, mit dem Publikum zu flirten, und auch wenn es entspannt war, den Abend ganz ohne Kamera zu genießen, fand ich's schon schade, dass ich diese Erinnerung nur in meinem Kopf speichern konnte.

Langsam fuhren wir wieder in den kleinen, romantisch beleuchteten Hafen ein, und Ben kündigte den letzten Song des Abends an, bedankte sich bei den Gästen, dass sie diesen besonderen Moment mit der Band geteilt hatten, und lud alle ein, weiter auf dem Schiff zu bleiben, um mit der Band auf das Jubiläum anzustoßen. Und als er schließlich das Publikum aufforderte, für mich, als Webmasterin, einen herzlichen Applaus zu spenden, fühlte ich mich schon ein bisschen besonders.

»Sie gibt so viel und nimmt zu wenig. Danke, Lea!«, ertönte seine Stimme aus den Boxen, und er und die anderen Jungs aus der Band applaudierten mir. Das war zu viel. In Bens Augen sah ich, wie sehr er es genoss, mich so hilflos zu sehen. Tiefrot und allen Blicken ausgesetzt, und nur er konnte es beenden und mich aus der Situation erlösen. In einem lautlosen Dialog wie nur wir ihn führen konnten, flehte ich ihn an, es bitte endlich zu beenden. Und während er meinen Blick einen Moment länger als nötig festhielt, um mich vollends in Verlegenheit zu bringen, zählte der Drummer den letzten Song des Abends ein: *Let her go* von Passenger.

Ich mochte das Lied. Es hatte so eine schöne melancholische Stimmung, und es beschrieb einen meiner traurigsten Gedanken. So oft wusste ich die wertvollsten Dinge in meinem Leben wirklich erst zu schätzen, wenn ich sie bereits verloren hatte. Bens Stimme klang ungewohnt weich, und auch die anderen Jungs stiegen im Refrain leise mit ein, während vereinzelt Feuerzeuge in die Luft gehalten wurden und sich die Reihen langsam im Takt der Musik wiegten. Jule auf der einen Seite, Sophie auf der anderen, stand ich einfach da, ließ diese besondere Atmosphäre auf mich wirken und genoss es, ein Teil von dem hier zu sein. Ich war so in der Melancholie des Textes versunken, dass ich erschrocken zusammenzuckte, als plötzlich frenetischer Applaus losbrach. Die Band verbeugte sich ein letztes Mal, dann verließen sie die Bühne.

Um uns herum wurde es so unruhig, als wäre irgendwo ein Startschuss gefallen. Einige Gäste drängelten hastig Richtung Treppe zum Unterdeck, Freunde und Familie versuchten näher an die Bühne zu gelangen. Ich nahm meine Tasche, die ich unter dem Bühnenrand abgestellt hatte, und schaute mich etwas verloren um, wo ich mich am besten hinstellen konnte, um bei dem ganzen Geschiebe nicht weiter im Weg zu stehen, als ich plötzlich eine Hand auf meiner Schulter spürte.

»Wo willst du hin?«, fragte mich Ben mit gespielt vorwurfsvollem Ton und zog eine Augenbraue nach oben, bevor er weitersprach: »Ich dachte, dass wir noch auf den schönen Abend anstoßen, und wenn ich mich nicht täusche, haben wir um zwölf noch einen weiteren Grund zum Feiern!«

Konnte er mal aufhören, mich so anzugucken? Da standen mindestens fünf Leute, die darauf warteten, dass er ihnen seine Aufmerksamkeit schenkte, aber er ließ sich nicht ablenken, schaute mich weiter an und wartete auf eine Antwort. Als ich nickte, sagte er zufrieden: »Gut, also um kurz vor zwölf unten in der Suite. Ich freu' mich.«

Er gab mir einen Kuss auf die Wange, und während ich mich schnell umdrehte, um aus der Situation zu flüchten, sah ich noch im Augenwinkel, dass mich seine Hand verfehlte. Hatte Ben gerade ernsthaft versucht, mir auf den Hintern zu hauen? In Gedanken spulte ich die Situation zurück und fragte mich, wo seine Hand gelandet wäre, wenn ich nicht losgelaufen wäre?

Aus sicherer Entfernung beobachtete ich ihn und wartete gespannt, ob auch Freunde und Familie von ihm hier waren. Was waren das denn bitte für welche, die sich jetzt zu Ben stellten? Hatte die Top-Model-Villa etwa Freigang? Ich merkte, wie sich mein Blick verfinsterte, während ich die beiden Frauen musterte.

Die eine trug ein luftiges, sehr kurzes Sommerkleid und hatte wunderschöne lange schwarze Haare, die ihr bis zur schlanken Taille reichten, dazu hohe Schuhe, sodass sie fast so groß wie Ben war. Die andere war blond, hatte etwa schulterlange Locken und trug zu ihren bis hoch zum Knie geschnürten Sandalen Hotpants aus verwaschener Jeans und dazu ein einfaches weißes Top. Beide waren nur dezent geschminkt und strahlten eine Eleganz aus, wie ich sie selten gesehen hatte. Und, richtig, ich mochte sie nicht. Und genau das konnte ich entscheiden, obwohl wir noch nicht ein Wort gewechselt hatten, und dazu würde es ganz bestimmt auch nicht mehr kommen.

Ich wunderte mich gerade noch darüber, dass sogar meine Gedanken einen zickigen Tonfall haben konnten, als ich erkannte, dass die zwei Frauen definitiv zu den beiden nicht weniger attraktiven Männern gehörten, die mit am Tisch standen und nun mit Ben anstießen. Hatten sich die beiden bis gerade noch an ihren Biergläsern festgehalten, legten sie jetzt, fast synchron, den Arm um die Schultern ihrer Freundinnen.

Beruhigt machte ich mich auf den Weg, um Jule zu suchen, und entdeckte sie knutschend mit Tobi in einer Lounge. Ich wollte gerade umdrehen, als Tobi mich zu den beiden rüberwinkte. Er bot mir seinen Platz neben Jule mit den Worten »Hab ich für dich vorgewärmt!« an, dann drückte er Jule einen Kuss auf den Mund und verschwand Richtung Bühne, wo Lars auf ihn zu warten schien.

»Sag mal, möchtest du heute Abend nicht vielleicht lieber mit bei Tobi schlafen?«, fragte ich Jule und schob vorsichtshalber direkt ein erklärendes »Guck mal, ich bin eh total erledigt und werde direkt einschlafen« hinterher. Mit prüfendem Blick fragte sie, ob ich sie loswerden wollte, und dass das doch schließlich unser Wochenende sein sollte. Außerdem hätte ich gleich Geburtstag. Sie schien noch nicht wirklich angetan von meiner Idee.

»Erstens bleibt das auch unser Wochenende, wenn du ein paar Zimmer weiter schläfst, und zweitens habe ich gleich trotzdem Geburtstag. Ich glaube, diese Tatsache lässt sich von deiner Entscheidung nicht beeinflussen.« Das waren gute Argumente, und ihr Lächeln verriet, dass sie über meine Hartnäckigkeit nicht wirklich unglücklich war.

Dieser Traum vorhin und Bens Verhalten während des heutigen Abends, seine durchdringenden Blicke von der Bühne, die Erinnerung daran, wie er riecht, wie mich sein Bart kitzelt oder als er mich vor den blöden Typen beschützt hat, weckten Gefühle in mir, die mir völlig fremd waren. Und zum ersten Mal waren es Gefühle, die mir keine Angst machten. Auch wenn da kein Bauchkribbeln war, war da dieses Kitzeln etwas tiefer, da wäre es schön, das Bett diese Nacht für mich alleine zu haben. Na ja, oder ich ging einfach kalt duschen.

Das hätte ich nie von ihm gedacht

Während ich gerade in Gedanken die Möglichkeiten meines neu gewonnenen Einzelzimmers gegeneinander abwog, kam Lars zu uns rüber, um uns zu bitten, sein Handy aus der Suite zu holen. Er musste noch was mit einem interessierten Veranstalter besprechen, was vermutlich länger dauern würde, sich aber auch dringend bei seiner Freundin zu Hause melden. »Na klar, kein Problem«, nahm ich lächelnd den Schlüssel aus seiner Hand. »Geh ruhig rüber. Ein Handy finde ich gerade noch alleine. Tobi möchte mit dir angeben«, schob ich Jule auf dem Weg zur Treppe in Tobis Richtung, der mit ein paar Freunden in unsere Richtung schaute.

An der Küche vorbei, ging ich durch die große Schwingtür und kam wieder in den langen, verwinkelten Gang zur Suite. Unangenehm dunkel war es hier, und der Partylärm hörte sich hier unten eher wie ein merkwürdiges Brummen an. Und irgendwie fand ich es unheimlich, dass ich nicht den kompletten Gang einsehen konnte.

Ich wollte gerade den Lichtschalter drücken, als ich Bens Stimme hinter mir hörte: »Hier geht's lang!«, gefolgt von weiblichem Gekicher. Erschrocken zuckte ich zusammen. Zum Glück dämpfte der Teppichboden meine Schritte, als ich mich drei Sekunden später zwischen Geschirrwagen und Wand quetschte. Bei meinem rasenden Puls fiel es mir unheimlich schwer, lautlos zu atmen, aber ich wollte auf gar keinen Fall, dass er mich hier entdeckte. Nicht so. Das Gekicher wurde immer lauter, als ich Ben mit Caro und Jasmin vorbeigehen sah.

Caro und Jasmin? Das war doch bitte nicht sein Ernst! Das war einfach nur abstoßend und widerlich. Ich verstand die Welt nicht mehr. »Andere holen sich diesen Kick beim Sex, ich in der Musik.« Ich hatte ich noch genau seine Worte im Ohr, seine Worte, die ihn so besonders, so anders und so attraktiv gemacht hatten. Von wegen. Als ich Ben »Ich bin sehr gespannt, was ihr mir bieten könnt!« sagen hörte, wollte ich schreien vor Wut, aber die Enttäuschung schnürte mir die Kehle zu. Er brauchte die Bestätigung durch Frauen und damit war er einfach nur wie jeder andere, ein ganz gewöhnlicher Scheißkerl. Ich dachte an unseren schönen Kuchen, aber ich könnte gar nicht so viel fressen, wie ich grad kotzen wollte.

»Hereinspaziert, wir müssen uns aber beeilen«, lud Ben in die Suite ein, und ich hörte noch, wie die Tür ins Schloss fiel. Für einige Sekunden blieb ich regungslos stehen, dann flüchtete ich durch den Flur, zurück nach draußen. Ich wollte einfach nur noch ins Hotel, nichts mehr sehen, nichts mehr hören, nichts mehr spüren.

Völlig benommen ging ich zurück aufs Deck, drückte dem verdutzten Lars den Suiteschlüssel in die Hand und sagte, dass ich sein Handy nicht finden konnte. Jule stand schon wieder knutschend mit Tobi an der Reling. Vielleicht war eine WhatsApp aber eh besser. Wenn sie mich ansah, konnte ich Tränen noch nie gut zurückhalten.

Je weiter ich mich vom Schiff entfernte, desto größer wurde der Kloß in meinem Hals, und die Zeilen, die ich auf meinem Handy tippte, verschwammen mehr und mehr vor meinen Augen.

»Spatz, mach dir keine Sorgen, ich muss mich hinlegen. Bleib heute Nacht bitte bei Tobi, ich werde gleich zwei Tabletten gegen die Kopfschmerzen nehmen, dann kann ich sicher gut schlafen. Wir sehen uns morgen früh.« Ich schickte ihr eine zweite Nachricht mit »Drück dich« und Kuss-Emoji hinterher, sonst wäre sie skeptisch geworden.

In der Hotellobby war es grässlich hell. Ich zog die Nase hoch und schaute angestrengt nach oben, in der Hoffnung, dass mir keine Träne hinunterkullerte, während ich in großem Bogen an der Rezeption vorbeiging.

Aus dem gläsernen Aufzug konnte ich sehen, dass mir die Empfangsdame mit ihrem Blick gefolgt war, und wandte mich von ihr ab. Endlich ertönte das Pling, und die Fahrstuhltüren öffneten sich. Zweiter Stock. Hektisch kramte ich die Zimmerkarte aus meiner Tasche und hielt sie vor den Sensor. Geh auf, geh doch bitte endlich auf, du verdammte Dreckstür. Wieder und wieder hielt ich die Karte vor den Sensor, das Lämpchen leuchtete grün, aber wenn ich an der Tür zog, erlosch das Lämpchen und sie blieb zu. Wieder und wieder. Völlig verzweifelt ließ ich meine Tasche auf den Boden sinken, fasste mir an die Schläfen und lehnte mich entkräftet mit dem Rücken gegen die Tür. Sie ging auf.

Happy birthday

Ich stolperte ins Hotelzimmer, warf meine Tasche in die Ecke, ließ mich der Länge nach aufs frisch gemachte Bett fallen und brach schluchzend in Tränen aus. Von Heulkrämpfen geschüttelt lag ich auf dem Bett und drückte meinen Kopf so fest in das von Tränen durchnässte Kissen, dass ich nicht mehr atmen konnte.

Ich fühlte mich so verzweifelt und leer, so unendlich traurig, dass ich keinen klaren Gedanken mehr fassen konnte. Alles war gelogen, er hatte mich die ganze Zeit verarscht, und selbst wenn ich doch irgendetwas für ihn empfand, empfand ich es nicht für ihn, sondern für das Bild, das er von sich gezeichnet hatte. Er war doch Single, er konnte flirten, mit wem er wollte, und er konnte schlafen, mit wem er wollte. War es zu viel verlangt, ehrlich zu sein? Nichts machte ihn unattraktiver, als dass er nicht der war, der er vorgab zu sein.

Sein ganzes Leben war eine einzige Maskerade, und selbst wenn er die eine Maske für mich ablegte, war die darunter noch viel grausamer, denn sie saß ihm so erschreckend gut, dass er sich sein falsches Lächeln vermutlich sogar selbst glaubte. Er machte uns allen was vor.

Ben war die Stecknadel, an der meine Träume zerplatzten. Träume, die er selbst gesät hatte. Er hatte meine größte Schwachstelle ausgenutzt, mich mit Aufmerksamkeit überschüttet, mir das Gefühl gegeben, mich ernst zu nehmen, und dann kam der Todesstoß in die Lächerlichkeit: Er erzeugte in mir das Gefühl, etwas Besonderes zu sein und für ihn an erster Stelle zu stehen. Spätestens an diesem Punkt hätte ich es merken müssen, denn ich war schlicht und ergreifend nichts Besonderes, ich war für niemanden die Nummer eins und würde es auch niemals sein.

Mit diesem Gedanken hörte ich auf zu weinen. Mit diesem einen Satz waren klare Verhältnisse in meinem Kopf hergestellt. Ich war nicht besonders, und ich war für niemanden die Nummer eins. Niemals. Mit jedem Mal, das ich ihn wiederholte, brannte er sich tiefer in meine Seele, und der Schmerz beruhigte mich, denn er lähmte für einen kurzen Moment die Gedanken.

In diesem Moment schwor ich mir, dass ich niemals wieder jemandem die Chance geben wollte, mich so sehr zu verletzten. Würde es jemals wieder jemand schaffen, in mir ein Gefühl von Glück oder Traurigkeit zu erzeugen, wäre das mein Moment, zu gehen. Nie wieder wollte ich mich so verwundbar machen. Niemals wieder. Ich brauchte niemanden. Keinen Ben und auch keine Jule.

Ich stand auf und ging rüber zum Schreibtisch. Die Flasche vom Nachmittag stand zwar nicht mehr da, stattdessen war dort eine Klappkarte mit dem Hinweis drapiert, dass die Flasche Wasser als kleine Aufmerksamkeit des Hauses nun in der Minibar kalt gestellt sei und wir eine große Auswahl an Knabbereien und Süßigkeiten in der Snackbar finden würden. Die Preisliste sei in der Informationsmappe auf dem Schreibtisch auf den Seiten 10 und 11 zu finden.

Zwei kleine Packungen Chips, drei Tafeln Schokolade, eine Dose Erdnüsse, eine Tüte Cashewkerne, eine ganze Platte mit unterschiedlichen Keksen und eine Tüte Weingummi lagen gestapelt in der Snackbar, und ich zögerte nicht eine Sekunde, alles mit rüber aufs Bett zu nehmen. Ich schlang so hastig, dass ich teilweise nicht mal kaute, sondern einfach nur noch schluckte. Je mehr sich mein leerer Magen füllte, desto ruhiger wurde ich. Ich hatte nicht mal ein schlechtes Gewissen, all das in mich hineinzustopfen. Das war mir gerade völlig scheißegal, ich wurde ruhiger, und die Schmerzen im Magen lenkten mich von meinen Gedanken ab. Ich wollte einfach nur noch, dass endlich Ruhe war. Ich sammelte die leeren Packungen vom Bett und versteckte sie ganz unten in meinem Koffer. Nein, Jule sollte am nächsten Morgen auf keinen Fall sehen, was ich hier für eine Fressorgie veranstaltet hatte.

Nachdem ich das Oberbett ausgeschüttelt und von den Krümeln befreit hatte, ging ich rüber ins Badezimmer. Was für ein grauenvoller Anblick. Die Wimperntusche war komplett verschmiert, sodass ich wie ein verheulter Waschbär aussah. Meine Nase war vom ganzen Schniefen total wund, und mein dicker Pickel präsentierte sich auch von seiner strahlendsten Seite. Na wunderbar, das passte ja hervorragend ins Gesamtbild. Ich nahm zwei Abschminktücher, wischte das, was vom Make-up noch übrig war, runter, zog meine Schlafsachen an und legte mich ins Bett. Mein Blick blieb am Radiowecker hängen: 00:01 Uhr. »Herzlichen Glückwunsch!«, flüsterte ich leise und merkte, wie mir wieder Tränen hochstiegen. Ich hatte mich noch nie so einsam gefühlt.

Was war denn plötzlich da draußen auf dem Flur los? Ich hörte hektische Schritte und Stimmen, bevor die Zimmertür mit einem Mal aufgerissen wurde. »Da ist sie!« Jule klang unglaublich erleichtert. Hatte sie denn meine Nachricht nicht gelesen?

Durch die geschlossenen Augenlider nahm ich wahr, wie das Licht im Zimmer erst heller gedimmt, dann ausgestellt wurde.

»Dann bleib jetzt bei ihr und vergiss nicht, dein Handy über Nacht zu laden, damit du morgen erreichbar bist. Wir müssen ja schon früh wieder los«, sagte Tobi leise. Scheiße, Jule hatte meine Nachricht also gar nicht bekommen.

Eine gefühlte Ewigkeit später hörte ich sie aus dem Badezimmer zurückkommen, das Pling vom Handy ertönte, und Jule setzte sich vorsichtig aufs Bett, bevor sie sich hinlegte. Ich bemühte mich weiter, ganz flach zu atmen, so, als würde ich hier schon eine ganze Weile tief und fest schlafen. Vorsichtig legte Jule einen Arm um mich: »Happy birthday, Maus. Schön, dass es dich gibt«, flüsterte sie ganz leise und kuschelte sich an mich.

Ich hatte d-i-e Snackbar

»Hatten Sie etwas aus der Snackbar?«, wurde ich am nächsten Morgen an der Hotelrezeption begrüßt.

»Ich hatte d-i-e Snackbar«, antwortete ich leise und sah ihren erstaunten Blick. Gut, dass ich vorm Auschecken schon mal alleine runtergegangen war, um die Extrakosten zu begleichen.

Gerade als ich mein Portemonnaie wieder in die Tasche steckte und mich innerlich drüber aufregte, dass der Fressflash knapp 60 Euro gekostet hatte, kam Jule mit ihrem Rollkoffer um die Ecke. Wir gaben die Schlüsselkarten ab und verabschiedeten uns von der netten Empfangsdame, die meinen Blick zum Glück richtig deutete und darauf verzichtete, mir noch die Rechnung mitzugeben.

Es tat gut, die Hand in den kühlen Fahrtwind zu halten und an nichts zu denken, also an fast nichts. Denn mit jedem Gedanken, der sich auch nur ansatzweise in Richtung Ben entwickelte, griff meine Hand in die Keksbox, die ich erst in den Fußraum gestellt hatte, nur um sie dann doch direkt auf meinem Schoß zu platzieren.

Mir blieb vor Schreck das Schokoladenröllchen im Hals stecken, als mich Jule fragte, ob ich denn schon wüsste, was ich auf dem Abi-Ball anzog. Hatte ich das mit der vermasselten Diät bis gerade noch mehr als locker gesehen, stieg jetzt die blanke Panik in mir hoch. Ich hatte nichts anzuziehen. Nicht nur, dass ich nichts besonders Schönes im Schrank hatte, ich hatte rein gar nichts, was auch nur in der entferntesten Form balltauglich gewesen wäre. Scheiße!

Mit verschränkten Armen und vernichtendem Blick schaute ich die halb leere Kekspackung an. In Gedanken ging ich schon eine Reihe von Ausreden durch, um nicht zu diesem beschissenen Ball zu müssen. Wem sollte der eigentlich was bringen? Ob ich nun da hinging oder zu Hause blieb, machte doch eh keinen Unterschied, für mich nicht und auch für niemanden sonst.

»Was ziehst du denn an?«, fragte ich Jule, auch wenn mich die Antwort nicht wirklich interessierte. Um ehrlich zu sein, wollte ich sie nicht mal hören. Bei ihr war es doch eh völlig egal, was sie anzog, sie sah immer umwerfend aus. Sie schwärmte, dass sie sich nicht zwischen dem langen petrolfarbenen Kleid und dem kleinen Schwarzen entscheiden könnte. Ich stellte mir Jule in den beiden Kleidern vor, wie der Stoff ihren schlanken Körper umspielte und bestens in Szene setzte, mit dezentem Schmuck und aufwendiger Ballfrisur. Es musste ein unglaublich befreiendes Gefühl sein, einfach zum Kleiderschrank gehen zu können und die Wahl zu haben.

»Weißt du dieses Gefühl eigentlich zu schätzen?«, fragte ich, selbst etwas irritiert über meinen deutlich vorwurfsvollen Tonfall, nach. Jule runzelte fragend die Stirn. »Na, das Gefühl, dass einfach immer alles perfekt passt.«

Jule schüttelte energisch den Kopf. »Mir passt auch nicht alles, was glaubst du denn? Ich belagere stundenlang die Umkleidekabinen, bis ich mal zufrieden bin. Bei mir sitzt halt auch nicht alles perfekt. Es macht mir aber einfach Spaß, shoppen zu gehen.« Etwas leiser fügte sie »Du willst ja nie mitkommen« hinzu. War Jule eigentlich bewusst, dass sie sich gerade über ein absolutes Luxusproblem beschwerte? Denn genau das war der springende Punkt: Sie konnte stundenlang Sachen anprobieren, ohne dabei ins Schwitzen zu kommen. Sie kostete es eben keine enorme Anstrengung, ihren Körper in den eh schon viel zu engen Kabinen in immer wieder neue Klamotten zu quetschen.

Ihr einziges Problem bestand darin, ob ihr der Schnitt und die Farbe schmeichelten, und wenn das mal nicht so war, lag es an dem Shirt, Kleid oder sonst was, aber es lag nie an ihr. Erst, als mir auffiel, dass auch ihr Tonfall und die ganze Körperhaltung angespannt waren, verdrängte ich meine Wut.

»Wo sollten wir denn zusammen shoppen gehen? Mir passen die ganzen Sachen in deinen Geschäften ja eh nicht, dann bekomme ich schlechte Laune und verderbe dir noch den Tag«, versuchte ich es in einem etwas versöhnlicheren Ton.

»Ganz bestimmt gibt es auch Geschäfte, die deine Größe haben, und da brauchst du vermutlich die allerkleinste, und die anderen Kundinnen würden sich wünschen, so eine Figur wie du zu haben.«

Aha, so eine Figur wie ich, also. Nun hatte sie es gesagt. Wütend über ihre Worte verschloss ich die Keksdose und stellte sie unsanft auf die Rückbank ihres Autos. In meinem Kopfkino sprang der Deckel auf und die Kekse verteilten sich quer über alle Sitze, bevor sich die langsam schmelzende Schokolade tief in die Sitze zog. Jule wäre ausgerastet. Ich spürte so einen inneren Druck, dass ich gerade alles dafür getan hätte, dass irgendwas passierte, wo sich diese erdrückende Stimmung, diese negative Energie hätte entladen können.

Erst mit der Entscheidung, dass ich ab dem nächsten Tag eine strikte Nulldiät machen wollte, verflogen meine Streitfantasien. Und in den Zeitschriften stand doch immer was von sieben Kilo in fünf Tagen, das war wenigstens ein Anfang. Es tat mir leid, dass ich mein Problem schon wieder zu Jules machte, und so wechselten wir das Thema: Caro und Jasmin. Stress von außen förderte schließlich immer die innere Annäherung, und die beiden boten – besonders nach der Aktion auf dem Schiff – größtes Stresspotenzial.

Die Kette

Nachdem mich Jule zu Hause abgesetzt hatte, ließ ich meinen Koffer im Flur stehen, die Jacke warf ich über 'n Stuhl und ging direkt zum Kleiderschrank. Da hing er, von außen an der Tür, in einem durchsichtigen Schutzbeutel.

Ich entfernte die Folie, breitete sorgsam die Hose auf meinem Bett aus und strich noch mal das Bein glatt. Ganz schön viel Stoff, da musste ich doch reinpassen, ging es mir durch den Kopf, während ich meine Zimmertür abschloss. Die Schutzfolie legte ich so vorsichtig zusammen, wie sonst nur meine Oma benutztes Geschenkpapier für den Wiedergebrauch, und ertappte mich prompt bei meinem eigenen Zeitspiel. Prokrastination in Perfektion, als würde ich auf wundersame Weise noch drei Kilo abnehmen, wenn ich es nur lang genug hinauszögerte. Bullshit, jetzt oder nie, zog oder vielmehr strampelte ich, ohne mich dabei zu bücken, meine Hose aus und trat sie in die nächste Ecke.

Als wäre sie ein heiliges Sakrament, nahm ich die feine Hose am Bund vom Bett auf und stieg langsam hinein. Wieder war ich abgelenkt. Dieses Mal von einer großen Delle an meinem rechten Oberschenkel. Ich drehte mich, mit den Füßen schon in den Hosenbeinen, hüpfend zum Spiegel an meinem Kleiderschrank und betrachtete sie genauer. War der rechte etwa noch dicker als der linke? Nein, da war nur ein Schatten ungünstig gefallen, das hätte mir auch grade noch gefehlt. Zurück zur Hose!

Ich nahm sie am Bund und zog sie hoch, zumindest versuchte ich es, bekam sie aber nicht mehr über die Oberschenkel. Ich steckte fest. Von einem auf den anderen Fuß tretend, streckte ich meinen Hintern in die jeweils entgegengesetzte Richtung. Nichts zu machen, ich konnte mich nicht mal mit Gewalt reinzwängen.

Meine Schockstarre wurde von einem lauten Poltern gelöst. »Was?!«, brüllte ich meiner Mutter durch die geschlossene Tür entgegen, die wie üblich zeitgleich mit ihrem doch eher rhetorischen Klopfen reinkommen wollte. »Alles gut?«, rief sie, verwundert.

»Nichts ist gut!«, motzte ich zurück und wusste schon in dem Moment, dass ich meine Wut mal wieder an der falschen Person ausließ. Als ich die Tür öffnete, schloss sie mich in die Arme und sagte mit ihrer liebevoll weichen Stimme: »Alles Gute nachträglich zum Geburtstag, mein Schatz!« Wortlos ließ ich mich aufs Bett sinken und deutete auf die Hose, die nur noch um meine Knöchel lag. Dann fluchte ich los, dass ich nichts, aber auch rein gar nichts für diesen beschissenen Abi-Ball anzuziehen hatte. Ohne auf meine Wut oder den Hosenanzug einzugehen, beschloss sie: »Zieh die Hose aus, wir fahren morgen in die Stadt und kaufen dir was Schönes für den Abi-Ball. Ich hab morgen eh frei.«

Ich schüttelte den Kopf. »Was soll das denn bringen? Ich habe einfach eine unmögliche Figur, wir finden eh nichts.«

»Doch, doch! Ich weiß ein Geschäft, die haben festliche Klamotten«, entgegnete sie, und ich dachte dran, was Jule gesagt hatte, denn vermutlich brauchte ich in so einem Geschäft wirklich eine von den kleinsten Größen. Dieser Gedanke ließ mich lächeln.

»Außerdem hätte dieser Hosenanzug doch sicher auch gar nicht hierzu gepasst.« Sie hielt mir ein kleines Kästchen entgegen, das sie hinter ihrem Rücken versteckt hatte, und strahlte mich erwartungsvoll an. Schnell zog ich mir meine schlabbrige Jogginghose drüber, denn so halb nackt fühlte ich mich selbst vor meiner Mutter unwohl. Dann nahm ich die kleine Schatulle und löste die Schleife. Sofort erkannte ich das Label: *Cœur de Lion*. Ich hatte die Kette bei uns in der Stadt im Schaufenster eines Juweliers gesehen und mich sofort verliebt. Sie bestand aus pastellfarbenen Elementen, aus bearbeitetem Metall und dazwischen vereinzelt kleine Glasperlen mit Blumen darin.

Immer wieder war ich vor dem Schaufenster stehen geblieben, aber sie war mir einfach zu teuer, und als ich mich dann doch durchgerungen hatte, sie zu kaufen, war sie weg. Ich hatte einfach zu lange gewartet. Wie in meinem ganzen Leben wartete ich immer viel zu lange auf den richtigen Moment, nur um dann festzustellen, dass das Zeitfenster längst geschlossen war und sich die Welt weiterdrehte.

»Gefällt sie dir nicht?«, fragte mich meine Mutter plötzlich.

»Doch, ich finde sie wunderschön! Dann warst du also diejenige, die sie mir vor der Nase weggekauft hat«, sagte ich scherzhaft und drückte sie an mich.

»Nein, aber als du so traurig warst, habe ich im Internet alle Geschäfte in der Umgebung rausgesucht, dort angerufen und gefragt, ob noch jemand diese Kette im Laden hat, und bei einem kleinen Juwelier in Bochum hatte ich dann Glück.« Dass meine Mutter sich solche Mühe gegeben hatte, machte sie gleich noch viel wertvoller, aber vielleicht sollte ich ihr doch mal einen Amazon-Account anlegen.

»Schau mal, wer natürlich auch an dich gedacht hat«, zauberte sie ein zweites Geschenk hervor, das ungeschickt und mit viel zu viel Klebeband in Papier eingewickelt war. Ich brauchte nicht mal die Karte lesen, um zu wissen, dass es von meinem Vater war. »Ralf wollte es dir persönlich geben, aber er wusste ja nicht, dass du gar nicht zu Hause warst.«

Ich fand den Gedanken, dass mein Vater hier gewesen war, irgendwie befremdlich. »Und wie war er drauf?«, fragte ich. Sie erzählte mir, dass sie schon aus dem Küchenfenster beobachtet hatte, wie er auf der gegenüberliegenden Straßenseite geparkt hatte, aber erst noch fast eine halbe Stunde im Auto sitzen geblieben war. Es musste ihn schrecklich große Überwindung gekostet haben, bei uns zu klingeln.

»Es war ein trauriger Anblick, wie er so unbeholfen mit dem selbst verpackten Geschenk vor der Tür stand. Er sah ganz schlecht aus«, erzählte sie leise, und ich stellte mir die beiden im Hausflur vor, wie sie da voreinander gestanden haben mussten.

»Er konnte mir nicht mal in die Augen schauen«, fügte sie traurig hinzu. »Und weil ich selbst auch irgendwie überfordert mit der Situation war, habe ich gefragt, ob er auf einen Kaffee reinkommen wolle. Aber er wollte nicht. Er wollte dir nur sein Geschenk vorbeibringen und alles Liebe zum Geburtstag wünschen. Dann ist er gegangen.« Sie holte tief Luft. »Er sah so elend aus. Das Gesicht rot und aufgequollen. Außerdem scheint er Probleme mit dem Bein zu haben. Ich habe gesehen, dass er nicht richtig auftreten konnte. Ich weiß nicht, ob er so aufgeregt war, oder ob das vom Alkohol kommt, dass seine Hände so zittern. Gelb, rau und rissig waren sie …«

»Das kommt vom Alkohol, das ist mir auch schon aufgefallen«, unterbrach ich sie. »Wenn wir uns treffen, versucht er immer, die Hände zu verstecken, oder hält irgendwas in der Hand, damit ich nicht sehe, wie er zittert.«

Ich dachte an meine Hände. Mir war auch schon aufgefallen, wie zittrig ich wurde, wenn ich wieder kurz davor war, kiloweise Kalorien in mich reinzustopfen. Inzwischen reichte sogar schon der Gedanke daran, vor anderen essen zu müssen oder unbeobachtet fressen zu dürfen.

Ich schaute auf die Hände meiner Mutter, gepflegt und ruhig. Ich bewunderte sie, wie sie scheinbar nicht mal mehr Wut für ihn empfand. Sich aus so einer langen, immer grausameren Beziehung zu befreien, kostete wirklich Mut, aber sie hatte abgeschlossen und es ging ihr gut damit. Nun konnte sie endlich ihr eigenes Leben leben, mit allen Freiheiten. Nun konnte sie jederzeit ihre Freundinnen einladen, ohne wieder diese schreckliche Angst haben zu müssen.

Es mochte nun drei Jahre her sein, vermutlich doch eher schon fünf. Damals war sie noch mit Freundinnen ausgegangen und hatte keine Angst, mich mit ihm allein zu lassen. Und da er so spät nachts für gewöhnlich nicht noch mal aufstand, hatte sie ihre Freundinnen kurz noch mit reingebeten, um ihnen die selbst gemachte Marmelade mitzugeben, als es plötzlich rumpelte. Ich werde nie vergessen, wie meine Mutter und ich verzweifelt hilflose Blicke austauschten.

Nur wenige Sekunden später stand mein Vater in der Küche, vielmehr lehnte er schwankend im Türrahmen. Nackt, betrunken und unverständliches Zeug lallend, während er unbeholfen mit seinen Armen gestikulierte, dass wir vom Kühlschrank verschwinden sollten. Noch immer gab es Geräusche, wie das Rütteln an einer Tür, ungleichmäßige Schritte oder lautes Poltern auf dem Flur, die mein Herz bis zum Hals schlagen ließen und in mir eine grenzenlose Panik auslösten, ihm im nächsten Moment wieder hilflos ausgeliefert zu sein. Genau wie damals.

Als ich am Abend im Bett lag, wälzte ich mich ruhelos von der einen auf die andere Seite. Während ich abwechselnd Löcher in die Decke starrte und auf die Software drüben auf meinem Schreibtisch schaute, gab es nur einen Gedanken in meinem Kopf. Mein Vater hatte recht: Sie hatten mich wirklich nur ausgenutzt.

Wie viele Stunden ich investiert hatte, um den Jungs einen Gefallen zu tun: die Homepage, Videos, Fotos bearbeiten, Pressetexte schreiben. Ich hatte alles getan, um dazuzugehören. Nacht für Nacht schlug ich mir um die Ohren, und es fühlte sich ja nicht mal wie Arbeit an, hatte ich doch dabei die ganze Zeit Kontakt zu ihm. Und wann immer sein Name auf dem Display aufleuchtete, um abzustimmen, was es noch zu verbessern gab, fühlte ich mich ihm ein Stückchen näher. Mir wurde schlecht, wenn ich nur daran dachte.

Ich schob die Gedanken an Ben beiseite. Mein Vater hatte sich wirklich Gedanken gemacht, womit er mir eine Freude machen konnte, und wäre zwischen Ben und mir alles gut gewesen, würde ich gerade glücklich am Rechner sitzen und das Schnittprogramm testen. Egal, wie sehr die Sucht ihn beherrschte, ich war ihm wichtig, und wenn ich ihm etwas erzählte, hörte er mir zu und wollte seinen Beitrag leisten, um an meinem Leben teilzuhaben.

Tief in meine Bettdecke eingekuschelt nahm ich noch mal das Handy und schlug meinem Vater vor, dass wir uns am Mittwoch treffen könnten. Und noch während ich auf »senden« drückte, fielen mir die Augen zu.

Das können Sie aber so nicht tragen

Klatschnass und uns seit fünf Minuten nicht mehr vom Fleck bewegend, standen meine Mutter ich am nächsten Tag direkt gegenüber von dem Geschäft für starke Frauen, wie es so schön überm Eingang stand. Ich hielt sie mit kräftigem Druck am Arm zurück, um noch kurz den Moment abzuwarten, wenn möglichst wenig Menschen vorm Eingang des Geschäfts waren.

Meine Mutter schaute mich mit ihrem Das-kann-doch-jetzt-bitte-nicht-dein-Ernst-sein-Blick an und stiefelte los, ich hinterher.

Sofort kam eine kleine, sehr pummelige Verkäuferin auf uns zugestürmt und fragte mit penetrant piepsiger Stimme, wie sie uns zwei Bodyposigirls denn behilflich sein dürfte. Uns zwei bitte was?!

Die Situation war mir so unangenehm, die Frau war mir unangenehm. Ich wollte gefälligst erst mal alleine gucken, und während ich noch über den patzigen Tonfall meiner Gedanken erstaunt war, antwortete meine Mutter freundlich: »Nein danke, wir schauen uns erst mal alleine um.«

Ich schaute der kleinen Verkäuferin, die auf ihren noch kleineren Füßen in Richtung Kasse davontrippelte, hinterher. Also unvorteilhafter konnte man echt kaum gekleidet sein, von der wollte ich mal lieber keine Beratung. Sie trug eine zerrissene Jeans mit einer dieser Lochstrumpfhosen, die die Beine selbst bei schlanken Frauen wie geschnürte Salamis aussehen ließen, und dazu ein viel zu enges, ärmelloses Top, unter dem sich jede einzelne Speckrolle mehr als deutlich abzeichnete. Ich war von ihrem Anblick so geschockt, dass ich gar nicht bemerkte, dass sie schon wieder in meine Richtung schaute.

Gerade als sie wieder einen Schritt auf mich zumachen wollte, griff ich zwar ziemlich wahllos, aber blitzschnell in den Kleiderstapel neben mir und grummelte leise ein »Danke, ich komm ich klar!« vor mich hin, während ich nun lustlos Bügel hin und her schob. Wo kam denn plötzlich diese Unruhe her?

Gegenüber der Kasse standen einige Frauen, die sich so laut unterhielten und ausgelassen lachten, als wären sie bei einem Kaffeeklatsch. Und tatsächlich stand dort ein kleiner Tisch mit Tee, Kaffee und … sah ich das richtig? Und Plätzchen! Plätzchen in einem Geschäft für Übergrößen, meinten die das ernst?

Eine extrem füllige Frau kreiste mit den Fingern über der Dose, nahm gleich drei auf einmal und ging damit geradewegs auf einen großen Mann zu, der ihr einen olivfarbenen Pullover hochhielt. Mit seinem dunklen Dreitagebart, der trainierten Figur und seinen markanten Gesichtszügen passte er irgendwie so gar nicht hierher. Bestimmt ihr Sohn, erklärte ich mir die Situation.

Nicht deren Ernst – dieser Anblick, wie sie ihn mit einem Plätzchen fütterte, er so tat, als wollte er ihr in den Finger beißen, bevor er ihr schließlich liebevoll etwas Puderzucker von der Lippe küsste, irritierte mich total. Als sie sich zu mir umdrehte und mich anlächelte, fühlte ich mich so ertappt, dass ich schnell den Pulli hochnahm, der direkt vor mir lag: Drei dicke Katzen mit Glitzerschleifen waren drauf. Wer zum Teufel kaufte so was?

Ich machte mich auf den Weg, um meine Mutter zu suchen, denn ich wollte nur noch hier weg. Zwischen den Gängen war reichlich Platz, was vermutlich einfach den Kundinnen angepasst war, und es roch angenehm frisch, irgendwie nach Urlaub. Ich entdeckte diese kleinen Duftgläser mit den Holzstäbchen, wie sie damals auch auf der Männertoilette im *Babylon* gestanden hatten. Unweigerlich kam mir Bens Bild in den Kopf, mit seinem Dreitagebart und den verwuschelten dunklen Haaren, wie er auf dem Klo vor mir gestanden hatte und ich am liebsten im Erdboden versunken wäre. Ich spürte, wie sich mir der Magen umdrehte. Ach Mann, hätte es damals gar nicht erst begonnen, wäre ich jetzt nicht so enttäuscht. Sicher war ihm nicht mal aufgefallen, dass ich um zwölf Uhr nicht, wie verabredet, an der Suite stand. Er hatte mich einfach vergessen. Alle Jungs aus der Band, sogar Lars, mit dem ich kaum ein Wort gewechselt hatte, gratulierten mir bei WhatsApp oder Instagram. Nur von Ben, da kam gar nichts. Aus dem Fanclub hatten einige sogar angerufen, aber wenn ich eine Nummer nicht kannte, dann ging ich auch nicht dran, das war irgendwie 'ne Macke von mir.

»Guck mal hier hinten«, rief meine Mutter plötzlich aus der hintersten Ecke des Ladens. Die Wände strahlten hier in einem Cappuccinobraun, und auch die Regale waren irgendwie eleganter als in dem vorderen Bereich. Dies war also eher die festlichere Abteilung. Meine Mutter hielt mir ein langes, dunkelgrünes Kleid hin und deutete auf die Kabine. »Probier es doch einfach mal an, ich würd's so gerne mal an dir sehen.«

Ich zog eine Schnute und verschwand mit dem Kleid, zumindest mal an mir sehen wollte ich es auch. Wenigstens in der Umkleide, ich musste ja nicht rauskommen.

Ich entkleidete mich bis auf die Unterwäsche und sah mich in vollem Umfang im Ganzkörperspiegel. Lag es an dem frischen Duft hier oder daran, dass ich mich in dieser großen Kabine nicht so eingeengt fühlte? Ich ging einen Schritt auf den Spiegel zu und wieder einen Schritt nach hinten. Hm, irgendwie wirkte ich schmaler als zu Hause. Sogar um einiges schmaler. Ich sah mir den Spiegel genauer an und fuhr mit dem Zeigefinger über die Oberfläche. Er war ganz leicht, wirklich kaum spürbar nach außen gewölbt, und irgendwie war das Spiegelglas in einem leichten Kupferton eingefärbt. Natürlich verzerrten diese Wölbspiegel das Bild und ließen uns schlanker aussehen, die Einfärbung sorgte, passend dazu, auch direkt für einen gesunden Teint. Also musste ich gleich doch rauskommen.

Ich nahm das lange Kleid aus dunkelgrünem Chiffon von dem mit Samt bezogenen Kleiderbügel. Es war ein Kleid in A-Line, also oben schmaler und unten weit, am Ausschnitt war der Stoff mit verschiedenen grün-schwarz schimmernden Perlen verziert, und dazu gehörte noch eine dunkelgrüne Stola. Es sah wirklich toll aus, jetzt musste es nur noch passen. Ich machte den Reißverschluss an der Seite auf und stieg hinein. Einmal tief durchatmen, los ging's. Das Kleid bekam ich zwar zu, aber es fühlte sich nicht so locker und leicht an, wie ich erwartet hatte. Langsam drehte ich mich zum Spiegel … und war geschockt.

Oben an der Brust war es viel zu weit, also ein schönes Dekolleté sah definitiv anders aus. Die Arme waren schwabbelig und – trotz Spiegel – käseweiß. An der Taille saß es eigentlich ganz okay, das war wohl der einzige Bereich, an dem der Umfang meines Körpers zur Kleidergröße passte. Und dann kam der Bereich des Grauens: Am Hintern, an der Hüfte und besonders an den Oberschenkeln schien mein Körper den Stoff sprengen zu wollen. Ich sah aus wie ein Weihnachtsbaum, den man in sein Transportnetz geschossen hatte, absolut unmöglich. »So komme ich nicht raus!«, rief ich meiner Mutter durch die geschlossene Kabinentür zu.

»Darf ich kurz gucken?«, kam es von ihr, gefolgt von einem »Oh nein, das geht wirklich nicht!« Na, wenigstens war sie ehrlich.

»Bleib mal drin, ich habe einen schwarzen Hosenanzug gesehen, der ist vielleicht eher was«, zog sie den Kopf zurück. Ich ließ mich entnervt auf den Hocker in der Kabine sinken, und ein leises Knacken war zu hören. Fuck! Schnell stand ich wieder auf, zog hastig das Kleid aus und untersuchte die Nähte. Nichts zu sehen, das Knacken war wohl nur ein Vorbote der Sprengung. Glück gehabt. Ich wollte einfach nur noch nach Hause auf die Couch, aber da hörte ich schon wieder meine Mutter, und sie reichte mir einen schwarzen Hosenanzug und dazu ein schlichtes Seidentop in einem schönen Altrosa rein. Probieren konnte ich es ja mal.

Ich stieg in die schwarze Hose, zog sie hoch und tatsächlich, sie passte. Auch das Top, das im Nacken mit einem kleinen Knopf geschlossen wurde, saß an den richtigen Stellen schmeichelnd weit und war lang genug, dass es meine dicken Beine umspielte. Nur der Blazer war zu groß. »Kannst du mir den in einer Nummer kleiner bringen?« Ich reichte meiner Mutter den Blazer raus, und zum ersten Mal in diesem Geschäft war mir etwas nicht peinlich.

Wie meine Mutter strahlte, konnte es so schlecht gar nicht aussehen. »Dreh dich mal!«, forderte sie mich auf. »Sieht super aus!« Ich konnte mich nicht dran erinnern, wann ich mich zum letzten Mal so wohl gefühlt hatte.

Da kam auch schon die kleine Verkäuferin und meckerte in unverschämt lautem Ton »Der Blazer ist aber zu klein, den kriegen Sie ja gar nicht zu!«, dass sich alle im Laden zu mir umdrehten. Ich entgegnete, dass wir Sommer hatten und ich ihn gar nicht zuknöpfen wollte.

»Das können Sie aber so nicht tragen!«, beharrte die Verkäuferin auf ihre Meinung. »Einen Blazer in Schwarz haben wir zwar nicht mehr da, aber ein Kurzjäckchen!«

Ein Kurzjäckchen? Hat die mal meinen Hintern gesehen?! Sie wollte gerade loslaufen, als ich vielleicht etwas zu laut »Doch, den werde ich genau so anziehen!« sagte und mir ein »Sie tragen ja auch ein Oberteil, das Ihnen zu klein ist!« hinterherdachte.

Ich hatte ja nichts dagegen, wenn Verkäuferinnen ehrlich waren, da hatten sie den Spiegeln in diesem Laden schon mal einiges voraus. Aber doch bitte dezent und nicht so, dass es alle mitbekamen. Und sie merkte ja schließlich, dass ich mich sehr wohl fühlte, also konnte sie es doch bitte einfach gut sein lassen, statt genau den Teil meines Körpers in Szene zu setzen, den ich ganz offensichtlich am meisten kaschieren wollte.

Als wir uns an der Kasse anstellten, stand dort die Plätzchen-Frau gemeinsam mit ihrem attraktiven Mann und ließ sich … oh nein, gerade den potthässlichen Katzenpulli einpacken.

»Die Kombination steht Ihnen ganz ausgezeichnet!«, wandte sie sich mir zu, und auch ihr Mann nickte zustimmend, dass ich rot wurde. Die Verkäuferin schaute mürrisch drein und ergänzte ziemlich angefressen, dass sie es ja nur gut gemeint hatte. Vermutlich hatte sie das aus ihrer Sicht sogar wirklich, dachte ich, während wir gut gelaunt den Laden verließen.

Zu Hause zog ich meinen neuen Hosenanzug direkt noch einmal an, tuddelte mit wenigen Handgriffen meine Haare zu einem Wuscheldutt und legte meine schöne Kette um. Sie passte einfach absolut perfekt zu meinem Seidentop. Ich drehte mich vorm Spiegel, und mein Spiegelbild lächelte mich an. Das hatte es ja schon ewig nicht mehr getan, stand ihm aber gut. Der Abschlussball konnte kommen, jetzt freute ich mich sogar drauf, und vielleicht zog ich den Hosenanzug ja auch bei unserem nächsten Besuch im *Babylon* an.

Der Geruch von Minzpastillen

Die kleine Pizzeria, in der ich am Mittwochabend auf meinen Vater wartete, hatte ich extra ausgesucht. Hier gab es Salate, die man auch problemlos als Hauptgericht bestellen konnte, ohne dass die Kellner noch dreimal nachfragten, ob man denn wirklich nichts Richtiges bestellen wollte.

Während ich mit den Fingern Punkte an das vor Kälte beschlagene Glas malte, wanderte mein Blick immer wieder unsicher Richtung Tür. Mein Vater hatte vorsichtig nachgefragt, ob er vielleicht seine neue Freundin Heike mitbringen durfte, da er sich so sehr wünschen würde, dass wir uns mal kennenlernten. Ich fand den Gedanken zwar gewöhnungsbedürftig, ihn zusammen mit einer anderen Frau zu sehen, wollte ihm den Wunsch aber nicht abschlagen. Als die Tür aufging und ich ihn, Hand in Hand und sichtlich nervös, mit einer zierlichen, blonden Frau reinkommen sah, fühlte es sich merkwürdig an. Ich hatte mich zwar darauf eingestellt, dass es komisch werden würde, die beiden zusammen zu sehen, aber dass es so wehtat, hatte ich nicht erwartet.

Als ich sah, wie sie meinem Vater auf dem Weg zu unserem Tisch beruhigend die Hand streichelte, spürte ich einen schweren Kloß im Hals. Ich konnte sie nicht ausstehen. Noch bevor wir nur ein einziges Wort gewechselt hatten, spürte ich eine tiefe Abneigung gegen diese Frau und alles in mir war auf Konfrontation ausgerichtet. So einfach wie sie es sich grad bestimmt dachte, wollte ich es ihr nicht machen.

Mein Vater nahm mich zur Begrüßung lange in den Arm, und ich spürte, wie schnell sein Herz schlug. Ich war schrecklich angespannt, und dieses Gefühl würde auch nicht verschwinden, wenn er mich noch ewig so festhalten würde. Als ich mich gerade aus der Umarmung lösen wollte, roch es plötzlich vertraut, und obwohl ich den Geruch hasste, ließ er mich durchatmen. Mein Vater hatte eine Minzpastille im Mund.

Immer, wenn er getrunken hatte, lutschte er diese Pastillen, um seine Fahne zu überdecken. Meine Abneigung gegen die neue Frau an seiner Seite war plötzlich wie weggewischt, und wir stellten uns einander vor. Zum Glück hatte uns der Kellner gleich, nachdem wir uns gesetzt hatten, die überdimensionalen Karten gebracht. Gemeinsam Essen auszusuchen war sicherlich der leichteste Einstieg in so einen Abend. Mein Vater entschied sich für Nudeln, stimmt, mir ist schon eine Weile aufgefallen, dass er wohl Probleme mit den Zähnen hatte. Seine Freundin bestellte eine Pizza Calzone und ich einen großen Salat mit Essig und Öl. Das cremige Joghurtdressing mit italienischen Kräutern mochte ich hier zwar am liebsten, aber Essig-Öl war flüssiger, sodass sich das meiste Dressing unten im Teller sammelte. Das sparte Kalorien.

Während des Essens sprachen wir über seine Arbeit, dass schon wieder mehr Stellen gestrichen werden mussten, dass vermutlich bald das Insolvenzverfahren eröffnet wurde und er schon gar keinen Ausweg mehr für die Firma sah. Es sei eigentlich nur noch ein Tod auf Raten.

Ich beobachtete, wie Heike unter dem Tisch seine zitternde Hand nahm und ihm tröstend »Du tust dein Bestes, mehr kann niemand von dir verlangen« zuflüsterte. Ich sah die Verzweiflung in seinen Augen, spürte aber, wie gut es ihm tat, dass sie für ihn da war. Sie schien ein echter Halt für ihn zu sein, und wenn er nicht mal seine zitternden Hände vor ihr versteckte, wusste sie ja vielleicht sogar von seinem Alkoholproblem.

»Wie läuft es denn mit deiner Band?«, war eigentlich meine Lieblingsfrage, aber an diesem Tag war sie wie ein Stich ins Herz. »Meine Band«, von wegen. Heike fragte nach, welches Instrument ich denn spielen würde, worauf mein Vater mit stolzer Stimme antwortete, dass ich die Band eher managen würde, und zwinkerte mir zu. Ich erklärte, dass das vielleicht doch etwas zu hoch gegriffen sei, aber mein Vater berichtete nun in aller Ausführlichkeit, was ich ihm bei unseren letzten Gesprächen erzählt hatte, und wenn ich mich mal irgendwo um eine Stelle als Managerin bewerben wollte, hätte ich auf jeden Fall schon mal jemanden, der meine Stärken hervorzuheben wusste.

Der Abend wurde immer später, und während ich den beiden auf meinem Handy noch einige Videos zeigte, vergaß ich fast, wie weh es tat, ihn so zu sehen: Wie Ben mit der Kamera flirtete und manche Blicke ganz bestimmt nicht zur Veröffentlichung gedacht waren. Heike fragte sogar, ob mein Freund bald mal einen Auftritt in der Nähe hatte, und ich erwiderte lachend, dass ich mal gucken wollte, wie schnell ich die Veranstalter überzeugt bekam.

Während wir auf die Rechnung warteten, erwähnte mein Vater fast beiläufig, dass Heike und er am Wochenende gemeinsam nach Frankreich in den Urlaub fuhren, und wie leid es ihm tat, nicht bei meinem Abi-Ball dabei sein zu können. Ich glaubte ihm zwar nicht unbedingt, dass es ihm leidtat, da er solche offiziellen Anlässe noch nie mochte, war aber gleichzeitig unglaublich erleichtert, dass er nicht kam. Meine Befürchtung, dass ich es nicht schaffen konnte, den Ball für ihn und für meine Mutter angenehm zu gestalten, ohne dass der andere irgendwie gekränkt war, konnte ich also streichen. Als wir uns verabschiedeten, flüsterte ich ihm leise »Ich mag sie« ins Ohr, und es war nicht mal gelogen.

Den restlichen Abend wurde ich dieses bedrückende Gefühl nicht los. Egal wie sehr ich mich ablenkte, holte es mich ein, und als ich abends im Bett lag und alles ruhig war, ließ ich es zu. Wie konnte ich mich nur darüber freuen, dass er immer noch trank? Was war ich nur für eine Tochter? Warum tat mir der Gedanke, dass er es auch für seine neue Freundin nicht schaffte, mit dem Alkohol aufzuhören, gut?

Er hatte doch immer sein Bestes gegeben, wie ich konnte ich nur so für ihn empfinden? Für ihn, der mir immer die Sicherheit geben wollte, dass ich vor nichts in der Welt Angst haben musste, weil er immer für mich da sein werde, um mich zu beschützen.

Und dabei war er es, vor dem ich die größte Angst hatte. Er hatte zwei Gesichter, und je abgöttischer ich ihn bewunderte und liebte, wenn er nüchtern war, desto größer war meine Angst und Abscheu, wenn er trank. Es war wie eine Schere, die sich immer weiter öffnete, und der Abstand zwischen unseren beiden Leben wurde immer größer.

Ich hatte gelernt, mich nicht mehr auf das glückliche Familienleben zu verlassen, da es viel zu oft mit nur wenigen Schlucken ins Gegenteil umschlug. Und so lernte ich, mich im Drama, das sich in unseren vier Wänden Abend für Abend abspielte, zu Hause zu fühlen: Der Streit war zu erwarten, also stellte ich mich darauf ein. Die angespannte Stimmung war allgegenwärtig, also schaffte ich mir mit dem Essen einen Druckausgleich. Mein Vater ging auf meine Mutter los, also ging ich dazwischen. Ich hatte mich angepasst und lernte mit der Zeit, keine Erwartungen und keine Bedürfnisse mehr zu haben. Ich war darauf trainiert, zu funktionieren, auszugleichen und das Verhalten aller um mich herum zu studieren, um nur ja keinen Fehler zu machen. Lief etwas schief, hatte ich nicht gut genug aufgepasst und nicht schnell genug reagiert.

Und dann verstand ich es. Diese Tatsache, dass er noch trank, entlastete mich, mich und meine Mutter. Es lag nicht an uns. Es lag nicht daran, dass wir ihm nicht wichtig genug waren, mit dem Trinken aufzuhören. Es lag nicht daran, dass wir ihn mit unseren Ansprüchen, wie er uns so oft vorgeworfen hatte, in die Sucht trieben. Es lag nicht daran, dass er sich oft wie ein Fußabtreter fühlte. Es lag nicht daran, dass ich Warnzeichen übersehen und versagt hatte, die Wogen zu glätten. Es lag nicht an uns, wir waren nicht schuld.

Ich hatte immer noch diesen penetrant scharfen Gestank von seinen Minzpastillen in der Nase, und so sehr ich mich auch davor ekelte, war es für mich an diesem Tag das Schönste, sie zu wieder zu riechen.

Ich schämte mich so schrecklich für dieses Gefühl der Erleichterung, dass ich mich dafür hassen wollte. Aber es ging nicht. Ich fühlte mich von einer zentnerschweren Last befreit, und all die Schuldgefühle, die mich so oft verzweifeln ließen, lösten sich auf. Ich war unschuldig, und das zu wissen, tat gut.

Ich krabbelte aus dem Bett, ging zum Computer und machte meine zufällige Playlist an. Ich brauchte jetzt einfach Musik. Auf dem Weg zurück ins Bett hätte ich den Blick in den Spiegel besser vermeiden sollen, denn nun schaltete ich das Licht wieder an, ging zurück zum Schrank und musterte mich kritisch: Obwohl ich zum Schlafen nur ein ausrangiertes, ausgeleiertes, altes T-Shirt trug und von seinem ursprünglichen Schnitt nichts zu mehr zu sehen war, zeichnete sich mein Körper deutlich ab.

So oft hatte ich es schon mit beiden Fäusten und roher Gewalt in die Breite gedehnt, dass die Seitenschlitze längst eingerissen und ausgefleddert waren, trotzdem war es nicht mehr weit genug, um mir den Anblick zu ersparen. Noch schockierender als dass es schon wieder zu eng war, war nur, was sich darunter befand: meine nackten Beine. Ich hatte das Gefühl, dass sie von Tag zu Tag schlimmer aussahen. Ich drückte das schwabbelige Fett zusammen, und sofort bildeten sich tiefe Dellen, kleine

Krater. Mit aller Kraft quetschte ich so lange, bis sich die Haut in Falten legte. Es war nicht nur so, dass meine Beine kräftig oder dick waren, das Bindegewebe hatte inzwischen nicht nur nach-, sondern komplett aufgegeben, sodass das Fett bei jeder Bewegung wabbelte. Mein Blick starr auf die Masse gerichtet, bewegte ich mich so hin und her, dass ich diese widerliche Anhäufung von Fett in Schwingung versetzte und war fassungslos, wie widerlich das aussah.

Ob da diese Shape-Unterwäsche helfen konnte? Ich überlegte mir, unter dem Hosenanzug zusätzlich noch eine dieser Kompressions-Strumpfhosen anzuziehen, die das Ganze zumindest so fest zusammenhielten, dass ich nicht bei jedem Schritt wie eine wabblige Qualle aussah. Yepp, das machte Sinn.

Was ein Glück, dass ich noch mit meiner Mutter shoppen war, sonst hätte ich vermutlich eine Sommergrippe vorgetäuscht und den Ball tatsächlich einfach geschwänzt. Meine Figur war, so gut es eben ging, verpackt und kaschiert.

Jetzt sah ich mir mein Gesicht und meinen Hals genauer an, drückte den Kopf auf die Brust, und ein ganz fieses Doppelkinn kam zum Vorschein. Bei genauem Hinschauen glaubte ich, sogar ein Dreifachkinn zu erkennen.

Ich hatte mal gelesen, dass Fotografen ihre Models angeblich aufforderten, dass sie beim Shooting die Zunge fest gegen den Gaumen drücken sollten, weil das die Halsmuskeln anspannte und die Models im Gesicht schlanker aussehen ließe. Nach ein paar Sekunden dieser Übung ließ ich es aber wieder bleiben, da absolut nichts passierte, außer dass es anfing, höllisch wehzutun, und ich gähnen musste. Na ja, zum Glück musste ich mir eh keine Sorgen machen, in nächster Zeit zu einem Fotoshooting gebeten zu werden.

Kopfschüttelnd kroch ich zurück unter die Bettdecke und hörte nun auch ganz leise die Musik. Zufällige Wiedergabeliste war an, Zeit für ein kleines Song-Orakel. Der nächste Song sollte mir sagen, was die anderen aus meiner Stufe dachten, wenn sie mich beim Abschlussball sahen.

Ellie Goulding mit *Your Song*. Also, dass meine Stufe bei meinem Anblick vor lauter Entzücken einen Song für mich singen würde, wagte ich ja mal stark zu bezweifeln. Aber der Gedanke gefiel mir schon. Warum zum Teufel musste ich nur immer das Bedürfnis haben, von allen gemocht zu werden? Dabei mochte ich die meisten aus meiner Stufe doch selbst nicht leiden.

Ich stellte mir vor, wie ich oben an der Treppe stand, sich die Köpfe der anderen aus meiner Stufe nach und nach in meine Richtung drehten und alle anfingen zu tuscheln. Nein, nicht weil sie sich wie sonst über mich lustig machten, dieses Mal tuschelten sie, weil sie nicht glauben konnten, was sie da sahen. Oder vielmehr, wen sie da sahen. Langsam und geschmeidig wie eine Raubkatze ging ich die lange Treppe hinunter und schaute in ausnahmslos freundliche Gesichter, die mich anlächelten. Als ich am Fuß der Treppe ankam, spürte ich plötzlich feinen Sand unter meinen Füßen, hörte das Rauschen des Meeres und sah, wie riesige Galapagos-Schildkröten zum Wasser krochen. In diesem Moment holte der junge Mann neben Caro seine Kamera raus, schubste sie in den Sand und rief mir »Ja, genau so. Drück die Zunge unter den Gaumen!« entgegen.

Okay! Das war der todsichere Beweis dafür, dass ich vollkommen übermüdet war und ganz dringend schlafen musste. Warum gab es eigentlich im Kopf keinen Schalter, um das Licht auszumachen? Vielleicht fiel es den Gedanken dann leichter, auch schlafen zu gehen. Ich kuschelte mich tiefer ins Kopfkissen, knautschte es fest zusammen und zog die Bettdecke bis unter die Nase, dann schlief ich ein, die Zunge ganz fest unter den Gaumen gepresst.

Stalkerqualitäten

Zwei Tage später – ich hatte immer noch Muskelkater am Hals – stand ich frisch geduscht und mit triefnassen Haaren im Badezimmer. Die Luft duftete absolut herrlich nach diesem leckeren Granatapfelduschgel, wovon ich mal wieder viel zu viel genommen hatte, und aus der Bluetoothbox ertönte *Panic Station* von Muse.

Den großen Ganzkörperspiegel hatte ich vorsichtshalber mit meinem langen Bademantel abgehängt, sodass mir nichts die

Laune verderben konnte. Auf dem iPad-Display erschien eine Nachricht von Jule: »Huhu Maus, freue mich auf unseren Abschlussball und bin gespannt, ob unser Organisationstalent einen DJ aufgetrieben hat. ;) Kuss.« Ich tippte »Huhu Spatz, freue mich auch und packe wohl besser unsere neue Playlist auf 'nen Stick« und musste mich selbst ein bisschen freuen. Manchmal war ich schon ein bisschen witzig. Vielleicht sollte ich das aber wirklich tun, denn ich traute Jasmin so ziemlich alles zu.

Nein, ich dachte jetzt nicht weiter über Jasmin nach, denn dann landete ich nur wieder bei Caro, und ruckzuck war ich bei Ben. »Los, denk an was anderes!«, ermahnte ich mich. Aber mit Ben war das wie mit einem Ohrwurm, ich bekam ihn einfach nicht aus meinem Kopf. Seit meinem überstürzten Verschwinden vom Schiff hatte ich nichts mehr von ihm gehört, obwohl ich gesehen habe, dass er bei WhatsApp online war. In den letzten Tagen hatte ich regelrechte Stalkerqualitäten entwickelt und sogar seine Social-Media-Profile bei Facebook und Instagram beobachtet, um zu sehen, ob er dort was gelikt hat. Und natürlich war er online aktiv, und zwar nicht zu knapp. Da er ja täglich reichlich Zeit bei mir einsparte, waren da wohl wieder reichlich Kapazitäten frei geworden. Schon bei dem Gedanken daran wurde ich wieder wütend, und jetzt kam ich mir noch viel bescheuerter vor. Wie ich vor meinem Rechner gesessen hatte, ihm Nachrichten schrieb, nur um sie dann ganz langsam und mit Grummeln im Bauch Buchstabe für Buchstabe wieder zu löschen … einfach nur lächerlich. Er sollte sich zuerst bei mir melden, schließlich hatte ich ja Geburtstag gehabt, und einem Geburtstagskind gratuliert man. Punkt. Die Gedanken in meinem Kopf überschlugen sich und wurden zu einem endlosen Chaos ohne Punkt und Komma, unter das meine Grundschullehrerin mit ihrem roten Korrekturstift sicherlich »Bitte keine Bandwurmsätze!« geschrieben hätte.

Meine Playlist erinnerte mich passenderweise mit *Wake Up Call* von Maroon 5 daran, dass ich mich dringend beeilen musste, wenn ich nicht gleich mit nassen Haaren zum Abschlussball wollte. Eine gute Stunde später stand ich fertig angezogen, geschminkt und mit einer wirklich mehr als gelungenen Hochsteckfrisur in der Küche und ließ mir von meiner Mutter die Kette umlegen. Dieser Moment, als die kühle Kette auf meiner Haut lag und meine Mutter das kleine Häkchen schloss, fühlte sich irgendwie feierlich an. Es war tatsächlich mein Abschlussball, und danach begann mein neues Leben. Endlich.

Selbst für unsere Abende im *Babylon* hatte ich mich nie so zurechtgemacht, auch Haare und Make-up waren immer so dezent wie möglich, damit mich bloß niemand ansah. An diesem Tag war das anders, ich fühlte mich richtig wohl in meiner Haut. Na ja, zwar nicht unbedingt in meiner Haut, aber ich fühlte mich in meinem Hosenanzug und dem edlen Seidentop sehr festlich und endlich mal passend gekleidet.

Meine Mutter trug eine schwarze Stoffhose und eine weiße Bluse darüber. Ja, so konnten wir zwei uns sehen lassen, ging es mir durch den Kopf, als wir nebeneinander vor dem Garderobenspiegel standen, und ich glaube, sie war noch aufgeregter als ich.

Irgendwas war da im Busch

Als wir mit unserem alten dunkelroten Golf, der seine besten Jahre schon lange hinter sich hatte, auf den Schulparkplatz bogen, sah ich, wie Caro und Jasmin, halb hinter einem Auto versteckt, tuschelten. Ich wollte eigentlich gar nicht wissen, was die zwei da schon wieder ausheckten, als Caro plötzlich Jasmin so heftig von sich stieß, dass die unbeholfen stolperte. Nein, die zwei tuschelten gar nicht, sie stritten ganz fürchterlich. Jasmin konnte sich nur so gerade noch abfangen und rannte nun Caro hinterher. Sie war stocksauer. Was war denn bei den beiden los?

Völlig perplex schaute ich den beiden hinterher, als direkt neben uns Jule mit ihren Eltern hielt. Sie hatte sich für das bodenlange, petrolfarbene Kleid entschieden, die perfekte Wahl. Das trägerlose Oberteil war wie eine Corsage gearbeitet, nach unten wurde das Kleid weiter, und der hauchzarte Rockteil aus Chiffon ließ Jules schlanke Beine durchschimmern. Sie sah verboten gut aus, nur schade, dass Tobi sie gar nicht so sehen konnte.

Ich wäre an ihrer Stelle echt enttäuscht gewesen, aber sie hatte mich nur angelächelt: »Ich habe mich in einen Musiker verliebt, dann muss ich auch akzeptieren, dass er Musiker ist, da gehen Auftritte nun mal vor.«

Als wir voreinander standen und wie aus einem Mund »Du siehst ja großartig aus!« sagten, war uns wohl beiden klar, dass dieser Abend etwas ganz Besonderes war. Der letzte Tag im alten Leben. Ich begrüßte erst Jules Mutter und dann ihren Vater. Bei ihm musste ich mich auf die Zehenspitzen stellen, so groß war er. Er fand es bestimmt schade, dass mein Vater nicht mit dabei war, so hätte er jemanden zum Unterhalten gehabt. Er sagte aber nichts, drückte mich nur und wünschte uns allen einen schönen, gemeinsamen Abend.

Ich schaute wieder zu der Stelle, wo Jasmin und Caro gestanden hatten, aber es war nichts mehr zu sehen. »Was suchst du denn da?«, fragte mich Jule und folgte meinem Blick. Ich erzählte, wie merkwürdig sich die beiden verhalten hatten und dass Caro sogar handgreiflich wurde. Jule zuckte nur mit den Schultern: »Lass die zwei sich doch gegenseitig den Abend ruinieren, dann haben sie weniger Kraft, um uns zu nerven.«

Da hat sie natürlich auch wieder recht, ich sollte einfach aufhören, mir über Dinge Gedanken zu machen, die mich a) nicht betrafen und b) auch gar nichts angingen.

Die Komiteegruppe, die fürs Schmücken verantwortlich war, hatte sich echt selbst übertroffen. Schon der neu gepflasterte Weg, der über die Wiese zum Eingang unserer Aula führte, war links und rechts mit Gartenfackeln gesäumt und sah unglaublich festlich aus. Als wir vor der großen Eingangstür standen, strahlte Jule mich an und stieß, während sie »Ein letztes Mal!« flüsterte, die breiten Flügeltüren auf.

Drinnen erwarteten uns kleine Tischgruppen, an denen immer etwa sechs Personen sitzen konnten. Die Stühle waren in weiße Hussen gekleidet, und auf den fliederfarbenen Tischdecken standen sechs Gläser und je eine Flasche Wasser, Cola und Apfelschorle. Okay, dann trank ich halt Wasser.

Wir begrüßten auf dem Weg durch die Aula einige Mitschüler aus unserer Stufe. Schon merkwürdig, an diesem Abend prosteten mir Leute, mit denen ich noch nie mehr als zwei Sätze gewechselt hatte und die mich sonst, so gut es ging, ignorierten, zu und lächelten mich sogar an. Ich gehörte – am letzten Tag – tatsächlich doch irgendwie dazu. Alle waren gut drauf, nur Caro und Jasmin waren mal wieder die große Ausnahme. Wo die wohl saßen? Hoffentlich möglichst weit weg von uns.

Wir fanden unseren Tisch auf der rechten Seite vorm Fenster. Als wir unsere Plätze einnahmen, holte Jule plötzlich eine Flasche Cola light unterm Tisch hervor und goss mir ein Glas ein. »Bei so einem Abend verlasse ich mich doch nicht auf andere!«, sagte sie grinsend und stellte die Flasche zu den übrigen Getränken auf unseren Tisch. Meine Jule.

Mit einem Mal wurde das Getuschel um uns herum leiser, und alle schauten neugierig zur Bühne. Eigentlich war es eher nur das Podest davor, denn der hintere Bereich war durch einen schweren schwarzen Vorhang abgetrennt. Jasmin stand als Stufensprecherin und Leiterin des Abi-Komitees am Rednerpult und tippte gegen das Mikro. Ihre Rede eröffnete sie mit einer schier endlosen Lobeshymne auf die mehr als gelungene Planung dieses Abends. Was bei so ziemlich jedem aus dem Komitee für müdes Kopfschütteln und verdrehte Augen sorgte. Nun bat sie den Rektor und unseren alten Lateinlehrer auf die Bühne, um ihnen das Wort zu übergeben, da jetzt die Abiturzeugnisse überreicht werden sollten.

Als in alphabetischer Reihenfolge die ersten Namen aufgerufen wurden und jeder nach und nach auf die Bühne ging, um sein Zeugnis überreicht zu bekommen, schaute ich noch mal an mir herunter. Der Hosenschlitz war zu, ich hatte nirgendwo einen Fleck, und ich wusste, dass meine Sachen so locker saßen, dass sich nichts abzeichnen konnte. Mein Blazer ging auf jeden Fall bis über meinen Hintern, und auch wenn ich gleich sicher rot wurde, konnte man es in dem gedämpften Licht nicht sehen. Diese Checkliste überprüfte ich in den kommenden Minuten noch dreieinhalb Mal, und obwohl ich wusste, dass ich als Nächste dran war, erschrak ich, als mein Name aus den Boxen ertönte.

Ich schluckte, stand langsam auf, zog den Bauch fest ein, machte den Rücken gerade und ging, unter dem Applaus der anderen – ich hörte genau Jule jubeln – rüber zur Bühne. Noch einmal tief durchatmen, eine Stufe, zwei Stufen, drei Stufen, vier Stufen, geschafft. Obwohl ich hier oben ja nichts sagen musste, spürte ich doch meine zittrigen Knie. Auf einer Bühne zu stehen, das war absolut nichts für mich. Ich lächelte Jasmin, die neben unserem Rektor stand, an, aber ihre Miene blieb versteinert, nicht mal ihre Augen blinzelten. Nein, sie nickte mir nicht mal zu, wie sie es bis jetzt bei wirklich jedem anderen gemacht hatte, der sein Zeugnis entgegennahm. Zwar war ihr Blick auch da nicht unbedingt freundlich, sondern eher von oben herab, als ob man dankbar sein musste, von ihr als Stufensprecherin beglückwünscht zu werden, aber sie hatte die anderen wenigstens wahrgenommen. Ich hingegen schien für sie nur Luft zu sein.

»Dann halt nicht, blöde Kuh«, ging es mir durch den Kopf. Nicht mal an diesem Tag, wo wir uns hoffentlich zum letzten Mal in unserem Leben sahen, konnte sie über ihren Schatten springen. Schade.

Aber unser Rektor und Herr Faber, unser lieber alter Lateinlehrer, strahlten mich an und gratulierten mir herzlich. Besonders an Herrn Faber würde ich gerne zurückdenken, er war ein toller Lehrer. Niemals hätte er jemanden vorgeführt, wenn man mal etwas nicht wusste. Er hatte immer einen Scherz auf Lager und verlegte den Unterricht im Sommer oft nach draußen. »An der Luft sind die Gedanken freier«, freute er sich, und dann sind wir auf den Schulhof gegangen und haben uns unter die Bäume gesetzt. Nicht mal an diesem Abend hatte er seine zotteligen Haare gebändigt bekommen, sie standen wie bei Einstein lustig in alle Richtungen, und genau so wollte ich ihn in bester Erinnerung behalten.

Zurück an unserem Tisch wurde ich direkt von meiner Mutter in die Arme geschlossen, ich glaube, sie wollte mich am liebsten gar nicht wieder loslassen. Ich musste an meinen Vater denken, ob er wohl grad aufs Meer schaute und Schiffe guckte?

Gleich war Jule dran. Wie konnte sie nur so ruhig sein? Erst als ihr Name vorgelesen wurde, schraubte sie die Flasche Cola zu und ging unter auffällig lauterem Beifall als bei allen anderen nach vorne. Jules Eltern strahlten förmlich um die Wette, und man sah ihnen an, wie stolz sie auf ihre Tochter waren. Nun wünschte ich mir doch, dass mein Vater auch hier gewesen wäre, dass er mich da oben gesehen hätte und dass es zwischen meinen Eltern wieder so wie früher war.

Ich schaute zu meiner Mutter, und mit ihrem Lächeln und diesem schimmernden Glanz ihren Augen war mit einem Mal alles gut, genau so wie es jetzt war. Plötzlich kippte die Stimmung, niemand im Raum schien noch zu atmen, und ich blickte wieder auf die Bühne. Jule stand vor Jasmin und blieb stehen. Es dauerte bestimmt drei oder vier Sekunden, bis Jasmin ihr, wenn auch nicht ganz freiwillig, höflich zunickte. Das hätte ich mich nie getraut.

Dann kam Jule unter lautem Applaus zurück zu unserem Tisch, wo sie zuerst von ihren Eltern, dann von mir und meiner Mutter in die Arme geschlossen wurde. Als Letzte erhielt Jasmin ihr Abiturzeugnis, wofür es deutlich weniger Beifall gab als für die anschließende Eröffnung des Büfetts durch Herrn Faber.

Jasmin ging zurück zum Rednerpult und wollte gerade den Mund aufmachen, um noch etwas zu sagen, da standen schon die Ersten aus unserer Stufe von ihren Plätzen auf. Allen voran Caro. Die Eltern an den Tischen schauten ziemlich verwundert zwischen Jasmin am Rednerpult und der immer länger werdenden Schlange am Büfett hin und her, als könnten sie gar nicht glauben, wie man so unhöflich sein konnte. Das immer lauter werdende Gemurmel im Saal machte aber unmissverständlich klar, dass sich niemand mehr dafür interessierte, was sie noch zu sagen gehabt hätte.

»Fehlt nur noch, dass sie sich auf den Boden schmeißt und mit den Fäusten trommelt«, kam es plötzlich von einem Typ aus meinem Englischkurs, der sich im Vorbeigehen kurz zu mir und Jule hinuntergebeugt hatte. Irritiert schaute ich ihm hinterher. Der hatte sich doch noch nie mit mir unterhalten? Scheinbar hatte Jasmin es durch ihre unmögliche Art geschafft, die komplette Stufe gegen sich aufzubringen, sodass wir nun alle zu Verbündeten wurden. Ihre arrogante Art, gepaart mit

Selbstüberschätzung und Unwissenheit ließ sie ziemlich allein dastehen, wenn nicht mal mehr Caro zu ihr hielt. Sie tat mir fast schon wieder leid, wie sie da am Bühnenaufgang stand und sich ziemlich verloren nach ihren Eltern umsah, den Auftritt hatte sie sich bestimmt auch anders vorgestellt.

Mit einem leisen Knurren meldete sich plötzlich doch noch mein Magen, und zu meiner großen Erleichterung hatte ich bereits gesehen, dass die Cateringfirma Salatplatten und Dressing getrennt angerichtet hatte. Wir stellten uns in die Reihe, und während ich mir Salat auf den Teller nahm und ein paar Tropfen Balsamicodressing drüberträufelte, stellte sich Christin dicht zu mir und sagte leise: »Du, Lea, was ich dir noch sagen wollte. Ich fand Caros Spruch, den sie dir beim Komiteetreffen gedrückt hat, total daneben. Tut mir leid, dass ich nicht direkt was gesagt hab.«

Ich lächelte sie etwas verlegen an, und obwohl ich ihre Entschuldigung nett fand, war ich echt froh, dass ich grad nur Salat auf meinem Teller hatte. Tief durchatmen! Nur noch den Abend überstehen, dann begann mein neues Leben, dann musste ich niemanden hier jemals wieder sehen.

An den anderen Tischen saßen kaum noch Eltern, und so wurde der offizielle Teil des Abends langsam aber sicher stillschweigend für beendet erklärt. Den Punkt, irgendwie um das große Büfett herumzukommen, konnte ich auf meiner abendlichen To-do-Liste also schon mal abhaken. Perfekt. Und so stießen wir noch ein letztes Mal mit unseren Eltern auf unser Abi an, bevor wir sie zum Auto brachten.

Draußen war es schon stockdunkel geworden, und die Gartenfackeln loderten immer noch so hoch, dass man aufpassen musste, sich nicht zu verbrennen. Es roch herrlich nach Sommer, frisch gemähter Wiese und nach den bunten Wildblumen, die entlang der Schulmauer wucherten.

»Ich komme dann morgen gegen Mittag nach Hause«, verabschiedete ich meine Mutter.

Nachdem ich die letzten Tage so eisern war, freute ich mich schon riesig drauf, am nächsten Tag mit Jule brunchen zu gehen und noch mal hemmungslos zu schlemmen.

Auf dem Weg zurück zur Aula bewunderten Christin und ihre Freundinnen die Stickereien auf Jules Corsage, und sofort ging die Diskussion los, wie schwierig es doch gewesen sei, das perfekte Kleid zu finden, wie viele Stunden sie in den Umkleiden verbracht hätten und dass sie sich nun bei Shopping Queen bewerben wollten.

Als Christin dann erzählte, dass sie sonst Kleidergröße 36 trug, die Ballkleider aber alle ganz unterschiedlich ausfielen, zog ich mich raus und verschwand auf die Toilette, die direkt im Nebentrakt der Aula war. Dass ich meinen Hosenanzug in einem Geschäft für Übergrößen gekauft hatte, wollte ich denen ganz bestimmt nicht auf die Nase binden.

Harder to breathe

Ganz langsam schlenderte ich durch den Flur und schaute mir die verstaubten Schaukästen an. Wenn ich hier nur genug Zeit totschlug, hätten sie gleich bestimmt schon ein anderes Thema. Es waren uralte Fotos vom Lehrerkollegium ausgestellt, und einige erkannte ich sogar wieder. Die meisten hatten sich echt ganz schön verändert, nur Herr Faber nicht, dem standen schon damals die Haare zu Berge, auch wenn er uns gegenüber immer behauptete, dass die Frisur erst so wäre, seit er uns unterrichtete.

Mir kam die Collage mit den alten Joyning-Fotos in den Sinn und wie Ben sich vor dem Bilderrahmen aufgebaut hatte, um die ihm peinlichsten Fotos zu verdecken. Da war zwischen uns noch alles gut.

Vielleicht war Ben auch wütend auf mich, durchfuhr es mich. Wütend, weil ich nicht, wie verabredet, um kurz vor zwölf an der Suite war, um mit ihm und den anderen auf meinen Geburtstag anzustoßen. Dieser Gedanke ließ mich mit einem Mal richtig unruhig werden. Was war, wenn er enttäuscht war und darauf wartete, dass ich mich bei ihm meldete? Er konnte ja nicht ahnen, dass ich ihn mit Jasmin und Caro beobachtet hatte. Hatte ihm überhaupt jemand erzählt, dass ich mit Schmerzen im Bett lag? Also mit angeblichen Schmerzen.

Egal. Erzählt oder nicht, er hätte trotzdem auch mal von selbst drauf kommen können, dass was passiert sein musste. Und wenn er sich Sorgen gemacht hätte, hätte es genug Möglichkeiten gegeben, mich zu erreichen. Ich hatte also viel eher einen Grund, sauer zu sein, als er. Ich atmete dreimal tief durch. Das musste ich mir echt mal ganz dringend abgewöhnen, diese ganzen Szenarien immer wieder im Kopf durchzuspielen, machte es noch nie besser. Nur komplizierter.

Ich konnte ihm ja einfach mal 'ne Mail schreiben und irgendeinen Scheiß wegen der Homepage fragen. Und je nachdem, wie er mir darauf antwortete, würde ich ja merken, ob er sauer auf mich war oder ob ich getrost weiter sauer auf ihn sein konnte. Moment?! War ich in meinem ganzen Psychofuck-Wirrwarr etwa am Klo vorbei gelaufen? Natürlich.

Als ich drei Minuten später die Tür zur Damentoilette öffnete, starrte ich erschrocken Caro an, die am hintersten Waschbecken stand. Wir schienen uns beide nicht über dieses Zusammentreffen zu freuen.

»Was guckst du fette Kuh so dämlich?«, keifte sie mich an und schloss hektisch ihr kleines Handtäschchen. Ich war so perplex, dass ich am liebsten wieder rückwärts rausgegangen wäre, starrte sie aber einfach nur an. Bevor ich in der Kabine verschwinden konnte, kam sie auf mich zu und drückte mich mit ihrer Hand an meiner Kehle gegen die Fliesenwand, dass mir die Luft wegblieb. Ihr Blick war so aggressiv, dass ich versuchte, ihr nicht in die Augen zu schauen.

Mit bedrohlich leiser Stimme flüsterte sie: »Da haste jetzt Schiss, du widerliche Kuh. Was bildest du dir eigentlich ein, hier so rumzustolzieren? Dich will niemand hier haben.« Dabei kam sie mir immer näher, sodass ich ihren warmen Atem auf meinem Gesicht spürte. »Wo ist eigentlich dein Dad? Stimmt es, was alle sagen? Dass du ihm peinlich bist? Dass er sich Abend für Abend aus dem Leben ballert, um dich nicht ertragen zu müssen? Weil er dich und dein ständiges Rumgeheule leid ist? Du wirst nie irgendwo dazugehören. Nicht hier, nicht zu Hause und erst recht nicht zu Ben. Du fettes, hässliches Stück Scheiße!«

Sie drückte meinen Hals immer fester zu, dass mir ganz schwummerig wurde, als ich plötzlich eine fremde Hand auf ihrer Schulter sah, die sie von mir wegriss. Jasmin stand direkt hinter ihr und brüllte: »Bist du jetzt total bescheuert?« Caro ließ mich endlich los und stieß Jasmin so wütend zur Seite, dass diese gegen das Waschbecken knallte, dann stürmte sie aus der Toilette.

»Alles okay?«, fragte mich Jasmin besorgt, als ich mit den Händen auf die Knie gestützt an der Wand lehnte und nach Luft schnappte. Aber noch bevor ich antworten konnte, änderte sich ihr Tonfall, und in deutlich bedrohlicherer Stimme fügte sie hinzu: »Ich würde mir an deiner Stelle genau überlegen, was ich heute mache und wem ich traue. Sei vorsichtig, sonst geht der Abend ziemlich übel für dich aus!«

Ganz langsam ging sie rüber zum Waschbecken, und bei jedem einzelnen Schritt auf dem kalten Fliesenboden war das Knallen ihrer Absätze zu hören. Ich stand einfach nur völlig benommen da, als sich unsere Blicke im Spiegel trafen, während sie mit dunkelrotem Gloss ihre Lippen nachzog. Wie konnte sie nur so eiskalt sein? Ohne mich auch nur eines weiteren Blickes zu würdigen, ging sie hinaus.

Ich war nicht in der Lage, auch nur einen klaren Gedanken zu fassen, setzte mich auf eine Toilette und schloss ab. Am liebsten hätte ich hemmungslos losgeheult, aber selbst dazu war ich nicht fähig. Ich war wie gelähmt.

Als ich anfing zu zittern, schlug ich fest die Arme um meinen Körper. So saß ich eine ganze Weile mit geschlossenen Augen da, wiegte ganz langsam meinen Oberkörper vor und zurück und wartete. Worauf ich wartete, weiß ich nicht, vielleicht darauf, dass ich aus diesem schrecklichen Albtraum hier aufwachte.

Ich hörte, wie die Tür aufging und einige Mädels aus meiner Stufe reinkamen. Wie durch eine Dunstglocke nahm ich ihr Kichern und Lachen wahr, als ich plötzlich Christin hörte. »Wieder typisch, wie sich Caro und Jasmin für diese Aktion feiern lassen. Obwohl ich zugeben muss, dass es natürlich schon richtig geil ist. Ich hätte nicht gedacht, dass es an unserem letzten Tag hier noch mal so abgeht!«

Ich hielt die Luft an und hoffte, dass sie mich nicht entdeckten. Wie konnte man andere nur dafür feiern, wenn sie jemanden so fertigmachten? Ich hatte denen doch nie irgendwas getan, warum hassten die mich so? Ich merkte, wie der Kloß in meinem Hals immer schwerer wurde, und spürte, dass mir langsam Tränen die Wange runterliefen. »Du musst dich zusammenreißen, du darfst jetzt auf keinen Fall anfangen zu weinen«, sagte ich mir immer wieder lautlos vor und bemühte mich, möglichst flach zu atmen.

Endlich hörte ich, dass sie zurück in die Aula gingen. Als die Tür kurz aufstand, glaubte ich, leise Musik zu hören, zumindest spürte ich den Bass deutlich, dann knallte sie wieder ins Schloss.

Ich überlegte mir, wie ich am besten zu Jule kommen konnte, ohne dabei die anderen noch mal sehen zu müssen. Aber was wollte ich ihr denn dann sagen? Sollte ich ihr erzählen, was passiert war? Dann stellte sie Caro und Jasmin doch sofort zur Rede, und ich stand wieder als feige Petze da. Vielleicht konnte ich Jule ja auch so davon überzeugen, dass ich nach Hause wollte. Vielleicht Kopfschmerzen? Warum hatte ich nur mein Handy nicht dabei? So konnte ich mir nicht mal selbst ein Taxi rufen und heimfahren. Ach, scheiße, scheiße, scheiße. Ich hatte alles falsch gemacht, wie immer. Erst, als sich mein Puls wieder verlangsamte und ich mich traute, wieder normal zu atmen, löste ich den Griff um meinen Körper. Ich hatte mich so in meinem Bauch festgekrallt, dass meine Finger tiefrot und ganz taub waren und die Klamotten sahen auch ziemlich verknittert aus. Insgesamt gab ich einfach nur ein jämmerliches Bild ab. Ich musste zu Jule.

Ich lauschte kurz, ob auch wirklich niemand außer mir hier war, dann schloss ich die Kabinentür auf, ging rüber zum Waschbecken und schaute in den Spiegel. Ich sah aus, als hätte ich drei Tage durchgeheult: knallrote Augen und verschmierte Wimperntusche.

Mit einem Papierhandtuch gelang es mir, zumindest das Gröbste so einigermaßen wieder in Ordnung zu bringen. Es musste ja nicht gleich jeder sehen, was hier passiert war. Auch wenn die meisten es ja eh scheinbar schon von Caro und Jasmin gehört hatten. Wie zum Teufel konnte sich dieser Abend nur so schrecklich entwickeln? Es war doch eben noch alles gut. Wann hatte ich an diesem Abend etwas falsch gemacht? Wieder und wieder ging ich die Situationen durch, die kurzen Gespräche, die Blicke. Was hatte ich übersehen? Wo war ich zu weit gegangen?

Als ich den Flur entlang zurück zur Aula ging, hörte ich die Musik immer lauter. *Harder to breathe* von Maroon 5. Ich atmete tief durch und spürte dabei immer noch deutlich den Schmerz an meiner Kehle. Caro hatte mit aller Kraft zugedrückt, die wollte mich nicht nur einschüchtern, sie meinte das eben verdammt ernst.

Ich wusste nicht, was mich in diesem Moment mehr irritierte: Dass das Song-Orakel mit *Harder to breathe* einen ziemlich schwarzen Humor bewies, dass die Stimme original wie Bens klang oder dass mir jetzt überhaupt solche Gedanken durch den Kopf gingen.

Aye aye, Sir!

Ich drückte die Tür zur Aula auf und traute meinen Augen nicht. Der große schwarze Vorhang war aufgezogen, und da oben auf der Bühne standen Ben, Tobi und die anderen Jungs. Die Tische und Stühle standen am Rand der Aula und auf der großen Tanzfläche direkt vor der Bühne herrschte wilde Partystimmung. Während ich noch versuchte, meine Gedanken zu ordnen, um überhaupt zu begreifen, was sich da vor meinen Augen abspielte, kam Christin mit zwei Gläsern auf mich zu und strahlte mich an.

»Wie geil! Hättest du das erwartet? Ich hab ja schon nicht mal mehr dran geglaubt, dass Jasmin überhaupt noch 'nen DJ organisiert bekommt, aber gleich 'ne Liveband? Das ist schon extrem geil. Wo warst du denn so lange? Jule hat dich überall gesucht!«

Dann drückte sie mir mit den Worten »Hier, Cola light für dich!« eins der Gläser in der Hand, und wir stießen an.

Völlig verdattert trank ich einen großen Schluck. Der süße Geschmack tat unheimlich gut und, mit jedem Schluck fühlte ich mich irgendwie besser. Und das, was da eben auf der Toilette passiert war, verschwand hinter einem großen schwarzen Vorhang. »Wo ist denn Jule?«, fragte ich Christin. Sie zuckte mit den Schultern. Ich beugte mich weiter zu ihr rüber und fragte, wo ihr Jule denn gerade das Glas für mich gegeben hat.

»Nein, das hab ich nicht von Jule, das hat mir Caro für dich gegeben! Ich sollte es dir kurz bringen.«

Diese Antwort zog mir fast den Boden unter den Füßen weg. Warum sollte ausgerechnet Caro mir etwas zu trinken bringen lassen? Ich schaute mich um und entdeckte sie rechts neben der Theke. Sie beobachtete mich genau, hob ihr Glas und prostete mir zu. Dabei spielte ein so hinterhältiges Lächeln um ihre Mundwinkel, dass mir ganz flau im Magen wurde.

Ich drückte Christin das leere Glas in die Hand und machte mich auf den Weg zur Bühne – ich musste jetzt ganz schnell Jule finden. Je näher ich der Bühne kam, desto mehr hatte ich plötzlich Lust zu tanzen. Es brachte doch auch niemandem was, wenn ich uns jetzt wegen diesem lächerlich kleinen Vorfall auf dem Klo den Abend verderben würde. Dann würden sich doch wieder nur alle streiten und ich war schuld.

Ich war hier, Jule war irgendwo weiter vorne, meine Band war da. Gut, Caro musste hier auch irgendwo rumlaufen, aber was kümmerte es mich? Ich wollte jetzt sofort zu Jule und mit ihr tanzen. Einfach nur tanzen und Spaß haben, das war der Plan.

Ich stellte mich auf die Zehenspitzen, aber lange konnte ich das Gleichgewicht nicht halten, dafür war mir echt zu schwummerig. Komisch, ich fühlte mich mit einem Mal richtig betrunken, dabei hatte ich vorhin doch nur ein Glas Sekt. Vermutlich hatte ich echt viel zu wenig gegessen. Ich hörte, wie der Edding in meinem Kopf auf meiner To-do-Liste einen Haken hinter den Punkt »Kalorien einsparen« setzte, und musste lächeln: Check. Jetzt war Partytime!

Ich fand Jule an der Bühne, natürlich direkt vor Tobi – wo auch sonst. Als sie mich entdeckte, stürmte sie auf mich zu und fiel mir um den Hals. »Wusstest du davon, hast du das mit den Jungs vorbereitet?« Ich schüttelte den Kopf. »Wo warst du denn dann so lange?«

»Ich war auf der T…t…t…toilette und hab grad g'trunken. Mit Christin«, antwortete ich und musste kichern.

»Du scheinst 'ne ganze Menge getrunken zu haben«, sagte Jule und zog skeptisch eine Augenbraue hoch.

Ich tippte mit dem Zeigefinger auf ihre perfekt gezupfte Augenbraue und lachte: »Nu guck doch nicht so streng! Heute ist Partytime!« Ich musste kurz hicksen, sprach dann aber weiter mit Jules Augenbraue: »Da darf man auch mal ein Glas trinken oder zwei. Jule findet das auch. Und der musst du gehorchen, denn die hat dich gezupft!« Während ich das sagte, machte ich mit meinem Daumen und Zeigefinger kleine Zupfbewegungen »Zupf! Zupf! Zupf!«

»Du bist echt ziemlich niedlich, wenn du betrunken bist, Maus! Aber den Rest des Abends sollten wir uns doch lieber mal 'n Wasser klarmachen.« Dann deutete sie lächelnd hinter mich.

Ich drehte mich ziemlich schwungvoll um. Vielleicht etwas zu schwungvoll, denn ich landete direkt in Bens Armen. »Huch, wo kommst denn du auf einmal her?«, fragte ich ihn immer noch kichernd und schaute verdutzt zwischen seinem Platz auf der Bühne und ihm, wie er jetzt direkt vor mir stand, hin und her.

Ben küsste mich flüchtig auf den Mundwinkel, und die Umstehenden aus meinem Jahrgang pfiffen und johlten. Er zog mich ganz nah an sich und flüsterte dicht an meinem Ohr: »Na, ich muss doch wenigstens die Chance haben, dir richtig zum Abi zu gratulieren«, stockte kurz und ergänzte in strengerem Ton, »und nachträglich zu deinem Geburtstag. Ans Handy bist du ja nicht gegangen!«

Dann sprang er mit einem Satz zurück auf die Bühne, und ich konnte nicht anders, ich musste auf seinen knackigen Hintern gucken, der in dieser Jeans besonders gut zur Geltung kam. Moment! Er war also die unbekannte Nummer, die drei Mal angerufen hat?

»Lea, der nächste Song ist für dich!«, hörte ich seine Stimme durch die Boxen, und ich sah aus dem Augenwinkel, wie die anderen aus meiner Stufe die Köpfe zusammensteckten und tuschelten. Mir gefiel es, dass uns alle ansahen, als ob Ben und ich ein Paar wären. Ja, darüber dürften sie gerne tuscheln. Die schönsten Gerüchte stimmten doch eh selten.

Schon das unverkennbare Gitarrenintro verriet, welcher Song jetzt kam, und mein Puls wurde deutlich schneller. Ben hatte ein verwegenes Grinsen im Gesicht, und sein Blick durchdrang mich, als er die Hände ums Mikrofon legte und leise »Happy birthday!« flüsterte. Ich hatte ihm so oft damit in den Ohren gelegen, dass ich mir wünschen würde, diesen Song nur ein einziges Mal von ihm zu hören, jetzt war es so weit.

Es war mein absolutes Lieblingslied, *Rebel Yell* von Billy Idol. Ich schloss die Augen und vergaß jegliche Hemmungen. Der Song ging mir so unter die Haut, dass ich komplett entfesselt tanzte und die Arme hoch in die Luft reckte, dabei war mir auch völlig egal, dass mein Blazer hochrutschte und mir jeder auf den Hintern gucken konnte. In diesem Moment war es mir einfach völlig egal.

Ich fühlte mich so leicht und so frei, ich hörte nur noch die Musik und war einfach glücklich. Ben strahlte so eine Macht von dort oben aus, dass der Song wie ein dunkles Versprechen klang. Ich spürte den Bass als erregendes Kribbeln in der Magengegend, und der donnernde Hall des Schlagzeugs durchfuhr jede einzelne Faser meines Körpers, ich war wie elektrisiert.

Dann kam das Gitarrensolo, ich öffnete meine Haare und fing an, mit den Händen an die Bühne gestützt, zu headbangen. Jule, Christin und andere Mädchen aus der Stufe stellten sich neben mich, öffneten die Haare, stützen sich auf die Bühnenkante und taten es mir gleich. Und eigentlich war ich ganz froh, denn so konnte ich nicht umfallen.

Durch meine umherwirbelnden Haare nahm ich Bens Schuhe direkt vor mir wahr und schaute nach oben. Er gab mit großen Bewegungen den Takt vor, und binnen Sekunden waren alle Arme auf der Tanzfläche in der Luft. Das donnernde Klatschen überrollte mich wie eine Lawine, und als ich gerade wieder den Kopf in den Nacken schmiss, sah ich, wie er sich zu mir hinunterbeugte, und hielt in meiner Bewegung inne. Er griff mir in die Haare, zog meinen Kopf nach hinten und lehnte sich ganz dicht zu mir runter, bevor er mit durchdringender Stimme raunte:

»I walked the ward, for you, babe – A thousand miles, for you – I dried your tears, of pain, babe – A million times, for you …«

Meine Hände sehnten sich danach, in seinen zerzausten Haaren zu wühlen, ich wollte mich ihm entgegenwölben, seinen heißen Atem auf meiner Haut und ihn ganz tief in mir spüren. Er schien seinen festen Griff nicht lösen zu wollen, zwang mich, ihm weiter in die Augen zu schauen, nahm das Mikro vom Mund und raunte so leise, dass nur ich ihn hören konnte: »Schön stillhalten.« In mir breitete sich ein angenehmes Ziehen und Kribbeln aus, und all meine Muskeln spannten sich an. Ich verzehrte mich so sehr nach ihm. Er war mir so nah, für alle zu sehen, aber er sah nur mich – und ich wagte es nicht, meinen Blick zu senken. »I'd sell my soul, for you, babe – For money to burn, for you – I'd give you all, and have none, babe – Just to, just to, just to, just to, to have you here by me!« Dann ertönte wieder der Refrain, und die ganze Partymeute brüllte Ben den Text entgegen, als hinge ihr Leben davon ab. Die Euphorie war geradezu greifbar. Ein absolut überwältigendes Gefühl – und Ben, ja, Ben hatte die Gewalt über mich. Ich war ihm völlig ergeben.

Auch bei den folgenden Songs hatte Ben sein Publikum fest im Griff, und teilweise sangen wir so laut mit, dass wir sogar die Anlage übertönten. Ich hatte das Gefühl für Raum und Zeit vollkommen verloren, aber sie mussten schon eine ganze Weile gespielt haben, denn Ben beendete in diesem Moment das Set, und die Jungs kamen von der Bühne.

»Hier, los, trink mal einen Schluck!«, sagte Jule und hielt mir ein Glas Wasser hin.

»Ich habe aber gaaaar keinen Durst! Komm, lass uns weitertanzen!«, versuchte ich so nüchtern wie möglich zu klingen. Es gelang mir nicht.

»Doch, Maus, trink jetzt bitte was, du siehst gar nicht gut aus«, antwortete Jule in einem Ton, der deutlich machte, dass sie es ernst meinte. Ich versuchte weiter ums Trinken herumzukommen, und schon als ich mir den folgenden Satz im Kopf zurechtlegte, musste ich kichern, riss mich dann aber zusammen und sagte mehr oder weniger geordnet: »Doch, falls es dir noch nicht aufgefallen ist, heute sehe ich wirklich mal gut aus!« Jule musste schmunzeln.

»Du trinkst jetzt was!«, hörte ich plötzlich Bens Stimme, die keinen Widerspruch duldete, direkt neben meinem Ohr und spürte seine Hand in meinem Nacken. Ich bekam eine Gänsehaut und wand mich unter seinem festen Griff. Er nahm das Glas und gab es mir in die Hand: »Trink!« Ich machte einen Schmollmund, und erst als er fester zudrückte, nahm ich einen klitzekleinen Schluck. »Austrinken!«, folgte es in gefährlich leisem Ton, und seine Augen funkelten. Ich trank aus.

Die Worte »Braves Mädchen!« und das verführerische Lächeln in seinem Gesicht waren eine sehr erregende Mischung, und ich war nicht ganz sicher, wer hier gerade wen konditionierte. Aus den Boxen erklang nun ruhigere Pausenmusik, und auf der Tanzfläche wurde es deutlich leerer. Einige holten sich neue Getränke oder gingen zum Rauchen raus, aber die meisten setzten sich an die Tische am Rand und schauten neugierig zu uns herüber. »Wir stehen unter Beobachtung«, grinste mich Ben an, und mit einem »Dann wollen wir ihnen doch mal was zu reden geben« strich er mir eine Locke aus dem Gesicht.

Ich war so verlegen und unsicher, dass ich den Kopf schief legte und mich abwenden wollte, aber ich konnte es nicht. Zu sehr sehnte ich mich danach, diesen Moment mit ihm auszukosten. Er hob mein Kinn an, kam mit seinem Mund ganz nah, und ich war kurz davor, mich abzuwenden, als seine Augen merklich dunkler wurden und seine Grübchen verrieten, dass er ein Lächeln verbarg. Statt mich zu küssen, flüsterte er leise: »Keine Angst, Lea, ich möchte nur mit dir tanzen. Wenn's für dich okay ist?« Ich musste grinsen, als *Thinkin out loud* von Ed Sheeran anfing, ein Song, der eindeutig aus der Pausen-Playlist von Joyning stammte. »Okay«, nickte ich.

Ben nahm mir das leere Wasserglas ab, stellte es auf die Bühnenkante, griff meine Hand und zog mich schwungvoll auf die Tanzfläche. Bevor ich wusste, wie mir geschah, legte er meine Arme um seinen Hals und drückte mich ganz nah an sich. Meine Güte, konnte der sich bewegen, genau so hatte ich es mir immer vorgestellt. Und, weiß Gott, ich hatte es mir verdammt oft vorgestellt. Auch wenn ich eigentlich viel zu betrunken war, um sicher auf meinen Beinen zu stehen, fühlte es sich mit ihm an, als würde ich schweben. Ich schloss die Augen, ließ mich von ihm führen und genoss es, in seinen Armen zu liegen, seinen Körper zu spüren, ihn zu riechen. »Fühlt sich gut an, mal kurz die Kontrolle abzugeben, nicht wahr? Lass dich drauf ein«, hörte ich ihn ganz dicht an meinem Ohr und spürte, wie sein Griff kräftiger wurde. In meinem Kopf entstand ein Meer aus Farben, aus Millionen kleinen schimmernden Punkten, die wie fliegende Fische abtauchten und emporsprangen, sich miteinander vermischten und als Feuerwerk hoch über mir explodierten. Die Songs glitten an mir vorbei, einer nach dem anderen, und die Funken bewegten sich im Takt der Musik, ehe sie sich langsam auf mich hinuntersenkten, um sich dann mit einem Knistern auf meiner Haut in Luft aufzulösen und nichts zurückzulassen als eine prickelnde Gänsehaut.

»Wir müssen dann wohl mal weitermachen«, nahm ich Bens Stimme wie aus weiter Ferne wahr. Ich lehnte mich zurück, um ihn anschauen zu können, er schien mich noch nicht loslassen zu wollen. »Lea? Wo ist Jule? Wir müssen weitermachen, und ich möchte dich in deinem Zustand ungern alleine so hier stehen lassen.« Diese Worte brachten mich sofort wieder ins Hier und Jetzt. In meinem Zustand? Was dachte der sich denn? Dass ich nicht mehr alleine stehen konnte? Mir gefiel nicht, dass er so tat, als wäre ich nicht mehr ganz zurechnungsfähig. Ich hatte alles unter Kontrolle. Wie immer!

»Ich bin schon groß und kann gut auf mich alleine aufpassen«, entgegnete ich. Mist, in meinem Kopf klangen die Worte irgendwie energischer und nicht so wie bei einem trotzigen Kind.

»Da mache ich mir im Normalfall auch keine Sorgen, aber heute bist du irgendwie …« Er stockte.

»Ich bin was?«, fragte ich mit gespielter Entrüstung nach und stemmte meine Hände in die Hüfte. Er schmunzelte, legte seinen Arm um meine Schultern und schob mich an den Rand der Tanzfläche, setzte mich auf einen Stuhl und goss mir noch ein Glas Wasser ein.

»Bitte nicht! Nicht schon wieder Wasser, ich möchte lieber noch einen Sekt!«, sagte ich schmollend.

»Du bleibst jetzt hier sitzen, trinkst dein Wasser, und ich schicke Jule zu dir, sobald ich sie gefunden habe. Geh nicht von hier weg! Hörst du?«

Ich stand auf, schlug die Hacken zusammen und salutierte: »Aye, aye, Sir!«

Er schüttelte den Kopf, musste aber lachen. Dann drückte er mich an den Schultern wieder runter, sodass ich mich zurück auf den Stuhl fallen ließ. »Genau hier sitzen bleiben!«

Als Ben zurück zur Bühne ging, verdrehten sich die Mädels aus meiner Stufe die Köpfe nach ihm. Kein Wunder, sein ganzes Auftreten war wieder mal einfach nur atemberaubend. Er sprach mit Tobi, bevor es auf der Tanzfläche wieder so voll wurde, dass ich ihn aus den Augen verlor. Aber stand da hinten nicht Jule in der Tür nach draußen? Ich wollte jetzt auf der Stelle weiter mit ihr tanzen, das hier war schließlich unser Abi-Ball.

An der Tür ankommen, war weit und breit nichts mehr von Jule zu sehen, aber die frische Luft wirkte wie ein Vorschlaghammer. Mir wurde mit einem Mal richtig flau im Magen, und ich hatte das Gefühl, mich abstützen zu müssen.

Ich spürte plötzlich einen Arm um meine Hüfte, und ein Typ, den ich schon mal irgendwo gesehen hatte, schob mich aus dem Eingangsbereich. Verdutzt schaute ich ihn an: »Kennen wir uns?«

Mit den Worten »Komm, lass uns zusammen auf dein Abi anstoßen!« schwenkte er eine Sektflasche vor meinem Gesicht hin und her. Wie ferngesteuert ließ ich mich von ihm zu der Bank am hinteren Rande des Schulhofs führen, und wir setzten uns. Ja, sitzen war eindeutig besser in meinem Zustand. »Aber was mache ich hier eigentlich?«, ging es mir durch den Kopf, ich konnte mich aber nicht aufraffen, um zu gehen.

Ich spürte plötzlich die Öffnung der Flasche an meinen Lippen und gleich darauf den süßlichen Sektgeschmack in meinem Mund. Ich versuchte mich abzuwenden, aber er hielt die Flasche und meinen Kopf so fest, dass ich sie nicht wieder absetzen konnte. »Schluck, du kleine Schlampe!«, wies er mich in harschem Ton an und hielt meine Nase zu.

Reflexartig öffnete ich meinen Mund, so weit es ging, um nach Luft zu schnappen. Er zwang die Flasche immer weiter in meinen Rachen, und der abscheulich warme Sekt lief sprudelnd meine Kehle hinunter, dass ich mich verschlucke und fürchterlich husten musste. Der Sekt schoss aus Mund und Nase, und ich hatte das Gefühl zu ersticken. Endlich war die Flasche leer, und er zog sie zurück.

Ich versuchte, den Typen von mir wegzuschieben, aber er kam mir immer näher. Ich spürte seinen widerwärtigen Atem an meinem Hals. Die Mischung aus seinem stinkenden Parfüm und dem ekligen Mundgeruch jagte mir einen Schauer über den Rücken. Von meinem Kinn tropfte der schäumende Sekt hinunter, und er leckte ihn mit seiner gierigen Zunge ab. Ich wollte aufstehen, einfach nur ganz schnell hier weg, aber sein Griff war so fest, dass ich mich nicht rühren konnte.

»Komm schon, Kleine, stell dich nicht so an! Es wird doch Zeit, dass es dir jemand richtig besorgt!«

Mir wurde speiübel. »Lass mich los!«, brüllte ich ihn panisch an, als seine Hand die Innenseite meines Oberschenkels hochstreifte.

»Na los, hab dich nicht so!«, hörte ich ihn zwischen seinem hastigen Keuchen hervorpressen, und Tränen stiegen mir in die Augen. Ich versuchte, die Beine fest zusammenzudrücken, aber er war viel stärker als ich. »Nein, bitte lass mich!«, flehte ich ihn verzweifelt an und merkte, wie mir kleine Bröckchen den Hals hochstiegen.

»Bist du taub? Sie hat Nein gesagt!«, hörte ich plötzlich Bens Stimme, und fast im selben Moment zog er den Typen von mir runter und verpasste ihm, ohne auch nur einen Moment zu zögern, so einen kräftigen Schlag ins Gesicht, dass der taumelnd zu Boden ging.

»Und du packst sofort dein beschissenes Handy weg!«, brüllte Ben stinksauer in Richtung des Parkplatzes. Ich folgte seinem Blick und konnte im kalten Licht der Laterne Caro stehen sehen, wie sie alles filmte.

Jetzt wusste ich auch wieder, woher mir der Kerl so bekannt vorkam. Caro und Jasmin sind damals im *Babylon* mit ihm abgezogen. Ich konnte mich noch genau an sein widerliches Parfüm erinnern, wieder musste ich würgen, als ich schon den süßlichen Speichel schmeckte. Schnell presste ich mir die Hand vor den Mund und versuchte noch aufzustehen, aber meine Knie waren so weich, dass ich nicht hochkam. Ich konnte mich nicht mehr beherrschen und übergab mich – ausgerechnet auf Bens Schuhe. Ich spürte gerade noch, wie jemand meine Haare zusammenhielt, dann verschwamm alles um mich herum.

Wo bin ich?

Als ich am nächsten Morgen aufwachte, hatte ich tierische Kopfschmerzen. Durch die nur einen Spalt geöffneten Rollläden drang kaum Sonnenlicht in das Zimmer. Wo war ich?

Ich versuchte, mich aufzusetzen, aber in meinem Kopf hämmerte es so sehr, dass ich zurück aufs Kissen sank. Die Schmerzen überdeckten die Angst, in einer völlig fremden Umgebung zu sein. Ich raffte mich erneut auf, aber meine Augen wollten sich nur ganz langsam an die Dunkelheit gewöhnen. Doch – ganz langsam wurde mein Blick schärfer. Neben dem mit seidenweißer Bettwäsche bezogenen Doppelbett stand ein Schreibtisch und davor ein Stuhl, auf dem meine ordentlich zusammengefaltete Hose lag. Über der Lehne hing mein Blazer, und darunter erkannte ich mein Top. Die Angst kämpfte sich zurück in mein Bewusstsein, und ich schreckte hoch, das Bettlaken eng um meinen Körper geschlungen.

In diesem Moment ging die Zimmertür auf, und Ben stand im Türrahmen, seine Silhouette war unverkennbar. Er trug nur eine Jeans, die verboten tief auf seinen Lenden saß, und sein Oberkörper schimmerte feucht.

Ich konnte sein Gesicht kaum erkennen, sah aber, dass er ein Glas in der Hand hielt. »Ganz ruhig, Lea, alles ist gut«, versuchte er mich mit leiser Stimme zu beruhigen und setzte sich vorsichtig zu mir auf die Bettkante. Er nahm behutsam meine Hand und legte eine kleine Tablette hinein. »Hier, schluck die, dann werden die Kopfschmerzen gleich besser.«

Er gab mir das Glas in die Hand und führte sie langsam zum Mund. Da ich die hämmernden Schmerzen in meinem Kopf nicht länger ertragen konnte, befolgte ich, was er sagte, ohne ihn anzuschauen oder nur ein Wort zu sagen.

»Komm, leg dich wieder hin, in einer halben Stunde wird es dir schon besser gehen«, hörte ich noch seine Worte, ehe er mich langsam zurück aufs Kissen drückte und ich sofort wieder wegdämmerte.

Allmählich kamen die Erinnerungen an den gestrigen Abend zurück, und im selben Moment wünschte ich mir, dass das alles nur ein schlimmer Traum war.

Da war Caro auf der Toilette, Christin, das Glas, mein Geburtstagssong, der Tanz mit Ben, der widerliche Typ vom Schulhof und die Schuhe.

Bens Schuhe, auf die ich mich übergeben hatte. Oh nein, ich hatte ihm auf seine Lieblingsschuhe gekotzt!

Mein Puls begann zu rasen, und mein Kopf wurde ganz heiß. Ich schaute mich erneut im Zimmer um. Moment. Wenn meine Klamotten da drüben auf dem Stuhl lagen, was hatte ich dann noch an? Hatte ich überhaupt was an?

Ich tastete vorsichtig an meinem Körper entlang und spürte: nackte Haut. Sehr viel nackte Haut, meinen BH und den Slip, mehr nicht. Mein Mund war mit einem Mal staubtrocken. Ich erinnerte mich an das Bild, als ich mich das letzte Mal im Spiegel gesehen hatte. An den schwabbeligen Bauch, die tief furchige Orangenhaut und meine hängenden Brüste, da konnte auch die beste Shape-Wäsche nichts kaschieren. Es blieb einfach ein ekliger Anblick.

Wie wäre es, wenn ich mich heimlich aus dem Staub machte und dann jeglichen Kontakt zu ihm abbrach? Vielleicht musste ich das ja auch gar nicht, vielleicht war er so angewidert, dass er sich von sich auch nie wieder meldete. Eigentlich war mir grad auch völlig egal, wer von uns beiden das hier beendete. Hauptsache, ich musste ihn nie wieder sehen. Ich atmete tief durch und versuchte mich zu beruhigen.

Draußen war es inzwischen heller geworden, und auch hier im Zimmer konnte ich etwas mehr erkennen. Es sah aus wie ein Hotelzimmer, und das Bett neben mir war ebenfalls zerwühlt. Hatte Ben etwa auch hier geschlafen? In meinem Kopf herrschte das totale Chaos.

Als sich die Zimmertür einen Spalt öffnete, zog ich sofort die Bettdecke über meinen Kopf.

»Geht's dir besser?«, fragte Ben vorsichtig.

»Ich bin nicht hier!«, antwortete ich leise.

»Ach so, dann komme ich später wieder.« Ich hörte deutlich, dass er schmunzelte, während er das sagte, und merkte im selben Moment, dass die Matratze neben mir etwas nachgab. Ganz langsam zog er mir die Bettdecke von meinem Gesicht, und ich versteckte mich hinter meinen Händen. Ich konnte ihm nicht in die Augen schauen, dafür schämte ich mich viel zu sehr.

Ich roch seinen frischen Duft. Er schien bereits geduscht zu haben. Als eine ganze Weile nichts passierte, spreizte ich die Finger doch mal kurz und blinzelte hindurch. Ob er noch da war? Er saß neben mir, um seine Lippen spielte ein schiefes Grinsen, seine immer noch etwas feuchten Haare fielen ihm ins Gesicht, und er zog eine Augenbraue hoch. Sofort presste ich meine Finger wieder zusammen.

»Lea, hey, es gibt nichts, wofür du dich schämen musst. Du kannst mir glauben, dass ich schon mal eine Frau in Unterwäsche gesehen habe. Der Anblick ist nicht neu für mich.« Und wieder hörte ich da diesen leicht amüsierten Tonfall. Er schien die ganze Situation im Gegensatz zu mir tatsächlich lustig zu finden. Kaum hörbar flüsterte ich: »Ich habe mich aber noch nie jemandem so gezeigt.«

Eine ganze Weile war es mucksmäuschenstill im Zimmer, nur ganz leise hörte ich seinen Atem. »Aber hattest du denn noch nie einen Freund?« Die Verwunderung in seiner Stimme war nicht zu überhören.

Ich fasste all meinen Mut zusammen, atmete tief durch und nahm die Hände vom Gesicht weg. Ich schaute ihn an und sagte mit einem schweren Kloß im Hals: »Wer will mich denn schon?«

Bens Augen verengten sich zu schmalen Schlitzen, aber dann trat etwas ungewohnt Weiches in seinen Ausdruck.

Ich konnte seinen Blick nicht deuten, und zum ersten Mal, seit ich ihn kannte, schienen ihm die Worte zu fehlen. »Was redest du denn da?«, entfuhr es ihm plötzlich und er schaute mich kopfschüttelnd an. »Lea, wie kannst du so etwas sagen?« Ben hob mein Kinn an und ließ nicht zu, dass ich den Blick senkte, bis mir Tränen in die Augen stiegen. »Hör' doch bitte auf, dir so einen Scheiß einzureden. Wie kannst ausgerechnet du so voller Zweifel sein?«

»Ausgerechnet ich?«, platzte es aus mir heraus, und ich setzte mich auf, die Bettdecke wie eine Festung um mich geschlossen.

»Wie ausgerechnet ich zweifeln kann? Ich zweifle an allem. Jede Entscheidung, die ich treffe, zweifle ich nur drei Minuten später an. Die Freundschaft zu Jule stelle ich infrage, wenn sie eine WhatsApp ohne Emojis schickt. Ich habe Zweifel, dass ich eine gute Tochter bin, sonst hätte ich nicht so schrecklich versagt. Ich bezweifle, dass ich mein Spiegelbild noch länger ertragen kann, weil es mich von Tag zu Tag mehr anwidert. Ich bezweifle, dass mit meinem Verstand alles in Ordnung ist, weil so viele Dinge, die ich tue, für andere keinen Sinn ergeben. Und ich verzweifle an der Liebe, denn ich verstehe sie einfach nicht. Das alles macht mir schreckliche Angst, und manchmal will ich einfach nicht mehr. Ich will nicht mehr kämpfen, ich will nicht mehr stark sein. Ben, ich kann einfach nicht mehr.«

Er griff sich sichtlich mitgenommen in die zerzausten Haare und schloss mit einem tiefen Atemzug nachdenklich die Augen. Die Situation schien ihn komplett zu überfordern. Mir war noch nie aufgefallen, dass er so lange Wimpern hatte, und ich betrachtete ihn genauer. Wie er so dasaß, und nur wenige Strahlen der Morgensonne seinen Körper erreichten. Er war so unglaublich hübsch, sein makelloses Gesicht, das markante Kinn und seine widerspenstigen Haare. Jetzt, da ich es einmal ausgesprochen hatte, fühlte es sich an, als wäre mir eine Last von der Seele genommen.

»Weißt du, solange du oben auf der Bühne stehst und ich in sicherer Entfernung zu dir bin, fühle ich mich zu dir hingezogen, weil du das krasse Gegenteil von mir bist. Ich studiere jede deiner Bewegungen, jede deiner Nachrichten lese ich zehn Mal und seziere sie Satz für Satz. Ja, ich vergöttere dich und hab' sogar schon mal von dir geträumt, aber sobald du dann vor mir stehst«, ich musste schlucken, »ist dieses Kribbeln, dieses Knistern dann einfach weg. Ich spüre nichts – gar nichts. Ich habe mich noch nie verliebt, nicht mal in dich.«

Ich sah, wie er sich die Schläfen massierte, meine Worte schienen ihn aufzuwühlen. »Vielleicht haben wir mehr gemeinsam, als du denkst«, seine Stimme klang jetzt rau, und er musste sich räuspern. »Und das mit dem Verlieben ... Auch wenn es mir sehr schmeicheln würde ... Du verliebst dich eben nicht in jemanden, der in den letzten Jahren nur«, er machte eine Pause, »Typen hatte.«

Mit offenem Mund starrte ich ihn an, völlig unfähig, irgendwas darauf zu antworten. Er stand auf, ging zu dem kleinen Tisch und schenkte sich aus der Karaffe ein Glas Wasser ein. Wie er so im Halbschatten dastand, wo die einzelnen Lichtstrahlen seinen makellosen Körper perfekt in Szene setzten, raubte mir sein Anblick den Atem. Wie konnte ein Mann nur so schön sein? Jetzt betätigte er den Schalter, sodass die Jalousie langsam hoch fuhr und die Sonne das Hotelzimmer flutete. Stück für Stück. Ben – in gleißendes Sonnenlicht getaucht, als wäre er nicht von dieser Welt. Mein Blick wanderte seinen Körper hinunter, jeder Muskel war definiert – er war das glatte Gegenteil von mir.

So vieles was mich immer stutzen ließ, machte plötzlich Sinn. Dass er nie weibliche Begleitung bei den Konzerten bei sich hatte, dass es vor der Bühne nicht halb so voll wäre, wenn die Mädels im Publikum von seinem Geheimnis wüssten, und dass mich Tobi gewarnt hatte, mich besser nicht in ihn zu verlieben.

Er trank sein Glas aus, stellte es auf den kleinen Nachttisch und schlüpfte auf seiner Seite des Bettes unter die Decke. Ich saß immer noch wie versteinert da und hatte auch nicht vor, diese Position jemals wieder zu verlassen.

Oh Gott, wie sollte ich denn darauf reagieren? Mir gingen tausend Antworten durch den Kopf: »Danke, dass du so offen zu mir bist und es mir gesagt hast.« – »Hätte ich mir ja denken können, die hübschesten Männer sind doch meistens schwul.« – »Danke, dass du nicht böse bist, dass ich auf deine Schuhe gekotzt habe.«

Während ich noch versuchte, mich für die beste Antwort zu entscheiden, sprudelte es schon aus mir heraus: »Aber warum hast du dann mit Caro und Jasmin geschlafen?«

Er verschluckte sich und musste fürchterlich husten. »Ich habe bitte was?«, fragte er völlig entgeistert, nachdem ich ihm wohl etwas zu fest auf den Rücken geklopft hatte.

Ich kaute nervös auf meiner Unterlippe herum und fragte vorsichtig: »Hast du nach dem Konzert auf dem Schiff Caro und Jasmin denn nicht mit auf die Suite genommen und dort mit ihnen …?« Ich stockte und hoffte, dass er mich nicht zwang, es noch einmal auszusprechen.

Er legte den Kopf schief und beendet meinen Satz: »… und dort mit den beiden 'ne Nummer geschoben?« Dabei musste er sich sichtlich zusammenreißen, um nicht loszulachen. »Lea, wie kommst du denn nur auf so eine absurde Idee?«

Ich schluckte. »Ich habe euch beobachtet, als du mit den beiden den Flur entlanggegangen bist und sie dann mit auf die Suite genommen hast. Du hast zu ihnen gesagt, dass du gespannt bist, was die zwei dir zu bieten hätten.« Ganz leise fügte ich noch »Ich habe mich hinter dem Servierwagen in der Nische versteckt, als ich euch gehört habe« hinzu, dann presste ich fest die Lippen zusammen.

Er brach in schallendes Gelächter aus. »Lea, die zwei haben uns an dem Abend für euren Abi-Ball gebucht, und ich wollte sie damit aufziehen, da mir ja von vornherein klar war, dass eure Abi-Kasse nicht reicht, um unsere Gage zu zahlen. Das war nur ein blöder Spruch. Wir haben gestern nicht gegen Gage gespielt, sondern einzig und allein, um dir und Jule eine Freude zu machen.«

Ich zog mir die Bettdecke übern Kopf und wollte einfach nur noch im Erdboden versinken. Fuck! Meine Wangen konnten gar nicht so sehr glühen, wie ich mich grad schämte.

»Lea.« Mit einem Mal war seine Stimme wieder todernst, und ich lugte vorsichtig unter der Decke hervor. »Ich bin heilfroh, dass ich gestern in deiner Nähe war, das hätte richtig böse ausgehen können. Was da gestern passiert ist, muss Konsequenzen haben. Klassenkameradin hin oder her.«

Ich wusste, worauf er hinauswollte. »Schau mich bitte an. Wir werden gleich zur Polizei fahren, und du wirst deine Aussage machen. Wir warten nur noch, bis Jule und Tobi hier sind. Jule holt dir noch kurz frische Klamotten, denn diese da«, er deutete auf den Stuhl, »sind noch nicht wieder ganz trocken. Ich musste sie auswaschen.«

Oh nein, er hatte doch bitte nicht wirklich die Kotze aus meinen Sachen gewaschen? Ich wollte mich am liebsten auf der Stelle in Luft auflösen und sank ganz tief zurück ins Kissen.

»Die zwei werden bestimmt gleich hier sein. Es war eh schon ein Ding der Unmöglichkeit, Jule überhaupt davon zu überzeugen, dass du die Nacht bei mir bleibst. Tobi musste ihr bestätigen, dass ich während meiner Zivizeit in der Drogenambulanz gearbeitet habe, und trotzdem kam jede halbe Stunde 'ne Nachricht, wie's dir geht. Dass sie hier kein Nachtlager aufgeschlagen hat, war echt alles.« Er räusperte sich. »Wir haben kurz überlegt, dich ins Krankenhaus zu bringen, aber die hätten dich auch nur deinen Rausch ausschlafen lassen, da hatte ich dich dann doch lieber hier bei mir.«

Dann war Ruhe, nur ganz leise hörte ich ihn atmen. Ob er eingeschlafen war? Nein, er hatte sich auf die Seite gedreht und schaute mich mit seinen stahlblauen Augen an. Bei diesem Anblick vergaß ich all meine Bedenken wegen der Polizei und war einfach nur froh, dass er gerade hier bei mir war.

»Nie im Leben hätte ich damit gerechnet, dass du schwul bist«, sagte ich so vorsichtig, als könnte ich selbst nicht glauben, dass ich es laut aussprach.

Ben lachte. »Ich bin nicht schwul. Ich möchte einfach nur nicht auf Sex verzichten.« Er grinste. »Jemanden zu ficken und jemanden zu lieben sind zwei völlig verschiedene Dinge. Anfassen ist einfach, jemanden zu berühren ist die Kunst.«

Ich knautschte mein Kopfkissen zusammen und versuchte mich so hineinzukuscheln, dass möglichst viel von meinem Gesicht verdeckt war, dann wagte ich mich etwas weiter vor. »Du bist also nicht so der Beziehungstyp, sondern hast eher kurze Affären?«

Seine Augen begannen zu funkeln. »Ich habe auch keine Affären, Lea, Romantik gehört nicht zu meinem Repertoire. Ich ficke, mehr nicht. Das ist ehrlich und zwanglos. Nichts versprechen, nichts bereuen – das ist ein Motto, mit dem ich immer gut gefahren bin.«

Um seine Augen legten sich kleine Lachfältchen, als er meinen erschrockenen Blick sah. »Da musst du jetzt auch gar nicht rot werden und dich hinter deiner Kissenburg verstecken. Wir beide sprechen doch nur ein bisschen über Sex.« Er musterte mich und schmunzelte. »Obwohl, eigentlich bin ich ja ganz froh, dass du nach gestern wieder etwas Farbe im Gesicht hast.«

»Dann warst du also auch noch nie verliebt?«, fragte ich leise.

»Doch, ich habe geliebt und ich dachte auch mal, Liebe könnte alles, aber manchmal ist Liebe einfach nicht genug. Wenn du auf Wunder hoffst und sie nicht geschehen, musst du irgendwann aufhören, an sie zu glauben, sonst zerbrichst du an deiner Hoffnung. Wobei Hoffnung meist auch nur ein Mangel an Informationen ist, wie ich feststellen musste.« Mit jedem Satz klang er trauriger. »Zeit heilt nicht alle Wunden, aber Zeit gibt uns die Chance, immer neue Strategien zu entwickeln, um zu überleben. Und Musik ist meine. Außerdem lenkt mich die Zeit mit den Jungs ab, es tut gut, mal nicht nachzudenken.«

»Wissen sie, dass du dich mit Männern triffst?«, ging ich schnell auf seine Band ein, da ihm der Gedanke gutzutun schien.

»Klar, die Jungs wissen, dass ich Männer …«, er stockte und betonte dann auffällig deutlich, »… dass ich mich mit Männern treffe.« Wir mussten beide lachen. Gott, wie befreiend das war.

»Aber niemand sonst darf es erfahren. Die Konzerte funktionieren, weil die Mädels auf der Bühne jemanden haben, auf den sie ihre Sehnsüchte projizieren können. Wie ich immer sage: Wir sind die Nutten des Musikbusiness.« Er zuckte mit den Schultern. »Die Mädels sehen mich da oben auf der Bühne und stellen sich vor, dass ich sie mit dem Text meinen würde, ja, dass diese Liebesschwüre an sie gerichtet wären. Dabei haben sie noch nie auch nur ein Wort mit mir gesprochen, geschweige denn habe ich diese Songs geschrieben. Die lächelnde Maske sitzt, und die Rolle des Musikers macht sie einfach an. Mit mir als Mensch hat das herzlich wenig zu tun. Ich glänze da in einem vollkommen falschen Licht.«

Er strich sich die Haare aus dem Gesicht. »Und glaub mir, sicher wären die meisten schwer entsetzt, was für ein abgefuckter Typ hinter dem lächelnden Frontmann steckt. Wir spielen da oben auf der Bühne doch alle nur eine Rolle, und das ist auch okay so. Das Publikum hat den Eintritt bezahlt, von dem wir unsere Miete zahlen, aber befriedigend ist es nicht. Das wäre etwas ganz anderes, wenn ich meine eigenen Songs spielen dürfte. Für die Chance, bei einem Label unter Vertrag genommen zu werden, würde ich meine Seele verkaufen. Ich würde alles stehen und liegen lassen, meinen Job kündigen und nie wieder zurückschauen. Ich würde alles aufs Spiel setzen, und selbst wenn ich am Ende noch mehr verliere, wäre es mir das wert. Das wäre endlich ich.« Er senkte den Blick.

»Ich habe neulich wieder neue Demosongs an einige Plattenfirmen geschickt, und ich kann diese in die Antworten reinkopierten Standardfloskeln schon nicht mehr ertragen. ›Wir nehmen die Songs in die nächste Teamsitzung und melden uns dann gegebenenfalls bei Ihnen, bitte sehen Sie von weiteren Kontaktaufnahmen ab.‹ Wenn ich das noch einmal lese, muss ich kotzen.« Obwohl er jetzt zur Decke schaute, sah ich die Enttäuschung in seinen Augen.

Ich hatte doch erst neulich was darüber gelesen, dass man heutzutage eigentlich gar kein Label mehr brauchte, um seine Songs zu veröffentlichen.

»Kennst du Spinnup?«, fragte ich ihn und freute mich riesig, dass ich den Bericht nicht einfach überblättert hatte. »Das ist so 'n Distributionsservice für Musiker ohne Signing. Du kannst da deine eigenen Songs hochladen, behältst die Rechte, und trotzdem sind sie dann bei Spotify, iTunes und so.« Meine Stimme überschlug sich fast vor Begeisterung, aber Ben lächelte mich nur müde an.

»Lea, das klingt ja alles ganz nett. Zu nett, um ehrlich zu sein, da muss es einen Haken geben. Aber ich kann's mir ja mal anschauen.« Er holte tief Luft. »Weißt du, diese Ignoranz und Respektlosigkeit der Labels kotzt mich einfach an. Aber ich hör jetzt auf, ich will dich nicht noch länger mit meinem Scheiß nerven. Außerdem klingt das so, als hätte ich gar keinen Spaß mehr am Mucken. Das stimmt nicht, ich bin im Moment einfach nur erschöpft und leer. Meine Songs sind gut, richtig gut, und da ist so viel Potenzial, aber jede Absage lässt mich mehr und mehr glauben, dass ich spinne. Langsam denke ich auch, dass ich etwas in mir sehe, was vermutlich gar nicht da ist. Sonst würden sie mir doch zumindest anbieten, mit mir zu arbeiten und dem Ganzen 'ne Chance geben. Vielleicht bin ja auch wirklich nichtssagend, langweilig und überschätze mich einfach nur selbst. Sorry, Lea, ich kann mich selbst nicht leiden, wenn ich so drauf bin.«

Als die Worte »Ich mag dich leiden, auch wenn du so bist« einfach so meinen Mund verließen, drehte er sich langsam zu mir.

In seinem Blick lag plötzlich irgendwas Amüsiertes, und um seine Mundwinkel spielte wieder dieses verschmitzte Lächeln. »Ach Lea, aber was ich noch fragen wollte: Wir zwei hatten ja nun doch schon so einige sehr ehrliche Momente miteinander. Nicht wahr?« Ich nickte und bekam so langsam Angst, auf was er hinaus wollte. »Du würdest also schon sagen, dass du mich ein ganzes Stück weit kennst, oder?« Wieder nickte ich und wurde dabei immer kleiner. Er machte eine künstlerische Pause, hob den Kopf an und stützte sich auf seiner Hand ab, ohne den Blick von mir abzuwenden, und ich ahnte, was nun kam.

»Wie waren vorhin noch deine Worte über mich? Lea, hilf mir, ich komm einfach nicht mehr drauf.« Ich schüttelte den Kopf und versteckte mich hinter meinen Händen. Quälend langsam fuhr er fort, und am liebsten hätte ich mir die Ohren zugehalten, aber dann hätte ich die Hände vom Gesicht nehmen müssen. »Du fühlst dich zu mir hingezogen, studierst jede meiner Bewegungen, begehrst und vergötterst mich?« Er beugte sich so über mich, dass er mich von schräg unten anschauen konnte. »Und du hast von mir geträumt?« Jetzt lief ich wirklich tiefrot an und rutschte so weit unter die Decke, wie es nur ging.

»Nein, Lea, nicht wieder abtauchen. Komm schon, erzähl mir von deinem Traum. Ich will ihn von dir hören, mit allen schmutzigen Details.«

»Ich habe nie gesagt, dass ich dich begehre. Ich will das ja alles gar nicht«, antwortete ich ihm. Nun von unter der Decke.

»Lea, wie bitte? Ich verstehe dich so schlecht, was hast du gesagt? Du willst mich? Jetzt gleich hier in diesem Hotelbett?« Er schien einen Heidenspaß da oben zu haben und ich boxte, so fest ich nur konnte, durch die Bettdecke. Es schien uns beiden schrecklich gutzutun, diese negativen Energien loszulassen und uns durch die Bettdecke hindurch zu prügeln. Nun saß er auf mir, griff unter das obere Ende des Oberbetts, zog meine Handgelenke Richtung Kopfende und fixierte sie mit festem Griff. Ich versuchte mich mit aller Kraft zu wehren und wand mich unter seinem Körper. Dabei genoss ich es so sehr, dass ich mich ihm völlig unterlegen fühlte, dass ich vor Vergnügen quietschte – ich hatte nicht den Hauch einer Chance. »Schön stillhalten!«, hörte ich ihn mit einem Mal sagen und hielt inne, bevor er langsam die Bettdecke von meinem Gesicht streifte. Ich schaute ihm direkt in die Augen und beobachtete mit kochendem Blut, wie er sich mir ganz langsam entgegenbeugte. Kurz bevor sich unsere Lippen berührten, neigte er den Kopf, dass er mit seinen Bartstoppeln über mein Gesicht strich, weiter bis zu meinem Hals, bevor er mir »Du begehrst mich, und das weißt du« ins Ohr flüsterte.

Zum Glück klopfte es in diesem Moment an der Zimmertür. Ben stieg von mir runter, zog sich ein weißes Shirt über, deutete mit Mittel- und Zeigefinger erst auf seine, dann auf meine Augen. »Das Thema ist noch nicht vom Tisch!«, zwinkerte er mir grinsend zu, dann öffnete er die Tür.

Um nicht direkt von Jule über den Haufen gerannt zu werden, drückte er sich mit seinem Rücken und erhobenen Händen gegen die Zimmerwand und gab ihr den Weg frei. »Maus, wie fühlst du dich? Ich hatte so eine schreckliche Angst.« Sie schloss mich ganz fest in die Arme, und ihre Stimme verriet, dass sie eine wirklich beschissene Nacht gehabt haben musste.

Neuanfang

Ich saß im Audimax, schaute durch die riesige Fensterfront auf den Campus und überlegte mir, was ich am nächsten Tag zum Gig anziehen wollte. Neben mir vertrieben sich Steffi, Sabrina, Jenny und Hanna die Zeit mit Klatschmagazinen über Stars und Promis. Unserem Prof für allgemeine Psychologie schien nur Hanna hin und wieder ihre Aufmerksamkeit zu schenken, was aber wohl eher am Prof als am Thema lag.

Von einem Tag auf den anderen Tag war es draußen viel kälter geworden, und obwohl wir erst Oktober hatten, roch es schon nach Winter. Der Wind rüttelte kräftig an den Bäumen, und das fallende Laub tanzte im Wind. Ich liebte diese Jahreszeit, wenn sich die Natur von dem Alten verabschiedete und zur Ruhe kam, nur, um im nächsten Jahr einen Neuanfang zu wagen. Mein Start an der Uni fühlte sich ganz ähnlich an. Alles auf Anfang, die Uhren auf null – genau so hatte ich es mir immer gewünscht.

Ich genoss es so sehr, ein Teil von dem Ganzen hier zu sein. Nie hätte ich gedacht, dass ich mal irgendwo dazugehörte, dass ich mal 'ne richtige Mädels-Clique hatte. Zu Beginn hatte mich die Uni total überfordert. »Alles kann – nichts muss« war hier das Motto und ich damit total überfordert. Ich hatte schreckliche Angst, irgendwas zu verpassen, und belegte viel zu viele Seminare. Aber seit ich die Mädels kannte, war ich da echt viel lockerer. Yepp, wenn wir alle nicht hingingen, hatte ich kein schlechtes Gewissen. Wir waren ein richtig tolles Team, besuchten dieselben Kurse – oder eben nicht. Trafen uns zwischendurch zum Lernen – oder eben nicht. Und wir gingen zusammen was Essen – also die Mädels schon, nur eben ich manchmal nicht.

»Kommt ihr später mit mir in die Mensa?«, fragte Sabrina, biss noch mal genüsslich in ihr Sandwich und wischte sich die Krümel aus dem Mundwinkel. Sabrina war ein totaler Sportfreak, spielte in der Uni-Mannschaft Volleyball und ging dreimal pro

Woche rudern. Vier bis fünf Stunden. Allein die Vorstellung war für mich der blanke Horror. Ich hab mal nur so zum Spaß ausgerechnet, dass sie an Trainingstagen einen Leistungsumsatz von knapp 4000 Kalorien haben musste. Ja, darum beneidete ich sie schon.

In saß in meiner Freizeit am Rechner und arbeitete für Bens Band oder lernte für die Uni. Da war mein Bewegungsradius zwischen Couch, Schreibtisch, Bett und Kühlschrank doch recht eingeschränkt, und mein Kalorienbedarf lag wohl etwa bei der Hälfte, wenn überhaupt. Ich hatte mal 'ne Zeit lang probiert, wenigstens eine halbe Stunde am Tag vor die Tür zu gehen. 10 000 Schritte am Tag sollten ja angeblich so eine durchschnittliche Empfehlung für einen gesunden Erwachsenen sein, aber schon nach wenigen Metern war ich so aus der Puste, dass ich kaum noch Luft bekam, und meine Fußgelenke taten weh. Vielleicht war es ja für andere gesund, mir bereitete es Schmerzen und schlechte Laune.

Ich wollte mich nicht schon wieder selbst ausschließen und überlegte hin und her, ob ich die anderen nicht zumindest in die Mensa begleiten wollte. Jetzt gehörte ich schon mal dazu, und ich wünschte mir, dass das auch so blieb. Außerdem, was sollte ich sonst in der Zeit machen? Mails von Veranstaltern beantworten? Nein, dafür brauchte ich Ruhe, das konnte ich nicht zwischen Tür und Angel machen. Ben zurückrufen? Nein, der war um diese Uhrzeit meist in irgendwelchen Meetings. Bei Meetings zu irgendwelchen super hippen, neuen Kampagnen, die ihn zu Tode langweilten, aber seit er zum Head of Marketing befördert wurde, gehörte das nun mal dazu. Es war ihm so wichtig, diese Position in der Firma zu bekommen, damit sich endlich mal was in seinem, wie er immer sagte ›eingefahrenen Leben‹ änderte, aber seit er sie hatte, war er noch unglücklicher als vorher.

Ich war total neugierig, und da er so gut wie nie über die Arbeit sprach, hatte ich ihn mal so ganz nebenbei gefragt, wie seine Kollegen denn so drauf waren. Ben sagte, dass er sie mir in einem Satz zusammenfassen könnte: »Das sind selbstgerechte, blasierte Arschlöcher, die Frau und Kind zu Hause haben, in der Mittagspause ihre Sekretärin ficken und abends auf heile Familienwelt machen, bevor sie am nächsten Tag die Budgets kürzen und Mitarbeiter entlassen, nur um selbst noch mehr zu verdienen. Die holen sich einen drauf runter, dass sie sich Kerzenleuchter für Hunderte Euro kaufen, haben aber nicht einen Moment im Leben, der es ihnen wert wäre, sie anzustecken.«

Das war so typisch für ihn: Wenn ihm ein Thema nicht passte, beantwortete er mir zwar die Frage, aber in so einem Ton, dass ich es oft gar nicht wagte, weiter nachzufragen. Er hasste seine Arbeit, und auch wenn er sie nicht gerne zum Thema machte, tat es ihm vermutlich doch ganz gut, wenn ich zwischendurch mal nachfragte und er Druck ablassen konnte. Kurz und heftig, eben Ben in Bestform.

Außerdem landeten wir, besonders nach solchen doch immer wieder sehr intensiven Nachrichten, ganz automatisch bei seinem Lieblingsthema. Denn auch wenn ich ihn nach unseren unzähligen WhatsApp-Marathon-Nächten inzwischen wohl besser kannte als irgendjemand sonst auf der Welt, war ich immer noch erschrocken, wenn er so was schrieb. Und ihn amüsierte immer noch, dass mich solche Ausdrücke verunsicherten. Er vergaß halt, dass ich eine Frau war. Zumindest manchmal.

Während ich so drüber nachdachte, scrollte ich in unserem Chatverlauf zurück … und scrollte und scrollte, als ich plötzlich Sabrina und Hanna links und rechts neben mir kichern hörte. »Lea, ganz ehrlich, wenn dein Ben dir so meterlange Nachrichten schickt, sollte er mal über 'nen Karrierewechsel nachdenken. Vielleicht als Autor.«

»Mein Ben«, wie sich das anhörte. Irgendwie gefiel mir, dass sie dachten, dass da mehr zwischen uns war. Also mehr als Freundschaft. Und je vehementer ich es abstritt, desto sicherer waren sie sich, recht zu haben. Doch, es fühlte sich unheimlich gut an, dass sie mir so einen hübschen Typen wie Ben überhaupt zutrauten.

Ganz zu Beginn der Uni hatte ich ihm mal erzählt, dass die Mädels uns für ein Paar hielten und dass ich dank ihm somit diejenige in unserer Clique mit dem heißesten Freund war. Eigentlich nur, um zu schauen, ob es ihm peinlich war. Ich wäre ihm sogar nicht mal böse gewesen, aber das war es ihm gar nicht. Ganz im Gegenteil. »Und, was hast du gesagt?«, fragte er amüsiert. »Na, nichts, ich habe es abgestritten.« Er lachte: »Perfekt, dann glauben sie es umso mehr!«, und bestand darauf, dass wir Fotos machten, um das Gerücht zu untermauern.

Auch wenn ich die Idee erst total blöd fand und mich auch irgendwie geschämt habe, wollte ich die Bilder haben, und machte mit. Und so wechselte ich in regelmäßigen Abständen die Hintergrundbilder meines Laptops und meines Handys und vergaß beim Betrachten manchmal sogar selbst, dass sie nur Fake waren.

»Los, komm her«, hatte ich noch genau seine Stimme im Ohr, als er sich in der Backstage umzog, während die anderen noch beim Aufbau waren. »Komm schon, wir brauchen neues Beweismaterial.« Ich schüttelte den Kopf, aber je beschämter ich über eine Situation war, desto mehr trieb er sie auf die Spitze. Und noch mehr als meine schüchterne Zurückhaltung machte ihn der Gedanke an, dass ich es eigentlich wollte. Denn das wusste er genau, dafür kannte er mich einfach zu gut.

Und auch wenn die ersten Fotos – zumindest von meiner Seite – immer etwas gehemmt wirkten, dauerte es meist nur wenige Minuten, bis ich mich auf sein Spiel einlassen konnte.

Er liebte es, der Regisseur in meinem Kopfkino zu sein, und so beschrieb er ganz genau die Szene, in der wir uns gerade befanden. »Lea, stell dir vor, wir wären in meinem Schlafzimmer. Ein frisch bezogenes Bett, gedimmtes Licht. Du bist das erste Mal bei mir zu Hause und hast keine Ahnung, was dich hier erwartet. Bin ich wirklich nur der Sänger deiner Lieblingsband oder doch ein Besessener, der dich hier in seine Wohnung gelockt hat, um dich gefügig zu machen? Stell' dir vor, wie ich jetzt ganz dicht hinter dir stehe, dich in qualvoller Lust direkt unter deinem Ohr berühre und dir nur eine einzige, klare Anweisung gebe: ›Schön stillhalten.‹«

Ich spürte, wie langsam wieder dieses Kribbeln in mir aufstieg, dieses Kitzeln und Ziehen, dass es mir absolut unmöglich war, noch weiter so ruhig stehen zu bleiben. Es machte mir Angst, wie sehr mich diese Situation erregte, und obwohl ich mir wünschte, dass es niemals endete, sagte ich mit heiserer Stimme: »Ben? Du stehst direkt hinter mir, und wenn du so weiter machst …«

»Was dann …?«, kam es von ihm, während er auf den Auslöser drückte und diesen unglaublich ehrlichen Moment festhielt.

Er drehte das Display in meine Richtung und sagte amüsiert: »Also, ich würd's uns glauben«, dann schickte er mir das Bild und zog sich fertig um.

Es machte Spaß, und da es wirklich nur Fake war, hatte ich keine Angst, dass er zu weit ging. Es gab da immer diese unsichtbare Grenze zwischen uns, die mir Sicherheit schenkte. Diese Grenze, die er zwar hin und wieder etwas verrückte, aber niemals übertrat. Nur einmal. Doch, da wären wir fast zu weit gegangen. Beide.

»Ein Schamane ist ein wiedergeburtstraumatisch sekundärsozialisierter Mensch, der die Erfahrung macht, dass etwas anderes seinen Körper behaust«, kam es vom Prof, und ich blickte hoch zur Uhr, noch 20 Minuten. Hanna und Sabrina waren mit ihren Warenkörben bei Zalando beschäftigt, und so konnte ich unbeobachtet weiter durch unseren Chatverlauf scrollen, bis ich endlich die Nachricht fand, die Ben mir neulich geschickt hatte, als er nachts mit dem Taxi von einem Geschäftsessen zurück nach Hause gefahren ist.

B: »Hey Special, was machst du?«

L: »Ich bin am Rechner und schneide noch ein Video für den Teaser auf der Bandpage, alles gut bei dir?«

B: »So spät? Solltest du nicht längst im Bett sein?«

L: »Ich mache das hier nur noch kurz zu Ende, dann gehe ich schlafen. Ich kann mich so schlecht trennen …«

B: »Was für eine Szene hast du vor dir?«

B: »Lea? Ich weiß, dass ich zu sehen bin. Los, beschreib mir, was du siehst!«

L: »Es ist die Szene, in der du *Every breath you take* singst und direkt in die Kamera schaust. Ich bin nicht sicher, ob ich die veröffentlichen sollte.«

B: »Hast du mal auf den Text gehört? Auch wenn viele den Song für einen Liebessong halten, ist er es nicht. Wie schaue ich dich an?«

L: »Dunkel und irgendwie gefährlich.«

B: »Macht es dir Angst?«

L: »Teils, teils.«

B: »?«

L: »Du machst mir keine Angst. Ich mir schon.«

B: »Wie sehr du es willst?«

L: »Ja.«

B: »Genau das meinte ich neulich. Begierde und Lust brauchen keine Liebe. Genieß diese Gefühle, sie können dich nicht verletzen. Du wirst mit der Zeit lernen, sie zu kontrollieren, dann machen sie dir weniger Angst. Ich will, dass du keine Angst mehr hast.«

L: »Du bist ein guter Lehrer …«

Minutenlang passierte nichts. Ich sah, dass er schrieb, wieder aufhörte, dann nach einer Weile wieder schrieb, aber es kam keine Nachricht.

L: »Ben?«

B: »Lea, wir sollten das hier lieber beenden. Alkohol und Kontrolle gehen selten gemeinsam ins Bett. Ich bin fast zu Hause und möchte nicht, dass sich mein Fahrtziel doch noch auf den letzten Metern ändert. Schlaf gut, Special, und träum was Schönes …«

Plötzlich riss mich ein tiefes Grummeln aus meinen Gedanken, und ich blickte auf. Alle Sitzreihen, ja, das komplette Audimax war komplett leer geräumt. Nur ich saß noch hier, umgeben von den Mädels, die mich prüfend anschauten, bevor sie in schallendes Gelächter ausbrachen.

»Also solche Nachrichten sollte mir mal jemand schreiben, du warst ja nicht mal mehr auf dieser Welt«, schüttelte Hanna lachend den Kopf, und ich räumte schnell meine Sachen zusammen, bevor wir die Treppen zum Ausgang hochstiegen.

»Was ist jetzt mit Essen?«, kam es von Sabrina, und alle nickten, während uns schon die Studenten für die nächste Vorlesung entgegenströmten. Warum war ich nur so schwierig? Es ging doch nur darum, was mit den Mädels essen zu gehen. Ich machte da immer so einen riesigen Akt draus, nur um dann doch wieder einen kleinen gemischten Salat ohne Dressing zu nehmen. Ich wusste ja selber, dass das total dumm war und immer wieder nach hinten losging. Es war wie ein Kreislauf, und obwohl ich den Ausweg immer wieder genau vor Augen hatte, konnte ich ihn nicht nehmen. Ich war wie ferngesteuert.

Nachmittags, wenn ich mich auf den Nachhauseweg machte, hatte ich immer schon totalen Heißhunger und holte mir meist schon beim Umsteigen am Hauptbahnhof was auf die Hand. Der erste Stopp war beim Bäcker in der hektischen Bahnhofshalle. Die vielen, ständig wechselnden Verkäuferinnen hatten oft nicht mal die Zeit, kurz hochzuschauen, wenn sie jemanden bedienten. Und auch wenn es vielleicht nicht kundenfreundlich war, strahlte es für mich eine angenehme Anonymität aus. Dort holte ich mir zwei mit Käse überbackene Laugenbrezeln. Oder gleich drei.

Der zweite Stopp war immer die kleine Snackbar mit einer riesigen Auswahl an Schokoriegeln. Seit der Verkäufer mal zu mir »Ab drei is' es 'ne Party« gesagt hat, tat ich immer so, als würden meine Freundinnen am Gleis warten. Ich kaufte immer exakt dieselben vier Riegel und dieselben vier Eis, und er ließ immer Grüße an meine Freundinnen ausrichten, obwohl wir vermutlich beide wussten, dass es Quatsch war. Vielleicht interessierte es ihn auch nicht. Warum sollte es auch? Hauptsache für ihn war doch nur, dass er Umsatz machte. Und mit knapp 15 Euro pro Tag war ich wohl seine beste Kundin.

So oft hatte ich drüber nachgedacht, mir einfach morgens zu Hause was für den Rückweg einzupacken. Allein schon, um Geld zu sparen. Aber jeden Morgen war ich wieder ganz sicher, dass es dieses Mal nicht passieren würde, und ließ es bleiben. Nur, um dann wieder am Automaten zu stehen und Geld abzuholen.

Manchmal ließ ich die U-Bahn auch extra wegfahren, damit ich mich nicht so abhetzen musste. Seit ich mich mal in dem großen Spiegel, der den langen Weg bis zur U-Bahn verschönern sollte, dabei gesehen hatte, kam Beeilen für mich nicht mehr in

Frage. Ich sah wie ein unförmiger, schwabbelnder Wackelpudding aus. Kein schöner Anblick. Außerdem machten bei den vielen Treppen inzwischen auch meine Beine schlapp. Irgendwann, so etwa auf der Hälfte der Stufen, fingen sie immer an, so höllisch zu brennen, dass ich vorgab, etwas in meiner Tasche zu suchen, um kurz eine Pause machen zu können. Und ich hatte das Gefühl, dass es von Woche zu Woche schlimmer wurde.

Obwohl ich nicht wusste, wie viel ich inzwischen zugenommen hatte, reichte mir der geschockte Blick meines Vaters, wenn wir uns etwa einmal im Monat trafen, um das Ausmaß erahnen zu können. Auch wenn er immer noch nichts sagte und versuchte, es sich nicht anmerken zu lassen, spürte ich, dass er sich genau solche Sorgen um mich machte, wie ich mir um ihn. Wir schämten uns wohl beide und sagten deshalb nichts.

»Lea, was ist jetzt mit dir, kommst du auch mit in die Mensa?«, fragte Sabrina erneut, und ich nickte. »Und, geht's am Wochenende wieder zu deinem Rockstar?«, grinste Jenny, und auch die anderen Mädels unterbrachen ihre Gespräche und schauten mich neugierig an. Ich hatte aufgegeben, sie davon zu überzeugen, dass es mir an den Wochenenden auch darum ging, Zeit mit meiner besten Freundin Jule und Sophie zu verbringen. Für ihre neue Ausbildung war Sophie erst vor Kurzem ganz in meine Nähe gezogen, und so fuhren wir drei inzwischen oft gemeinsam zu den Gigs. Die zwei konnten sich beim Fahren abwechseln, und ich hatte kein Problem, nachts nach Hause zu kommen, wenn Jule bei Tobi blieb. Perfekt.

»Zu deinem Rockstar«, wiederholte ich in Gedanken Jennys Worte und wurde irgendwie traurig. Ich hatte in letzter Zeit viel drüber nachgedacht, was Ben mir zum ersten Mal im Hotel gesagt hatte, denn inzwischen sah ich das auch immer öfter: Sobald er dem Publikum auch nur eine Sekunde den Rücken zudrehte, verschwand unweigerlich das strahlende Lächeln. Es war, als würde er immer öfter den Drang verspüren, die Maske des immer gut gelaunten Sängers abzulegen. Und wenn es nur für wenige Sekunden war.

Je näher ich ihn kennenlernte, desto mehr verschwand der Zauber des Frontmanns, der dort oben seinen Traum lebte, der es genoss, angehimmelt zu werden und mit dem Publikum zu flirten. Nur wenn er mich in seiner 1. Reihe stehen sah, war er anders, da konnte ich genau den Moment erkennen, wenn das Lächeln seine wunderschönen Augen erreichte und sie mit Leben füllte. Er sagte, dass ich sein Lichtblick in einem Festzelt voller Bunken und Idioten war.

Ich hatte ihm schon so oft damit in Ohren gelegen, dass ich so gerne mal einen seiner eigenen Songs hören würde, aber da hatte ich absolut keine Chance. »Es wird der Tag kommen, dann hörst du meine Lieder im Radio. So lange musst du dich noch gedulden.« Und seine Augen strahlten dann so voller Hoffnung, dass ich mich nur allzu gerne davon anstecken ließ und auch dran glaubte. Ja, mit ihm zusammen daran glaubte, dass er entdeckt werden würde und sein Traum, mit seinen eigenen Songs auf der Bühne zu stehen, wahr werden würde.

»Ach, lass sie, sie ist beim bloßen Gedanken schon wieder auf Wolke sieben«, neckte mich Steffi und stieß mich beim Laufen mit ihrer Hüfte in die Seite. Ich glaubte eh, dass mich die Mädels für nicht ganz normal hielten. Einer Band quer durchs Land hinterherzureisen und nach der Uni noch stundenlang vorm Computer zu sitzen, um Videos zu schneiden, Fotos zu bearbeiten, die Homepage zu pflegen und den Veranstaltern zu schreiben. Und das völlig ohne Bezahlung.

Manchmal saß ich wirklich bis ein, zwei Uhr nachts vor dem Rechner. Dann verfiel ich in einen richtig guten Workflow und vergaß vollkommen die Zeit. Aufs Handy schaute ich zwischendurch ehrlich gestanden nur in der Hoffnung, dass Ben wieder angetrunken auf dem Weg vom Meeting in seine Wohnung war, aber es kam bis jetzt noch nicht wieder vor.

Als ich einmal völlig übermüdet zur ersten Vorlesung gekommen war, fragten mich die Mädels, ob mein Leben wieder Überstunden geschoben hätte, meine Augenringe wären so verräterisch. Ich habe nur gelacht und gesagt, dass das keine Augenringe, sondern die Schatten großer Taten waren. Der Spruch stand auf einem To-do-Listen-Block, den ich mal von Ben geschenkt bekommen hatte. Benutzt hatte ich diesen Block noch nie. Er lag einfach nur auf meinem Schreibtisch, um von mir angelächelt zu werden. Nur manchmal klappte ich ihn vorsichtig auf, um noch mal zu lesen, was Ben in seiner schwungvollen Handschrift auf die erste Seite geschrieben hatte:

»Vielen Dank für alles, Special.
Du bist in meinem Chaos der rote Faden,
lass dir nie was anderes sagen.
Dein Ben
P.S. Träum was Schönes!«

Dadurch, dass ich vom wenigen Schlafen so fertig aussah, passte ich mich genau genommen eigentlich nur den übrigen Seminarteilnehmerinnen an. Einige Kommilitoninnen nutzten die Seminare scheinbar wirklich nur als kleinen Break zwischen den langen Partynächten. Nicht selten lag schon beim Betreten des Raums der Geruch von Alkohol in der Luft, weil irgendwo jemand seinen Rausch ausschlief und nur kurz wach wurde, um in der Teilnehmerliste seine Unterschrift zu setzen.

Als ich diesen Geruch das erste Mal wahrgenommen habe, hat's mich noch richtig geschüttelt. Nach dem schrecklichen Abi-Ball konnte ich den Gestank 'ne ganze Weile nicht ertragen. In der ersten Woche danach konnte ich nicht mal mein Gesichtswasser öffnen, ohne zu würgen. Inzwischen hatte ich da keine Probleme mehr, und auch sonst war ich ganz froh, dass ich diese Nacht aus meinen Erinnerungen streichen konnte. Die Prüfung des Sachverhalts, wie es in dem Anschreiben hieß, war abgeschlossen, und es stellte sich heraus, dass der Fall als minderschwer abgeschlossen wurde, und Caro und der Typ mit Sozialstunden davonkamen. Mir war es relativ egal, aber Ben rastete vollkommen aus. So fluchend hatte selbst ich ihn noch nicht erlebt. Nicht mal über seine Kollegen.

Als wir in der Mensa ankamen, fanden wir zum Glück noch einen freien Tisch direkt hinten am Fenster. Ich machte mir einen großen Salatteller fertig und nahm mir fest vor, auf dem Rückweg ohne Zwischenstopp in die U-Bahn zu steigen und auch am Abend nichts mehr zu essen. Bis zum nächsten Tag brachte es zwar nicht mehr so wirklich viel, aber vielleicht doch ein klitzekleines bisschen. Ich ließ mich in den Stuhl sinken und sah, dass mein Bauch bedrohlich nah an der Tischkante vorbeischrappte.

Schnell setzte ich mich wieder gerade hin. Oh Mann, ich hätte so heulen können. Meine Jacke zog ich am nächsten Tag auf gar keinen Fall aus, so viel stand schon mal fest.

Und ab Montag musste dann ja eh alles anders werden, denn so wirklich viel Zeit hatte ich bis Silvester nicht mehr. Ich wusste nicht, ob es Vorfreude oder Panik war, aber mein Herz hatte wirklich einen kleinen Aussetzer, als ich von Ben die neuen Termine für die Homepage bekam. 31.12. – *Babylon!*

Der Auftritt zum Jahreswechsel war aber die allerbeste Motivation, mich wieder in den schönen Hosenanzug zu hungern. Zwar graute es mir davor, mich auf die Waage zu stellen, aber ich kam wohl nicht drum herum. Wenn ich es richtig angehen wollte, musste ich mein exaktes Gewicht kennen, mir dann einen ganz genauen Plan machen und diesen auch durchziehen. Dieses Mal gab es keine Ausreden, dieses Mal gab es nur Disziplin und dann würde sich der Erfolg schon einstellen.

Als ich am Abend im Bett lag, war ich mächtig stolz auf mich, denn ich hatte den restlichen Tag nichts mehr gegessen, gar nichts mehr. Und so kuschelte ich mich voller Vorfreude und mit knurrendem Magen ins Bett, nahm mein Handy und stellte alle Songs auf zufällige Wiedergabe. Zeit für ein kleines Song-Orakel.

»Der nächste Song sollte mir sagen, wie es morgen zwischen Ben und mir sein wird.« Gespannt lauschte ich den letzten Tönen von Joris' *Herz über Kopf*, dann erfüllte *Dirty Dancing*-Atmosphäre den Raum. *Hungry Eyes* von Eric Carmen. Oh ja, hungrig war ich auch.

Wie ein unmündiges Kind

»Möchtest du den Fernseher vielleicht auch noch anmachen?«, kam es gereizt von meiner Mutter, während ich am Frühstückstisch den Rest meines Apfels in ganz viele kleine Stücke schnitt. Ich holte grad Luft, um zurückzupampen, schluckte aber doch nur eine weitere kleine Apfelecke runter. Dann schaute ich zurück aufs Handy. Immer noch keine Nachricht von meinem Vater.

Ich atmete tief durch und aktualisierte ein weiteres Mal den Maileingang auf meinem iPad: Es hatten sich zwar einige Veranstalter wegen den Auftritten zurückgemeldet, aber leider war wieder keiner aus der näheren Umgebung dabei. Schade, ich hätte meinen Vater gern zu einem Auftritt eingeladen, aber damit musste ich wohl noch warten. Wieder schaute ich aufs Handy.

Irgendwie war es komisch, dass so gar nichts von ihm kam, er wusste doch, dass ich nur bis 13:00 Uhr Zeit hatte, und wenn er sich nicht bald meldete, war es ohnehin zu spät. Jetzt blickte meine Mutter von ihrer Zeitung auf: »Worauf wartest du denn so dringend?«

»Ich will mich noch kurz mit Ralf treffen, bevor ich mit Sophie und Jule zum Auftritt fahre, aber er meldet sich nicht.« Genervt öffnete ich die nächste Mail, konnte mich aber nicht konzentrieren und beschloss, ihn im Büro anzurufen.

Seine Kollegin Sonja ging an seinen Apparat: »Lea, gut, dass du anrufst. Weißt du, wo Ralf ist? Wir haben gleich Betriebsratssitzung, und alle warten auf ihn.« Sofort stieg in mir die blanke Panik hoch. Keine zehn Minuten später war ich schon unterwegs, und als ich in unsere alte Einfahrt bog, sah ich Licht brennen. Kein gutes Zeichen.

Ich atmete tief durch, stieg die Treppen hoch und klingelte. Nichts rührt sich. Ich klingelte energischer. Drei-, viermal hintereinander. Immer noch bewegte sich rein gar nichts. Während ich ums Haus herumging, sah ich unsere Nachbarn von gegenüber, und irgendwie verhielten sich die zwei merkwürdig, fast so, als ob sie meinen Blick mieden.

Ich drückte die Türklinke von unserem Gartentor herunter. Zum Glück war es nicht verschlossen. Was für ein komisches Gefühl, wieder hier zu sein. Alles sah erschreckend ungepflegt aus, und es roch unangenehm nach Verdorbenem. Der Gartenteich war von heruntergefallenem Herbstlaub zugedeckt, und auch die Wiese wurde scheinbar schon ewig nicht mehr gemäht, überall lagen verschimmelte Äpfel und Pflaumen von unseren Obstbäumen.

Mir kam in den Sinn, wie meine Mutter früher immer Blechkuchen mit Streuseln von den süßen Früchten gemacht hatte. Sonntags, wenn uns Oma besucht hatte, saßen wir dann alle um den großen Küchentisch versammelt und haben gemeinsam Kuchen gegessen. Die frisch geschlagene Sahne schmolz auf dem noch heißen Kuchen, und die schwarzen und weißen Schokoraspeln, die wir vom Einkaufen in Holland mitgebracht hatten, tropften ganz langsam mit der flüssigen Sahne vom krossen Rand. Wie sehr ich das immer geliebt habe.

Damals konnte ich das Essen noch genießen und wusste, egal wie gut mir etwas schmeckte, wann Schluss war. Wenn ich satt war, habe ich aufgehört. Ja, auf mein Bauchgefühl konnte ich mich verlassen. Heute würde so ein Blech nicht mal einen Tag reichen. Heute konnte ich mich noch nicht mal mehr dran erinnern, wie es sich überhaupt anfühlte, satt zu sein.

Es tat weh, mich an früher zu erinnern, und beim Blick von der Terrasse in den zugewucherten Garten spürte ich einen dicken Kloß im Hals. Das Schlimmste war meine alte, rote Kinderschaukel, die wir zu meinem sechsten Geburtstag am Ast neben meinem Baumhaus angebracht hatten. Trostloser konnte ein Bild gar nicht sein, wie sie vom Wind hin und her gepeitscht wurde und nur noch an einem zerfledderten Seil baumelte.

Mein Vater hatte unseren Garten immer so sehr gepflegt. Hier war doch immer sein Ruhepol, wenn's mal wieder Stress auf der Arbeit gab. Unzählige Stunden verbrachten wir hier, und er zeigte mir, wie man den Rasen schnitt, die Kanten stutzte, Sträucher ausdünnte und eine Steinmauer setzte. Und im Sommer, wenn wir Freunde und Nachbarn zum Grillen eingeladen hatten, war unser Garten immer sein ganzer Stolz.

Ich zuckte erschrocken zusammen, als ich aus dem Augenwinkel sah, dass sich drinnen etwas bewegt hatte. Ich ging ganz dicht an die Scheibe der großen Schiebetür zum Wohnzimmer und hielt schützend die Hände um die Augen, um drinnen was erkennen zu können. Mein Vater lag neben der Couch auf dem Teppichboden, und neben ihm standen und lagen etliche Weinflaschen. Er trug nur eine Unterhose, die man kaum sah, da sein beängstigend dick aufgeblähter Bauch weit darüberhing. Was für ein schrecklicher Anblick.

Mit rasendem Herzschlag ging ich zurück zum Gartentor, holte aus dem kleinen Schuppen den Schlüssel, den wir dort für Notfälle deponiert hatten, und schloss die Tür zum kleinen Flur auf. Sofort schlug mir ein so widerlicher Geruch entgegen, dass ich würgen musste. Ich riss die große Schiebetür zur Terrasse auf, um frische Luft reinzulassen, und zog meinen Schal vor den Mund.

Mein Vater schien mich bemerkt zu haben und lallte irgendwas Unverständliches. Ich glaubte, Worte wie »mein Mädchen« zu verstehen, dann versuchte er seinen Oberkörper aufzurichten. Immer wieder knallte er zurück auf den Boden, seine Arme fanden keinen Halt. Ein unwürdiger Anblick. Ich war mit der Situation komplett überfordert.

Ihn so hilflos zu sehen, machte mich traurig und unfassbar wütend zugleich. Ich nahm einige Weinflaschen, die neben ihm auf dem Boden standen, und ging damit ins Badezimmer. Als ich den Toilettendeckel öffnete, packte mich der blanke Ekel. Die Toilette wurde scheinbar schon ewig nicht mehr gereinigt, und der Gestank von Kot und Urin ließ mich erneut würgen. Ich musste hier raus.

Mein Vater hatte sich inzwischen gegen die Couch gelehnt, sein hochroter Kopf war aufgequollen und die Augen blutunterlaufen. Er sah einfach nur elendig aus. Jetzt griff er nach einer der übrigen Weinflaschen und wollte tatsächlich weitertrinken. Der hatte sie doch nicht mehr alle.

Ich versuchte, ihm die Flasche aus der Hand zu nehmen, aber er hielt sie so krampfhaft fest, dass wir beide begannen, an ihr zu ziehen. Plötzlich glitt sie ihm aus den Fingern und ergoss sich komplett über seinen dicken, mit tiefen Hautrissen übersäten Bauch, seine im Vergleich dazu dünnen Beine und den hellen Teppichboden. Die Weinlache suchte sich ihren Weg und tauchte alles in ein blutiges Rot.

Mein Vater war jetzt richtig aggressiv und versuchte mich zurechtzuweisen, stammelte aber nur so unverständliches Zeug, dass ich gar nicht weiter darauf einging. Ich ließ ihn wie ein trotziges Kind sitzen und ging mit den übrigen Flaschen in die Küche.

Hier schien er schon ewig nicht mehr gewesen zu sein. Die Rollläden waren nur halb geöffnet, dass kaum Licht ins Zimmer fiel, der Kühlschrank und die Gefriertruhe waren gar nicht mehr an den Strom angeschlossen, und auf dem Küchentisch, der früher mal der Mittelpunkt unseres Hauses war, sammelten sich alte Zeitungen und leere Flaschen. Wie gerne er früher mit den guten Töpfen und Pfannen gekocht hatte, jetzt stand all das nur noch eingestaubt und nutzlos in den Regalen.

Als ich zurück ins Wohnzimmer kam, lag er ziemlich verdreht vor dem Sofa und brabbelte mit geschlossenen Augen irgendwas vor sich hin, dabei lief ihm Speichel aus den Mundwinkeln.

Plötzlich schossen mir tausend Fragen durch den Kopf. Konnte er so ersticken? Musste ich einen Krankenwagen rufen? Wo war Heike? Hatten die zwei sich vielleicht getrennt? Was sollte ich denn nur Sonja sagen? Sollte ich vorher noch meine Mutter anrufen? Was würde sie in dieser Situation machen?

Aber hier drin, bei diesem widerlichen Gestank und seinem ekelhaften Gelalle, konnte ich keinen klaren Gedanken fassen. Ich musste raus an die frische Luft und knallte wütend die Tür hinter mir zu. Genau so wie er es früher immer gemacht hatte, wenn er aus einer Situation flüchten wollte. Und es fühlte sich gut an, die Wut rauszulassen, scheiße, wir waren uns in so vielen Punkten so erschreckend ähnlich.

Auf der Terrasse schloss ich die Augen und ging alle Möglichkeiten im Kopf durch. Ihn alleine da liegen lassen, ihn irgendwie auf die Couch legen, einen Notarzt rufen. Vielleicht hatte er eine Alkoholvergiftung? Ja, ich musste einen Notarzt rufen, aber was würden die sich denken, wenn sie dieses Chaos hier sahen? Ich wählte die Rufnummer des Rettungsdienstes und schilderte der Frau am anderen Ende, wie ich meinen Vater vorgefunden hatte. Sie sagte, dass sie ein Team rausschicken, dass es aber eine Weile dauern würde. An ihrem Tonfall hörte ich, dass hilflose Betrunkene nicht sonderlich weit oben auf der Prioritätenliste standen.

Als die beiden ziemlich jungen Rettungssanitäter und der große, aber nicht weniger schlaksige Notarzt eintrafen, prüften sie seinen Blutdruck, leuchteten ihm in die Augen und hörten sein Herz ab. Sie versuchten ihn immer wieder anzusprechen und behandelten ihn dabei wie ein unmündiges Kind. Ich war so fassungslos über diese ganze Situation, dass ich nur wortlos daneben stand.

Mir wurde erklärt, dass nicht nur der Alkoholpegel ein Problem war, sondern auch der immens hohe Blutdruck. Ich sah ihre Blicke auf den dicken Bauch meines Vaters, und auch ohne, dass sie es aussprachen, verstand ich, was sie mir sagen wollten. Sie sagten, dass sie ihn nun mit ins Krankenhaus nehmen mussten, um ihn dort zu überwachen, weil er starkes Fieber hatte, dann holten sie eine faltbare Trage. Nur notdürftig legten sie eine Decke über seinen nackten Körper, bevor sie versuchten, ihn zu dritt hochzustemmen. Mit viel Mühe schafften sie es gerade so, ihn aus dem Haus in den Rettungswagen zu wuchten, dabei hörte ich sie fluchen.

Ich schämte mich so sehr für diese Situation und war so sauer auf meinen Vater, dass er mir das antat. Als die Sanitäter fragten, ob ich mit ins Krankenhaus fahren wollte, sagte ich, ohne nachzudenken: »Nein!«, und war selbst erschrocken über diese Deutlichkeit. Er hatte sich selber so zugesoffen, dann sollte er auch damit klarkommen, ging es mir durch den Kopf, und ich war einfach froh, wenn ich diesen Anblick hier nicht länger ertragen musste.

Der Notarzt schrieb mir noch die Nummer auf, wo ich mich nach seinem Zustand erkundigen konnte, dann fuhren sie aus unserer Einfahrt, und ich blieb alleine zurück.

Ich dachte darüber nach, ob ich die Wohnung vielleicht putzen sollte, damit er es schön hatte, wenn er wieder nach Hause kam, aber ich wollte, dass es genau so blieb. Er sollte sehen, wie ich ihn gefunden hatte, und er sollte sich schämen. Er sollte sich so sehr schämen, dass er nie wieder auch nur einen Tropfen Alkohol anrühren würde.

Aus dem Augenwinkel konnte ich noch sehen, dass sich die Gardine bei unseren Nachbarn gegenüber bewegte, dann machte ich mich auf den Heimweg und rief Sonja an. An ihrem Tonfall hörte ich, dass sie mir nicht glaubte, dass er einen Virus hätte, aber daran konnte ich auch nicht ändern. Sollte er ihr doch erklären, was wirklich los war. Für mich war hier Schluss.

Zu Hause ging ich auf direktem Weg ins Badezimmer und stellte mich unter die Dusche. Der warme Dampf und das reinigende Wasser fühlten sich unheimlich gut auf der Haut an. Ich schloss die Augen, legte den Kopf in den Nacken und ließ die feinen Wasserperlen über mein Gesicht laufen. Das Duschgel schäumte wunderbar cremig, und ich begann, mich einzuseifen: die Arme, Schultern, die Brust, Bauch und Beine.

Ich spürte die schwabbelige Haut, die unförmigen, schlaffen Hautlappen, rieb immer stärker, immer kräftiger und nahm schließlich die grobe Bürste, um einfach nur noch erbarmungslos zu schrubben. Das Wasser drehte ich immer heißer, bis der beißende Schmerz allmählich jegliche Gedanken verdrängte und ich langsam ruhiger wurde.

Völlig regungslos blieb ich stehen und spürte nur noch das brühend heiße Wasser auf meinem brennenden Körper. »Lea? Was ist denn los? War Ralf nicht da?«, hörte ich plötzlich meine Mutter gegen die Tür klopfen. Mist, die war ja auch zu Hause.

Ich drehte das Wasser aus und rief: »Ich bin gleich fertig. Ich komm gleich und erzähl's dir.« Erst jetzt spürte ich, wie sehr mein ganzer Körper glühte und brannte. Als ich an mir runterschaute, traf mich der Schlag: Ich war feuerrot. Als ich kaltes Wasser aufdrehte, um zu kühlen, wurde es noch viel schlimmer.

Ich stieg aus der Dusche und tupfte mich ganz vorsichtig mit dem Handtuch ab. Es brannte so höllisch, dass mir Tränen in die Augen stiegen. Im Badezimmerschrank fand ich eine alte After-Sun-Lotion, aber wirklich besser wurde es damit auch nicht. Ich setzte mich auf die Toilette und stützte den Kopf in meine Hände. Warum machte ich so was? Ich war doch wirklich nicht mehr ganz bei Trost.

Am liebsten wäre ich rüber zu meiner Mama gegangen. Einfach mal nur für ein paar Minuten alles vergessen und noch mal Kind sein. Auf ihren Schoß klettern, mich in den Arm nehmen lassen, und mit einem kräftigen Pusten wäre dann alles wieder gut. Kind sein war so einfach. Damals war noch alles gut und meine Welt in Ordnung.

»Aber du bist kein Kind mehr«, ermahnte ich mich lautlos und atmete tief durch. Ich musste mich jetzt zusammenreißen und durfte mir nichts anmerken lassen. Ich wollte nicht, dass sich meine Mama auch noch Sorgen um mich machen musste. Jahrelang hatte sie nichts als Sorgen mit Ralf gehabt, damit durfte ich jetzt nicht weitermachen. Ich kam schon klar.

Mein Blick fiel auf die Waage, die unter unserem Waschtisch stand. Nein, ich konnte mich jetzt nur auf ein Übel konzentrieren, und das waren gerade eindeutig die Schmerzen. Obwohl die kühlende Lotion so langsam Wirkung zeigte, nahm ich noch zwei Schmerztabletten, bevor ich mich anzog und rüber ins Wohnzimmer ging.

Gerade als ich meiner Mutter erzählte, was passiert war, klingelte mein Handy. Sophie war dran, um zu fragen, ob sie nicht schon etwas eher kommen konnte, da es sich für sie gar nicht mehr lohnen würde, zwischendurch nach Hause zu fahren.

»Fahr ruhig zum Konzert, ich melde mich, wenn ich bei Ralf im Krankenhaus war«, flüsterte meine Mama, die aus dem Kontext schließen konnte, worum es ging.

Zurück im Badezimmer setzte mich auf den Badewannenrand, ließ mein Handy von der einen in die andere Hand gleiten und konnte dieses schreckliche Bild, wie er da völlig mit Wein besudelt auf dem Boden lag, nicht aus meinem Kopf verdrängen. Davon hatte ich meiner Mutter nichts erzählt. Ich wäre vermutlich in Tränen ausgebrochen, und das wollte ich uns beiden ersparen. Die ganze Sache schien sie eh schon viel zu sehr mitzunehmen, sonst wäre sie grad nicht so überstürzt ins Krankenhaus gefahren. Und was war mit mir? Ich hatte nicht mal dran gedacht, den Abend abzusagen. Was war ich nur für eine Tochter?

Plötzlich erfüllte Stings *English man in New York* den Raum. Was ein großartiger Song, er versprühte so eine unbekümmerte Leichtigkeit, ja, diese Musik zog mich sofort in eine völlig andere Welt und zauberte mir ein Lächeln ins Gesicht, sogar jetzt.

Der nächste Song war wieder von Sting. Er war echt einer der wenigen Künstler, von dem ich annähernd jedes Lied mochte, und besonders jetzt tat es gut, ihn zu hören. Seine Stimme erinnerte mich immer wieder an diesen besonderen Moment mit meinem Dad. Ich war vielleicht zehn oder elf und wir gerade auf dem Weg nach Holland, als mein Vater das Radio plötzlich richtig laut aufdrehte. Ich hab ihn total erschrocken angeguckt, weil ich so etwas überhaupt nicht von ihm kannte, aber er hat einfach nur weiter vollkommen ausgelassen mit seinen Fingern auf dem Lenkrad rumgetrommelt und lautstark mitgesungen. Als er irgendwann bemerkte, wie sehr mich sein Verhalten irritierte, rief er über die laute Musik hinweg: »Das ist Sting, der beste Musiker der Welt!« Seitdem war ich Fan. Von Sting und von meinem Vater sowieso. Ich war ein absolutes Papa-Kind.

Ich versuchte, mir wieder das Bild seiner Finger in den Kopf zu rufen, aber ich konnte mich nicht erinnern, ob sie damals auch schon so gelb und zittrig waren. Vielleicht war es noch nicht so, vielleicht wollte ich es aber auch einfach nur nicht sehen. Oder man achtete als Kind auf so was gar nicht, ja, vermutlich war es das.

Auf meinem Display erschien eine Nachricht von Jule: »Bis gleich, Maus! Ich freu mich auf dich. Du, Tobi hat gesagt, dass Ben nach dem Gig ein Bandmeeting angesetzt hat. Weißt du, was da los ist? Kuss.«

Hatte sie echt »Bis gleich« geschrieben? Ich schaute auf die Uhr. Oh Mann, jeden Moment konnte Sophie hier sein, und wir wollten dann ja eigentlich auch schon direkt los. Fuck!

Egal wie dicht ich an den Spiegel ging, ich sah keinen größeren Pickel. Klar, die kleineren Unreinheiten waren da, ließen sich aber prima mit einem leichten Make-up verdecken. Ich musste unweigerlich lächeln, doch, das konnte sogar richtig was mit mir und meinem Spiegelbild werden.

Wie zum Teufel konnte ich hier stehen und mich seelenruhig schminken? Warum fühlte ich mich nicht so mies, wie es wohl angebracht war? Mir war absolut bewusst, dass ich jetzt im Krankenhaus bei meinem Vater sein sollte, aber stattdessen war ich hier, schminkte mich und fühlte mich auch noch gut dabei.

»Ja, natürlich könnte ich jetzt auch zusammen mit meiner Mutter an seinem Bett sitzen und darauf warten, dass er wach wurde. Aber wem würde das was bringen?«, versuchte ich mir das schlechte Gefühl zu nehmen, kein schlechtes Gewissen zu haben.

Das Gruppen-Ranking

»Schicke Kopfbedeckung. Ist das jetzt der neuste Trend?«, begrüßte mich Sophie lachend und deutete auf meinen Handtuchturban. Sie strahlte so eine Vorfreude aus, dass ich alle Gedanken an meinen Vater beiseiteschob und den Vorfall nicht mit einem Wort erwähnte.

Sie folgte mir ins Badezimmer, setzte sich auf den Badewannenrand, und während ich mich schnell fertig schminkte, schwärmte sie in den höchsten Tönen von Ben: Dass sie seit über drei Jahren nur wegen ihm zu den Konzerten fuhr und wie sehr sie sich wünschte, dass er ihr endlich noch eine Chance geben würde. So oft hätte er sie schon bei eindeutigen Textzeilen angeschaut, und so wie er sie dann anlächelte, müsste das auf jeden Fall mehr zu bedeuten haben, aber sie sei jetzt einfach viel zu schüchtern.

An ein paar der Situationen, die sie da grad beschrieben hatte, erinnerte ich mich sogar, schließlich hatte ich direkt neben ihr gestanden, aber bei mir war das irgendwie anders angekommen. Und was meinte sie denn bitte schön mit »ihr noch eine Chance geben«? Ich musste an seine Worte denken, dass das da oben auf der Bühne alles nur Maskerade sei, sagte aber nichts. Sophie schien sich da komplett in etwas hineingesteigert zu haben, und ich wollte ihr dieses Luftschloss auf keinen Fall zerstören. Sie schwärmte für ihn, und das konnte ich ja auch durchaus verstehen. Irgendwie fand ich es sogar ganz niedlich.

»Lea?«, fragte sie plötzlich. »Du versprichst mir doch aber, dass du weder Ben noch sonst jemandem davon erzählst, oder?«

Ich drehte mich zu ihr um, hob feierlich drei Finger und schwor es, dann widmete ich mich weiter meinem Lidstrich. Als sie darauf wie selbstverständlich antwortete, dass sie meine

Schwärmerei für Ben natürlich auch für sich behielte, malte ich mir vor lauter Schreck einen dicken Eyelinerstrich quer übers Auge und stieß dabei mein Schminktäschchen so um, dass nun der komplette Inhalt im Waschbecken lag.

»Wundert's dich etwa, dass ich das gemerkt habe? Ich find's ja eher komisch, wenn jemand nicht in ihn verknallt ist. Mit denen kann doch was nicht stimmen. Ben ist einfach der absolute Traumtyp.« Sie stand nun kichernd neben mir. Ihr laszives »Na ja, soll uns egal sein, dann bleibt mehr für uns« bekam ich nur noch am Rande mit.

Die Worte »Mit denen kann doch was nicht stimmen« hallten immer wieder durch meinen Kopf. Sophie schien in mir ihre neue Verbündete gefunden zu haben und ließ nicht locker, als ob es ein Wettkampf sei, Ben zu erobern. »Aber gelaufen ist noch nichts zwischen euch, oder?«

Bitte, was hatte sie da gerade gefragt? Etwas gelaufen, zwischen Ben und mir? Ich wusste überhaupt nicht, wie ich darauf reagieren sollte. Das ging sie doch auch gar nichts an. Also, selbst wenn da etwas zwischen Ben und mir wäre, würde ich das doch nicht erzählen. Und jetzt, da ich wusste, wie sie für Ben empfand, doch erst recht nicht.

Bei der nächsten Gelegenheit legte ich mein Handy unauffällig aufs Display, sodass sie nicht mehr draufschauen konnte. Wenn Sophie das neue Foto von Ben und mir sah, wäre der Abend gelaufen gewesen. Fake hin oder her, das zu sehen, würde sie verletzen, und wie sollte ich ihr erklären, dass wir nur so taten. Das würde sie mir doch nie glauben.

»Na, ich finde schon, dass ihr unheimlich vertraut miteinander umgeht. So habe ich ihn noch nie erlebt, und ich kenne ihn ja schon ein paar Jahre. Irgendwas ist doch da zwischen euch, aber nach 'ner Beziehung sieht das nicht aus«, hakte sie weiter nach.

Ich schluckte.

»Na ja, in der Gruppe stand zumindest noch nichts«, zwinkerte sie mir zu, stellte sich neben mich und deutete fragend auf meine Mascara. Ich nickte, und sie begann, sich die Wimpern zu tuschen.

»Was für eine Gruppe?«, fragte ich entgeistert nach. »Ich dachte, das Fanforum sei schon ewig geschlossen?«

Der Gedanke, dass es da etwas über meine Band gab, was ich nicht mal kannte, ließ mich neugierig werden. Obwohl, nein, es war keine reine Neugier. Es war eher dieses ungute Gefühl, ausgeschlossen zu sein.

»Du bist also wirklich so unschuldig, wie alle behaupten?«, waren ihre Worte, die mich nicht mal drei Sekunden später innerlich kochen ließen, aber ich bemühte mich, mir nichts anmerken zu lassen.

»Schon gut, Lea, ich find dich mega. Wirklich! Ohne Scheiß, ich hab dich doch total lieb, aber wir dachten echt alle, dass diese Unschuldsnummer nur so 'ne Masche von dir sei. Ich konnte das nicht glauben. Um ehrlich zu sein, kann das niemand von uns! Wie alt bist du jetzt?«

Dieser Gedanke, dass es da wieder Menschen gab, die hinter meinem Rücken über mich redeten, sich das Maul darüber zerrissen, dass ich nicht normal war, und mein Verhalten dazu auch noch als Masche bezeichneten, ließ meinen Puls rasen. Ich hatte mich bei den Konzerten in der Fan-Clique so wohl und willkommen gefühlt, aber vermutlich wurde ich mal wieder nur geduldet, weil ich das Anhängsel von Jule war.

Ich war so angespannt, dass ich innerlich zu zittern begann. Es war, als würde in mir eine Welt zusammenbrechen. Genau das war es, warum ich Cliquen so hasste: Sobald man den Raum verließ, wurde gelästert und getratscht, und wenn es nichts zu reden gab, dann wurde eben was erfunden. Wie sehr ich mich nach den Abenden zurücksehnte, in denen es nur Jule und mich gab. Keine Cliquen, keine Männer. Nur uns.

»Lea?«, kam es zögerlich von Sophie: »Entschuldige, ich wollte dich nicht verletzen. Es ist nur so ungewöhnlich …«, sie stockte, »dass jemand in deinem Alter noch nie mit einem Kerl … Du weißt schon.«

»Ich hatte sogar noch nie einen Freund, Sophie. Hab noch nie jemanden geküsst oder Händchen gehalten. Bin ich jetzt ein Alien?«, fragte ich sie und war selbst überrascht, wie ruhig und beherrscht ich dabei klang.

»Ein ziemlich hübsch geschminkter Alien mit tollen Locken«, versuchte Sophie, mir zu schmeicheln, und auch wenn es mich ärgerte, gelang es ihr viel zu leicht.

»Im Ernst, Lea«, fuhr sie leise fort und klang plötzlich ganz nachdenklich, »ich bewundere dich, und ich hätte mir auch gewünscht, länger zu warten. So hab ich zwar zehn Punkte im Ranking, aber hatte auch schon zwei Mal Angst, schwanger zu sein.«

»Wovon zum Teufel redest du denn da? Ranking? Punkte?«, wollte ich es nun genauer wissen, und wir setzten uns auf den Wannenrand. Nachdem ich ihr versprochen hatte, davon weder Ben, noch Jule oder irgendwem sonst was zu sagen, fing Sophie an zu erzählen:

»Weißt du, es gibt da diese geheime Gruppe, in die du nur mit Einladung kommst. Immer dieselben Admins, aber alle paar Wochen ändert sich der Gruppen-Name, damit wir nicht so leicht im Netz zu finden sind. Wirst du nicht wieder neu hinzugefügt, warst du zu langweilig oder bist aufgeflogen.« Sie schüttelte den Kopf, als wäre es ihr zu peinlich, weiter zu erzählen, aber ich drängelte und sie gab nach.

»In dieser Gruppe gibt es ein Musiker-Ranking. Super bekannte Acts, aber auch unbekanntere Bands. Für jeden Musiker gibt es eine Punktezahl, die sich immer dann ändert, wenn er wieder geknackt wurde oder in einer neuen Beziehung ist. Mehr oder weniger, je nachdem.«

»Geknackt wurde?«, fragte ich nach.

»Mann, Lea. Wenn ihn wieder jemand rumgekriegt hat. Sex! Je leichter ein Typ zu haben ist, desto weniger Punkte bekommst du, je schwieriger, desto mehr.«

»Das ist bitte nicht dein Ernst«, entfuhr es mir geschockt.

»Aber ohne Beweisfoto oder Screenshot, keine Punkte! Du brauchst ein Bild. Es gibt verschiedene Stufen: Innige Umarmungen oder Nachrichten, die zeigen, dass du kein x-beliebiger Fan für ihn bist, sind ein guter Anfang, und je mehr du mit ihm auf Tuchfühlung gehst, desto mehr Punkte gibt's. Falls er so dumm oder zugedröhnt ist, dass du ein Sex-Selfie machen kannst, ist das Highscore. Wenn du am nächsten Morgen noch in seinem Bett aufwachst, bekommst du Bonuspunkte.«

Ich konnte nicht fassen, dass ich sie das wirklich fragte, doch es rutschte mir einfach so raus: »Gab es denn schon mal etwas von Ben in dieser Gruppe?«

»Nein, noch nie. An den Typen ist absolut kein Rankommen, und da haben sich schon so einige dran versucht. Das kannst du mir glauben – allen voran: ich.« Sie schlug sich die Hände vors Gesicht.

»Lea, ich habe wirklich alles versucht, um ihn zu verführen. Und als er dann mal bei einer After-Show-Party richtig betrunken war, hat er mich mit vor die Tür auf den leeren Parkplatz genommen. Als wir gerade hinter dem Bandbus waren, dachte ich echt, er wollte es auch …«

Ich war mir gar nicht so sicher, ob ich hören wollte, was jetzt kam, aber Sophie erzählte einfach immer weiter.

»Ich habe mich vor ihn gekniet und wollte ihm gerade die Hose öffnen, aber Ben hat nur gesagt, dass ich sofort aufstehen soll, dass er mein Verhalten unmöglich findet und ich in Zukunft besser auf mich aufpassen soll. Dann hat er mir ein Taxi gerufen, wortlos mit mir gewartet und ist wieder reingegangen. Ich habe mich so unglaublich billig gefühlt und mich zu Tode geschämt – aber in diesem Moment habe ich mich unsterblich in ihn verliebt. Und wann immer ich jetzt in die Gruppe gucke, habe ich Angst, dass sich seine Punkte ändern. Das könnte ich nicht ertragen.«

Sie schaute mich mit großen Augen an und nahm meine Hände: »Lea, würde er mich wirklich kennen, würde er merken, dass wir perfekt füreinander sind. Ich würde ihn unterstützen, ihm niemals im Weg stehen, ihn zu den Konzerten begleiten und seinen Job machen lassen. Ich wäre keine eifersüchtige Freundin, echt nicht.« Dann fing sie an zu schluchzen.

»Aber ich glaube, dass er immer noch denkt, ich wäre nur auf eine Nacht mit ihm aus. Dabei bin ich echt keine Schlampe, auch wenn das viele hinter meinem Rücken sagen. Bitte glaub denen nicht, Lea. Ich habe so viel ehrliche Liebe zu geben und möchte doch einfach nur geliebt werden.« Nun fing Sophie an, fürchterlich zu weinen, und ich nahm sie tröstend in die Arme.

»Ben und ich sind wirklich nur gute Freunde«, sagte ich leise und hoffte, sie damit ein bisschen aufmuntern zu können. Es schien zu klappen, denn nun schaute sie mich an, als wäre ich ein kleiner, niedlicher Hundewelpe.

Ich erzählte ihr, dass alles damit anfing, dass ich Ben ein Kompliment gemacht hatte, weil ich ihn als Sänger beeindruckend fand. »Vermutlich war er davon einfach geschmeichelt und deshalb nett zu mir, und daraus ist mit der Zeit Freundschaft geworden, mehr aber wirklich nicht.«

Sophie machte große Augen. »Echt? Du hast ihm gesagt, dass er dich als Sänger begeistert? Einfach so?!«

Nach allem, was sie mir grad erzählt hatte, kam mir ihre Verwunderung doch ziemlich absurd vor, aber es sprudelte weiter aus ihr: »Das würde ich mich ja nicht trauen, dann könnte ich ihm ja nie mehr unter die Augen treten. Ich kann echt nicht fassen, dass du ihm das einfach so gesagt hast, ich bekomme ihm gegenüber ja kaum einen Ton raus. Wie er immer guckt. Ich bin da jedes Mal kurz vor 'ner Ohnmacht.«

Ein Schmunzeln machte sich auf meinem Gesicht breit, denn ich erinnerte mich noch genau daran, wie aufgeregt ich am Anfang war, mit ihm zu telefonieren. Rief er mich spontan an, wäre es absolut undenkbar für mich gewesen, ranzugehen. So was bedurfte einer genauesten Vorbereitung. Ich brauchte einen ruhigen Ort, die Gewissheit, dass niemand zuhören konnte, und meinen Zettel. Meinen Zettel, auf dem ich mir immer die ersten drei Sätze aufgeschrieben hatte, die ich sagen wollte. Und dann noch so ein paar Antworten, falls er mich was fragte. Nur so konnte ich die Gefahr, hilflos rumzustottern, minimieren.

Und eigentlich dachte ich auch, dass mein Plan ziemlich genial war, aber irgendwann hat Ben mich gefragt, was das für ein komisches Rascheln im Hintergrund sei und ob ich meinen Text ablesen würde. Vermutlich meinte er das nur als Scherz, aber da ich so perplex war und gar nix mehr sagen konnte, hat er's natürlich gecheckt und sich schlapp gelacht.

Sophie merkte natürlich direkt, dass in meinem Kopf irgendwas vor sich ging, was mit Ben zu tun hatte, und schaute mich fragend an.

»Ach nichts, ich musste nur an das letzte Konzert denken, als er diesen neuen Song gesungen hat, da ist mir echt ganz anders geworden!«, flunkerte ich, denn wenn ich etwas richtig gut konnte, dann von Ben zu schwärmen. Von seiner einzigartigen Stimme, den strahlenden Augen, seinem kleinen Kinngrübchen, den zerzausten Haaren. Ach ja, da fielen mir schon so einige Dinge ein. Es tat so gut, diese Gedanken mit jemandem zu teilen, der Ben nicht für merkwürdig oder unberechenbar hielt. Und je mehr ich von ihm schwärmte, desto mehr freute ich mich drauf, ihn gleich wiederzusehen. Außerdem war ich gespannt, was es mit diesem Bandmeeting auf sich hatte. Mir hatte er davon noch nichts erzählt, und eigentlich machte er aus 'ner kleinen Besprechung sonst auch nicht so 'ne große Sache. Wenn's was zu klären gab, dann wurde das geklärt und gut.

Mit einem Mal kam mir sein Ausraster von neulich in den Sinn, und plötzlich hatte ich ein richtig ungutes Bauchgefühl.

»Wir hängen hier den ganzen beschissenen Tag sinnlos rum und warten. Warten auf den Soundcheck, weil die Spacken die Bühne noch nicht fertig haben. Warten aufs Konzert, weil die Idioten die Theken noch nicht besetzt haben. Warten aufs Ende, weil das verdammt noch mal der beste Moment des Abends ist. Das Publikum will eh immer nur denselben, langweiligen Dreck hören, den wir schon bis zum Erbrechen gespielt haben. Und dann müssen wir uns noch vom Veranstalter anscheißen lassen, weil wir nach fünf Stunden Mucke einfach durch sind und nicht noch die zehnte verfickte Zugabe spielen. Am liebsten würde ich alles hinschmeißen und nach Hause fahren. Zu Hause sieht es aber aus wie Sau, weil ich zu nichts mehr komme. Ich hab echt keinen Bock mehr«, hatte er Tobi angeschrien, und das nur, weil Tobi ihm sagte, er sollte doch nicht so 'ne miese Stimmung verbreiten und alle mit seiner schlechten Laune anstecken. Und ganz ehrlich gesagt, hatte Tobi gar nicht mal so unrecht.

Mein Puls begann zu rasen, und mir wurde ganz heiß. Was war, wenn Ben wirklich aufhören wollte? So oft hatte er schon gesagt, dass sie sich bald 'nen anderen für den Scheiß suchen könnten. Aber wenn er dann etwas rumgeflucht und 'ne Runde an die frische Luft gegangen war, war es eigentlich immer wieder gut, und dann machte es ihm auch wieder Spaß, zumindest zwischendurch. Oder doch nicht?

Nein, wenn er wirklich vorhatte, die Band zu verlassen, hätte er es mir auf jeden Fall gesagt, versuchte ich mich selbst zu beruhigen. Er würde mich niemals einfach so vor vollendete Tatsachen stellen, da war ich mir absolut sicher. Nicht Ben.

Liebe macht einfach schön!

»Wie macht sie das nur?«, schoss es mir durch den Kopf, als ich kurze Zeit später Jule die Tür öffnete. Obwohl ich genau wusste, dass sie in der Uni viel mehr zu tun hatte als ich und abends immer völlig erschöpft ins Bett fiel, sah Jule aus, als wäre sie gerade gut erholt zurück aus dem Urlaub.

Sie trug eine verwaschene Bluejeans, einen grauen Rollkragenpulli aus sehr grobem Strick, der weiße Ledereinsätze an den Ellenbogen hatte, und dazu graue Chucks. Die Haare hatte sie locker zusammengenommen, und einige schön definierte Locken fielen ihr ins Gesicht.

»Tja, so ist das. Liebe macht einfach schön!«, sagte Sophie, während sie Jule zur Begrüßung überschwänglich um den Hals fiel.

»Na, du freust dich aber auf heute Abend«, schmunzelte Jule in Sophies Richtung, bevor sie mich ganz fest in die Arme schloss. Ihr »Ich hab dich vermisst« ließ mich lächeln, und am liebsten wollte ich sie gar nicht mehr loslassen.

»Ist das so offensichtlich?« Sophie fühlte sich ertappt und schaute uns mit großen Augen an. »Nein, üüüberhaupt nicht!«, kam es von Jule und mir wie aus einem Mund, und wir packten schnell unsere Sachen zusammen.

Ich entsperrte mein Handy, rief Google Maps auf und gab es Jule, damit sie das Ziel eintippen konnte. Sie hatte die genaue Adresse von Tobi bekommen, denn es sollten wohl wieder mehrere Bands in der Stadt auftreten, und so konnten wir sicher sein, an der richtigen Bühne zu landen. Sophie hatte es sich bereits mit Weingummi, Kuschelkissen und ausgezogenen Schuhen auf der Rückbank bequem gemacht, als Jule uns wie immer »Bereit, Mädels?« fragte und wir ihr mit einem lautstarken »Bereit!« antworteten. Ja, manchmal fühlte es sich schon ein bisschen wie auf 'nem Kindergeburtstag an.

Ich stellte mir Ben vor, wie er zwischen uns säße und uns vermutlich alle der Reihe nach für völlig bekloppt erklären würde. Er konnte eh nicht verstehen, dass wir immer so eine große Sache aus den Auftritten machten, und ich glaubte manchmal schon, dass es ihm sogar ein bisschen peinlich war, dass ich zu seinem Fanclub gehörte.

Wir hatten fast drei Stunden Fahrt vor uns, und obwohl die neue Playlist hauptsächlich aus den aktuellen Charts bestand, waren natürlich auch unsere Lieblingssongs *Summer of '69*, *Narcotic* und *So lonely* mit dabei. Während wir lautstark mitsangen und im Auto unsere kleine Privatparty veranstalteten, fiel mir auf, dass Ben ganz besonders diese Lieder, die wir so feierten, am meisten hasste und nur allzu gern aus dem Programm von Joyning verbannt hätte. Trotzdem konnte er nie komplett verbergen, dass er auch Spaß hatte, wenn das Publikum richtig durchdrehte. Das machte es ja auch für ihn leichter.

»Ah, wie geil, guckt mal da – guckt mal, rechts von uns!«, rief Sophie plötzlich und zeigte auf einen Truck direkt auf unserer Höhe. Die riesige Fläche war komplett mit dem Logo des Radiosenders *N-JOY* gebrandet.

»Fahr langsamer, fahr langsamer, ich muss davon ein Foto machen!« Und schon hatte Sophie ihr Handy in der Hand und hing sich halb aus dem offenen Fenster. Oh Mann, vielleicht hatte Ben doch recht, dass wir gehörig einen an der Klatsche hatten.

Die zweite Hälfte der Strecke fuhr Sophie, und ich ging nach hinten. Schon merkwürdig, obwohl ich auf der Rückbank direkt zwischen den beiden saß, kam ich mir irgendwie ein bisschen ausgeschlossen vor. Ich verstand kaum ein Wort von dem, was die beiden redeten. Sophie hatte das Radio eingeschaltet

– natürlich hörten wir jetzt *N-JOY* – und rief: »Der nächste Song ist meiner.«

Seit ich ihr vom Song-Orakel erzählt hatte, gab es kaum mehr ein Lied, von dem sie nicht eine bedeutsame Prophezeiung erwartete. Jule musste grinsen, denn eigentlich fand sie Horoskope, Tarotkarten und alles, was sonst noch so in diese Richtung ging, total albern.

»Und wofür?«, fragte ich, obwohl ich mir die Antwort ja denken konnte.

Sophie lachte: »Na, ich brauche doch einen Song für heute Abend! Der nächste Song sagt mir, ob Ben sich freut, mich zu sehen.«

Jule suchte meinen Blick im Spiegel ihrer Sonnenblende und zog eine Augenbraue nach oben, sagte aber nichts.

»Na, dir kann ich es ja auch verraten, aber bitte nicht Tobi erzählen!«, wandte sich Sophie nun an Jule, machte eine Pause, holte tief Luft, um dann mit festlicher Stimme zu verkünden: »Ich bin in Ben verliebt. So, nun ist's raus!«

Sie schaute Jule so erwartungsvoll an, als hätte sie ihr gerade ein streng gehütetes Geheimnis anvertraut. Die antwortete aber nur in auffällig ironischem Ton: »Aha, da wäre ich ja von alleine nie drauf gekommen. Gut, dass du's mir gesagt hast. Verliebt also.« Sie musste sich sichtlich zusammenreißen, um nicht loszulachen. Aber da war noch etwas anderes in ihrem Blick. Sie empfand es nicht als niedliche oder naive Schwärmerei. Sie belächelte Sophies Gefühle für Ben. Noch mehr: Sie belächelte, dass überhaupt irgendjemand Gefühle für Ben haben konnte. Und ich spürte genau, dass sie Sophie gerade nur benutzte, um mir genau das deutlich zu machen.

Als Sophie aber plötzlich »Jetzt hast du zwei Mädels an Bord, die in Ben verknallt sind« hinterherschob, war Jule gar nicht mehr zum Lachen zumute. Ruckartig drehte sie sich zu mir um und schien auf der Stelle eine Erklärung von mir zu erwarten.

Scheiße. Ich konnte ihr nicht in die Augen schauen.

Wie oft hatte Jule mich schon gefragt, was das da mit Ben und mir war? Und wie oft hatte ich abgestritten, dass ich was für ihn empfand. Es war doch auch nicht mal gelogen. Ich war nicht in

Ben verliebt. Warum kam ich mir jetzt trotzdem wie eine Verräterin vor? Diese scheiß Heimlichtuerei. Fehlte nur noch, dass Ben auf meinem Handy anrief, das vorne als Navi hing. Würde Jule auch nur eins von unseren Bildern sehen, könnte ich wohl direkt aussteigen und laufen. Und das zu Recht.

Schließlich war ich es doch, die immer in alles eingeweiht sein wollte, die keine Geheimnisse und nicht mal schöne Überraschungen ertrug. Und was tat ich? Ich spielte dieses falsche Spiel nun schon eine ganze Weile.

Ben sagte ich, dass wir nicht so sein durften, wenn Jule in der Nähe war, und Jule sagte ich … nichts.

Er hatte zwar zuerst schon etwas irritiert geschaut, dass ich auf Abstand ging, sobald uns jemand hätte sehen können, aber er war mir nicht böse. Ganz im Gegenteil. Bei der nächsten Gelegenheit bat er mich, ihm kurz zu helfen, was aus dem Bandbus zu holen, und als ich mich gerade über den Rücksitz beugte, drückte er mich runter, legte sich auf mich und hielt mir den Mund zu.

Dabei raunte er mir »Schön leise, du willst doch nicht, dass uns hier jemand entdeckt« ins Ohr und strich mir währenddessen so langsam über den Nacken, dass ich eine Gänsehaut bekam. Ich musste an meinen Traum im Hotel am Starnberger See denken. Das war das erste Mal, dass ich so etwas empfand, ja, dass ich diese Lust spürte. Aber ich hätte doch nie gedacht, dass es wirklich mal passiert. Und erst recht nicht mit ihm. »Erinnerst du dich, was ich dir über Lust gesagt habe, Lea?«, hörte ich ihn und nickte, ohne mich zu sehr zu bewegen. »Du wirst zwar lernen, sie zu kontrollieren, aber sie wird so lange wachsen, bis du ihr irgendwann nachgibst.«

Er hatte recht. Inzwischen reichte ein intensiver Blick oder eine zufällige Berührung aus, um mich zu erregen. Eine flüchtige Berührung am Arm, seine Hand in meinem Nacken, wenn er sich über mich beugte, um seine Jacke vom Sitz neben mir zu nehmen. Er ließ keine Gelegenheit aus, und wir genossen es beide noch mehr, seit wir uns einig waren, dass uns niemand so sehen durfte. Zumindest niemand, der uns beide kannte.

Meine Uni-Mädels kannten ihn nicht, vor ihnen machte es Spaß, mit ihm und unserer kleinen Fake-Beziehung anzugeben, um dazuzugehören. Aber Jule, Sophie und die anderen durften davon nie etwas erfahren. Für Jule war es das Größte, verliebt zu sein und geliebt zu werden. Und so sehr sie dieses Gefühl genoss, so sehr wünschte sie es mir. Für sie waren Liebe und Lust eine untrennbare Einheit. In ihren Augen war ich eine Heilige. Unschuldig und rein.

Und Sophie? Sophie wäre am Boden zerstört. Ich wollte doch einfach nur niemanden enttäuschen. Ich tat das, was ich am besten konnte: Mich anpassen und den Menschen um mich herum das geben, was sie sich wünschten.

Jule hatte sich zwar wieder umgedreht, schaute mich aber immer noch durch den Spiegel der Sonnenblende an. Ich versuchte, ihr mit Blicken zu signalisieren, dass ich ihr das alles gleich in Ruhe erklären wollte, wenn wir allein waren. Und ich hatte sie doch auch wirklich nicht angelogen, ich war nicht in Ben verliebt. Als sie unser stummes Augengespräch mit einem lautlosen »Das will ich dir aber auch geraten haben!« beendete, ließ ich mich zurück in den Sitz sinken.

Sophie drehte das Radio mit einem lauten »Mein Song!« auf und *Grenade* von Bruno Mars ertönte in voller Lautstärke durch die Boxen, bevor Jule sofort wieder leiser drehte. Mist, die war richtig sauer. Ich hatte zuvor noch nie so genau auf den Text geachtet, aber das klang jetzt nicht unbedingt nach 'ner schönen Vorhersage für Sophies Abend. Die murmelte traurig: »Schon scheiße, dass das Song-Orakel immer recht hat. Aber wenigstens weiß ich, wie man liebt. Viel schlimmer, als unglücklich verliebt zu sein, ist doch, das Lieben verlernt zu haben. Ben weiß doch schon gar nicht mehr, was Liebe ist.« Jules Gesichtsausdruck konnte ich entnehmen, dass sie und Sophie sich zumindest in diesem Punkt vollkommen einig waren. Na, großartig.

Zu gerne wollte ich wissen, ob Sophie ihn denn überhaupt mal mit seiner Ex-Freundin gesehen hatte, aber ich wollte sie auch nicht noch weiter quälen. War mir vom vielen Grübeln so schwindelig, oder lag es daran, dass wir seit fünf Minuten einer kurvigen Landstraße folgten? Ich musste echt damit aufhören, mir den Kopf zu zerbrechen.

Ich checkte noch mal kurz die Mails auf meinem iPad, falls mich Ben später beim Bandmeeting was zu den Veranstaltern fragen wollte, und checkte den Kalender. Oh, am nächsten Tag war meine Mutter ja bei ihrer Schwester, das hatte ich total vergessen. Ich konnte mich also vollkommen unbeobachtet auf die Couch packen und noch mal nach Herzenslust schlemmen, bevor ich danach Pizza, Schokolade, Eis und Chips endgültig vom Speiseplan verbannte. Währenddessen wollte ich mir einen Abnehm-Countdown bis Silvester erstellen, und dann hieß es: Durchziehen! Ja, da freute ich mich schon total drauf. Montag war eh der beste Tag, um mit einer Diät zu beginnen.

»Der nächste Song ist deiner!«, rief Sophie nach hinten, und bevor sie noch sagen konnte, wofür der Song genau war, fing *Feuerwerk* von Wincent Weiss an. Das musste echt ein Bild für die Götter sein. Wir drei im Auto, Sophie fuhr im Schwung der Musik auf der breiten Landstraße Schlangenlinien, und wir sangen aus Leibeskräften: »Lass uns leben wie ein Feuerwerk, Feuerwerk – oh-oh – Als wenn es nur für heute wär' – oh-oh.« Ich war so erleichtert, als auch Jule mit einstimmte. Dazu schmissen wir die Köpfe hin und her, als würden wir headbangen.

Das Song-Orakel hatte mal wieder recht, niemand war wirklich böse auf mich, ich fühlte mich gerade einfach nur großartig. Okay, ganz so perfekt war es dann doch nicht, denn so langsam wurde mir bei dem ganzen Rumgeeiere hier hinten doch übel. Zum Glück rettete mich Google Maps mit »Biegen Sie in 500 Metern rechts ab«, und auf dem Display wurde schon das wehende Zielfähnchen angezeigt.

Wir fanden einen Parkplatz direkt am Rathaus, und von hier aus konnte es auch gar nicht mehr so weit zu der Bühne sein, wo unsere Jungs auftraten, denn in der Magengegend war schon das vertraute Basswummern zu spüren. Ich guckte aufs Handy: Bis jetzt keine Nachricht von meiner Mutter. Nur das Bild von Ben und mir.

Der perfekte Deal

Als ich ausstieg, strömte mir der intensive Duft von Gewürzen und Tee in die Nase. Ich atmete ganz tief ein und schloss die Augen. Wirklich herausdeuten konnte ich nicht, was sich da alles vermischte, aber Anis und Fenchel waren auf jeden Fall dabei. Als ich die Augen wieder öffnete, sah ich Jule genauso dastehen, mit geschlossenen Augen und einem breiten Lächeln im Gesicht. Sicher erinnerte sie sich grad auch an die Anis-Fenchel-Bonbons, die wir früher immer von ihrer Oma bekommen hatten. »Eins für jetzt und eins für 'n Weg«, hatte sie immer zu uns gesagt und mir dann doch heimlich noch ein paar mehr in die Tasche gesteckt. Ich mochte Jules Oma.

»Ihr guckt, als ob ihr high wärt«, lachte Sophie und trommelte sichtlich nervös mit den Fingern auf der Motorhaube.

»Wir wollten dir nur schon mal deinen Blick demonstrieren, wenn du gleich vor der Bühne stehst«, sagte Jule und hakte sich bei Sophie unter. Sophie grinste, und wenn ich das richtig sah, wurde sie sogar ein klein wenig rot. Es ging also nicht nur mir so.

Als wir um kurz nach halb acht um das Rathaus herumgingen, konnten wir schon die Bühne auf einem etwas kleineren Platz am anderen Ende einer ziemlich schmalen Gasse sehen. Die Seiten waren mit allerlei kleinen Ausstellungsständen gesäumt, und immer wieder standen große, mit bunten Wimpeln geschmückte Strohballen dazwischen. An den Ständen herrschte reges Gedränge, und obwohl einige wirklich interessant aussahen, machten wir uns auf direktem Weg zur Bühne. Die Jungs hatten echt verdammt früh angefangen, und wir waren eh schon zu spät dran. Noch mehr wollten wir nicht verpassen.

Es herrschte so ein Gewusel, dass Jule vorwegging und wir ihr im Entenmarsch hinterher. Plötzlich blieb sie abrupt stehen, sodass ich fast in sie reinkrachte. »Guck mal da!«

Ich folgte ihrem Blick und konnte gar nicht so schnell gucken, wie Jule zu dem kleinen, mit Heu ausgelegten und von einem niedrigen Holzzaun umgebenen Auslauf stürmte, wo ein noch ziemlich junger Esel seinen Kopf neugierig in ihre Richtung streckte.

»Da kannste nix machen, das sind ihre Lieblingstiere«, sagte ich schulterzuckend zu Sophie, die genervt die Augen verdrehte und Richtung Bühne deutete.

Okay, Jule hatte ihr Highlight des heutigen Abends bereits gefunden und fütterte es gerade mit Stroh, Sophies und meins stand keine 100 Meter von uns entfernt auf der Bühne und sang in diesem Moment *Das kann uns keiner nehmen* von Revolverheld.

»Ist ja schon gut, wir können ja sofort weiter«, zog Jule einen Schmollmund, ehe sie sich von dem kleinen Esel verabschiedete und wir weitergingen.

Je näher ich der Bühne kam und je deutlicher ich seine Stimme hörte, desto mehr hatte ich wieder dieses angenehme Kribbeln im Bauch, und ich merkte, dass sich meine Schrittgeschwindigkeit deutlich erhöhte. Vielleicht sollte ich in Zukunft die letzten Kilometer zum Gig laufen, da würde ich bei dem Tempo sicher einige Kalorien verbrauchen. Weder meine Gelenke waren zu spüren, noch war ich irgendwie aus der Puste. Es kam eben immer nur drauf an, welches Ziel man vor Augen hatte, und meins war das hübsche da vorne mit den strahlend blauen Augen.

Vor der Bühne war es zum Glück nicht ganz so voll, sodass wir uns problemlos in die 1. Reihe mogeln konnten. Okay, Jule und Sophie noch etwas problemloser als ich, aber das änderte sich ja ab Montag, deshalb stand ich da einfach mal ganz locker drüber.

Montag war wirklich ein sehr guter Tag, um mit einer Diät anzufangen. Da war in der Uni viel los, und ich hatte genug Ablenkung, mir nicht ständig Gedanken ums Essen zu machen. Apropos Gedanken, wie konnte ich mir jetzt welche übers Essen machen, wenn da oben Ben vor mir stand? Ich blickte zu ihm hoch und sah, dass er mich bereits im Blick hatte.

Er lächelte mich kurz an, zog dann aber vorwurfsvoll eine Augenbraue nach oben. Höh? Was meinte er? Hatte ich irgendwas falsch gemacht? Einen Anruf oder 'ne Nachricht übersehen? Als ich verständnislos meine Stirn in Falten legte, deutete er auf seine Uhr, und ich musste schmunzeln. Aha, es ärgerte ihn also, dass wir zu spät gekommen waren, soso.

Die zwei Mädchen rechts von mir, beide vielleicht so um die 16 Jahre und definitiv viel zu stark geschminkt für ihr Alter, musterten mich abschätzig, was auch Ben nicht entging. Er zwinkerte mir zu. Recht hatte er, einfach locker sehen. Ich lächelte die zwei freundlich an, und sofort guckten sie erschrocken in die entgegengesetzte Richtung.

»Na, suchste wieder Streit?«, stupste mich Jule in die Seite und gab mir einen Kuss auf die Wange. Ich schaute zu Tobi rüber, und auch er begrüßte mich freundlich, bevor er nur wenige Sekunden später wieder schwer damit beschäftigt war, Jule anzuschmachten.

Auch Jules Blick sprach Bände. Wie konnte man nur so glückselig aussehen? Ich flüsterte ihr kichernd »Mann, muss Liebe schön sein!« ins Ohr und spürte nicht den Anflug von Eifersucht oder Neid. Ich gönnte es ihr einfach von Herzen und hatte den Gedanken an die Liebe wohl tatsächlich losgelassen. Ich musste mich nicht verlieben, und das war gut so.

Zackig drehte Jule ihren Kopf zu mir, und ihr Blick sah plötzlich irgendwie gar nicht mehr so glückselig aus. »Apropos«, flüsterte sie mir ins Ohr, »wie war das vorhin? Ich hätte zwei im Auto sitzen, die in Ben verliebt sind ...?«

Ich seufzte. Gott, wie sollte ich ihr das denn jetzt in wenigen Sätzen und dazu noch bei dieser Lautstärke erklären? Ich suchte noch nach den richtigen Worten, als sich Jule zu mir herüberbeugte. »Lass es mich kurz zusammenfassen: Es war also einfacher, vor Sophie die Verliebte zu spielen, als ihr zu erklären, dass du zwar gerne jemanden aus der Ferne vergötterst, aber niemals so nah an dich ranlässt, dass du dich tatsächlich mal verlieben könntest. Das passt ganz gut mit unserem hübschen Charmingboy hier oben zusammen, der sich nur allzu gerne von dir vergöttern lässt, weil er eh zu abgefuckt für wahre Gefühle ist. Dieses stillschweigende Abkommen fühlt sich für euch beide auch noch gut an, weil ihr euch dahinter vor der wahren Liebe verstecken könnt! Ihr seid einfach feige und habt beide eine Scheißangst, jemanden so weit in euer Leben zu lassen, dass es auch mal wehtun kann. Für euch beide ist es der perfekte Deal. So weit korrekt?«

Okay, so konnte man es natürlich auch zusammenfassen. An ihrem aggressiven Ton und der angespannten Körperhaltung merkte ich natürlich deutlich, dass ihr das mit Ben von Tag zu Tag weniger passte. Wütend schob sie »Lea, Ben ist das Problem und nicht die Lösung!« hinterher. Okay, es war also wirklich besser, ihr nicht noch mehr zu erzählen, als sie eh schon mitbekam. Außerdem wollte ich nicht, dass sie sich einmischte, denn genau das hätte Jule getan. Wüsste sie, wie weit das zwischen Ben und mir wirklich ging, würde sie entweder unsere Freundschaft oder das zwischen Ben und mir beenden. Ja, sie war meine beste Freundin, aber nur weil sie es nicht verstand, war es nicht automatisch falsch. Jule hatte ihre eigene Wahrheit, und mir war in diesem Moment nur wichtig, dass sie nicht mehr dachte, ich hätte ihr irgendwas verschwiegen. Ich schluckte, senkte den Kopf und sagte leise: »Ja, Frau Staatsanwältin.« Ich konnte sehen, wie sie vor Wut mit den Zähnen knirschte, aber trotzdem musste sie über mein »Frau Staatsanwältin« schmunzeln. Puh, was ein Glück.

»Und damit das Getuschel in den ersten Reihen mal langsam aufhört«, kam es aus den Boxen, und Ben machte so lange eine Pause, bis wir beide zu ihm hochschauten, »gibt es jetzt die neue Nummer von Bruno Mars auf die Ohren. Viel Spaß mit *Treasure*. Die wertvollsten Menschen sind die, die nicht glauben können, dass sie es sind.«

Treasure war eine lockere, fröhliche Nummer, irgendwie ein bisschen funky, und Ben schien echt Spaß an dem Song zu haben. Seine Bewegungen waren so fließend, so sinnlich, dass ich an unseren Tanz auf meinem Abi-Ball denken musste. Daran konnte ich mich zum Glück noch sehr genau erinnern. Ich war wie Wachs in seinen Händen und konnte seinen durchtrainierten Körper spüren, wie seine Muskeln bei jeder einzelnen Bewegung angespannt waren. Sein verführerischer Duft kam mir wieder in den Sinn, diesen Geruch wollte ich nie vergessen.

In diesem Moment war es mir auch zum ersten Mal egal gewesen, dass ich nicht nur seinen Körper, sondern er ebenso meinen spüren konnte. Ja, es hatte mir nichts ausgemacht. Wir waren uns auf der Tanzfläche so nah, und es fühlte sich gut an.

Vielleicht war es, weil ich durch die Drogen enthemmt war, aber vielleicht war es auch einfach Ben, der mir so ein unglaubliches Gefühl von Sicherheit und Respekt vor meinen Grenzen gab.

Ich dachte an die vielen anderen Male, in denen wir uns inzwischen sogar schon noch sehr viel näher gekommen waren als da auf der Tanzfläche, und trotzdem war es für mich auch da immer okay, dass er mich durch den Stoff berührte. Und manchmal wünschte ich mir sogar für einen kurzen Moment, dass er weiter ging. Wieder kam mir die Szene am Bandbus in den Kopf, als er sich auf mich gelegt und mir den Mund zugehalten hatte.

Weil alles so schnell ging, war ich mir nicht ganz sicher, aber ich glaubte mich dran zu erinnern, dass ich bei den Worten »Du wirst zwar lernen, sie zu kontrollieren, aber sie wird so lange wachsen, bis du ihr irgendwann nachgibst« seine Hand auf meiner Haut gespürt habe. Eingequetscht zwischen der Rückbank und seinem Körper lag ich da, völlig unfähig mich zu rühren, und plötzlich war da seine Hand auf der rechten Seite meines Körpers. Genau an der Stelle, wo mein Shirt hochgerutscht war. Alles in mir zog sich zusammen, und ich war ein sich windendes Bündel von Lust, Begierde, Panik und grenzenloser Scham. In diesem Moment wusste ich selber nicht mehr, was ich wollte.

Mitten in der Bewegung sagte er plötzlich irgendwas wie »Nein, das darf nicht passieren« und schien sich so selbst zu ermahnen. Hätte er dann nicht innegehalten … ich bin mir sicher, dass er mich berührt hätte. Entweder an der Brust oder am Bauch, und ich weiß nicht, was mir unangenehmer gewesen wäre. Auch wenn ich mich in meinem tiefsten Innern danach sehnte, war ich froh, dass er die Kontrolle behielt. Was wir da hatten, war wie ein schöner Traum, und ich wollte nicht, dass er endete. Ich hätte es nicht ertragen, von ihm berührt zu werden. Wenn er unter mein Shirt gefasst hätte, hätte er sie gespürt: meine unförmige, wabbelige Haut, diese ekelige Anhäufung von Fett, diese widerliche Masse Mensch.

Ich musste ihm diese Grenze nicht mal setzen. Ich konnte ihm vertrauen, dass er sie spürte und respektierte. Immer. Und genau dafür war ich ihm so unendlich dankbar.

Unsere Blicke trafen sich, als er gerade »I know that you don't know it, but you're fine, so fine« sang, und ich musste lächeln.

Die nächsten Songs gehörten zwar eigentlich zu Bens Oh-nein-bitte-nicht-schon-wieder-Kategorie, aber irgendwie war er wie ausgewechselt. Er schien die Nummern echt zu feiern, und ich konnte noch so genau hinschauen, in seinen Augen sah ich keinen Schimmer, dass es nur Show war. Sonst sah ich das inzwischen sofort, aber an diesem Abend wirkte es so, als würde er wirklich Spaß haben.

Er wirkte richtig losgelöst, als er sein Mikro in die »Summer of '69« grölende Menge hielt. Als ich sah, wie nah sich Ben vorne am Bühnenrand bewegte und plötzlich auch noch auf dem Rand balancierte, bekam ich schon etwas Angst. So unvorsichtig war er doch sonst nicht. Ein bisschen erinnerte er mich an mich selbst auf dem Abi-Ball.

Nein! Ich schob den Gedanken an die Seite. Nicht Ben. Er hat so eine tiefe Abscheu vor Drogen, niemals würde er was nehmen. Nicht mal, um einen Gig durchzustehen, dann würde er ihn eher absagen. Während seiner Zivizeit hatte er Nächte in der Drogenambulanz verbracht, wo er hautnah miterleben musste, was Drogen aus Menschen machten. »Ich hab' schon Jugendliche an dem Scheiß krepieren sehen«, hatte ich noch seine Worte im Ohr.

Die beiden Mädels neben uns waren immer noch da und legten jetzt alles drauf an, Bens Aufmerksamkeit auf sich zu ziehen. Ich fand's ja trotz Mantel schon nicht gerade warm, aber die zwei zogen ihre Jacken aus, legten sie über die Barriers und standen jetzt nur noch in knappen Tops da. Je deutlicher sie spürten, dass Ben ihnen keine Aufmerksamkeit schenkte, desto mehr legten sie sich ins Zeug.

Sophie drängelte sich neben mich und schrie über die Musik hinweg: »Was die zwei Bitches vorhaben, ist wohl klar, die wollen heute mit Ben ein paar Punkte im Ranking sammeln.«

»Kennst du die?«, fragte ich zurück, und sie nickte: »Aber nur von Fotos. Der Account von den beiden heißt ›No Bra‹ und sie gehen immer zusammen auf die Jagd.«

»Kobra?«, fragte ich schulterzuckend und schaute Sophie an.

»Nein, guck doch mal hin. No Bra! Die beiden tragen keine BHs, nie. Das ist deren Markenzeichen.« Sophies Worte vermischten sich mit den ersten Tönen des nächsten Songs. Ernsthaft? Ausgerechnet jetzt spielten sie *Earned it* von The Weekend? Ich kam mir vor wie im falschen Film.

Die zwei begannen, sich gegenseitig verführerisch anzutanzen und lustvoll durch die vom Wind zerwühlten Haare zu streichen. Als sie bemerkten, dass Ben ihnen zuschaute, fingen sie an, sich leidenschaftlich zu küssen, ohne dabei den Blick von ihm abzuwenden. Ich war völlig perplex. Passierte das da grad wirklich? Die Größere von den beiden streichelte lasziv am Saum des Tops ihrer Freundin entlang und schaute Ben an, als wartete sie auf ein Zeichen von ihm, eine Aufforderung, weiterzumachen. Sie legten es darauf an, ihn in das Spiel einzubeziehen. Moment! Hatte ich was verpasst? Hatte Ben etwa reagiert? Auf jeden Fall glitt ihre Hand nun unter den zarten Stoff, hinauf bis zur Brust ihrer Freundin, dabei tanzten sie immer enthemmter. Nun lutschte die eine doch tatsächlich am Finger ihrer Freundin. Fassungslos sah ich Ben an.

Okay, Caro war im *Babylon* ja schon peinlich mit ihrem Cocktailglas, aber die beiden übertrieben's grad echt. Ob Caro wohl auch in dieser geheimen Gruppe war, ging es mir durch den Kopf, als Ben das Set beendete.

»Ihr Lieben, noch eine kurze Pause.« Er deutete auf die zwei Mädels: »Und ihr da unten zieht euch bitte mal was drüber, nicht dass Mami euch Montag in der Schule krankmelden muss.«

Moment, schon die zweite Pause? Jule und ich guckten uns mit großen Augen an. Wir dachten, dass wir vielleicht einen, maximal zwei Songs verpasst hatten, aber ein ganzes Set?

Ben zog sich seine Jacke über und steuerte auf den rechten Bühnenabgang zu. »Fünf Euro, dass er es nicht bis zu uns schafft«, sagte Jule, kurz bevor die zwei Mädels ihn tatsächlich ansprachen. Er hob freundlich lächelnd, aber dennoch abwehrend die Hände, drehte sich beim Vorbeilaufen einmal um die eigene Achse und stand keine zehn Sekunden später bei uns, legte seinen Arm um meine Schulter, gab mir einen Kuss auf den Scheitel, wie er es seit einer Weile immer zur Begrüßung machte, und strahlte uns mit einem bestens gelaunten »Na, Mädels, habt ihr den Weg auch endlich gefunden?« an.

Dann klingelte sein Handy, und er verschwand hinter der Bühne. Völlig verwirrt blickten wir drei ihm nach.

»Was hat unsere Primaballerina denn gestochen?«, kam es ziemlich trocken von Jule, und ich stieß ihr mit der Hüfte leicht in die Seite.

»Was denn? Hab ich ihm etwa das Balletträckchen angezogen und gesagt, dass er hier seine Pirouetten drehen soll?«, zuckte sie mit den Schultern, und ich musste schmunzeln.

Sophie hatte der kurze Gastauftritt von Ben die Sprache verschlagen, aber ihr glückliches Lächeln war nicht zu übersehen. Während wir rüber zum Getränkewagen gingen, konnte sich Jule ein neckisches »Sophie, du siehst plötzlich so high aus!« nicht verkneifen und legte ihr den Arm um die Schulter, wie es Ben eben bei mir gemacht hatte.

»Ich seh gar nicht high aus«, sagte sie empört, wand sich aus Jules Umarmung und stemmte die Hände in die Hüfte. »Okay, vielleicht schon ein kleines bisschen!«, musste sie dann aber doch zugeben.

Jule bestellte zwei Cola und eine Cola light für mich. Etwas weiter standen nun die beiden Mädels, und ihren entgeisterten Blicken nach zu urteilen, verstanden sie die Welt nicht mehr. Ich konnte förmlich die Rauchwolken über ihren Köpfen sehen. Immerhin hatten sie jetzt Jacken an.

Ich ertappte mich dabei, wie ich den Backstagebereich im Auge behielt und hoffte, dass Ben doch noch mal zu uns herauskam. Zu gerne wollte ich wissen, wer da gerade so Wichtiges angerufen hatte, dass er direkt nach hinten verschwand. Als sich tatsächlich was am Securityzaun bewegte, guckte ich schnell wieder weg. Aus dem Augenwinkel erkannte ich aber, dass es nur Tobi war, der sich suchend nach Jule umschaute. Ich winkte ihn zu uns rüber.

Tobi sah an diesem Abend echt gut aus. Er hatte jetzt einen ähnlich grob gestrickten Pulli wie Jule übergezogen und trug dazu ebenfalls eine blaue Jeans. Zuerst nahm er mich und dann Sophie zur Begrüßung in den Arm, bevor er Jule mit einem

»Und das Beste kommt zum Schluss!« hochhob, dass sie ihre Beine um seine Hüfte schlang und beide in einen innigen Kuss versanken.

Eigentlich stand ich ja nicht so auf Partnerlooks, fand sie sogar eher immer etwas lächerlich, aber bei den beiden passte es irgendwie. Jule, die zierliche, schicke Lady und er, der stylishe Rocker mit seinem gepflegten Dreitagebart und den fast schulterlangen blonden Locken. »Die sind schon süß zusammen«, hörte ich Sophie sagen, und ihr verträumter Tonfall verriet, dass sie mit den Gedanken natürlich wieder bei Ben war.

»Warum habt ihr euch denn selber was zu trinken bestellt?«, fragte Tobi, als die junge Bedienung unsere Gläser auf den Tresen stellte. Jule hatte bereits ihr Portemonnaie in der Hand, aber Tobi beugte sich zu der jungen Frau und sagte: »Die drei gehören zur Band, die Getränke gehen auf uns.« Sie nickte und antwortete frech: »Aber nur, wenn ich einen Musikwunsch erfüllt bekomme.« Tobi musste lachen, als sie sich *Angels* von Robbie Williams wünschte, antwortete dann aber: »Heute könntest du mit dem Song sogar Glück haben«, und sagte zu uns gewandt: »Heute würde Ben vermutlich jeden Song singen. Und ich ahne auch, warum.«

»Ach ja?«, kam es gleichzeitig von Sophie, Jule und mir, aber Tobi schüttelte den Kopf. »Nein, nein, es ist nur eine Vermutung, ich will nichts Falsches verbreiten.« Dann drückte er Jule einen kurzen Kuss auf den Mund und wollte wieder Richtung Backstage gehen, als Jule ihn zu sich zurückzog und küsste, jetzt aber richtig.

Die anderen Jungs betraten wieder die Bühne, und Ben sprach wie beim Soundcheck durchs Mikro: »Eins, zwei – Test, Test. Der Gitarrist bitte zu seinem Instrument, der knutschende Gitarrist, bitte.«

»Ich sag doch, der ist heute nicht ganz frisch.« Tobi schüttelte den Kopf, rannte zur Bühne, und ich war echt froh, dass Bens Verhalten also nicht nur mir komisch vorkam. Wir tranken kurz aus und machten uns dann auch wieder auf den Weg, aber langsam.

Es sah aus, als stellten die Jungs noch irgendwas im Set um, Patrick zählte leise ein, die ersten Töne kamen von der Gitarre, dann setzten die Drums und alle Jungs mit einem Chorgesang ein. Ich erkannte den Song sofort.

Ist da jemand? von Adel Tawil. Die Stimmen hörten sich absolut unglaublich zusammen an. Ich hatte die Jungs noch nie so sehr wie jetzt als Gesamtheit, als Band, wahrgenommen. Klar, als einzelne Musiker, die ihr Instrument beherrschten, waren sie immer beeindruckend. Na ja, zumindest so gut ich das als Laie beurteilen konnte, aber jetzt war da noch etwas anderes.

Dieser Moment fühlte sich gerade einfach perfekt an, als ob alles genau so sein sollte. Ben hatte sich nun mit seinem Mikro etwas weiter zurückgenommen, sodass er auf einer Höhe mit Tobi und Timm stand. Immer wieder tauschten sie Blicke aus, und ich wusste nicht, worüber sie sich so einig waren, aber sie schienen da irgendeinen Insider zu haben, den sie gerade tierisch feierten.

Es war Wahnsinn, die Jungs so zu erleben. Am liebsten hätte ich mich jetzt sofort an meinen Rechner gesetzt, um alles dafür zu tun, dass es für immer so blieb.

Eine Band bekannt zu machen, konnte doch nicht so schwierig sein. Die Homepage eindrucksvoller gestalten, einflussreichere Veranstalter ausfindig machen und, wenn nötig mit kleinen Tricks, davon überzeugen, Joyning für größere Auftritte zu buchen. Irgendwann wären sie dann so gefragt, dass die Veranstalter sich um sie rissen und ihnen nicht mehr vorschrieben, welche Songs sie spielen mussten.

Mir gingen tausend Ideen durch den Kopf, und doch konnte ich gerade einfach nur mit leicht geöffnetem Mund dastehen und meine Jungs bewundern. Ich stellte sie mir vor, wie sie auf einer riesigen Bühne in einem Meer von ekstatisch jubelnden Menschen spielten und gefeiert wurden. Aus den Boxen würde keine Covermucke dröhnen, sondern Bens Lieder würden glasklar die Halle erfüllen und jeden Einzelnen im Publikum begeistern. Jeder um mich herum würde seine Lieder kennen, seine Texte singen, und er würde einfach nur dastehen, gerührt, überwältigt und mit Tränen in den Augen. Es wäre sein Konzert, bei dem die Leute wegen ihm und seiner Band kamen und nicht, weil es gerade mal wieder das einzige Schützenfest in der Gegend war, wo es Flatratesaufen gab. Ich konnte verstehen, warum Ben davon träumte, und ich teilte seinen Traum, ich wünschte mir genau diesen Erfolg für ihn. Ja, ich glaubte an ihn und würde mit ihm bis zum Ende geh'n, um ihm den Schatten von der Seele zu nehmen.

In meinem Gesicht machte sich ein ganz großes Honigkuchenpferdgrinsen breit, und mir war vor Glück ganz schwindelig. In solchen Momenten wünschte ich mir Unendlichkeit. Das konnte nur Livemusik: Mich mal für ein paar Stunden alles vergessen lassen.

Ich musste an meinen Vater denken, wie hilflos er am Morgen dagelegen hatte, völlig betrunken. Das alles kam mir so weit weg vor. Ob er meine Jungs jemals live erlebte? Ob er jemals dieses Gefühl mit mir teilen konnte? Oder ob der heutige Tag immer zwischen uns stehen würde, als der Tag, an dem ich meinen größten Held am Boden gesehen habe?

Ich spürte das Handy in meiner Tasche vibrieren, und mir wurde mit einem Mal ganz flau im Magen. Ich atmete tief ein und las die Nachricht: »Hallo Lea, komme gerade aus dem Krankenhaus. Ralf hat durch eine Entzündung im Knie eine schwere Blutvergiftung. Um den Schmerz zu betäuben, hat er viel zu viele Tabletten genommen und dazu den Alkohol, das verstärkt die Wirkung. Deshalb war er auch so apathisch. Er liegt zur Beobachtung auf der Intensivstation. Mach dir nicht allzu große Sorgen, es besteht keine Lebensgefahr mehr, sie bekommen das Fieber in den Griff. Morgen wird er vermutlich schon ansprechbar sein. Fahrt vorsichtig!«

Mir war, als müsste ich lachen und weinen im selben Moment. Lachen, weil ich unbeschreiblich froh war, dass nicht allein der Alkohol schuld war und es ihm bereits besser ging, und weinen, weil ich mich so schämte. Ich hatte nicht mal in Erwägung gezogen, dass es an etwas anderem als am Alkohol liegen könnte. Ich las die SMS noch einmal, schloss die Augen und atmete tief durch. Ich war so unfassbar erleichtert. Ich spürte, wie mir Tränen in die Augen stiegen, und hatte das Gefühl, vollkommen neben mir zu stehen. Ich spürte nichts mehr, ich war einfach nicht mehr da.

Nur wie durch eine Dunstglocke nahm ich wahr, dass die Menschen um mich herum stiller wurden. Die Jungs begannen mit *Every breath you take.* Ich musste lächeln, denn mir kamen wieder die Worte von meinem Dad in den Sinn: »Sting ist der beste Musiker der Welt.« Ich verlor mich in dem Song, der Melodie, dem Text. Ja, das stimmte, wer so einen Song geschrieben hatte, gehörte ohne jeden Zweifel zu den besten Musikern der Welt.

Als ich die Augen wieder öffne, sah ich, dass Ben mich genau im Blick hatte. Er stand am vorderen Bühnenrand, hielt das Mikrofon mit beiden Händen eng umschlossen, und obwohl seine Augen nur einen Spalt geöffnet waren, beobachtete er mich genau. Wir wussten beide, dass dieser Song kein Liebeslied, sondern eine düstere Offenbarung war, und trotzdem fühlte sich sein Blick nicht dunkel oder betörend an, sondern vielmehr wie eine Umarmung. Er spürte immer genau, was ich brauchte, was mir guttat, und er schenkte es mir. Bedingungslos, und ohne zu fordern. Dieses Gefühl, dass seine Augen nur auf mir ruhten, war unglaublich tröstlich.

Es fühlte sich gut an, dass er mit seinen Gedanken bei mir war. Ja, es fühlte sich gut an, in diesem Moment sein Mittelpunkt zu sein. Ich lächelte ihn an und schüttelte ganz leicht den Kopf, um ihm anzudeuten, dass er sich keine Sorgen um mich zu machen brauchte, und doch ertappte ich mich dabei, wie ich mir wünschte, dass er sich weiter Gedanken um mich machte. Ich wollte ihn weiter beschäftigen, er sollte bei mir bleiben.

Ich genoss das Lied, seine rauchige, warme Stimme, seinen Blick, der zwischendurch immer wieder bei mir landete, und wünschte mir, dass der Gig jetzt noch nicht vorbei war, denn dann kamen die Gedanken zurück. Gedanken, die ich haben sollte, von denen ich aber nicht wusste, ob ich sie ertragen konnte.

Auf Konzerten konnte ich alles um mich herum vergessen. All die Sorgen und Ängste, die mich die ganze Woche begleiteten, waren vor der Bühne wie ausgelöscht. Wenn ich mich in der Musik verlor, konnte mich niemand finden, und wenn ich mitsang, hatten meine Gedanken keine Chance, sich wieder und wieder im Kreis zu drehen.

Während sich Jule dicht neben mich stellte, ihren Kopf leicht schief legte und mich fragend anschaute, verabschiedete Ben noch das Publikum: »So, Freunde, vielen Dank für diesen schönen Abend. Feiert noch fleißig, trinkt was zusammen, und wir sehen uns sicher bald wieder! Macht's gut!«

Ich flüsterte ihr ins Ohr, dass es meinem Vater nicht gut ging und er mit einer Blutvergiftung im Krankenhaus lag. »Wollen wir nach Hause fahren?«, fragte sie sofort und hob schon ihre Tasche vom Boden auf. Aber ich schüttelte den Kopf und rechtfertigte meine Entscheidung damit, dass er jetzt erst mal nur Ruhe brauchte und dass ich ihn am nächsten Tag besuchte. Ich rechtfertigte mich vor ihr, aber vielleicht auch vor mir.

Sie nickte und nahm mich in die Arme. »Das wird schon, Maus, und vielleicht rüttelt ihn das auch endlich mal wach.« Ja, vielleicht hatte sie recht, ging es mir durch den Kopf, und ich beobachtete, wie die Jungs ihre Instrumente verließen und sich unter frenetischem Jubel und Applaus verbeugten.

»Zugabe! Zugabe!« und »Wir sind wie Lichterketten, wenn wir zusammenstehen …« hallte es ihnen jetzt entgegen, und natürlich hatten sie damit gerechnet, auch wenn sie gerade furchtbar überrascht taten. Ben flüsterte mit seiner rauchigen Stimme *Angels* ins Mikrofon und stellte seinen Mikrofonständer an die Seite, dann setzte er sich genau in der Mitte der Bühne auf den vorderen Bühnenrand, und nickte Lars am Keyboard zu.

Bens Blick streifte durchs Publikum, blieb zwischendurch vereinzelt an Zuschauern hängen, und man konnte ihm ansehen, wie sehr er das letzte Lied des Abends genoss. Als er »And when love is dead – I'm loving angels instead« sang, blickte er rüber zu mir, und seine Augen wurden mit einem Mal ganz weich. So wie an dem Morgen im Hotel, als mir ein einziger Blick von ihm das Gefühl schenkte, dass ich in Sicherheit war und mir nichts passieren konnte, solange er nur in meiner Nähe blieb.

Mit der Hand am Bühnenrand abgestützt, drückte er sich schwungvoll hoch, und ich spürte, wie sich mein Kopf unweigerlich ein Stück mit ihm nach oben bewegte. Allen um uns herum ging es genauso, unsere Blicke ruhten allein auf ihm. Ben begann einen ausgestreckten Arm im Takt der Musik von links nach rechts zu schwenken, und es dauerte keine drei Sekunden, ehe alle Arme im Publikum auch in der Luft waren. Als ich mich umdrehte, um dieses wunderschöne Bild mit dem Handy festzuhalten, schaute ich in ein Meer aus Armen und glücklichen Gesichtern.

Dieses eklige Rumgesabber

Nach scheinbar nicht enden wollenden Jubelstürmen gingen die Jungs von der Bühne ab und verschwanden im Backstagebereich. Das Publikum verteilte sich nach und nach auf die verschiedenen Fressbuden und Bierwagen, nur vereinzelt blieben kleine Grüppchen auf dem Platz stehen.

Ich erschrak, als mir jemand von hinten die Augen zuhielt. Ben? Nein, dafür waren die Finger zu zierlich. Ich drehte mich um, und hinter uns standen Sarah, Mia und einige andere Mädels aus dem Fanclub.

»Wo wart ihr denn die ganze Zeit?«, fragte ich verdutzt.

»Wir haben etwas weiter hinten gestanden, weil es Sarah nicht so gut geht, ihr wird andauernd übel!«

Besorgt drehten sich alle Köpfe zu Sarah, aber die winkte nur lachend ab. »Keine Sorge, keine Sorge. Alles gut, vermutlich bin ich nur schwanger! Wir versuchen schon seit Monaten, ein Kind zu bekommen, vielleicht hat es ja geklappt. Ich werde mir am Montag mal einen Test besorgen!«

Meine Verwunderung über die Neuigkeit – schließlich wusste ich nicht mal, dass sie einen festen Freund hatte – verdrängte meine negativen Gedanken. Zumindest für einen kurzen Moment. Hatte ich mich bis zum letzten Gig noch gefreut, dass wir immer so eine große Gruppe waren, wusste ich ja nun, dass sie mein Verhalten als Masche bezeichneten, und das traf mich tief. Für mich war es das Schlimmste, wenn Menschen hinter meinem Rücken über mich redeten. Vielleicht versuchte ich auch genau deshalb die Menschen, die etwas von mir wussten, möglichst weit voneinander zu trennen.

»Darauf müssen wir drüben im *Hans im Glück* anstoßen«, freute sich Mia und ergänzte zu Sarah gewandt: »Also du natürlich vorsorglich nur mit Wasser.« Sie hakte sich bei Sarah unter, und die Truppe bewegte sich Richtung Burgergrill. »Wir kommen später nach, wir müssen noch was mit den Jungs besprechen«, rief Jule hinterher, und die anderen nickten, bevor sie zusammen mit Sophie laut lachend und kichernd über den mittlerweile fast leeren Platz gingen.

»Schwanger, das hätte ich ja nie gedacht. Ist sie denn überhaupt verheiratet?«, sagte Jule kopfschüttelnd, während wir durch den Zaun zur Backstage nach hinten gelassen wurden.

»Wollt ihr beiden was trinken?«, war die Frage, die ich mir selbst zusammensetzte, denn so ganz genau konnte ich Tobi nicht mehr verstehen, da er schon wieder mit Jule rumknutschte.

»Immer dieses ekelhafte Rumgesabbere!«, hörte ich plötzlich Bens ironische Stimme dicht hinter mir. Ich spürte, wie er gegen die empfindliche Stelle unter meinem Ohr hauchte und ich eine Gänsehaut bekam, als mir im selben Moment die Beine wegknickten und ich mich erschrocken an seinen ausgestreckten Armen festkrallte. Dieses Spiel kannte ich noch vom Schulhof. Oh Mann, wie oft hatte ich mich extra so hingestellt, dass mir niemand von hinten seine Knie in die Kniebeugen drücken konnte? Ben schien sich aber zum Glück keinen Bruch gehoben zu haben und stellte mich wieder sicher auf die Beine, wich aber keinen Zentimeter von mir ab. Ich lehnte mich zurück und legte den Kopf gegen seine Brust.

»Oh, so mutig heute? Keine Angst, dass uns jemand sieht?«, hörte ich ihn dicht neben meinem Ohr und schüttelte den Kopf.

»Wenn's für dich okay ist, möchte ich einfach nur einen Moment so stehen bleiben und nicht nachdenken. Es war ein Scheißtag, und ich wünsche mir grad einfach nur mal für einen Moment Ablenkung.«

Ich spürte, dass er mir mit einem leisen »Für mich ist das sehr okay« einen Kuss auf den Scheitel drückte, und konnte durchatmen. So wie wir da standen, schauten wir beide genau auf Tobi und Jule, die die Welt um sich herum scheinbar völlig ausgeblendet hatten.

Völlig gedankenverloren antwortete ich Ben: »Doch, irgendwie schon«, und spürte, wie er scharf die Luft einzog. Moment, was hatte er mich da gerade gefragt? Nun spürte ich seine Hände auf meinen Schultern und wie er langsam anfing, sie zu massieren und zu kneten. »Alles gut, Lea, kein Grund, dich so zu verspannen.« Hatte ich ihm gerade wirklich auf die Frage, ob ich auch mal Lust hätte, rumzuknutschen mit »Irgendwie schon« geantwortet?

»Kannst du mir beschreiben, wie es sich anfühlt?«, bat ich ihn leise und spürte, wie er mit seinem Kinn von meinem Nacken hoch zu meinem Hals strich, dass mich seine Bartstoppeln kitzelten. »Du würdest dich jetzt ganz langsam zu mir herumdrehen, dass ich dich ganz nah an mich heranziehen kann. Dann würde ich dir diese Locken aus dem Gesicht streichen, mit einer Hand dein Kinn umfassen, es ganz leicht anheben und dir tief in deine braunen Augen schauen.« Ich schloss die Augen und spürte, dass er mit seinen Fingern an meiner Haarsträhne spielte. »Du würdest noch meinen Atem spüren, ehe ich behutsam deine Unterlippe küsse. Dann würde ich mich vortasten, quälend langsam, dass du vor Lust ganz wahnsinnig wirst.«

Heiser flüsterte ich, dass er mich in Verlegenheit brachte, worauf er sich ganz dicht an mein Ohr beugte und gestand, dass das mit der Kontrolle bei ihm heut auch nicht so gut klappte und ich lieber genau so vor ihm stehen bleiben sollte, wenn wir nicht wollten, dass Jule und Tobi ihn in dieser doch ziemlich unangenehmen Lage erwischten.

Erschrocken drehte ich mich zu ihm um, blieb dabei ganz nah vor ihm stehen und schaute ihn mit weit aufgerissenen Augen an: »Oh nein, tut mir leid.« Er musste lachen. »Lea, du bist wohl die erste Frau, die sich bei einem Mann für seine Erektion entschuldigt.«

»Und was machen wir nun?«, fragte ich ihn, als wären wir auf einer streng geheimen Mission unterwegs und kurz davor, das finale Rätsel zu lösen. Wieder musste er leise lachen. »Lea, ganz im Ernst, du weißt schon, dass so die schlechtesten Pornos der Welt anfangen?! Wenn du mich gleich noch fragst, warum da hinten Stroh liegt, fahre ich sofort nach Hause, ohne dir von den Wahnsinnsneuigkeiten zu erzählen.«

»Los, reiß dich jetzt zusammen!« Ich schaute erst ihn an, dann etwas weiter runter. Er umfasste mein Kinn und lenkte meinen Blick wieder nach oben, wo er eine Augenbraue hochzog und schmunzelnd den Kopf schüttelte: »Wie frech du sein kannst, unglaublich.«

Mit einem »Na, Mädels, kommt ihr drei mit rüber in den Container?« machte mir Ben klar, dass Jule und Tobi wohl direkt hinter mir stehen mussten.

Blitzschnell hatte Tobi nun lachend Ben im Schwitzkasten. »Ich geb dir gleich, Mädels!«, und die beiden fingen an, sich wie kleine Jungs aufzuführen. Jule sah von diesem Anblick genauso irritiert aus wie ich. So ausgelassen hatten wir die zwei noch nie zusammen gesehen, und in diesem Moment hatten wir scheinbar auch beide etwas Angst, dass sie sich was taten, denn ganz so harmlos sah es, obwohl beide lachten, nämlich nicht aus.

Nach kurzer Zeit waren sie zum Glück so aus der Puste, dass sie von einander abließen und nun Arm in Arm rüber zum Container gingen. Jule flüsterte: »Sind halt auch nicht mehr die Jüngsten.« Und wir gingen kopfschüttelnd hinterher.

Hier im Baucontainer, der von außen ziemlich gewöhnlich aussah, war es gar nicht so eng, wie ich gedacht hatte. Eigentlich war hier drin überhaupt nichts so, wie ich erwartet hatte. An den beiden längeren Seiten stand jeweils eine Dreier-Couch und dazwischen, unter dem kleinen Fenster, ein etwas breiterer Sessel. In der Mitte dieser Sitzgruppe war ein niedriger Tisch, auf dem Getränke, Gläser und eine Weingummibox standen, aus der sich Patrick grad alle roten raussuchte.

Von uns ertappt, erklärte er uns mit vollem Mund, dass die roten die Leckersten seien. Im selben Moment nahm ihm Ben genau diese aus der Hand und schmiss sie sich mit einem amüsierten »Stimmt!« in den Mund. Patrick ließ sich motzend auf die Couch fallen: »Nicht alles, was du haben willst, gehört automatisch dir!«, was Ben nur mit seinem typischen Leck-mich-

Lächeln quittierte. Jetzt setzten sich auch die anderen Jungs mit auf die Couch, und Tobi zog Jule so ruckartig auf seinen Schoß, dass sie vor Schreck laut aufquietschte.

Nur ich stand da wie bestellt und nicht abgeholt. Es war zwar noch etwas Platz neben Patrick und Lars, aber ich saß einfach nicht so gerne Bein an Bein. Dicht gedrängt auf einer engen Couch schon gar nicht. Ich hatte ja schon im Bus bei völlig Fremden ein Problem damit, mich neben jemanden zu setzen. Auf so einem Doppelsitz hatten nämlich gerade mal zwei Platz, meine linke Pobacke und meine rechte. Und mich neben Leute zu quetschen, die mich kannten, war mir da noch viel unangenehmer.

Ben sah meinen unbeholfenen Blick und deutete hinter mich. Ah, direkt neben der Tür stand noch ein Schreibtisch mit einem einfachen Drehstuhl. Den zog ich mir heran, sodass ich Ben nun gegenübersaß, aber irgendwas stimmte hier mit der Perspektive nicht. Der Stuhl war so hoch, dass mein Kopf viel höher als der aller anderen war, also drückte ich auf den Hebel unter der Sitzfläche. In Zeitlupe glitt der Stuhl nach unten, bis er abrupt stoppte und ich vor Schreck zusammenzuckte. Ben verfolgte mein Treiben genau, und die Belustigung war deutlich in seinen Augen zu sehen.

Alle Blicke waren nun auf ihn gerichtet, und endlich rückte er mit der Sprache raus. Er machte es sogar richtig feierlich: »Danke, dass ihr euch noch kurz die Zeit genommen habt. Ich weiß, wir sind alle müde und gehören ins Bett, aber ich möchte diesen Moment mit euch allen, wie ihr nun hier seid, teilen.«

Er lächelte mich an, und mein Puls fing an zu rasen. »Um es genau zu nehmen, bist du, Lea, sogar der Grund, dass ich kurz davor bin, meinen Traum zu leben.« Alles in mir fing an zu kribbeln, und ich hing an seinen Lippen. »Ihr wisst ja, dass ich meine Songs immer wieder an verschiedene Plattenfirmen geschickt habe«, fuhr er fort, »und bis jetzt immer nur höfliche, oder auch sehr viel weniger höfliche Absagen kassiert habe. Nun habe ich meine Songs selbst bei Spinnup veröffentlicht, und einer von den Scouts ist auf mich aufmerksam geworden. Das sind absolute Musiknerds, aber mit den richtigen Kontakten und Ideen. Die quatschen nicht nur, die machen dann auch. Der hat mir noch einige Tipps gegeben und meine Songs direkt einem A & R vorgestellt.«

Fragend guckte ich in die Runde. Ben deutete meinen Blick richtig und erklärte: »A & R bedeutet Artist & Repertoire, das sind die coolen Jungs in einer Plattenfirma, die neue Künstler signen, also unter Vertrag nehmen.« Ich nickte. »Genau so einer hat sich meine Songs angehört, sich im Netz auf der Page und in den sozialen Netzwerken umgesehen und dann Kontakt zu mir aufgenommen. Ich bin ja jetzt auch schon Ende 20, und wenn ich noch mal was reißen will, dann muss das jetzt passieren.«

»Alter, du bist nicht Ende 20, du bist Anfang 30, und jetzt komm mal auf 'n Punkt, denn jünger werden wir alle nicht!«, fiel ihm Tobi ins Wort, und alle lachten.

»Okay, okay!« Ben hob beschwichtigend die Hände. »Ich kann es selber noch gar nicht fassen, aber …« Er machte eine Pause und guckte in die Runde, bevor er es mit strahlenden Augen verkündete: »Ich habe einen Major Deal unterschrieben und werde nun endlich mein eigenes Zeug machen. Leute, versteht ihr, was das für mich bedeutet?«

Er blickte sich um, aber seine Jungs starrten ihn nur regungslos an. Seine Stimme klang nun absolut euphorisch: »In der kommenden Woche geht's schon ins Studio, dann gibt's 'nen Videodreh für die erste Single, und danach geht's auf große Tour, und zwar nicht nur in Deutschland, sondern weltweit!«

Er schien gespannt auf eine Reaktion von uns zu warten, aber im Raum war es so still, dass ich kaum zu atmen wagte. Niemand rührte sich, jedes Augenpaar im Raum war auf Ben gerichtet, als er grinsend die Stille unterbrach: »Jungs, ihr seid natürlich dabei! Ich gehe doch nicht ohne meine Band!«

Jetzt sprangen alle auf und fielen sich jubelnd in die Arme. Die Jungs führten sich auf, als wäre Deutschland Weltmeister geworden, und sprangen laut grölend auf den Sofas und dem Tisch herum. Plötzlich brach der Tisch mit einem lauten Krachen unter Tobi zusammen, und ich wich erschrocken zurück, aber er rief nur lachend: »Feiern wie die Rockstars können wir schon mal!« Die Jungs wurden so übermütig, dass sie Bierflaschen aus dem Kühlschrank nahmen, sie schüttelten und alles nass spritzten, was ihnen in die Quere kam. Ich war gerade dabei, in Deckung zu gehen, als Ben auf mich zukam.

Wie konnten so wenige Schritte nur so unfassbar sexy sein? Oh Gott, was hatte er denn vor? Er kam näher, noch näher, legte eine Hand um meine Hüfte, die andere in meinen Nacken und zog mich so nah an sich ran, dass mir ein Schauer über den Rücken lief. So standen wir voreinander, dass sich fast unsere Nasenspitzen berührten, als er ganz leise »Keine Angst, das würde ich nicht hier vor den anderen machen« flüsterte. Ich konnte seinen Atem spüren, als mir der süßliche Geschmack in meinem Mund auffiel. Ich schmeckte rote Gummibärchen, ich schmeckte Ben. Was für ein aufregender Gedanke.

»Lea, hättest du mir nicht den Tipp mit Spinnup gegeben … Ich wäre nie auf die Idee gekommen, es so zu versuchen.« Er machte eine kurze Pause, drückte mich ein kleines Stück von sich weg, schaute mir tief in die Augen und sagte mit rauer Stimme: »Das kann ich nie wiedergutmachen. Alles, was du schon für mich getan hast: die Homepage, die Fotos und Video. Lea, du bist …«

Ich schaute verlegen auf den Boden, aber er legte seinen Zeigefinger unter mein Kinn. »Schau' mich bitte an.« Er hob meinen Kopf. »Lea, du bist viel zu gut, als dir selber guttut.« Dann drückte er mir einen sanften Kuss auf die Stirn und lächelte. Seine Lippen fühlten sich so warm und weich an, und ja, irgendwie war es ein schönes Gefühl.

Ich wollte ihm irgendwas antworten, aber mir fehlten die Worte. Und was sollte ich darauf auch erwidern? Vielleicht »Dankeschön«? Außerdem konnte ich im Spiegel Jule stehen sehen, wie sie uns genau beobachtete.

»Lea, wenn ein Traum wahr wird, hat man nur noch eine Pflicht: Ihn zu leben! Nie wieder langweilige Meetings, nie wieder die Wichser im Büro. Nie wieder Veranstalter, die mich wie Dreck behandeln. Das alles darf ich dank dir hinter mir lassen. Ich kann endlich ich sein! Das Leben, das ich habe, riskiere ich, ohne eine Sekunde zu zögern, für das Leben, das ich mir wünsche. Jetzt kommt der gute Teil, da bin ich mir sicher.« Bens Worte lenkten meine Aufmerksamkeit wieder auf ihn.

»Was genau ist das denn für ein Vertrag«, kam von Timm, der sich zu uns stellte, »hast du den mal einem Anwalt gezeigt?« Ben schüttelte den Kopf. »Ich hab mir den in Ruhe genau durchgelesen und gut. So ein Label lasse ich doch nicht warten. Entweder du willst, oder du willst nicht. Und ich will. Die haben genug, die sich darum reißen, so einen Deal zu bekommen und den Vertrag nicht mal lesen. Diese Chance bekomme ich nur einmal im Leben, die durfte ich nicht verschenken.«

Timm sah skeptisch aus. »Ich mach mir halt Gedanken. Nicht dass du da irgendeinen Scheiß unterschrieben hast und nun völlig in deren Hand bist. Du hättest den Vertrag echt mal von 'nem Profi checken lassen sollen, und zwar, bevor du ihn unterschreibst!«

Timms kritische Nachfragen legten sich wie ein Schatten über die ausgelassene Stimmung, und Ben ging sofort auf Konfrontation: »Was willst du eigentlich? Habe ich etwa mit deinem Namen unterschrieben? Nein! Habe ich deine Seele verkauft? Nein. Ich lasse mir diesen Moment von dir nicht vermiesen, Timm. Vorsicht und Angst waren noch nie der Motor für Erfolg. Ich habe einen Vertrag abgeschlossen, der mir die Welt bedeutet, und gebe euch die Chance, dabei zu sein. Nicht mehr und nicht weniger. Wenn du dabei bist, freu' ich mich, wenn nicht, ist das für mich auch okay. Deine Entscheidung.«

Tobi versuchte, die Stimmung wieder aufzulockern, und verteilte gekühltes Bier an die Jungs, Wasser an Jule und mich und sprach einen Toast aus: »Auf dass wir berühmte Rockstars werden und die Welt erobern!« Die Glasflaschen klirrten aneinander, und Ben bot auch Timm seine Flasche, der kopfschüttelnd mit ihm anstieß, während sich die anderen Jungs wieder auf die Couch fallen ließen. Ich hörte zwar nur Wortfetzen, aber tatsächlich kam es mir auch so vor, dass sie eher nach Gründen suchten, warum es nicht klappen konnte, als darauf zu vertrauen, dass jetzt alles möglich war.

Timm stand immer noch bei uns und holte tief Luft, nur um dann doch wieder stumm einen Schluck aus seiner Flasche zu nehmen. »Na, spuck's schon aus«, forderte Ben und haute ihm für mein Gefühl etwas zu fest auf die Schulter.

»Ben, du hast gerade gesagt, dass es auf Tour geht, und zwar weltweit. Wie soll das denn zeitlich gehen? Wir haben doch alle feste Jobs.«

Jetzt verstummten auch die Gespräche der anderen, und sie blickten rüber. »Ach, da müssen wir uns mal mit denen zusammensetzen und einfach besprechen, wie wir das jetzt am besten angehen. Noch ist ja alles ganz frisch. In dem Vertrag standen ja auch noch keine Tourdates, erst mal muss das Album aufgenommen und das Video gedreht werden. Dafür werdet ihr euch ja wohl freischaufeln können.« Bens ganze Körperhaltung wurde immer angespannter. »Mensch, Jungs, wir wollten doch immer, dass das mal was Großes wird, und jetzt habt ihr Schiss oder was?«

»Recht hat der Mann, Chancen muss man nutzen!«, unterstützte ihn Tobi, machte eine kurze Pause und fügte dann prustend hinzu: »Besonders mit Ende 20!«

Zwar lachten auch die anderen, aber es wirkte gequält, und als ich rüber zu Jule ging, hörte ich, dass der Tonfall der Gespräche im Raum nun deutlich verhaltener war. Im Grunde sprachen sie wieder über das, worüber sie immer sprachen: Ihre Jobs, die anstehenden Feiertage, den Winterurlaub und irgendwelche neuen Plug-ins. Ich merkte Ben an, wie traurig ihn das machte. Grübelte er jetzt vielleicht doch, ob er alles richtig gemacht hatte?

Auf Jules »Das hatte er sich wohl anders vorgestellt« antwortete ich nur mit einem nachdenklichen »Hm hmmm«. »Lea? Ganz ehrlich«, kam es nun in mahnendem Ton von ihr, »was findest du an ihm? Der ist ständig schlecht drauf, mürrisch, und wenn er sich dann doch mal für was begeistern kann und nicht sofort alle jubelnd daneben stehen und klatschen, ist er sauer. Er ist total verschlossen und niemand weiß, was in seinem Kopf vorgeht. Ich kann mir nicht vorstellen, dass man auch nur mal fünf Minuten mit dem reden, geschweige denn Spaß haben kann. Hör bitte auf, ihn so zu vergöttern, das hat er echt nicht verdient.«

Wie ich diesen Ton an ihr hasste. Sie kannte ihn doch gar nicht und hatte sich auch nie sonderlich bemüht, das zu ändern. Wie konnte sie so über ihn urteilen? Ja, sie war hübsch, ja sie war klug, aber über Ben wusste sie rein gar nichts.

Konnten Mann und Frau denn nicht einfach nur befreundet sein? Musste immer gleich irgendeine Absicht dahinterstecken? Nur weil sie jetzt das Beziehungsleben für sich entdeckt hatte und bestimmt auch schon von Kindern und Haus am Stadtrand träumte, musste das doch nicht für mich gelten. War sie jetzt, nur weil sie ein paar Monate mit Tobi zusammen war, eine Expertin, wenn es um Beziehungen ging? Wohl kaum, denn dann wüsste sie, dass es auch eine Beziehung zwischen Mann und Frau gab, die nicht auf Schmetterlingen im Bauch beruhte. Auch wenn Ben und ich nicht ineinander verliebt waren, war das, was wir hatten, für mich von beispielloser Intimität.

Ich beobachtete, wie Timm im Vorbeigehen eine weitere Bierflasche an Ben reichte, beide kurz anstießen und Timm rüber zu den anderen ging. Alles wirkte wie immer nach einem Gig: Es wurde gegessen, getrunken und geredet, und eins war auch wie immer: Ben stand irgendwie abseits. Merkte denn niemand in diesem Raum, wie traurig er war? Oder war es allen einfach nur völlig egal?

Ich nahm mein Handy und schrieb ihm eine WhatsApp: »Es tut mir leid, dass die Jungs so blöd reagiert haben. Am liebsten würde ich dich jetzt ganz fest in den Arm …« Ich hörte auf zu tippen und schaute zu Ben, wie er auf dem Rand des Schreibtischs neben der Tür saß. Wie blöd war ich eigentlich? Wir waren doch befreundet und nur damit Jule nicht rumzickte, ließ ich ihn da drüben, keine zehn Meter von mir entfernt, allein stehen und schrieb ihm 'ne bescheuerte WhatsApp?

Nun war ich es, die auf Ben zuging, und tatsächlich wunderte es mich nicht, dass sich alle Köpfe im Raum sehr schnell in meine Richtung drehten. Aber es war mir egal. Erst als ich kurz vor ihm stand, hörte Ben auf, an der Banderole auf seiner Flasche zu knibbeln, und schaute auf. »Hey, alles gut bei dir?« Er zwang sich zu einem Lächeln. Ich stellte mich zwischen seine Beine, nahm ihn fest in die Arme und fragte leise: »Wie geht's dir?«

Ich spürte, wie sich sein Brustkorb anhob und senkte, so schwer atmete er. »Ach weißt du, es war ein Scheißtag, und ich wünsche mir grad einfach nur mal für einen Moment Ablenkung … Wenn's für dich okay ist?«

Mit einem »Für mich ist das sehr okay« deutete ich mit dem Kopf Richtung Tür. »Vielleicht an der frischen Luft?« Er stand auf und folgte mir nach draußen. Eine ganze Weile gingen wir nur wortlos nebeneinander her. Über den leeren Platz mit den längst geschlossenen Bierwagen, durch die leere Gasse, wo auf dem Hinweg noch die vielen kleinen Stände und das Gehege aufgebaut waren. Es tat so unglaublich gut, an der kühlen Luft zu sein und einfach mal durchzuatmen.

»Lea?« Er schaute mich an. »Am liebsten würde ich dich einpacken und mitnehmen. Ganz ehrlich, dass ich diese Chance bekomme, habe ich dir zu verdanken. Du hast immer wieder an mich geglaubt, wenn ich kurz davor war aufzugeben. Du hast ein unglaubliches Gespür für Menschen und lernst so schnell. Wie lange hast du für diesen ganzen Social-Media-Kram gebraucht? Und absolut niemand kennt mich so gut wie du. Wie kann ich all das, was du für mich getan hast, nur je wiedergutmachen?«

»Wiedergutmachen?«, unterbrach ich ihn, »Ben, da gibt es nichts gutzumachen. In den Stunden, die ich an der Homepage sitze, mit den Veranstaltern schreibe, Videos schneide und Fotos bearbeite, muss ich endlich mal nicht nachdenken. In deiner 1. Reihe kann ich meinen ganzen Psychofuck, die ständigen Zweifel und meinen ganzen beschissenen Alltag mal für ein paar Stunden vergessen. Und das ist schon verdammt viel wert. Wenn ich bei dir bin, ist es zum ersten Mal okay, ich zu sein. Ja, als würde es reichen.«

Erst als wir plötzlich am Rathaus, ganz in der Nähe von Jules Auto standen, merkten wir, wie weit wir schon gegangen waren. Wir drehten um und schlenderten zurück, als wir wieder an dem kleinen Stall von dem niedlichen Esel vorbeiliefen. Jetzt war mein Moment gekommen, seit zehn Minuten freute ich mich schon drauf »Ben?« Ich schaute ihn an und deutete auf den mit Stroh ausgelegten Boden: »Warum liegt da …?« Leider konnte ich mir das Lachen dann aber doch nicht verkneifen und prustete los.

Sein »Na, warte!« war wie ein Startschuss für eine Verfolgungsjagd. Eine sehr kurze Verfolgungsjagd, denn schon nach wenigen Metern griff er mich, deutete an, mich übers Knie zu legen, und je lauter ich lachte, desto weiter holte er aus, um mir auf den Hintern zu hauen – auch wenn ich durch den dicken Mantel kaum was spürte. Wir bekamen uns kaum wieder ein, als plötzlich sein kaum hörbares »Danke« unseren Lachflash unterbrach, er mir seinen Arm um die Schultern legte und wir weiter Richtung Container gingen. »Gern.« Ich lehnte meinen Kopf an seine Schulter und legte meinen Arm um seine Hüfte. »Was uns zwei verbindet, muss sonst niemand verstehen« waren seine Worte, die es nur ein paar Meter weiter so wunderbar auf den Punkt brachten.

Als wir den Container betraten, merkte ich deutlich, dass jeder bemüht war, uns nicht neugierig anzustarren. Jeder bis auf Jule. Ich ging zu ihr rüber, und sie drückte mir eine Cola light in die Hand. »Wo hast du die denn auf einmal her?«, freute ich mich und nahm einen großen Schluck. Ich wusste dass ihr »Ich bin halt aufmerksam« die Ankündigung einer Standpauke war, aber sie kam nicht, stattdessen sagte Jule leise: »Wenn er dir das Herz bricht, bring ich ihn um.« Dabei drehte sie ihre Flasche zu. »Das wird er nicht.« Ich schüttelte ganz leicht den Kopf, und sie nickte. »Nein, das wird er besser nicht.«

Ben kam nun zu uns rüber und unterhielt sich mit Tobi über irgendwelchen Technikkram, als mir auffiel, dass er schon ganz schön angeheitert wirkte. Da er schon wieder eine Flasche in der Hand hatte, fragte ich doch mal nach. »Du fährst heute aber kein Auto mehr, oder?«

Er schaute auf seine Uhr. »Nein, lass mich kurz rechnen … heute nicht mehr!« Er grinste schief.

Ich wurde deutlicher: »Ben, ich meine das ernst, du hast getrunken, so kannst du kein Auto mehr fahren!«

Er ging um mich herum, kramte in seiner Tasche, legte von hinten einen Arm um mich und ließ seinen Hotelzimmerschlüssel vor meiner Nase hin und her baumeln. Dazu fragte er provozierend: »Na, wie wär's heut Nacht mit uns beiden, Baby?«

Als ich ihm sachte einen Ellenbogen in den Bauch stieß, hielt er sich mit einem schmerzverzerrten Gesicht die Rippen, konnte sich aber kaum das Lachen verkneifen.

»Dann bin ich mal froh, dass du Rockstar und nicht Schauspieler werden willst!«, sagte ich mit gespielt mitleidigem Gesichtsausdruck und war selber verwundert, wie schlagfertig ich sein konnte. Zumindest manchmal.

Jule nahm mich kopfschüttelnd mit einem »Okay, das reicht! Wir müssen los. Sophie wartet!« am Arm, gab Tobi einen schnellen Kuss und zog mich zur Tür. Den Jungs rief sie noch ein »Macht's gut, ihr Rockstars!« zu, was die aber nur müde abwinkten und sich weiter ihren Gesprächen widmeten. Ich drehte mich noch mal zu Ben um, der uns schulterzuckend hinterhersah und andeutete, dass er sich meldete.

Obwohl mich das Verhalten von Timm und den anderen traurig machte, war ich grad unbeschreiblich froh, dass diese Heimlichtuerei nun endlich vorbei war. Auch wenn Jule natürlich immer noch nicht alles wusste, fühlte ich mich nicht mehr wie eine Verräterin und war sogar richtig stolz auf mich. Jetzt hatte ich Hunger! Höh? Wo kam das denn auf einmal her?

Auf dem Weg zu Sophie und den Mädels waren wir beide ungewöhnlich still, dann unterbrach ich unser Schweigen: »Glaubst du, dass das jetzt die große Chance für die Jungs ist?«

Sie blieb abrupt stehen. »Ich weiß nicht. Ich finde Bens Handeln komplett überstürzt. Man wird doch wohl ein paar Nächte Zeit haben, um sich über so einen großen Schritt Gedanken zu machen. Major Label hin oder her. Für mich klingt das alles sehr nach Träumerei und gnadenloser Selbstüberschätzung. Von der Musik leben? Wer kann das denn heutzutage noch? Also mir scheint sein richtiger Beruf da doch wesentlich sicherer. Und schlecht verdient hat er dort ja schließlich auch nicht. Für mich ist das, was er da immer veranstaltet, Jammern auf höchstem Niveau. Selbstverwirklichung gut und schön, aber zu welchem Preis? Ich hoffe einfach nur, dass sie uns noch 'ne Weile als Joyning erhalten bleiben. Auch wenn ich Ben nicht unbedingt mag, mag ich unsere Wochenenden.«

Sie schaute durchs Fenster ins Restaurant. »Lass uns den anderen aber mal nix davon erzählen, das Ganze ist ja noch nicht so wirklich spruchreif … wenn's denn überhaupt was wird.«

Obwohl ihre Worte in mir ein richtig schlechtes Gefühl aufkommen ließen, nickte ich und hielt ihr die Tür auf.

Wie kam Jule eigentlich dazu, so über Ben zu urteilen? Irgendwie machte es mich traurig, dass sie genau das, was ich an Ben bewunderte, so sehr belächelte und verurteilte. Wenn sie über ihn sprach, strahlte sie eine Überheblichkeit aus, die ich nicht von ihr gewohnt war und die auch überhaupt nicht zu ihr passte.

Ben hatte ihr doch auch nie etwas getan, es gab also gar keinen Grund, ihn bei jeder Gelegenheit so anzugehen. Das konnte sie nur von Tobi haben. Ich hatte eh das Gefühl, dass Jule ziemlich viel, was Tobi ihr erzählte, einfach als Wahrheit übernahm und nie wieder infrage stellte.

Als wir reingingen, sahen wir schon Sophie und die anderen an einem langen Tisch sitzen, und sie winkte uns zu sich herüber. »Ich wusste nicht, ob ihr auch was essen wollt, aber weil die Küche vor zehn Minuten geschlossen hat, hab ich mal 'ne doppelte Portion Fritten, einen großen Salat und zwei Mal Nachtisch bestellt. Ihr könnt bei mir mitessen!«

Die anderen rutschten mit ihren Tellern und Gläsern auf der langen Bank zwei Plätze weiter, und Jule und ich setzten uns dazu. Ich mich an den Rand. Während ich mit der Gabel nach und nach Sophies halben Salat aufaß, stupste sie mir unauffällig in die Seite. Ich lehnte mich etwas nach hinten zu ihr rüber, und sie deutete in die hinterste Ecke des Restaurants. Ich konnte kaum was erkennen, aber als sie »Für die Typen bekommen die ›No Bras‹ eher Minuspunkte« flüsterte und mir das Programm des Stadtfestes rüberreichte, setzte sich das Bild zusammen.

Dort saßen die beiden und hatten doch tatsächlich zwei Typen von der Band dabei, die auf der zweiten Bühne gespielt hatten. Ich wollte es mir zwar nicht anmerken lassen, aber ich war so neugierig, dass ich immer mal wieder mehr oder weniger unauffällig meinen Blick schweifen ließ. Von Mal zu Mal rutschten die Mädels näher zu den beiden Typen, oder waren es doch eher die Jungs, die da auf Tuchfühlung gingen? Ich weiß es nicht. Das

Befremdlichste war auch gar nicht, dass die »No Bras« nun schon fast auf deren Schoß saßen, sondern dass sie die ganze Zeit die Handys in der Hand hielten und hemmungslos Selfies machten.

»Warte ab, das wird ein ganzes Tutorial«, lästerte Sophie, »morgen gibt's in der Gruppe bestimmt wieder 'ne komplette Bilderserie ihrer neusten Eroberung«, bevor sie sich wieder den Fritten widmete und das kleine Töpfchen mit Sour Cream auskratzte.

»Was gibt's denn da zu tuscheln?«, kam es neugierig von Jule, und ich bedeutete Sophie mit ganz leichtem Kopfschütteln, dass sie bloß den Mund halten sollte. Wenn Jule wüsste, dass es so eine geheime Gruppe gab, in der Sophie auch noch Mitglied war ... sie hätte Sophie vermutlich gleich mit zu Ben auf die schwarze Liste gesetzt. Es war zwar nicht halb so spannend, aber deutlich ungefährlicher, und so drehten wir uns nach einem letzten kurzen Blick beide wieder nach vorne zu den anderen.

Aus dem Tischgespräch hielt ich mich aber trotzdem raus. Mein Kopf hatte eh schon so viel zu verarbeiten, da konnte ich mich jetzt nicht auch noch aktiv an einer Diskussion über die besten Backbleche für Weihnachtsplätzchen beteiligen. Weihnachtsplätzchen. Es war so gemein, ausgerechnet in der Vorweihnachtszeit abnehmen zu müssen, wenn es überall verführerisch nach frisch gebackenen Keksen duftete und in den Supermärkten an jeder Ecke die tollsten Leckereien standen.

Ich liebte den Geschmack von Zimt und Zucker, und gerade in der Adventszeit gab es von so ziemlich allem eine Weihnachts-Winter-Edition. Mit Zimt. Und noch mehr Zucker.

Da nützten mir auch die süßigkeitenfreien Kassen nichts. Ich brauchte da schon eher einen süßigkeitenfreien Supermarkt. Weihnachtsmärkte waren noch viel schlimmer, wenn es überall nach Crêpes duftete, daneben die gebrannten Mandeln, und was am schlimmsten war: Maronen. Ich liebte diese gerösteten Esskastanien und konnte an keinem Stand vorbeigehen. Oder Maronensoße zu Klößen und Rotkohl, ein Traum.

»Lea, möchtest du noch von den Pommes?«, fragte mich Sophie und schaute dabei auf meine Gabel, mit der ich gedankenverloren in ihrem leeren Salatteller rumstocherte.

Ich schüttelte verlegen den Kopf. »Nein danke, ich bin bestens versorgt, sorry, ich bezahl den Salat natürlich!«

Sie winkte kopfschüttelnd ab und zwinkerte mir zu. »So weit kommt's noch! Ich lad euch ein. So jung komm wa' nich' mehr zusammen!«

Ich musste an Ben denken, wie er sich mal eben schnell auf Ende 20 geschummelt hatte. Hatte er echt ein Problem mit seinem Alter? Wenn ich da an die Collage dachte, fand ich ihn jetzt sogar wesentlich attraktiver als noch mit Anfang 20. Mir kamen seine Worte in den Sinn, dass man von einem Label nur 'ne Chance bekommt, wenn man noch »jung und fuckable« genug war. Was sollte das eigentlich heißen, fuckable? Fickbar?! Gab es das Wort überhaupt? Wenn ja, musste Google es wissen.

Unauffällig nahm ich mein Handy aus der Tasche und schaute nach: »fuckable, comparative: more fuckable, superlative: most fuckable (slang, vulgar). Able to be or worthy of being fucked. Sexually attractive.« Stand da wirklich »worthy of being fucked«? Das konnte doch nicht ernst gemeint sein, aber drei Sekunden später bestätigte mir der Google-Übersetzer: »verdient, gefickt zu werden.«

Ich ließ mein Handy zurück in die Tasche gleiten und saß einfach nur da, während die Worte wieder und wieder durch meine Gedanken hallten und mir von Mal zu Mal die Kehle fester zuschnürten. Ich dachte an meinen Körper, und während ich mir das Bild dieser widerlichen Masse mit der wabbeligen Fettschürze, den hängenden, ausgeleierten Brüsten und den unförmigen Elefantenbeinen vor meinem inneren Auge zusammensetzte, beschimpfte ich ihn – denn endlich konnte ich meinem tiefsten Gefühl Ausdruck verleihen: »Du hast es nicht verdient, gefickt zu werden. Du fettes, hässliches Stück Scheiße.«

Plötzlich bemerkte ich die Unruhe um mich herum, Jule stand schon zur Abfahrt bereit hinter mir und legte mir ihre Hände auf die Schultern. »Möchtest du noch hierbleiben, oder begleitest du uns nach Hause?« Sie strich mir die Haare aus dem Gesicht, beugte sich zu mir herunter und gab mir einen Kuss auf die Stirn. »Du sollst nicht immer so viel grübeln, Maus, alles wird gut! Komm, Sophie hat schon bezahlt.«

Ihre Worte »Alles wird gut« trieben mir die Tränen in die Augen. Gerade fühlte es sich nicht so an, als könnte auch nur irgendwas je wieder gut werden. Ich spürte ein Vibrieren in der Tasche. Mein Handy! Hoffentlich war nichts mit Ralf, schoss es mir sofort durch den Kopf, und irgendwie war ich froh, dass mein erster Gedanke ihm galt, aber es war zum Glück eine Nachricht von Ben: »Hey Special, ich hoffe, du weißt, dass das mit uns keine Einbahnstraße ist, ja? Wenn du mir vielleicht doch noch erzählen möchtest, warum dein Tag so scheiße war, bin ich da. Jederzeit. Ben.«

Frau Psychologin

Als wir am Auto ankamen, setzte ich mich unaufgefordert auf die Rückbank und nahm einen großen Schluck von der Cola light, die mir Sophie nach hinten reichte. Hatte es mich auf dem Hinweg noch gestört, war ich jetzt ganz froh, etwas außen vor zu sein. Jule richtete sich den Rückspiegel wieder zurecht, und als sich unsere Blicke trafen, hatte ich nicht mal mehr die Kraft, ihr wenigstens das Gefühl zu geben, alles sei gut. Sie sollte mich einfach nur in Ruhe lassen.

Ich wollte nicht, dass sie fragte, ich wollte nicht ihre Meinung, keinen Ratschlag, nicht ihre lächerlichen Floskeln voller Hoffnung, und ich wollte schon gar nicht ihr Mitleid. Wie sollte ausgerechnet sie mit dem perfekten Körper und diesem perfekten Lebensentwurf, wo sie ein Häkchen nach dem anderen an Etappenziele wie Abi, Fitness, Makellosigkeit, Erfolg und Liebe setzen konnte, verstehen, was in mir vorging?

»Soll ich etwas Musik anmachen?«, fragte sie mich und sah gerade noch, dass ich nickte, bevor es im Auto dunkel wurde und wir vom Parkplatz auf die Straße bogen.

Es lief irgendein Song, den ich nicht mal kannte, und die Stimme des Sängers war so schlecht gemischt, dass ich kein Wort verstand. Ich hätte nicht mal sagen können, in welcher Sprache der da grad sang. Vielleicht war es aber auch besser so, sonst hätte ich nur wieder irgendwas in den Text reininterpretiert, wo es gar nichts zu interpretieren gab.

Es hatte so gutgetan, dem ganzen Scheiß mal für ein paar Stunden zu entfliehen, aber jetzt bekam ich die Quittung. Da waren plötzlich wieder all diese Bilder vor meinem inneren Auge, dass ich mir vorkam, als würde ich viel zu schnell durchs Fernsehprogramm zappen. In meinem Kopf schrien so viele Ängste nach Beachtung, dass mich der Lärm überwältigte. Ich wollte doch einfach nur, dass sie endlich ruhig waren. Ich wollte einfach nur nicht denken, nicht fühlen und mich nicht mehr rechtfertigen müssen. Nicht vor Jule, nicht vor sonst wem. Konnten mich nicht alle einfach nur noch in Ruhe lassen?

Als wir wieder über die Landstraße fuhren, ließ ich mich noch tiefer in den Sitz sinken und schaute aus dem Fenster. Draußen war es stockdunkel, um uns herum nur gespenstische Felder, von denen langsam der Nebel aufstieg, und in ganz weiter Ferne konnte ich vereinzelt kleine Häuser stehen sehen. Dort musste es ziemlich einsam sein. Beneidenswert. Zumindest, wenn man – wie ich – allein sein wollte.

Ben wollte genau das nicht, und das Gefühl, trotzdem allein gelassen zu werden, war bestimmt noch schlimmer. Er tat mir leid. Ja, ich gab gerne zu, dass er manchmal vielleicht etwas schwierig war, aber war das ein Grund, ihn so auflaufen zu lassen? Beim Verkünden der Neuigkeiten war er so stolz und aufgeregt, wie ich ihn noch nie zuvor erlebt hatte. Er hatte sich doch nur gewünscht, dass sich seine Band für ihn freute. War das schon zu viel verlangt?

Aber sie dachten ab dem ersten Moment einzig und allein an sich. Ob sie es mit der Arbeit vereinbaren konnten. Ob dieser Vertrag sie in ihrem Leben einschränkte. Und ob es für sie sonst irgendwo einen Haken gab. Wie sich Ben dabei fühlte, war ihnen scheißegal. Dass da grad sein Lebenstraum in Erfüllung ging, bewegte sie nicht eine Sekunde. Es ging ihnen nicht eine Sekunde um Ben.

Ich öffnete WhatsApp und tippte: »Hey Großer, es ist ganz lieb, dass du dich so sorgst, aber das musst du wirklich nicht. Mein Dad liegt mit einer Blutvergiftung im Krankenhaus, aber es geht ihm schon viel besser, sodass ich ihn morgen besuchen kann. Es war heute einfach nur ein bisschen viel auf einmal.

Danke, dass ich in deiner 1. Reihe verrückt verloren sein durfte. Und falls das vorhin irgendwie untergegangen sein sollte: Ich freue mich so sehr, dass dein Traum wahr wird und du bald mit deinen eigenen Songs auf der Bühne stehst. Du hast es mehr als jeder andere verdient, und ich bin unbeschreiblich stolz auf dich … und einen Fan hast du schon mal.«

Als das Geräusch der gesendeten Nachricht ertönte, musste ich unweigerlich lächeln. Ich hatte sie echt losgeschickt, ohne sie noch mindestens dreimal gegenzulesen und fünfmal zu ändern. Ich war in der Tat wirklich ganz schön mutig.

Mein Mund verzog sich schmerzhaft, als ich plötzlich wie aus dem Nichts einen heftigen Stich unten links im Bauch spürte. Sofort drückte ich kräftig mit den Fingern in die Seite und versuchte so, den Schmerz zu unterdrücken, aber er wurde immer unangenehmer. Unten links, was konnte das sein? Was saß denn da? Blinddarm? Ne, war rechts. Vielleicht irgendwas mit den Nieren? Für meinen Eisprung war es zu früh. Langsam ließ der Druckschmerz meiner sich in das Fleisch bohrenden Finger das Stechen verschwinden. Oder doch schon meine Tage? Ich schaute kurz in meine App, ne, das wäre sogar viel zu früh.

Obwohl … es hat sich schon mal alles verschoben, als ich lange deutlich unter meinem Kalorienbedarf gegessen hatte. Na ja, genau genommen hatte ich eher gehungert. Über Wochen hatte täglich es nur sieben Liter Cola light und einmal am Tag einen Eiweißdrink gegeben. Vielleicht war da ja wieder was mit den Hormonen durcheinander, an denen sparte der Körper wohl ziemlich schnell, wenn er unterversorgt war.

Sofort, als ich aufhörte zu quetschen, kam der stechende Schmerz zurück. Magenschmerzen hatte ich doch sonst nie, zumindest nicht solche und schon gar nicht vom zu wenig essen. Moment! Das hatte ich ja total vergessen! Am nächsten Tag war ich doch allein zu Hause.

Klar, ich wollte kurz ins Krankenhaus, aber ich musste nichts für die Uni machen und die Homepage war auch auf dem aktuellen Stand. Die Videos und Fotos konnte ich nebenbei bearbeiten, aber im Grunde hatte ich Zeit. Richtig viel Zeit, um zu fressen. Während ich mich schon auf der Couch liegen und nach

Herzenslust schlemmen sah, fiel mir ein, dass wir ja Sonntag und kaum Lebensmittel zu Hause hatten. Zumindest keine, die ich mir für so einen Tag vorstellte und schon gar nicht in solchen Mengen.

Mist, da hätte ich echt mal vorher dran denken müssen. Obwohl, eigentlich wäre es auch egal gewesen, denn so viel Eis im Tiefkühlfach hätte meine Mutter auf jeden Fall stutzig werden lassen. Okay, dann ging ich halt nach dem Krankenhaus zum Bahnhof, und da es wirklich das letzte Mal war, machte ich mich jetzt wegen diesen 50 Euro nicht verrückt. Das gaben andere doch an einem Abend in einem guten Restaurant locker aus.

Aus dem Radio hörte ich die Stimme des Moderators einen Kulthit ansagen, und da es sich dabei meist um einen Song handelte, den auch Joyning im Programm hatten, drehte Jule das Radio schon ganz automatisch wieder etwas lauter.

Ich dachte noch schnell: Der nächste Song ist meiner, und brauchte nicht mal eine Frage zu stellen. Silbermond erfüllten mit *Krieger des Lichts* das Auto, und das Lied passte mal wieder so haargenau, dass es schon fast unheimlich war. Sophie drehte noch ein bisschen lauter: »Und er kennt seine Grenzen und geht trotzdem zu weit. Kein Glück in der Ferne, nach dem er nicht greift.« Ja, Ben machte sich auf den Weg, und ich glaubte an ihn.

Mein Handy leuchtete »Tut mir leid, das zu lesen. Ich hoffe, dass er schnell wieder ganz gesund wird. Bin allein ins Hotel gefahren. Konnte mir die Jungs nicht mehr geben. Die sehen nur die Gefahren, nicht die Chance. Aber gut zu wissen, dass ich schon mal einen Fan habe, wenn auch keine Band mehr. ;)«

Keine fünf Sekunden später eine zweite Nachricht von ihm »Natürlich mit dem Taxi.«

Ich antwortete: »Warte mal ab, die müssen das doch erst mal realisieren. Du beschäftigst dich schon so lange mit dem Gedanken. Alles in dir hat auf diese Chance gewartet, ja, sie herbeigesehnt. Dass du sie ergreifst, steht für dich schon seit Jahren völlig außer Frage. Die Jungs wurden damit heute das erste Mal konfrontiert, gib ihnen etwas Zeit.«

Keine Minute später: »Frau Psychologin, Frau Psychologin, Ihr Verständnis für die Befindlichkeiten der werten Herren Musiker möchte ich haben. ;)«

Ich mochte es, wie er mich »Frau Psychologin« nannte, ja, das klang schön. Wieder leuchtete mein Handy auf, dieses Mal eine Nachricht von Sophie. »Was ist denn das da hinten auf der Rückbank für ein nerviges Rumgeblinke?« In dem Moment, als ich die Nachricht las, drehte sie sich zu mir um und strahlte mich an.

Natürlich wusste sie genau, mit wem ich schrieb. Konnte sie es eigentlich nur gut so verbergen oder war sie wirklich so gar nicht eifersüchtig auf mich? Demonstrativ legte ich das Handy zur Seite, lehnte den Kopf zurück und schloss die Augen. Allerdings nicht, ohne doch noch mal kurz aufs Handy zu schielen, aber es blieb dunkel.

Als wir kurz auf dem Rastplatz hielten, um aufs Klo zu gehen, war ich schon auf halbem Weg zu den Snacks, aber da Jule und Sophie direkt wieder zurück zum Auto gingen, wollte ich nicht die Einzige sein und folgte ihnen. Außerdem hätte mir eine Tafel Schokolade eh nichts gebracht, und bis zum nächsten Tag hielt ich auch noch durch. Na ja, zumindest bis ich wieder zu Hause war, denn irgendwas hatten wir ja auch jeden Fall im Kühlschrank.

Mit Bens Nachricht und der Vorfreude war es ein schönes Gefühl, hier hinten zu sitzen. Die leise Musik im Hintergrund, der Blick in die Dunkelheit, und immer wieder verstand ich Wortfetzen von Jules und Sophies Gespräch.

Sie unterhielten sich über das Konzert, den kleinen Esel, und immer wieder schaffte Sophie es, das Gespräch geschickt auf Ben und mich zu lenken. So ganz schloss sie mich also doch nicht als Konkurrenz aus. Was ein schönes Kompliment, und so kuschelte ich mich tiefer in meinen Mantel und döste ein.

Wie immer wurde ich, kurz bevor wir bei mir vor der Haustür hielten, langsam wieder wach und blinzelte in die hellen Straßenlaternen. Zur Verabschiedung drückte ich die beiden und erinnerte Jule daran, dass sie mir bitte noch kurz eine Nachricht schicken sollte, wenn sie auch angekommen war. Erst als ich an der Haustür war und noch mal winkte, fuhren sie weiter.

Ich horchte, ob meine Mutter auch wirklich schon im Bett war, und ging in Küche. Innerhalb von nicht mal fünf Minuten aß ich drei Joghurts, eine 300-g-Tafel Schokolade und den Rest der Gemüselasagne, die noch im Kühlschrank stand. Bestimmt hatte sie die beiden Stücke eh für mich zum Mittag aufgehoben. Dann legte ich meine Tasche ins Zimmer und ging noch ins Bad, um mich abzuschminken und fürs Bett fertig zu machen, bevor ich unter die Decke krabbelte. Ich spürte die angenehme Wärme und streckte die Füße Richtung Wärmflasche, die wie immer nach Konzerten auf mich wartete. Meine Mama war echt die Beste.

Plötzlich zuckte ich zusammen und griff nach meinem Handy. 30 Minuten! Jule musste doch längst zu Hause sein, aber geklingelt hatte es noch nicht. Ein Glück, doch, ich hatte es nur nicht gehört. Und da war noch eine zweite Nachricht von Ben: »Schlaf gut und träum' was Schönes.«

Mir fielen schon fast die Augen zu, als ich Jule ein Kuss-Emoji als Antwort schickte. Im Senden-Moment riss ich die Augen auf. Mist, die Nachricht war an Ben gegangen.

Schnell schickte ich ihm ein erklärendes »Ups, sorry, der war eigentlich für Jule gedacht« hinterher. Aber noch während ich das Handy wieder auf meinen Nachttisch legen wollte, sah ich seine Antwort: »Ja, ja … ;)«

Ich hasse Krankenhäuser

»The moment I wake up – before I put on my make up – I say a little prayer for you« weckte mich meine Guten-Morgen-Hymne, und ich streckte mich erst mal ausgiebig, bevor ich mir die Augen rieb und die Rollläden hochzog. Was für ein wunderschöner Tag, der Himmel war blutrot, und die mit Tau bedeckten Äste vor meinem Fenster glänzten im Sonnenlicht. Die letzten Töne des Songs wartete ich noch ab, dann beendete ich den Wecker, ging rüber ins Badezimmer und stellte mich unter die Dusche.

Es tat so gut, meinen Kopf der Duschbrause entgegenzustrecken und die feinen Wasserperlen auf meinem Gesicht zu spüren. Während ich mich einseifte, musste ich daran denken, wie Ben Jule und mich mal scherzhaft als Synchronschwimmerinnen bezeichnet hatte. Er fand es absolut bemerkenswert, dass wir nicht nur wie selbstverständlich die Sätze des anderen beendeten, sondern auch unsere Bewegungen exakt parallel abliefen, wenn wir uns zum Beispiel was zu trinken eingossen.

Ich schäumte das lecker riechende Duschgel auf, schaute an mir runter und fragte mich, ob es wohl auch Shaping-Badeanzüge gab, die das alles in die richtige Form pressten. Oder zumindest in irgendeine Form, die Sinn machte. Aber was war dann mit den Beinen und Armen, die schwabbelten dann ja trotzdem weiter munter in der Gegend rum.

Na ja, war ja auch egal, ich hatte eh nicht vor, in nächster Zeit ins Schwimmbad zu gehen, und wenn ich dann doch noch mal irgendwann gehen sollte, dann ganz bestimmt nicht mit Jule. Neben ihr sah ich ja erst recht aus wie ein gestrandeter Wal.

Ich stieg aus der Dusche, huschte an dem großen Standspiegel vorbei, ging doch noch mal einen Schritt zurück und war mal wieder geschockt. Wenn jemand noch einen Beweis für die Erdanziehungskraft suchte: Hier war er! Ich zog mit aller Kraft den Bauch ein und machte die Schultern gerade. Kein Unterschied. Also drehte ich mich ins Profil und wiederholte das Spiel. Doch, so sah man zumindest eine kleine Veränderung. Als würde es tatsächlich was bringen, drückte ich auch noch die Zunge gegen den Gaumen, und so blieb ich stehen. Zumindest für zehn Sekunden, denn dann musste ich Luft holen. Also drehte ich mich bei exakt neun Sekunden vom Spiegel weg und auch nicht wieder um. So!

Es musste doch irgendwie zu schaffen sein, bis zum Silvester-Gig wieder in diesen Hosenanzug zu passen. Yepp, das war ein realistisches Ziel, und über den Weg dahin machte ich mir Gedanken, wenn ich nachher pappsatt auf der Couch lag. Man sollte nicht mit leerem Magen einkaufen gehen, und noch weniger sollte man mit leerem Magen Diätpläne erstellen.

In der Küche saß meine Mutter schon beim Frühstück und begrüßte mich mit einem vorsichtigen Lächeln. »Guten Morgen. Na, wie geht's dir?«

»Ganz gut«, antwortete ich, »wir hatten einen tollen Abend, und Ben hat einen Plattenvertrag bei 'nem großen Musiklabel unterschrieben.«

»Oh, und was bedeutet das jetzt für eure Band?«, stellte sie genau die Frage, über die ich nicht nachdenken wollte. Konnte denn nicht mal irgendjemand einfach nur sagen, dass er sich für Ben freute?!

Ich dachte kurz nach und sagte dann ehrlich: »Das weiß ich nicht, ich glaube nicht, dass sich groß was ändern wird. Vielleicht wird es schwierig, die Termine zu koordinieren, aber die werden sich da bestimmt auch ein bisschen nach ihm richten. Erst mal abwarten. Im Moment freut er sich einfach nur, und ich freue mich mit ihm.«

»Wie war's gestern bei Ralf, konntest du zu ihm ins Zimmer gehen?«, schob ich schnell hinterher und war erschrocken, dass ich diese Frage nicht als Allererstes gestellt hatte.

Meine Mutter lächelte. »Nein, ich habe ihn nur durch die Scheibe gesehen. Er hat friedlich geschlafen, da wollte ich nicht stören. Aber die Ärzte sagen, dass es ihm schon wieder sehr viel besser geht. Das Fieber haben sie ziemlich schnell in den Griff bekommen, und gegen die Entzündung bekommt er jetzt Kortison. Es kann sogar gut sein, dass er heute schon wieder auf der normalen Station liegt.«

Dann schaute sie auf die Uhr. »Was? Schon fast zehn? Dann muss ich jetzt los, wir wollen doch nach Münster zum verkaufsoffenen Sonntag. Vielleicht finde ich eine schöne Tasche, meine alte ist ja schon so schäbig!«

Ich stibitzte ihr im Vorbeigehen das halbe Brötchen mit Nutella und sagte mit vollem Mund und unschuldigem Blick: »Du musst los und hast eh keine Zeit mehr, es zu essen.«

Während sie ihre Jacke anzog und sich auf den Weg machte, gab ich mich einer absoluten Geschmacksexplosion hin. Klar, Nutella war im Grunde nichts anderes als Schokolade, aber irgendwie viel süßer. Der absolute Wahnsinn. Als ich aus dem

Fenster beobachtet hatte, dass meine Mutter auch ganz sicher losgefahren war, holte mir einen langen Eislöffel, dann das Nutellaglas und ging rüber ins Wohnzimmer.

Ein bisschen gekühlt schmeckte Nutella einfach am besten. Ich setzte mich im Schneidersitz auf die Couch, bemerkte, dass das auch schon mal einfacher ging, und schaltete den Fernseher an. Es lief irgendeine Serie, wo man auch noch bei der 100. Folge reinzappen konnte und bereits nach fünf Minuten komplett Bescheid wusste, wer verliebt und wer im Streit war. Aber egal, Hauptsache es lief irgendwas, dass ich meine eigenen Kaugeräusche nicht hören musste.

Je mehr Nutella ich vom Löffel leckte, desto unspektakulärer wurde der Geschmack. Vielleicht hatten meine Geschmacksnerven auch einfach Selbstmord begangen. Egal, ich hatte nun schon angefangen, jetzt kratzte ich das Glas auch aus. Ich musste nachher nur daran denken, ein neues zu kaufen. Wie viel war denn da schon raus gewesen? Na ja, so ganz genau hatte meine Mutter da bestimmt nicht darauf geachtet.

Während ich rüber in mein Zimmer ging, plante ich meinen Tag: Erst in unser altes Haus, dort ein bisschen klar Schiff machen, rüber ins Krankenhaus, und von da war es dann auch gar nicht weit bis zum *7Days*. Schnell einkaufen, nach Hause auf die Couch und *Dirty Dancing* gucken. Ich liebte den Film, hatte ihn bestimmt schon zehnmal geschaut, und ich ertappte mich dabei, wie ich leise »Ich habe eine Wassermelone getragen« murmelte.

Warum tust du mir das an?

Ganz automatisch, als würde ich hier noch jeden Tag ein und aus gehen, drehte ich den Schlüssel herum und betrat mein altes Elternhaus. Sofort schlug mir wieder dieser widerliche Geruch entgegen, und ich zog meinen Schal vor Mund und Nase. Komisch, wieder hier zu sein.

Ich ging rüber in die Küche, nahm einen großen Müllsack, sammelte alle leeren und halb leeren Flaschen ein, schüttete die teilweise schon verschimmelten Reste in den Küchenabfluss und ließ die Flaschen in dem großen Sack verschwinden. Die

Erinnerung, dass mein Vater sich genau eine von diesen Flaschen an den Mund gesetzt hatte, um daraus zu trinken, ließ mich würgen.

Als ich wieder im Wohnzimmer stand, überlegte ich, was ich mit dem großen Fleck im Teppich anstellen sollte. Da er quadratisch war, entschloss ich mich, ihn einfach um 90 Grad zu drehen. So konnte ich den Fleck unter dem Sessel verstecken, auf dem ich früher immer gesessen hatte, wenn wir hier abends zusammensaßen.

Ich setzte mich in meinen alten Sessel. Erschreckend, wie vertraut es sich immer noch anfühlte. Nur mein Hintern war deutlich breiter geworden, er passte nicht mal mehr in meine Sitzkuhle, die sich in all den Jahren passformgenau ins Polster gewölbt hatte.

Ich strich mit den Händen über das raue, abgewetzte Leder. Wenn es nicht mein alter Platz gewesen wäre, hätte ich mich niemals freiwillig in so einen heruntergekommenen Sessel gesetzt. Der war doch eigentlich nur noch Sperrmüll. Seit wir ausgezogen waren, hatte sich wirklich nichts verändert: Nicht nur die Regale und die Schränke, sondern auch die Bücher standen noch genau an ihrem Platz. Es war, als sei die Zeit hier stehen geblieben.

Es war so bedrückend, wieder hier zu sein, und das lag nicht nur an den Ereignissen des Vortags. Wenn ich genug Abstand hatte, kamen mir immer so viele schöne Erinnerungen an meinen Vater in den Kopf. Jetzt, wo ich hier war, waren es nur die Erinnerungen, die mich dazu brachten, das alles vergessen zu wollen. Und auch jetzt wollte ich einfach nur noch hier weg.

Nachdem ich alles zumindest oberflächlich in Ordnung gebracht hatte, wagte ich mich ins Badezimmer und musste an die armen Klofrauen im *Babylon* denken. Ich fand es so abartig, wie manche Frauen öffentliche Toiletten verließen. Eine Klobürste war verdammt noch mal kein Dekoartikel, vielleicht sollte das mal jemand dranschreiben.

Ich schloss die Tür hinter mir zu, sah wieder, wie sich die Gardinen bei den Nachbarn bewegten, und machte mich auf den

Weg zu meinem Vater. Auch wenn ich Krankenhäuser hasste, freute ich mich auf die Desinfektionsmittelspender am Eingang.

»Zimmer 432 im 4. Obergeschoss« war die Auskunft, die ich von der Dame am Empfang bekam und mit jedem Schritt auf dem frisch gewischten PVC-Boden wurde das mulmige Gefühl in meinem Magen schlimmer. Vor seinem Zimmer blieb ich stehen und wollte am liebsten gleich wieder umkehren. Ich wusste doch auch gar nicht, wie ich ihm jetzt gegenübertreten sollte. Es war ihm sicher total unangenehm, dass ich ihn so gefunden hatte. Und mir war peinlich, dass es ihm peinlich war.

Als ich klopfte und eine Frauenstimme »Herein!« rief, war ich so unfassbar erleichtert, Heike neben dem Bett sitzen zu sehen. Sie strahlte mich an und kam mir mit geöffneten Armen entgegen. »Deinen Papa kann man auch kein Wochenende alleine lassen. Ich werde nie wieder wegfahren«, lachte sie. »Ich bin so froh, dass du da warst. Nicht auszudenken, was hätte passieren können.« Während sie mich gar nicht mehr loslassen wollte, sah ich über ihre Schulter hinweg meinen Vater an.

Ich konnte seinen Blick nicht richtig deuten. Irgendwie eine Mischung aus Freude und Scham. Heike schob mich hinüber an sein Bett, und auch wenn ich erst zögerte, umarmte ich ihn doch. Er duftete gut, wie frisch geduscht, aber da war noch etwas anderes. Pfefferminz. Mein Puls fing an zu rasen, und meine Gedanken überschlugen sich. Von wem hatte er hier im Krankenhaus Alkohol? Er wird ja wohl kaum selbst zum Kiosk gegangen sein, nicht in diesem Zustand. Von Heike? Nein, das glaubte ich nicht, das wollte ich nicht glauben.

»Dieses schlimme Knie«, kam es von Heike, »ich habe ihm so oft gesagt, dass er damit dringend zum Arzt muss. Das hätte ihn fast das Leben gekostet, wenn du ihn nicht gefunden hättest.« Ich wusste überhaupt nicht, was ich sagen sollte, ohne ihn bloßzustellen. Mein Vater und ich schauten uns in die Augen, sagten aber beide kein Wort. Heike bemerkte die merkwürdige Stimmung zwischen uns und verließ das Zimmer unter dem Vorwand, etwas zu trinken zu holen.

»Warum tust du mir das an?«, fragte ich ihn und sah erschrocken, wie ihm sofort Tränen in die Augen stiegen. Als ich seine raue und zittrige Hand in meine nahm, spürte ich nichts, und auch er schaute mich einfach nur mit großen Augen an und blieb stumm. Hatte er mir denn gar nichts zu sagen? Er war doch schließlich schuld an all dem hier, aber die Verantwortung? Nein, die übernahm er nicht. Ich musste hier raus, länger konnte ich das nicht mehr ertragen. Mein Vertrauen hatte er schon längst verloren, jetzt gerade verlor er meinen Respekt.

Als ich aufstehen wollte, um zu gehen, hielt er meine Hand fest. »Mein Mädchen, ich kriege das in den Griff, versprochen!«, flüsterte er fast tonlos.

Ich öffnete die Klappe seines Nachttischs, nahm den Flachmann, der in eine Zeitung gewickelt war, und drückte ihm die halb leere Flasche auf die Brust. »Du bekommst das nicht in den Griff – du brauchst Hilfe.«

Ich war gerade im Begriff zu gehen, als Heike zurück ins Zimmer kam. »Bleibst du nicht noch etwas? Ich könnte uns einen Kaffee und Kuchen holen«, fragte sie verwundert. Wortlos ging ich an ihr vorbei. Erst als ich schon in der Tür stand, drehte ich mich noch einmal um. »Mach dir keine Mühe, ich bin mir sicher, er zieht diese Flasche einem Kaffee vor«, und deutete auf den Flachmann in seiner Hand.

Draußen auf dem Flur war niemand zu sehen. Ich lehnte mich mit dem Rücken gegen die Wand und nahm die Hände vors Gesicht. Ich erwartete, in Tränen auszubrechen, aber es kam nichts. Ich stand einfach nur da, fühlte mich vollkommen leer und war nicht mal mehr traurig oder sauer, ich fühlte nichts und ging, ohne mich noch mal umzudrehen, rüber zu den Aufzügen.

Als sich die Türen schlossen und ich direkt vor meiner Nase die Werbung vom Bistro in der 1. Etage sah, kamen mir Pommes, klebrig süße Schaumküsse und sahniges Vanilleeis mit dickflüssiger Karamellsoße in den Sinn. Und da war er wieder, dieser süßliche Geschmack in meinem Mund, der mir so widerlich vertraut vorkam, dass ich nur darauf wartete, dass es wieder losging. Ja, dass mich dieses Gefühl der Gier überwältigte und ich keine Wahl mehr hatte.

Ich wusste, dass ich jetzt noch eine Chance hatte, auszubrechen, mich abzulenken, es aufzuhalten. Ben anrufen, Jule oder

Sophie, da waren tausend Möglichkeiten, aber ich wollte nicht. Ich wollte fressen, ich wollte stopfen, und ich wollte mich dafür verurteilen und hassen. Ich wollte Wut und Enttäuschung spüren, denn dieses Gefühl stand mir verdammt noch mal zu. Ich hatte es verdient, zu leiden, mich schlecht zu fühlen und enttäuscht zu sein. Und wenn ich das bei meinem Vater nicht zulassen konnte, dann eben bei mir.

Der Produktmanager

Als ich nach wenigen Haltestellen am *7Days* ankam, sah ich schon durch die Scheibe, dass kaum Kunden im Laden waren und hinter der Kasse an diesem Tag eine ziemlich dicke, ältere Frau saß. Ihre schon leicht ergrauten und sehr strähnigen Haare hatte sie zu einem Zopf gebunden, und ihr Gesichtsausdruck verriet, dass sie an jedem anderen Ort lieber gewesen wäre als hier. Ich war aber ehrlich gesagt sehr froh, dass in diesem Moment genau sie an der Kasse saß. Auch wenn sie nicht ganz so dick wie ich war, brauchte ich mich vor ihr nicht für meinen definitiv mehr als ungesunden Einkauf zu schämen und legte alles auf den Verkaufstresen. Ohne mir in die Augen zu schauen, nahm sie meine EC-Karte, ließ mich den PIN eingeben, um die 52,73 Euro abzubuchen, und reichte mir zwei Tüten.

Als ich gerade beim Einpacken war, rief Jule an. Mist, ich wollte ihr doch Bescheid geben, wie es meinem Vater ging. Das hatte ich total vergessen. Ich ließ das Handy wieder in die Tasche gleiten, packe das restliche Zeug in die Tüten und machte mich auf den Weg zur Bushaltestelle.

Zum Glück kam der Bus pünktlich und es war noch eine Bank frei, sodass ich mich nicht neben jemanden setzen musste. Ich überlegte hin und her, ob ich Jule anrufen oder ihr einfach nur eine schnelle Nachricht schreiben sollte, um einem längeren Gespräch aus dem Weg zu gehen, als plötzlich Ben anrief und unser Foto auf dem Display erschien.

Vor lauter Schreck ließ ich das Handy fallen, und es rutschte unter dem Sitz hindurch, genau zwischen die Beine der Frau vor mir. Beim Versuch, mich danach zu bücken, stieß ich gegen eine der Tüten, und einige Tafeln Schokolade und die Familienpackung Eis fielen raus. Na super.

Sie hob das Handy und die Schokoladen, die direkt daneben gelandet waren, auf und drehte sich zu mir um. Eine makellose Haut, ein sehr schlankes Gesicht, dezent geschminkt, aber trotzdem fand ich sie nicht hübsch. Was vermutlich an ihrem herablassenden Blick lag, der vom leuchtenden Display zu der Schokolade in ihrer Hand und schließlich zu mir wanderte. »Hübscher Typ!«, sagte sie, und ihr Tonfall machte sehr deutlich, wie verwundert sie war, während sie mir die Schokolade hinhielt, als würde es sie umbringen, diese auch nur noch eine Sekunde länger halten zu müssen.

Selbst wenn ich mal für einen kurzen Moment vergaß, dass ich nicht der Norm entsprach, so ein Gesichtsausdruck erinnerte mich daran. Ich zog meinen Mantel enger um meinen Körper, steckte die Schokoladen zurück in die Tüte und verschränkte die Arme vor meiner Brust. Am liebsten wollte ich alles, was ich eingekauft hatte, einfach hier im Bus stehen lassen.

Wieder vibrierte es. Wieder Ben. Eigentlich hätte ich ihn zwar lieber von zu Hause aus ganz in Ruhe zurückgerufen, aber es schien sehr dringend zu sein. Ich ging mit einem leicht ironischen, aber gut gelaunten »Na, hast du Sehnsucht?« ran, damit die Frau vor mir es auch auf jeden Fall mitbekam. Aber es blieb mir fast im Hals stecken, denn schon bei seinem »Hallo« hörte ich deutlich, dass irgendwas nicht in Ordnung war.

»Lea? Verstehst du mich? Ich bin im Zug und das Netz ist beschissen. Ich komme bei unserer Page nicht ins Backend. Ich kann mich nicht mehr einloggen. Kannst du mir kurz dein Passwort sagen?« Er klang unglaublich angespannt.

»Wozu musst du dich denn einloggen? Ich habe doch alles, was du mir geschickt hast, online gestellt. Ist bei dir alles in Ordnung? Du hörst dich nicht so an«, unterbrach ich ihn.

Einen kurzen Moment herrschte Stille, bevor er tief Luft holte und leise »Nein, hier ist gar nichts in Ordnung« sagte. Dann fasste er sich, und seine Stimme wurde deutlich fester: »Wir müssen dafür sorgen, dass ich sofort von der Bandpage verschwinde. Die vom Label wollen das richtig groß aufziehen, da darf mein

Gesicht nicht bei 'ner x-beliebigen Coverband auf der Startseite erscheinen.« Dann war es wieder still.

»Können sie dir das denn so einfach verbieten?«, fragte ich entgeistert und wollte gerade weiterreden, als er mir ins Wort fiel: »Lea, das sind hier keine Spielchen. Die müssen mir gar nichts verbieten! Das sagt einem doch schon der gesunde Menschenverstand: Wenn du als Musiker in der Branche ernst genommen werden willst, darfst du dich nicht als Sänger einer x-beliebigen Coverband präsentieren, das ist doch logisch. Die wollen mich ganz groß rausbringen, mein Produktmanager hat bald echt 'ne Menge zu tun. Dafür muss man halt Opfer bringen. Das ist meins.« Er atmete schwer. »Ich will hier einfach alles richtig machen.«

Hatte er gerade wirklich »x-beliebige Coverband« gesagt?! Obwohl ich mich fühlte, als würde mir der Boden unter den Füßen weggerissen, versuchte ich, es mir nicht anmerken zu lassen: »Ben? Ich bin in weniger als zehn Minuten zu Hause, dann nehme ich die Seite erst mal offline. Okay?«

Mit einem hastigen »Lea, du bist die Beste!« legte er auf und ließ mich zurück. Mein Puls raste, und als sich die Türen an der nächsten Haltestelle öffneten, spürte ich mit dem Windzug kalten Schweiß auf meiner Haut. Unfähig mich zu bewegen saß ich da, umkrallte mein Handy und kaute auf meiner Zunge, bis ich Blut schmeckte. »Mein Produktmanager«, hallte es immer wieder durch meine Gedanken. Die Vorstellung, dass Ben von diesem komischen Major Label nur als Produkt gesehen wurde und ihn das nicht mal zu stören schien, machte mich fassungslos. Das sollte jetzt sein wahr gewordener Traum sein?

Mein Blick fiel auf die bis obenhin vollgestopften Einkaufstüten zwischen meinen Beinen, als erneut mein Handy vibrierte, und dieses Mal war ich regelrecht erleichtert, Jules Bild zu sehen. »Hallo Maus, ich wollte nicht stören, nur fragen, wie es deinem Dad geht«, hörte ich ihre sanfte Stimme und musste schlucken. Was würde denn jetzt aus unseren Wochenenden, wenn sich Joyning wirklich auflösten?

»Lea? Geht es ihm wieder schlechter? Was ist los? Wo bist du?«, fragte sie erschrocken, als ich keinen Ton rausbrachte.

»Nein, meinem Vater geht's besser, zumindest was die Blutvergiftung angeht, aber hast du schon das von Ben gehört?«

Jule war stocksauer. »Oh Mann, hat er dich also doch angerufen? Tobi hat ihm extra gesagt, dass er dich heute bloß mit seinem Scheiß in Ruhe lassen soll.«

Ich hörte sie seufzen und versuchte, es zu erklären: »Er brauchte nur kurz mein Passwort, seins scheint gesperrt zu sein. Ich habe ihm dann angeboten, ihm zu helfen. Du weißt doch, wie blöd so was im Zug immer ist.«

Plötzlich hörte ich im Hintergrund Tobi: »Kann ich sie mal kurz sprechen?«, und ehe ich was sagen konnte, gab Jule ihm schon den Hörer: »Lea, tu mir bitte einen Gefallen und lass dich von dem Typen nicht immer so einspannen. Er hat immer ganz ehrlich gesagt, dass er für so eine Chance über Leichen gehen würde. Über Leichen, Lea, verstehst du? Ben interessiert schon lange nicht mehr, wie es den Menschen in seiner Nähe geht. Jegliche Empathie hat er sich in den letzten Jahren abtrainiert. Ben hat keine Freunde mehr, und das liegt nicht an mir oder den Jungs. Den wichtigsten Menschen hat er vor Jahren verloren, jetzt verschenkt er den Rest.«

Ich hatte Tobi noch nie so wütend erlebt und versuchte ihn zu besänftigen: »Aber ihr beide seid doch beste Freunde?! Das hast du selbst gesagt. Das ist bestimmt alles nur ein Missverständnis.«

Tobi seufzte. »Lea, Freundschaften verändern sich, genauso wie sich Menschen verändern. So ist das nun mal, und dass er Karriere machen will, ist alles gut und schön, aber uns so vor vollendete Tatsachen zu stellen, ist unfair. Er kann nicht verlangen, dass wir alle von jetzt auf gleich unsere Jobs kündigen. Wie soll das denn funktionieren? Das mit der Musikkarriere ist sein Traum, nicht unserer. Und, ja, vielleicht haben wir den Moment verpasst, ihm das mal so deutlich zu sagen, aber was er da grad abzieht, ist scheiße.« Er machte eine kurze Pause. »Und du brauchst ihn auch gar nicht so in Schutz zu nehmen, das hat er wirklich nicht verdient.«

So konnte ich das einfach nicht stehen lassen: »Ich versteh das alles nicht, du hast doch auch gesagt, dass man solche Chancen nutzen muss, und dich gefreut. Oder nicht?«

Tobi räusperte sich, und sein Tonfall klang nun zum Glück wieder sanfter: »Natürlich hört sich so was im ersten Moment wie das ganz große Los an. Aber für so einen Schritt muss man bereit sein, alles aufzugeben. Und wer sagt uns, dass das alles so funktioniert? Wer garantiert uns denn diesen Erfolg, von dem er da redet? Du bist andauernd auf Tour und ständig unterwegs, um dein neuestes Album zu promoten. Termine werden dir nur noch von deinem Plattenlabel diktiert, und du musst zu 100 Prozent nach deren Pfeife tanzen. Die können ihm ja nicht mal sagen, ob er Silvester noch mal mit uns auftreten darf, obwohl dieser Vertrag mit dem *Babylon* vor seinem Deal abgeschlossen wurde. Wir bekommen da jetzt auch Probleme, wenn Ben nicht singt.« Ich musste schlucken. »Lea, natürlich wird das Rockstarleben immer so glamourös wie möglich dargestellt, und ab einem gewissen Status ist es das sicher auch, aber auf dem Weg dorthin musst du sehr viel ertragen. Und dazu ist einfach nicht jeder bereit. Ben hat nichts zu verlieren. Er hasst seinen Job, hat keine Beziehung und auch sonst gibt es nichts in seinem Leben, dem er auch nur eine Träne nachweinen würde. Er flüchtet sich in seine Songs und seine Texte, weil er die Wirklichkeit nicht mehr ertragen kann. Er lässt doch schon seit Jahren niemanden mehr an sich ran. Für ihn ist alles, was ihn da rausholt, eine Erlösung.«

Mit zittrigen Fingern hielt ich das Handy, und der scheußliche Geschmack von mehr und mehr Blut ließ mir einen Ekelschauer über den Rücken laufen. Konnte er nicht einfach still sein?

»Lea, ich bin sehr froh, dass es deinem Vater besser geht. Jule hat mir alles erzählt. Kümmere dich um ihn, er hat deine wertvolle Zeit sicher mehr verdient als Ben.« Tobis letzte Sätze trafen mich wie ein fester Schlag in den Magen. Was hatte er da gerade gesagt? Jule hatte ihm alles erzählt? Was bei mir zu Hause los war, ging einfach niemanden etwas an! Wie konnte sie mir das nur antun? Ich hatte das Gefühl, mich übergeben zu müssen.

»Ich bin mit dem Bus unterwegs und muss hier raus!«, war alles, was ich noch rausbrachte, dann legte ich auf, nahm meine Tüten und verließ den Bus an der nächsten Haltestelle.

Auf dem letzten Stück Fußweg hörte nur noch ein helles, monotones Pfeifen in meinem Kopf, sonst war es komplett still in mir. Ich setzte einfach nur noch einen Fuß vor den anderen, und mit jedem Schritt fiel es mir schwerer. Ich konnte kaum noch atmen, meine Lunge war wie eingequetscht. Als würde ich einen schweren Panzer tragen, der sich immer und immer enger um mich schloss und mich dabei mit aller Kraft nach unten in die Tiefe zog. »Nur noch die letzten drei Stufen, dann hast du es geschafft!«, versuchte ich mich selbst zu beruhigen, als ich nicht mal mehr meine Beine spürte.

Wie ferngesteuert ließ ich die Einkaufstasche im Flur fallen und ging an meinen Computer. Es dauerte ein bisschen, bis ich meine Finger wieder bewegen konnte, durch die schwere Last der Tüten war die Blutzufuhr abgedrückt worden. Dann loggte mich auf unserem Webportfolio ein, während oben rechts in der Mitteilungszentrale eine Veranstalteranfrage nach der anderen eingeblendet wurde.

Nach wenigen Klicks poppte das Fenster »Möchten Sie Ihre Homepage under construction setzen?« auf, und während ich auf »Ja, meine Seite auf under construction setzen« drückte, stiegen mir Tränen in die Augen. Erst folgte eine Bestätigung, dann öffnete sich unsere Bandpage: »Diese Seite befindet sich im Umbau. Besuchen Sie uns zu einem späteren Zeitpunkt wieder.« Das war es, jetzt war es wirklich vorbei.

Es war wie ein Blackout

Um mich herum verschwamm alles, und endlich konnte ich es zulassen, ich stürzte in die Tiefe, es war wie ein Blackout. Der freie Fall fühlte sich gut an, einfach alles nur noch geschehen lassen, einfach loslassen und nichts mehr in der Hand zu haben. Was hier passierte, lag nicht mehr in meiner Macht, und der Gedanke machte mich frei. Doch je tiefer ich stürzte, desto mehr stiegen Wut, Angst und Enttäuschung in mir hoch. Am liebsten hätte ich ganz laut geschrien, doch ich blieb stumm.

Das Eis, die Schokolade, die Chips … Ich verschlang alles, was ich gekauft hatte. Immer mehr, immer hastiger. Ich fühlte mich wie eine fremdbestimmte Marionette, getrieben von einer inneren Panik, von einer grenzenlosen Gier. Bei den ersten Bissen nahm ich den Geschmack noch wahr. Das kühle sahnige Eis, die salzigen Chips und die süßen Schaumküsse. Aber ich konnte gar nicht so schnell schlucken, wie ich nachstopfte, und schon nach kurzer Zeit vermischte sich alles zu einem undefinierbaren Brei.

Trotzdem funktionierte es, denn jeder weitere Bissen ließ mich das Gespräch mit Ben ein bisschen mehr vergessen. Ließ die schrecklichen Bilder von meinem Vater ein bisschen mehr verblassen und Jules Vorwürfe leiser werden. Ich wollte nichts mehr spüren, rein gar nichts mehr. Und je mehr sich mein Magen gefüllt hatte, desto weniger Platz war da für Gefühle.

Also schlang ich weiter, ohne zu kauen, einfach nur rein damit – bis ich so voll war, dass selbst das Schlucken schwerfiel. Aber die Gefühle hatten sich zurückgekämpft und ihren Raum gefordert. Plötzlich war mir so, als würde dieser abscheuliche Brei aus fettem, schleimigem Essen und Ängsten aufquellen. Als würde es immer mehr und mehr in mir werden. Ich ekelte mich vor dieser widerlichen Masse in mir, und noch mehr ekelte ich mich vor mir selbst. Was hatte ich nur getan?

Ich musste mich von all dem befreien, und während mir kalter Schweiß auf die Stirn trat, bin ich ins Bad gegangen, habe mich vor die Toilette gekniet, meinen Finger genommen und ihn mir ganz tief in den Hals gesteckt, bis mein Körper sich nicht mehr gegen den Würgereflex wehren konnte. Es war ein seltsames Gefühl, aber es hat den einschnürenden Panzer um meine Brust gesprengt. In dem Moment, als sich der Schwall von Erbrochenem in die Toilettenschüssel ergoss, hatte ich die Kontrolle über mich zurückgewonnen. Ganz allein ich hatte die Macht, zu entscheiden, was in meinem Körper vor sich ging. Und mich erschreckte der Gedanke, wie gut es tat.

Mit der glitschigen Hand wischte ich mir den schmierigen Schleim vom Mund, und als ich aufstand und in den Spiegel sah, traf mich fast der Schlag. Meine Augen waren knallrot, und um sie herum waren ganz viele dunkelrote, ja, fast schon lilafarbene Sprenkel. In meinen Haaren hingen feuchte Brocken und in meinen Mundwinkeln klebte milchiger Brei. Ich sah beschissen aus. Richtig beschissen.

Mit kaltem Wasser wusch ich mir das Gesicht, putzte die Zähne, um diesen widerwärtigen Kotzegeschmack loszuwerden, und drückte die Toilettenspülung. Wieder und wieder, bis auch der letzte Rest des schleimigen Breis verschwunden war. Dann nebelte ich alles so stark mit Raumspray ein, dass ich kaum noch atmen konnte, und verließ das Bad.

Im Wohnzimmer stopfte ich die aufgerissenen Kartons und Packungen, die auf dem Couchtisch herumlagen, in einen großen Sack und verstaute ihn unter dem anderen Müll in der Tonne. Hatte ich das gerade wirklich gegessen? Alles? An den Pudding konnte ich mich gar nicht erinnern.

Obwohl ich alle Fenster und Türen in der gesamten Wohnung aufriss, um den Gestank von Erbrochenem rauszubekommen, war es, als würde er mich verfolgen. Ich roch an meinen Haaren, ja, die stanken genauso widerwärtig wie meine Klamotten. Ich musste duschen.

Das warme Wasser tat unheimlich gut, und ich atmete ganz tief den frischen Duft ein, während ich mich wieder und wieder einschäumte und abduschte. So etwas durfte mir nie wieder passieren. Ich durfte nie wieder so sehr die Kontrolle verlieren, sonst war ich genau wie mein Vater. Das durfte ich auf gar keinen Fall zulassen! Ich war nicht süchtig, ich nicht!

Mit diesem Gedanken stieg ich aus der Dusche, schlüpfte in meine Schlafklamotten und schmierte mir noch schnell die aufgeplatzten Äderchen um die Augen mit Wund- und Heilsalbe ein. Bis zum nächsten Morgen war das hoffentlich schon wieder weg. Na ja, sonst musste da einfach mehr Concealer und Make-up drüber, das bekam ich schon irgendwie hin.

With or without you von U2 war der erste Song in meiner Playlist und lenkte die Gedanken natürlich wieder direkt zu Ben. Schon auf dem Stadtfest, als wir uns noch gar nicht kannten und er das Lied gesungen hatte, war da ein unsichtbares Band zwischen uns. Ich hatte schon da dieses Gefühl, als könnte er in mir wie in einem offenen Buch lesen, und inzwischen war er mir so nah wie niemand sonst. Sogar näher als Jule.

Tief in meine Decke gekuschelt lag ich mit offenen Augen da, starrte Löcher in die Decke und dachte über diese ganze Major-Sache nach. Obwohl ich schreckliche Angst hatte, ihn zu verlieren, konnte ich ihn verstehen. Das war alles, wovon er immer geträumt hatte, und nun wurde es wahr. »Dank mir«, schob ich gedankenverloren hinterher, ja, genau so hatte er es gesagt.

Ich nahm mein Handy und schrieb: »Hallo Großer, es tut mir leid, dass du vorhin so einen Stress hattest. Aber diesem Produktmanager muss doch auch klar sein, dass du nicht sofort an alles denken kannst. Also ich weiß nicht, wie es dir geht, aber ich bin die Königin der To-do-Listen und bis jetzt kannte ich keine mit dem Titel ›Ab heute Rockstar – eine To-do-Liste für den sicheren Einstieg‹. Ich hoffe sehr, dass ihr das klären konntet, und die Seite ist ja jetzt auch erst mal offline. Ich weiß nicht, ob es richtig war, diesen Vertrag einzugehen, aber ich weiß, dass du es ewig bereut hättest, es nicht zu tun. Du bist attraktiv, sehr charmant, manchmal auch arrogant, aber nicht so widerlich, sondern eher auf diese sexy Art, die uns Frauen gefällt … ach, du weißt schon. ;) Und du bist mit einer atemberaubenden Stimme gesegnet, die es verdient hat, gehört zu werden. Es ist also quasi deine gottverdammte Pflicht, Rockstar zu werden. Alles andere wäre eine Missachtung deiner Talente. Ach ja, und ein Mädchen aus der 1. Reihe hast du ja schließlich auch schon. Ganz nebenbei bemerkt, ist dieses Mädchen absolut überzeugt, dass es schon bald sehr voll in deiner 1. Reihe wird. Yepp, dieser unausweichliche Zustand lässt sie zwar jetzt schon etwas eifersüchtig werden, aber das gehört wohl einfach dazu. ;) Drück dich, Lea.«

Ich legte das Handy zur Seite und blätterte nachdenklich durch meinen kleinen Taschenkalender. Wie groß war wohl die Chance, dass Ben Silvester mit den Jungs zusammen im *Babylon* auf der Bühne stand? Natürlich war es egoistisch, mir das zu wünschen, aber vielleicht wäre ja ein letzter gemeinsamer Auftritt eine gute Möglichkeit, noch mal über alles zu sprechen und sich zu versöhnen. Wütend waren die anderen ja nur, weil jetzt alles so verdammt schnell gehen musste, aber das hatte Ben sicher auch nicht erwartet. Die rauften sich bestimmt wieder zusammen, und bis dahin hatte ich einfach die Hoffnung, dass es mit Silvester klappte.

Ich nahm einen Kuli und trug Tag für Tag ein halbes Kilo weniger ein, dabei musste ich unweigerlich lächeln. Natürlich war mir klar, dass mein Körper in den ersten Wochen kaum Fett verlieren würde, sondern wieder nur Wasser ausspülte, aber es war mir egal. Hauptsache zu Silvester passte der Hosenanzug wieder. Ja, das war das erklärte Ziel.

Ich war schon fast eingenickt, als ich aus dem Augenwinkel sah, dass mein Display leuchtete. Ben! Ganz langsam nahm ich das Handy und kostete den Moment der Vorfreude voll aus.

»Hallo Kleine! Danke für deine lieben Zeilen, das bedeutet mir wirklich viel. So viele neue Eindrücke! Heute habe ich bereits mehr erlebt als im ganzen letzten Jahr. Es ist zwar anstrengend, und der Tag ist noch lang nicht vorbei, da wir grad noch auf dem Weg zu 'nem Meeting sind, aber es macht Spaß, und es ist genau das, was ich immer machen wollte. Die sehen echt was in mir und brennen für die Vision. Obwohl so eine To-do-Liste schon was für sich hätte. ;) Aber ich habe hier ein tolles Team, und Jochen, der mich ab jetzt zu allen Terminen begleitet, wird mir in Zukunft sicher sehr gerne den einen oder anderen Wunsch erfüllen. ;) Schlaf gut, und träum was Schönes, Special. Ach, und egal wie viele Fans es hoffentlich noch werden, du bleibst immer mein Mädchen aus der 1. Reihe.«

Ich las mir seine Nachricht wieder und wieder durch, und von Mal zu Mal freute sie mich mehr. »Mein Mädchen aus der 1. Reihe.« Das hatte er wirklich geschrieben! Krass, so spät noch ein Meeting? Was für ein aufregender Gedanke, wie sie da wohl gleich zusammensaßen und seine Zukunft planten, über Songs sprachen und bestimmt auch über Marketingpläne. Nur war er nun auf der anderen Seite, denn ab jetzt ging es einzig und allein um ihn. Endlich bekam er die Unterstützung für seine Musik, nach der er sich so gesehnt hatte. Nur auf diesen Manager war ich schon irgendwie etwas neidisch. Ab jetzt war wohl er es, dem Ben alles zu verdanken hatte.

Wer war der Typ eigentlich?

Und tatsächlich fiel der Name Jochen in den kommenden Tagen immer häufiger. Wer war dieser Typ, der Ben da scheinbar gar nicht mehr von der Seite wich?

Ich war auf dem Weg zur Statistik-Vorlesung, als ich versuchte, Ben anzurufen. Ich stand noch völlig neben mir und konnte kaum fassen, dass dieses Telefonat mit meinem Vater gerade wirklich so stattgefunden hatte.

Seit ich Ralf im Krankenhaus besucht hatte, herrschte absolute Funkstille zwischen uns. Und jetzt rief er mich mal eben kurz, als ob nie etwas gewesen wäre, aus dem Auto an, um mir zu erzählen, dass er die Feiertage mit Heike und ihren Kindern irgendwo im Schnee verbringen wollte und ich mein Geschenk bekam, wenn wir uns im neuen Jahr trafen?!

Weil ich einfach nur fassungslos war und darauf nichts zu antworten wusste, schob er noch hinterher, dass ich doch eigentlich aus dem Alter raus sei, dass eine Bescherung am 24. sein müsste. Ernsthaft?! Als ob es mir um dieses beschissene Geschenk ging. Das konnte er sich sonst wohin stecken. Stocksauer habe ich aufgelegt, und als er es noch mal probierte, habe ich ihn weggedrückt. Der hatte sie doch nicht mehr alle!

Es klingelte immer noch. Konnte Ben nicht endlich rangehen? Er hatte mir doch vor nicht mal zehn Minuten geschrieben, dass er gleich vor Langeweile sterben würde und es meine Pflicht wäre, ihn davor zu bewahren. Danach trudelten, gefühlt im Sekundentakt, Fotos ein, die seine unzumutbare Situation unterstrichen. Ben in seinen verschiedenen Stufen des Wahnsinns. Daraus konnte man wirklich ein Daumenkino machen. Yepp, vielleicht sollte ich das mal diesem Jochen vorschlagen, wäre doch sicher ein schöner Merchandiseartikel. Wollte Ben mich jetzt etwa zur Bestrafung zappeln lassen, weil ich ihn nicht sofort angerufen habe? Beim Gedanken, dass das wirklich zu ihm passen würde, musste ich den Kopf schütteln. Das war so typisch.

Aber es war wirklich so: Der größte Anteil seines neuen Lebens bestand aus langweiligem Warten. Warten auf den Produzenten, warten auf die Interviewpartner, warten auf Fotografen, warten auf seinen Fahrer, denn ja, der feine Herr hatte jetzt einen Fahrer, und warten auf die Jungs vom Label. Nicht von seiner Seite wegzudenken war bei all dieser Warterei Jochen, der quasi Bens ganzen Tag durchstrukturierte, und wenn es sein musste auch noch die Nacht.

»*Was?!*«, dröhnte es plötzlich wie aus heiterem Himmel und ziemlich unfreundlich in mein Ohr, und ich schaute erschrocken aufs Display, ob ich mich vielleicht verwählt hatte. Aber, doch, da war Bens und mein Bild.

»Ist Ben zu sprechen?«, fragte ich verunsichert und hatte Angst, bei irgendeinem wichtigen Termin zu stören.

»Nein. Ben hat hier einen Job zu erfüllen. Das bedeutet: fokussieren, am Start sein und abliefern. Sei so gut und zwing mich nicht, noch deutlicher zu werden.«

Ich wollte gerade auflegen, als ich Bens Stimme hörte: »Das Handy, Jochen!«

Dann hörte ich lautes Fluchen, konnte aber nicht alles verstehen, da Ben das Mikro abzudecken schien, bevor es plötzlich still war – und blieb.

»Ben?«, fragte ich leise und in ebenso leisem Flüsterton kam von ihm zurück: »Ja?« Ich schob ein kaum hörbares »Warum flüstern wir?« hinterher, als er laut lachte: »Na, das weiß ich doch nicht. Du hast doch angefangen!«

Jetzt wusste ich schon gar nicht mehr, warum ich ihn eigentlich angerufen hatte, und lief eh schon seit 'ner Minute vor der Tür zum Audimax im Kreis.

»Lea? Bist du noch da, oder kannst du deinen eigenen Text nicht lesen? Ich dachte aus dem Zettel-Stadium sind wir inzwischen raus?«, kam es von Ben, und ich konnte mir nur allzu gut vorstellen, wie sehr er sich dafür innerlich feierte. Dann wurde er wieder ernster: »Hey, lass dich von dem Typen bitte nicht einschüchtern. Jochen ist grad einfach nur etwas leicht reizbar. So sind wir Männer, wenn wir nicht das bekommen, was wir wollen. Den bekomme ich schon in den Griff. Du kannst mich jederzeit anrufen, hörst du?« Da war wieder dieser merkwürdige Unterton, der mir schon öfter aufgefallen war, wenn es um Jochen ging.

Plötzlich rutschte mir »Der Typ ist sicher nur so unausgeglichen, weil's dem schon länger keiner mehr richtig besorgt hat« raus. Oh Gott, hatte ich das grad wirklich laut gesagt? Ich wäre am liebsten auf der Stelle im Erdboden versunken.

Während ich »Ben, du hast echt keinen guten Einfluss auf mich« hinterherschob, schaute ich mich um, aber ich stand mutterseelenallein vorm Hörsaal. Was ein Glück.

»Mein böses Mädchen. Dann weiß ich ja, woran's liegt, wenn du mal wieder unausgeglichen bist«, kam es bittersüß aus dem Handy, und ich konnte sein schiefes Grinsen deutlich vor mir sehen. Ich spürte förmlich, wie mir die Röte ins Gesicht stieg. Aber nach so vielen nächtlichen Telefonaten war ich ziemlich gut im Training: »Du verdirbst mich, Ben, wirklich! Und als unausgeglichen würde ich mich eigentlich nicht bezeichnen. Allenfalls etwas müde. Müde, weil ich mir nachts stundenlang die existenziellen Sorgen eines Rockstars anhören muss. Moment, lass mich ein Beispiel finden …« Ich tat so, als müsste ich kurz nachdenken, und fuhr dann in dem ironischsten Tonfall, den ich zu bieten hatte, fort: »Ach ja, vielleicht kannst du mir da ja sogar helfen! Sollte sich der Mann meiner schlaflosen Nächte seinen neuen Anzug lieber von Cinque oder Hugo Boss schenken lassen?«

Stille am anderen Ende. Also setzte ich noch einen drauf: »Ich weiß, ein äußerst schwieriges Problem. Ich bekomme deshalb auch kaum noch ein Auge zu. Influencer zu sein, ist schon ein verdammt hartes Los.«

Ich hörte, dass er sich ein Lachen verkniff, und so konnte ich auf der imaginären Wer-hat-das-letzte-Wort-Liste einen Punkt für mich verzeichnen. Es gelang mir zwar selten, aber es tat uns beiden ganz gut, wenn es dann doch mal passierte. Ich legte meinen Kopf in den Nacken und überlegte, die Vorlesung jetzt ganz zu schwänzen, aber wir hatten bald Prüfung.

Also beendete ich unser Telefonat mit einem sehr vergnügten »Ich muss jetzt zur Vorlesung, es gibt nämlich auch Menschen, die ihr Geld nicht auf Instagram verdienen«, ging rein und huschte schnell runter zu meinen Mädels, die mir zum Glück einen Platz ganz am Rand frei gehalten hatten.

»Wo warst du denn? Es lohnt sich doch kaum noch«, kam es neugierig von Jenny, und ich flüsterte, dass ich noch kurz telefonieren musste.

»Kurz?« Sie schaute auf ihre Uhr und schob dann grinsend »Ach, etwa mit ihm?« hinterher. Dabei legte sie mir plötzlich Ben mit seinen wild zerzausten Haaren, seinem markanten Dreitagebart, den stahlblauen Augen und vor Sex-Appeal strotzend, formatfüllend auf der Titelseite eines Star-Magazins auf den Tisch. Darüber die fette Schlagzeile: »Dieser heiße Rockstar kriegt sie alle.«

Noch nie hatte ich eine Zeitschrift so hastig durchgeblättert, bis ich endlich zu der Doppelseite kam, die mir fast den Atem nahm. In der Mitte war ein großes Bild von Ben. Nur mit einer zerrissenen, verwaschenen Bluejeans, die auf diese unfassbar sexy Art auf seinen Lenden saß. Mit dem Rücken an eine weiße Wand gelehnt, fuhr er sich gerade mit einer Hand durch die widerspenstigen, nassen Haare und dazu seine düster funkelnden Augen. Ich musste mich echt bemühen, nicht mit offenem Mund dazusitzen, und schaute mir auch den Rest an.

Um ihn herum waren die Bilder von fünf, absolut unfassbar gut aussehenden Frauen platziert. Alles irgendwelche Instagram-Models, denen er angeblich das Herz gebrochen hatte. Gab es so schöne Frauen wirklich? Ich wusste ja eigentlich, dass das alles retuschiert wurde, und mit einem Facetune und ein paar Filtern war heutzutage schließlich alles möglich, aber dieses Bild von Ben kam meinen Erinnerungen an den Morgen nach dem Abi-Ball schließlich auch verdammt nah.

Ich las den Artikel, der Ben als neuen Star am Rockfirmament beschrieb, dem die Herzen der Frauen nur so zuflogen. Er wollte sich aber aktuell auf keine feste Beziehung einlassen, da er sich voll und ganz der Musik widmete. Dazu Werbung für sein erstes Album, das Anfang des neuen Jahres zu erwarten war und auf dessen Veröffentlichung angeblich die ganze Musikbranche wartete. Daneben war ein Abriss seines stressigen Alltags als angehender Megastar.

Okay, der Typ, der diesen Text geschrieben hatte, wusste auf jeden Fall, wie man einen Newcomer zum Rockstar hypte. Von null auf 100 über Nacht.

Ich las den Text ein zweites Mal, denn irgendwas störte mich. Ja, zwischen den Zeilen beschrieb er Ben als unnahbar, selbstverliebt und arrogant. Machte das einen guten Ruf als Rockstar aus? War genau diese Attitude das, was man von einem Star inzwischen erwartete? Waren das diese Ecken und Kanten, die man brauchte, um nicht in der Masse an Talenten unterzugehen? Musste man vielleicht so unbequem sein, um aufzufallen?

Aber es stimmte schon. Tatsächlich waren es immer weniger Momente, in denen er seine Coolness und seine selbstgerechte, arrogante Art ablegte. Doch wenn er es tat, haute mich seine sensible und offene Art jedes Mal einfach nur um. Ich wusste, dass es ein Privileg war, ihn so zu erleben, und umso mehr bedeutete es mir, dass er bei mir einfach nur er selbst sein konnte. Als er neulich nicht einschlafen konnte und sich in seinem viel zu großen Hotelbett einsam gefühlt hatte, hat er mich noch nachts um drei angerufen. Dass ich in seinem ganzen Chaos der rote Faden sei, und selbst in den dunkelsten Hotelzimmern wie ein Sonnenstrahl in der Nacht. Vielleicht fiel es ihm einfach noch schwer, zwischen den beiden Welten zu switchen.

Gedankenverloren blätterte ich weiter durch das Heft, als ich bei der neusten Blitzdiät hängen blieb: Fünf Kilo in fünf Tagen mit der Molke-Kur. Mich schüttelte es zwar schon bei dem Gedanken, aber wenn's denn was brachte. Warum nicht. Den Hosenanzug hatte ich mir als Motivation an den Spiegel gehangen und daneben die Nachricht von Ben als ausgedruckten Screenshot:

»Hey Special, keine Ahnung, ob das was mit Silvester wird, die Anwälte sind dran, mich aus dem Vertrag mit dem *Babylon* zu boxen, aber es sieht nicht gut aus. Ich fänd's sogar ganz lustig. Außerdem haben wir uns schon viel zu lange nicht mehr gesehen. Daumen drücken.«

Und da ich bis jetzt noch nichts anderes gehört hatte, gab ich die Hoffnung noch nicht auf. Ich fotografierte mir die Zutaten-Liste ab und wollte Jenny die Zeitung zurückgeben, aber sie winkte nur ab, deutete auf die Uhr und flüsterte: »Ist doch eh gleich Schluss, behalt sie ruhig.« Also packte ich sie ein und freute mich über meinen ersten Artikel über Ben. Wie aufregend!

Ich musste jetzt doch eh noch mit Steffi in die Stadt, um was für unser Organisations-Psychologie-Projekt zu besorgen, da konnte ich direkt noch kurz bei *dm* reinhuschen und mir Molke kaufen. Die hatten da doch eigentlich immer alles.

Als wir über den Campus zu ihrem Auto liefen, erzählte Steffi, dass ihre kleine Nichte totaler Ben-Fan sei und ich ihr unbedingt ein Autogramm von ihm besorgen müsste. Das wäre einfach das perfekte Weihnachtsgeschenk. Ich musste an den ersten Abend im *Babylon* denken und äffte im Kopf Jasmin nach: »Und vergiss bloß nicht, dir noch ein Autogramm von ihm zu holen – äh hä hä hä.« Ich bekam das Grinsen nicht mehr aus dem Gesicht. Tja, das hätte sich damals wohl niemand träumen lassen. Jetzt wollten sogar Menschen, die ihn noch nie getroffen hatten, eins. Wenn ich schon so stolz war, wie musste es dann erst Ben gehen?

Als wir ins Auto stiegen und Steffi das Radio anstellte, traute ich meinen Ohren nicht:

»Und hier habe ich noch etwas ganz Heißes für euch. Der brandneue Teaser zur ersten Singleauskopplung des neuen Shootingstars. Ich hoffe, dass wir ihn zur Veröffentlichung seines Debütalbums im Studio haben und dann mehr als diese 30 Sekunden zu hören bekommen. Die Fotos des aktuell begehrtesten Junggesellen Deutschlands findet ihr übrigens auf unserer Homepage. Aber Vorsicht, Mädels, nicht sabbern. Und jetzt viel Spaß mit: Ben!«

Dann erfüllten die ersten Töne das Auto, und ich konnte mein Herz bis zum Hals schlagen spüren. In dem Moment, als seine Stimme einsetzte, bekam ich eine Wahnsinnsgänsehaut. Sie klang so warm, so rauchig, so nah.

»Ich will mehr …«, seufzte die Moderatorin sehnsüchtig ins Mikrofon, und ich konnte es ihr so sehr nachempfinden.

»Krass, mit deinem Ben geht's ja voll ab«, hörte ich Steffi und nickte nur, da ich schon das Handy in der Hand hatte, um Ben eine Nachricht zu schreiben.

Es dauerte keine fünf Minuten, da kam seine Antwort als Sprachnachricht, die ich zum Glück über Kopfhörer abhörte: »Wie kann dir das gefallen? Das ist eine beschissene Version und hat absolut nichts mit meinem Song zu tun. Dieser scheiß Produzent hat meinen Song verstümmelt und ihm die Seele genommen. Hier noch schnell 'nen Elektro-Beat drunter, da die Gitarre raus. Es kotzt mich so an, dass Songs im Radio nicht auffallen dürfen! Sie sollen dich beim Spülen unterhalten, aber auf keinen Fall 'ne Message haben, dass du auch nur auf die Idee kommst, mal drüber nachzudenken. Seichte Unterhaltung, bloß nicht rausstechen. Was eine Scheiße!«

Ich verstand zwar nicht so ganz genau, was er damit meinte, da ich das Original ja nicht kannte, habe ihm aber geschrieben, dass ich seine Art, mit Komplimenten umzugehen, immer wieder erstaunlich fand. Seine bunte Reihe von Emojis als Antwort zeigte, dass er sich zumindest wieder eingekriegt hatte.

Meine Meinung, dass sein Song, auch in dieser Radioversion, wunderschön sei, konnte er trotzdem nicht teilen. Also versuchte ich auch nicht weiter, ihn davon zu überzeugen. Einen Ben stimmte man nicht um. Schon gar nicht, wenn es um Musik ging.

Aber jedes Mal, wenn irgendein Sender diese 30 Sekunden spielte, und das war ab diesem Moment etwa alle drei Stunden so, habe ich voll aufgedreht und heimlich gehofft, dass sie auch diese Version veröffentlichen würden. Vielleicht einfach als Bonus-Track. Ich würde sie kaufen.

Zu Weihnachten haben sich die Radiomoderatoren dann sogar einen Spaß draus gemacht, die 30 Sekunden im Loop zu spielen und mit Klingglöckchen oder Blockflöte zu begleiten.

»Wenn du die Radiolandschaft auf deiner Seite hast, dann kannst du in Deutschland alles erreichen. Das Radio macht deinen Song zum Hit und dich zum Star.« Ich ertappte Ben dann doch dabei, dass er die Radioversion inzwischen wohl auch gar nicht mehr so übel fand. »Das ist der Fluch des Demos«, hatte er gelacht, »wenn du einen Song immer wieder in deiner Version gehört hast, kommt dir alles andere erst mal falsch vor.«

Ich weiß, wie sehr du ihn vermisst

Am 31. Dezember saß ich dezent geschminkt, mit locker hochgesteckten Haaren und in meinem zumindest wieder einigermaßen sitzenden Hosenanzug – Shapewear sei Dank – am Rand der völlig überfüllten Tanzfläche und beobachtete Jule, Sophie und die anderen, wie sie ausgelassen vor der Bühne tanzten.

Jule sah mal wieder einfach nur atemberaubend aus. Sie trug ein kurzes schwarzes Kleid, mit einem tief ausgeschnittenen Rücken und dazu High Heels. Bei ihrem makellosen Körper musste sie nicht mal einen BH tragen, beneidenswert. Ihre langen Haare fielen in großen Locken bis knapp über die Schultern, und ihren schlanken Hals zierte eine mattsilberne Kette mit einem kleinen Stern als Anhänger, den sie von Tobi zu Weihnachten geschenkt bekommen hatte.

Sie schaffte es mal wieder, alle Blicke auf sich zu ziehen, hatte dabei aber diese Ich-bin-glücklich-vergeben-Ausstrahlung, dass keiner der Männer im Raum es wagte, sie anzusprechen.

Auch sonst schien alles wie immer zu sein. Das *Babylon* war edel geschmückt und sah noch genauso aus wie bei unserem ersten Besuch. Fast ein Jahr war es nun her, dass ich genau hier stand, den Flyer in der Hand hielt, als plötzlich Bens Stimme den Raum erfüllte und es mich ohne Vorwarnung gnadenlos umwarf.

Auch an den Theken herrschte wieder dichtes Gedränge, und an den kleinen Tischen schauten sich verliebte Pärchen tief in die Augen. Nein, nicht mal die Gesichter vor der Bühne hatten sich groß geändert, und wie es sich für eine Band gehörte, waren da Mädels, die den Sänger anschmachteten. Alles war genau wie immer, nur, dass jemand anderes am Mikro stand. Er hieß Stephan, und ich mochte ihn nicht. Ja, das brachte es eigentlich ziemlich genau auf den Punkt.

Die Anwälte aus dem Label hatten Ben aus allen bestehenden Verträgen gekauft, und nun gab es kein Zurück. Mit Tobi und den anderen Jungs hatte er sich zwar ausgesprochen, aber als Band war es das nun gewesen. Sie hatten sich dagegen entschieden, mit ihm auf Tour zu gehen, und so stellte ihm das Label eine neue Band zusammen. Es musste sich komisch anfühlen, so leicht austauschbar zu sein, und ich war mir sicher, dass die Jungs ihre Entscheidung inzwischen auch schon bereuten. Zumindest einige von ihnen.

Ich schaute hoch in die Kuppel über der Tanzfläche, in der sich der Nebel fing und kleine grüne Lichtpunkte tanzten. Es sah so endlos da oben aus, so weit, als könnte man direkt ins Universum schauen. Ob ich Ben davon ein Foto schicken sollte?

Ich sprang erschrocken von meinem Barhocker auf, als mir jemand plötzlich etwas Kaltes in den Nacken drückte. Sophie! Der Eiswürfel, den sie mir hinten in den Blazer gesteckt hatte, rutschte schmelzend meinen Rücken hinunter, dass ich mich nun quietschend wand, um ihn schnell wieder loszuwerden.

»Ich hab dir doch gesagt, dass ich sie dazu bringe, auch mal aufzustehen!«, grinste Sophie nun Jule an und setzte sich amüsiert auf meinen Platz.

Ich wusste ja selber, dass ich in letzter Zeit echt 'ne Spaßbremse war, aber ich konnte nicht einfach so weitermachen, als ob sich nichts geändert hätte. Mich wunderte es, dass ausgerechnet Sophie das so konnte. Klar, bei einigen Songs merkte ich ihr schon deutlich an, dass sie mit ihren Gedanken auch bei Ben war, aber sie versuchte, das Beste aus der neuen Situation zu machen, und hatte mir bereits gestanden, dass sie den Neuen gar nicht so unattraktiv fand.

Ich freute mich für sie, da es Stephan scheinbar ebenso ging. Doch, sie hatte es so sehr verdient, dass jemand ihre Gefühle erwiderte, auch wenn ich mir da echt bessere Typen für sie vorstellen konnte. Es war nicht nur so, dass ich ihn nicht am Mikro sehen wollte, ich konnte seine ganze Art nicht ausstehen. Nicht auf der Bühne und nicht daneben.

Tobi hatte mir, damit die Homepage schnell wieder online gehen konnte, die neuen Fotos und Inhalte geschickt, und ich hatte es fast über Nacht geschafft, sie einzupflegen. Stephan hielt es nicht mal für nötig, sich zu bedanken, stattdessen war ihm der Text zu lasch und das Foto zu klein. Seit diesem Gespräch konnten sie die Homepage wieder allein machen, schließlich hatte ich eh genug mit der Uni zu tun. Diese Erklärung glaubte mir

Tobi zwar ebenso wenig, wie ich sie mir selbst abnahm, aber er war mir nicht böse.

Und mal ehrlich, was hätte ich in die neuen Pressetexte schreiben sollen? Wenn ich nicht überzeugt war, wie sollte ich andere überzeugen? Die Stimme und Bühnenpräsenz von Stephan konnte nicht mal ansatzweise mit der von Ben mithalten. Gegen Ben wirkte er da oben wie eine Witzfigur, die ständig und mit einer geradezu peinlichen Unterwürfigkeit um das Publikum warb. Immer dieses beinah flehende »Bekomme ich bitte eure Hände?« oder »Ich würd' mich so sehr freuen, wenn ihr noch mal mit mir zusammen singen würdet« – ich konnt's echt nicht mehr hören. Völlig egal, wer vor ihm stand, immer dieselben Floskeln. Es war, als nahm er uns gar nicht wahr.

Ben war aufmerksam. Immer. Ihm entging keine Träne, keine Gänsehaut, kein verlorener Blick. Er studierte uns, jeden Einzelnen – fand unsere verletzlichste Stelle und riss die infizierte Wunde mit einem einzigen Song auf, nur um uns mit dem nächsten ein Pflaster zu schenken, das den Schmerz wie nichts sonst auf der Welt lindern konnte. Dank ihm konnten wir heilen, und das wusste er.

Endlich! Stephan kündigte die nächste Setpause an, so hatte ich wenigstens mal ein paar Minuten Ruhe vor ihm. Die Pausenmusik erklang, und ich spürte, wie sich von hinten zierliche Arme um mich schlangen. Der Duft von ihrem Lieblingsparfüm *All about Eve* verriet mir, dass es nur Jule sein konnte. Ihre blonden Locken kitzelten meinen Hals, und sie legte ihr Kinn auf meine Schulter.

»Ich bin froh, dass du trotzdem mitgekommen bist, Maus«, flüsterte sie leise und drückte mich noch ein bisschen fester. Ich zog den Bauch ein, lehnte meinen Kopf gegen ihren und schloss die Augen. Natürlich war es komisch, die Jungs da oben mit Stephan zu sehen, aber da Jule das neue Jahr verständlicherweise mit Tobi begrüßen wollte, stand außer Frage, dass wir hier feierten. Und in den Pausen konnte ich sogar fast vergessen, dass nun alles anders war.

Langsam öffnete ich wieder die Augen, ja, jetzt gerade stand da nur der große weiße Flügel, die Instrumente der Jungs und

Bens Mikroständer. Wie er wohl den Jahreswechsel verbrachte? Als wir mittags telefoniert hatten, war er mit Jochen gerade unterwegs zu einem Meeting, um das nächste Jahr zu besprechen. Oder vielmehr, um informiert zu werden, wie sein nächstes Jahr aussehen werde. Ben bekam nur noch die Info, wann er wo zu sein hatte. Oder vielmehr, wann Jochen ihn in der jeweiligen Hotellobby erwartete. In diesem ganzen Showgeschäft erschien mir ohnehin kaum etwas ungeplant oder zufällig. Für Spontaneität blieb da überhaupt kein Platz.

Ich dachte drüber nach, wie seine Tage im Moment aussahen: Direkt nach dem Aufstehen in die Maske, dann Fotoshooting und Interview, zwischendurch ein Meeting, danach ein schneller Besuch beim Modelabel, begleitet von etlichen Insta-Storys und abends wieder ins Studio. So ging das Tag für Tag, und ich stellte es mir schon schwierig vor, da nicht den Blick für die Realität zu verlieren.

»Lea, ich habe den ganzen Tag nur mit Menschen zu tun, die mir auf die Schulter klopfen und mir permanent einimpfen, wie unglaublich heiß und angesagt ich bin. Langsam habe ich das Gefühl, dass in den Meetings nur die positivsten Berichte besprochen und analysiert werden. Zumindest, solange ich im Raum bin. Alles, was auch nur in irgendeiner Form negativ ist, dringt gar nicht mehr zu mir durch.«

Und dann hat er mal wieder Jochen zitiert. Was inzwischen echt unterhaltsam war, denn er hatte jetzt sogar schon die Betonung von dem Typen drauf: »Ben, mein Lieber! Du musst dran glauben, ein Star zu sein! Nur dann verhältst du dich wie ein Star. Und nur wenn du dich wie ein Star verhältst, bringst du die Medien dazu, dich als Star wahrzunehmen. Und nur wenn die Medien in dir den neuen Star sehen, berichten sie über dich als Star. Aber wenn sie es tun, fucking hell, dann hast du's geschafft. Und bist du erst ein Star, verhältst du dich wie ein Mega-Star, and so on and so on. Verstehst du, worauf ich hinaus will, Ben? Es ist ein einfaches Spiel, und wenn du die Regeln beherrschst, ist alles möglich. Schau dich an, Boy, du hast die besten Karten. Du kannst nur gewinnen …« Ich überlegte, ob Jochen das wohl all seinen Acts predigte, aber sein Plan schien bei Ben mehr als nur aufzugehen.

Erst am Tag vorher saß ich abends auf der Couch und hab eher durch Zufall in so ein Starmagazin gezappt. Mein Herz hat sich fast überschlagen, als genau in dem Moment Bens Gesicht bildschirmfüllend zu sehen war. Sein Blick war so selbstsicher, so lässig und smart, als hätte er sein ganzes Leben nichts anderes gemacht, als Interviews zu geben und mit Moderatorinnen zu flirten. Ich hätte so eine scheiß Angst vor der Kamera und davor, dass ich auf irgendeine Frage keine passende Antwort geben könnte.

Bei ihm war das anders, er flirtete mit der Kamera, senkte im richtigen Moment den Blick und antwortete so cool und souverän, dass selbst ich das Gefühl bekam, ihn könnte keine Frage aus der Ruhe bringen. Als ich ihm sagte, wie beeindruckt ich von seiner Präsenz im Interview war, hat er nur gelacht und mir verraten, dass er einmal pro Woche Interviewtraining hat, wo genau solche Szenen und fiese Fragen immer wieder durchgespielt werden. Also alles reines Training, und mal wieder eine perfekt einstudierte Rolle, aber diese war ihm wenigstens auf den Leib geschneidert.

»Wo bist du denn gerade mit deinen Gedanken?«, war die fiese Frage, auf die ich jetzt vollkommen ohne Interviewtraining antworten musste.

Ich schaute Sophie an und war einfach ehrlich. »Ich denke an Ben.«

Sie drückte meine Hand, lächelte mir aufmunternd zu und flüsterte: »Ich weiß, wie sehr du ihn vermisst.« Während Jule uns neue Gläser in die Hand drückte, schüttelte ich den Kopf und antwortete kaum hörbar: »Nein, ehrlich gesagt, weißt du es nicht, aber danke für den Versuch.« Dann stießen wir an.

»Auf dass er heute auch einen schönen Jahreswechsel hat und es ihm gut geht«, kam es von Jule und ich glaubte ihr sogar, dass sie es so meinte. Jetzt, wo Ben auf sicherer Entfernung zu mir war, sprach sie sogar eigentlich ganz versöhnlich über ihn, was es auch zwischen uns wieder deutlich entspannter werden ließ.

»Ja, darauf trinken wir. Auch wenn es für einen Toast auf Ben inzwischen eigentlich Champagner in unseren Gläsern geben müsste«, schmunzelte Sophie, nahm meine Hand und zog mich hinter sich her Richtung Bühne, wo die Jungs gerade wieder ihre Plätze eingenommen hatten.

Ich hatte gerade noch genug Zeit, um das Song-Orakel zu befragen: »Wie geht es Ben heute Abend?«, als in diesem Moment das Intro von *Every breath you take* erklang. Ich löste mich aus Sophies Hand, und während sie zügig weiter zur Bühne ging, ließ ich mich langsam zurückfallen. Am Rand der Tanzfläche fühlte ich mich eindeutig wohler und setzte mich an einen freien Tisch.

Von hier aus konnte ich beobachten, wie Jule Sophie fragte, wo ich geblieben war, und sich suchend in meine Richtung umdrehte. Als sie mich entdeckte, lächelte ich sie an und formte mit den Lippen: »Alles gut, tanz du mal!«

Sie legte den Kopf schief, ließ sich dann aber doch von Sophie und den anderen aus dem Fanclub mitreißen. Vielleicht ging ich später auch noch nach vorne, aber noch nicht jetzt. Besonders nicht bei dem Song.

Every breath you take

Ich sah auf mein Handy. Immer noch keine Nachricht. Vielleicht sollte ich ihm schreiben, dass ich an ihn dachte. Ich konnte ihm ja einfach nur kurz schreiben, dass das hier – ohne ihn – nicht dasselbe war.

Gott, seit wann hatte ich denn so ein Problem damit, ihm eine Nachricht zu schreiben? Er wusste ja, dass wir alle zusammen hier waren, und eigentlich wollte er auch kommen, zumindest als Gast. Aber dann wurden Weihnachten und Silvester einfach so gestrichen. »Das Label will die Veröffentlichung des Albums im Januar halten, das bedeutet Nachtschichten statt Feiertage«, hatte ich direkt seine, oder vielmehr Jochens Worte im Ohr.

Ich schaute auf die Bühne und konnte nichts dagegen tun, meine Augen füllten sich mehr und mehr mit Tränen. Wie gerne würde ich ihn jetzt da oben sehen? Wie gerne würde ich hier unten von ihm gesehen werden? Jeder Moment mit ihm war eine Streicheleinheit für mein am Boden liegendes Selbstbewusstsein und eine Umarmung für meine Seele. Ich dachte an die Gigs, den Auftritt beim Abi-Ball und die Fotos für meine Uni-Mädels, und ich dachte an uns, wenn wir beide ganz allein waren. Und je mehr ich darüber nachdachte, wie es noch vor wenigen Wochen war, desto trauriger wurde ich. Mir war ja selbst klar, dass es unglaublich anstrengend sein musste, mich immer wieder mit positiver Energie und grenzenloser Zuneigung zu überschütten, aber er schien nie müde zu werden. Ganz im Gegenteil, ich hatte das Gefühl, dass es ihm guttat, mir gutzutun.

Während ich missmutig Stephan auf der Bühne beobachtete, ließ ich mein Handy nachdenklich von der einen in die andere Hand gleiten, als es plötzlich aufleuchtete. Endlich! Eine Nachricht von Ben: »Du musst ihm wenigstens eine Chance geben.«

Ein Lächeln machte sich auf meinen Lippen breit. Erschreckend, wie gut er mich kannte. Ich überlegte, ihm zu schreiben, dass mir das schwerfiel, weil Stephan gerade *Every breath you take* versaute, antwortete ihm dann aber einfach nur: »Woher willst du denn wissen, dass ich in diesem Moment nicht ausgelassen vor der Bühne tanze und den unglaublich heißen, neuen Sänger anschmachte?«

Seine Reaktion folgte direkt: »Weil deine Antwort dann länger als fünf Sekunden dauern würde und ich dir, ganz besonders heute Abend, schrecklich fehle.«

Ich fühlte mich ertappt und rutschte unruhig auf meinem Stuhl hin und her. Ich lauschte dem Text, und eigentlich konnte ich ihn Ben eins zu eins genau so schicken: »Since you've been gone, I've been lost without a trace – I dream at night, I can only see your face.«

Ich musste innerlich kichern, als ich mir vorstellte, wie er gerade irgendwo, vermutlich neben Jochen, saß und sich langweilte. Und Jochen war sicher wieder tierisch genervt, weil er natürlich genau wusste, dass Ben mit mir schrieb, statt sich ihm zu widmen. Bestimmt spielte er gerade sogar mit dem Gedanken, Bens Handy im nächstbesten Champagnerbrunnen zu versenken. Ich glaubte manchmal eh, dass Ben meinen Namen besonders laut betonte, wenn Jochen in der Nähe war.

Ich tippte »Was macht dich so sicher, dass ich mich hier nach dir verzehre?« ins Handy. Konnte ich ihn so dazu bringen, wieder die Regie in meinem Kopfkino zu übernehmen? Oder wäre es viel zu offensichtlich, dass ich genau das mit dieser Nachricht bezwecken wollte? Was soll's, er wusste es doch eh. Gesendet!

Sein »Ich habe dich eben durchschaut, da brauchst du dir auch gar nicht so verlegen eine Strähne hinters Ohr streichen ...« ließ keine zwei Minuten später einen wohligen Schauer über meinen Rücken laufen.

Oh Mann, genau das hatte ich gerade tatsächlich getan! Es erregte mich, dass er mich so gut kannte, und ich dachte an die vielen Momente, in denen er mir schon so nah war. Ich wusste, wie sich seine Hand auf meiner Haut anfühlte, und jetzt gerade sehnte ich mich so sehr danach, von ihm berührt zu werden. So sehr, dass es wehtat. Mein Herz begann schneller zu schlagen, während ich meinen Zeigefinger langsam über das Glas gleiten ließ.

Erneut blinkte mein Handy auf: »Warum denn auf einmal so nervös? Los, trink einen Schluck zur Abkühlung.«

Alles in mir zog sich zusammen, dass ich kaum noch still sitzen konnte, und wie ferngesteuert trank ich einen Schluck.

»Mein braves Mädchen. Auf uns, Lea«, leuchtete die nächste Nachricht auf meinem Handy auf.

Das waren eindeutig zu viele Zufälle, er musste hier sein. Überall standen die Leute so dicht gedrängt, dass ich gar nicht so schnell jedes einzelne Gesicht erfassen konnte. Ich scannte meine komplette Umgebung, konnte ihn aber nirgendwo entdecken, trotzdem war ich mir jetzt absolut sicher. Er musste hier sein, das spüre ich ganz genau, außerdem stand ich sonst ganz umsonst kurz vor einem Herzinfarkt.

Mein Blick wurde auf die Bühne gelenkt, als Tobi zu Stephan ging und ihm, auf die Setliste deutend, etwas ins Ohr flüsterte. Das Intro von *With or without you* ertönte und der Basslauf fuhr in jede einzelne Faser meines Körpers. Im Publikum wurde es plötzlich unruhiger, immer mehr Menschen drehten sich von der Bühne weg, steckten die Köpfe zusammen und tuschelten aufgeregt, besonders die Frauen. Als wären sie einer lautlosen Aufforderung gefolgt, wichen mehr und mehr Menschen einen Schritt zur Seite, dass sich in der Mitte der Tanzfläche eine Lücke bildete. Mein Herz setzte einen Schlag aus. Da stand er.

Ben in einem maßgeschneiderten, tiefschwarzen Anzug. Er trug keinen Schlips, selbstverständlich nicht – stattdessen lag nur ein weißer Seidenschal um seinen Hals. Er sah atemberaubend elegant aus. Ich liebte es, wenn seine Haare so verwuschelt waren, als wäre er gerade erst aufgestanden. Seine Grübchen verrieten, dass er versuchte, ein Lächeln zu unterdrücken. Ich schüttelte fassungslos den Kopf, er stand wirklich dort, direkt vor mir.

Und da war es wieder, dieses Funkeln in seinen Augen, das mich in meinen Träumen fast um den Verstand brachte. Er war ein Meister der Inszenierung und genoss seinen Auftritt in vollen Zügen. Er hatte alles im Griff. Zumindest bis zu dem Moment, als Stephan mit dem Gesang einsetzte. Ich musste grinsen und hielt mir verlegen die Hand vor den Mund, als ich die Irritation in Bens Blick sah, aber warum sollte es ihm da anders gehen als mir?

Ben legte den Kopf schief und streckte mir auffordernd seine Hand entgegen. Die Köpfe des Publikums wendeten sich nach und nach in meine Richtung und ich wurde rot. Natürlich, ich hatte nichts anderes von mir erwartet. Als ich meine Finger auf meine glühenden Wangen legte, spürte ich, dass sie eiskalt waren. ‚Tief durchatmen, Lea, aus der Nummer kommst du jetzt eh nicht mehr raus', gab ich mir selbst einen lautlosen Ruck, stand auf, ging langsam auf ihn zu und genoss seinen fast schon bewundernden Blick. Ob ihm wohl auffiel, dass ich wieder etwas abgenommen hatte?

Um seine Mundwinkel spielte ein amüsiertes Zucken, als sich meine Hand zaghaft in seine legte. Ich stieß einen kleinen Jauchzer aus, als er mich überraschend schwungvoll an sich heranzog. Während ich über seine Schulter strich, spürte ich sogar durch den Stoff, wie gut er trainiert war, und er duftete so gut. Gott, wie sehr ich seinen Geruch vermisst hatte. Meine Hand glitt über den feinen Stoff seines Anzugs und so standen wir eine kleine Weile eng umschlungen da, bis wir anfingen, uns langsam im Takt der Musik zu bewegen.

Er führte, natürlich – und ich gab mich ihm hin. »Da war dir eben aber schon ziemlich mulmig zumute«, stellte Ben mit einem leisen Raunen zufrieden fest. Ich lehnte mich etwas mit dem Kopf zurück und lächelte ihn zuckersüß an, bevor ich mich dicht an sein Ohr beugte und »Ein ziemlich großer Auftritt für einen Stalker, findest du nicht?« flüsterte. Er musste lachen.

Sein Blick wanderte hinunter zu meinen leicht geöffneten Lippen, und obwohl ich meine Augen nicht von seinen abwenden konnte, sah ich, dass er sich auf die Zungenspitze biss. »Du machst es mir echt nicht leicht«, sagte er leise, bevor er mir eine Haarsträhne aus dem Gesicht strich und mit seinen Fingerspitzen hinter meinem Ohr entlang hinunter zu meinem Hals glitt. Ich schloss die Augen und lehnte meinen Kopf so zur Seite, dass er sich nur ein klein wenig weiter zu mir hätte runterbeugen müssen.

Als ich seinen Atem auf meiner Haut spürte, war es, als würde die Welt anhalten. Ich war bereit. Ich war so was von bereit.

»Ben! Kommst du jetzt?! Die Presse wartet schon, die wollen Fotos! Sieh zu, dass du irgendwas Hübsches mitnimmst!«, kam es plötzlich in sehr bestimmtem Ton von einem Mann im tiefblauen Anzug direkt neben uns.

Ben schluckte und wich einen Schritt von mir zurück. In gefährlich ruhigem Ton stellte er uns einander vor: »Lea, das ist mein angenehm unaufdringlicher Manager Jochen. Jochen, mit dem todsicheren Gefühl für das perfekte Timing.« Dabei warf er ihm einen vernichtenden Blick zu.

»Jochen, das ist Lea. Die Frau, der keine Beschreibung auch nur annähernd gerecht werden könnte.«

»Ja, ja, ich hab's befürchtet. Komm, Ben, such dir was Hübsches aus, hier stehen doch genug von der Sorte rum. Ein paar Fotos mit Fans, ich muss dir doch wohl nicht erklären, wie wichtig das ist!« Jochen ignorierte meine höflich ausgestreckte Hand, und Ben sah aus, als würde er jede Sekunde auf ihn losgehen.

»Alles gut, ich warte da drüben bei Sophie und Jule auf dich.« Ich legte beruhigend meine Hand auf Bens Arm, um die Situation zwischen ihm und Jochen zu entschärfen, doch Ben nahm meine Hand. »So weit kommt's noch.«

Ich schüttelte den Kopf, aber er reagierte überhaupt nicht, hielt meine Hand fest im Griff und steuerte auf einen mit dunkelroten Kordeln abgesteckten Bereich zu, in dem schon die Fotografen warteten. »V. I. P. – kein Zutritt« stand in großen Buchstaben auf einer Standtafel, die den einzigen Zugang versperrte, und entlang der Grenze schien sich das halbe *Babylon* zu stapeln.

Plötzlich quetschte sich Jochen so zwischen Ben und mir hindurch, dass wir gezwungen waren, unsere Hände voneinander zu lösen. Als ich ihn nicht mehr spürte, überkam mich totale Panik. Was machte ich hier? Ich wollte mich dort nicht hinstellen. Ich wollte nicht, dass am nächsten Tag irgendwelche Fotos von uns beiden auftauchten, zu denen es nur eine Headline geben konnte: »MISS UN-FUCKABLE«.

Ben blieb stehen, schaute sich um und entdeckte mich hinter Jochen. Er bedeutete ihm mit nur einem Blick, dass er ihm sofort den Weg zu mir freigeben sollte, und Jochen wich widerwillig einen Schritt zur Seite. Als Ben direkt vor mir stand, schaute ich ihn mit beinahe flehendem Blick an: »Bitte nicht, keine Fotos. Ich möchte das nicht.«

Ich konnte die Enttäuschung in seinen Augen sehen und flüsterte: »Tut mir leid.« Er schüttelte ganz leicht den Kopf: »Das muss es nicht, mir tut es leid. Entschuldige.«

Keine Sekunde später zog Jochen auch schon eine junge Frau heran und drückte sie Ben in den Arm. In dem Moment, als das Blitzlichtgewitter losbrach, schmiss sie sich schon in Pose, als hätte sie ihr Leben lang nichts anderes gemacht. Und auch Ben beherrschte das Spiel mit der Kamera selbst in so einer Situation perfekt. Jochen ließ zwei weitere Frauen hinter die Absperrung und haute der einen, als sie an ihm vorbei Richtung Ben stürmte, auf den Hintern. Was ein widerlicher Kerl! Die Fotografen brüllten »Hierher, hierher!« oder »Etwas näher zusammen, zeigt mal, was ihr drauf habt!«, und die Mädels folgten den Anweisungen, ohne auch nur eine Sekunde zu zögern.

»Wo soll das denn mit euch hinführen? Du könntest es doch niemals ertragen, von ihm geliebt zu werden! Bei deinem falschen Spiel gibt's am Ende nur Verlierer«, hörte ich plötzlich Jochens Stimme dicht an meinem Ohr. »Du bist doch nur süchtig nach seiner Aufmerksamkeit, und bekommst du sie mal nicht, frisst du dich voll, weil du es nicht ertragen kannst, mit dir allein zu sein. Wann hast du dich zuletzt im Spiegel angeschaut? Ich kann dir sagen: Kein schöner Anblick. Du ziehst Ben mit deinem ständigen Psychofuck runter und merkst es nicht mal. Hier geht es um höhere Interessen, davon verstehst du nichts. Geh nach Hause!« Da war er wieder, dieser helle Pfeifton in meinem Kopf, und ich hatte das Gefühl, mir könnten jeden Moment die Beine wegsacken.

Ben schien besorgt zu sein. Wo kam der denn auf einmal her? Auf sein »Du siehst ja ganz blass aus, ist alles okay? Komm, wir holen uns mal was zu trinken« konnte ich nur noch mit einem leichten Nicken reagieren, dann gingen wir Richtung Bar. Und eigentlich hätte er meine Hand nicht nehmen müssen, da die Leute uns bereitwillig Platz machten, aber es war ein schönes Gefühl.

»Du kannst dich wieder entspannen, Lea, die Fotografen durften nur in dem abgesperrten Bereich für die fünf Minuten Bilder machen. Das *Babylon* hat hier Hausrecht. Keine Fotos mehr, versprochen.« Als wir an der Theke standen und er wie selbstverständlich ein Bier für sich und eine Cola light für mich bestellte, ließ er meine Hand wieder los, und wir bemerkten wohl beide, dass ich seine etwas länger festhielt als er meine.

Nach ein paar Schlucken fühlte ich mich besser und wir gingen rüber zu der etwas abgedunkelten Loungeecke.

»Und? Ist mir die Überraschung gelungen?«, fragte Ben mit einem strahlenden Lächeln und deutete unauffällig Richtung Jochen, der mit verschränkten Armen am Durchgang stand, und uns beobachtete. »Er war zwar nicht gerade begeistert, als ich ihm von unserer Abendplanung erzählt habe, aber zum Glück steht er mehr auf mich, als ihm lieb ist.«

Ich überlegte kurz, ob ich Ben das von gerade erzählen sollte, aber ich wollte die Stimmung nicht verderben. Vielleicht war ich auch einfach zu harmoniesüchtig und wollte nicht noch mehr Stress zwischen den beiden provozieren. »Auf mich steht er jedenfalls nicht«, sagte ich kopfschüttelnd, während ich mich etwas näher zu Ben setzte.

Ben grinste schief. »Das würde ich ihm auch nicht raten.« Er zwinkerte mir zu, und ich merkte, wie mir deutlich wärmer wurde. Aha, es würde ihn also tatsächlich stören, wenn sich jemand für mich interessierte? Was ein schmeichelnder Gedanke. Ben konnte also tatsächlich so etwas wie Eifersucht empfinden, und noch dazu, wenn es um mich ging.

»Willst du ihn nicht hier zu uns rüberholen? Der kann doch jetzt nicht den ganzen Abend da drüben alleine an der Tür stehen und auf dich warten.« Ich schaute Ben an. Gott, was zum Teufel stimmte denn nur nicht mit mir? Wollte ich etwa vor diesem viel zu schönen Gefühl mit Ben fliehen, oder konnte ich es wirklich so wenig ertragen, dass mich jemand nicht mochte? Jochen fand mich scheiße, na und? Sollte er doch, mir egal. Oder doch nicht? Vielleicht würde es helfen, wenn er mich kennenlernte.

Aber Ben machte nur eine wegwerfende Handbewegung: »Doch, genau das kann er sogar ziemlich gut. Das ist nämlich sein Job. Vergiss den Typen, die nächsten Stunden gehören uns. Danach hat er mich ja wieder ganz für sich allein.« Er stockte kurz, fuhr dann aber breit grinsend fort: »Und das mindestens für die nächsten sechs Monate.« Er trank einen großen Schluck Bier und lehnte sich so entspannt zurück, als hätte er mir gerade nur erzählt, dass er für eine Woche in den Urlaub fährt.

Ich traute meinen Ohren nicht. »Was hast du da gerade gesagt?«

Die Euphorie in seiner Stimme war nun nicht mehr zu überhören: »Die Single wird Airplay in zwölf Ländern bekommen. Die Teaser laufen schon bei allen Radiostationen auf High-Rotation. So was gab es noch nie. Die schicken mich für die Promo- und Album-Release-Tour quer durch die ganze Welt. Wenn wir da jetzt dranbleiben, kann das den ganz großen Durchbruch bedeuten! Gleich morgen früh geht's los!« Mit einem Schlag wurde mir klar, dass er nicht gekommen war, um mit mir ins neue Jahr zu feiern. Er war gekommen, um sich zu verabschieden.

Ich wusste nicht, ob ich ihm vor Begeisterung um den Hals fallen oder in das schon zurechtgeknautschte Kissen neben mir heulen sollte, als plötzlich die komplette Band zusammen mit Jule und Sophie vor uns stand.

Er stand auf und begrüßte, ganz Gentleman, zuerst Jule und Sophie, dann seine Bandjungs und zuletzt Stephan. Während sich die Jungs mit festen Umarmungen begrüßten, als wäre nie etwas gewesen, war der Handschlag zwischen ihm und Stephan doch sehr distanziert. Ich stellte mich zu meinen Mädels und beobachtete Ben, wie er Tobi und den anderen mit Händen und Füßen von den unglaublichen Neuigkeiten erzählte, er schien ganz außer sich vor Glück.

Immer wieder suchte Ben meinen Blick. Ach, scheiße, warum konnte ich mich nicht so für ihn freuen, wie er es verdient hatte? War ich wirklich so egoistisch? Sechs Monate waren eine verdammt lange Zeit.

»Ich bin doch nicht aus der Welt«, hörte ich ihn plötzlich ganz leise und verdammt dicht an meinem Ohr. Der Typ konnte echt meine Gedanken lesen und mich ganz nebenbei auch um den Verstand bringen, wenn er mich weiter mit seinem rauen Dreitagebart genau da unterm Ohr kitzelte. Ich legte den Kopf in den Nacken und drehte mich zu ihm um. »Ich weiß, trotzdem bist du weg.«

Er musste grinsen, als er meinen übertriebenen Schmollmund sah und deutete auf Stephan: »Warum? Es gibt doch schon Ersatz für mich!«

»Du Arsch, du weißt ganz genau, dass dich niemand ersetzen kann.« Ich boxte ihm in die Seite. Er lächelte zufrieden und legte dann einen Arm um meine Schultern. »Geht doch, genau das wollte ich von dir hören.« Stephan schien alles mitbekommen zu haben, verdrehte genervt die Augen und verließ unsere Runde.

Mit einem Mal wurde es um uns herum unruhig. An den Theken wurden jetzt reihenweise Tabletts mit Sektgläsern herausgegeben, und überall bereiteten sich die Gäste auf den Jahreswechsel vor. Stephan ging nun auch bei uns mit einem Tablett rum, aber die Gläser waren schnell verteilt und ich hatte mal wieder zu lange gewartet.

»Komm, Maus, wir teilen uns ein Glas.« Jule stellte sich neben mich, aber als alle anfingen, gemeinsam im Chor von zehn an rückwärts zu zählen, wurde mir plötzlich von hinten ein dunkles Sektglas über die Schulter gereicht: »Ich weiß doch, dass du keinen Sekt magst.«

Um genau Mitternacht klirrten Gläser aneinander, knallten Champagnerkorken, und auf der Bühne wurde ein Indoor-Feuerwerk zu Andreas Bouranis *Ein Hoch auf uns* gezündet. Alle um mich herum lagen sich schon in den Armen, als Jule zuerst mit mir anstieß: »Ich wünsche dir ein glückliches neues Jahr, und hätte mit niemandem lieber mein Glas geteilt als mit dir. Ich hab dich lieb!« Ich wollte gerade antworten, als Tobi sie schon an sich riss. Ich schüttelte lachend den Kopf und drehte mich zu Ben … der doch gerade noch direkt hier neben mir gestanden hatte?! Suchend schaute ich mich um, konnte ihn aber nirgendwo entdecken, als plötzlich das Licht auf der Bühne anging.

»Entschuldigung, Freunde, dass ich euch störe.« Alle Köpfe drehten sich Richtung Bühne, und als sie Ben am Mikro erkannten, brach das Publikum in Jubel und Beifall aus. »Ich wünsche euch ein gesundes und glückliches neues Jahr, und wenn ihr ein paar Minuten für mich habt, möchte ich gerne ein paar Worte loswerden.« Ben stand nur mit seinem Mikroständer vorne am Bühnenrand und schaffte es binnen weniger Sekunden, die komplette Bühne, nein, den kompletten Raum für sich einzunehmen. Alle Gespräche verstummten, alle Augenpaare waren gespannt auf ihn gerichtet.

»Ich weiß nicht, wie es euch geht, aber ich bin verdammt froh, heute Nacht hier zu sein.« Er räusperte sich und schaute zu mir hinüber. »Denn so konnte ich noch ein paar Stunden Zeit mit der Frau verbringen, ohne die ich das vergangene Jahr nicht durchgestanden hätte.«

Er machte eine kurze Pause und strich sich verlegen die Haare aus dem Gesicht. »Ihr könnt es euch vielleicht nicht vorstellen, aber ich kann ein ziemlich unausstehlicher Typ sein.« Tobi, der mit Jule und den anderen direkt hinter mir stand, brüllte:

»Doch, das können wir uns sehr gut vorstellen. Wir lieben dich trotzdem.« Alle lachten.

»Ja, Mann, genau darum geht es …«, griff Ben die Worte von Tobi auf. »Es gibt Menschen da draußen, die uns genau für unsere Ecken und Kanten lieben. Aber das sehen wir oft gar nicht, weil wir viel zu sehr damit beschäftigt sind, zu kämpfen. Wir tun alles, um genau den Menschen zu imponieren, die einen Fuck auf uns geben. Hier noch ein Gefallen, da noch eine Stunde extra … Aber wir machen es ja gerne, weil wir dazugehören wollen. Schon morgens, wenn wir aufstehen, setzen wir unsere Maske auf und spielen genau die Rolle, die da draußen von uns verlangt wird. Die Maske schützt uns, aber wenn wir sie zu lange tragen, fällt uns der Blick in den Spiegel mit der Zeit immer schwerer. Und irgendwann fühlen wir uns fremd im eigenen Körper. Wir vergessen, was mal unsere Träume, Ziele und Ideale waren, und verlieren uns von Tag zu Tag mehr.«

Ich konnte einfach nur dastehen und ihn voller Bewunderung anschauen. Wie er da oben stand und uns sein Innerstes offenbarte, so ehrlich und verletzlich. Sein Mut, diese Gedanken in Worte zu fassen, ließ mir die Tränen in die Augen steigen.

»Am Anfang vermissen wir uns noch. Wir erinnern uns, wer wir mal waren, und gehen auf die Suche, aber irgendwann geben wir uns auf und stellen die Suche ein. Genau an diesem Punkt war ich, und bin unendlich dankbar, dass ich im letzten Jahr gefunden wurde. Es war sogar hier im *Babylon*.« Er legte den Kopf schief und grinste.

»Um genau zu sein, hat sie mich auf der Herrentoilette gefunden, aber das ist eine andere Geschichte.« Ich schüttelte den Kopf und legte verlegen die Hände vors Gesicht, als ich ihn mit rauer Stimme weitersprechen hörte:

»Aber wisst ihr, was das Traurige ist? All das, was ich in ihr sehe, ist für ihre Augen unsichtbar. Ich kann ihr kein Kompliment machen, ohne dass sie drei Schritte zurückweicht. Und deshalb gab es nur eine Möglichkeit: Ich musste ihr einen Song schreiben, in dem ich ihr all das sagen kann, wofür ihre Ohren sonst taub sind.«

Er ging rüber an den schneeweißen Flügel, setzte sich auf den Hocker und steckte das Mikro um. »Und nun gibt es für euch – und ganz besonders für mein Mädchen aus der 1. Reihe – die Weltpremiere von *Unvergleichlich*.« Seine Finger glitten über die schwarzen und weißen Tasten, dann erfüllte seine Stimme den Raum …

Alles schwarz in dem Haus,
nur in deinem Zimmer brennt noch Licht.
Der Raum voller Rauch,
so wie du dir den Kopf zerbrichst.
Hier ist Einsturzgefahr, wie du Löcher in die Decke starrst
und übersiehst dabei die ersten Sonnenstrahlen.
Du glaubst
du bist nicht gut genug
und du denkst dich klein,
weil du dir nicht reichst.
Könntest du durch meine Augen seh'n,
würdest du wie ich auch zu dir steh'n.
Jeden deiner Fehler lieben.
Jedes Detail an dir ist heilig.
Denn genau so wie du bist
– bist du unvergleichlich.

Alles tanzt um dich rum,
aber du wünschst dich weg von hier.
Alle so befreit, nur du gefangen in dir.
Und du schleichst, wie ein Geist, durch den Raum,
beinah unsichtbar.
So wird niemand seh'n,
wie du wirklich strahlst.
Denn du glaubst,
jeder Schritt nach vorn, ist ein Schritt zu weit,
weil du dir nicht reichst.

Könntest du durch meine Augen seh'n,
würdest du wie ich auch zu dir steh'n.
Jeden deiner Fehler lieben.
Jedes Detail an dir ist heilig.
Denn genau so wie du bist …
Bist du das Gelb in meinem Schwarz-Weiß-Bild,
ein Sonnenstrahl in der Nacht,
die Melodie, wenn alles still wird,
so wie du lachst.
In meinem Chaos der rote Faden,
lass dir nie was andres sagen.
Denn genau so wie du bist
– bist du unvergleichlich.

Könntest du durch meine Augen seh'n,
würdest du wie ich auch zu dir steh'n.
Jeden deiner Fehler lieben.
Jedes Detail an dir ist heilig.
Denn genau so wie du bist
– bist du unvergleichlich.

Alles schwarz in dem Haus,
nur in deinem Zimmer brennt noch Licht.

Erst als der letzte Klavierton vollkommen verstummt war, brach das Publikum in minutenlangen ekstatischen Jubel und Beifall aus. Während alle nun lautstark Zugaben forderten, schlängelte ich mich durch die dicht gedrängt stehenden Menschen ganz nach vorne. Nach vorne, in seine 1. Reihe – und als Ben aufschaute und sich unsere Blicke trafen, war da dieser eine Moment, in dem ich zum ersten Mal fühlte, dass ich es wert war, von ihm gesehen zu werden.

Ihr habt drei Minuten

Ben sprang mit einem Satz von der Bühne und zog mich so nah an sich heran, dass sein Mund plötzlich gefährlich nah an meinem war. Ich beugte mich ein ganz kleines bisschen weiter nach vorne, und auch Ben kam noch ein wenig näher. Um seine Mundwinkel spielte dieses betörende und zugleich auf gewisse Weise vorfreudige Schmunzeln. Ja, der letzte Schritt musste nun von mir kommen, das spürte ich genau, er würde mich ewig so zappeln lassen.

»Okay, das reicht jetzt. Die Show ist beendet!«, kam es auffordernd von Jochen. Wo kam der denn jetzt auf einmal her? Er drückte Ben ziemlich pampig einen schwarzen Mantel in die Hand und schaute demonstrativ auf seine protzige Uhr am Handgelenk. »Ben, wir müssen jetzt sofort los, der Flieger wartet nicht. Auch nicht auf dich.«

Ben schaute auf seine Uhr und schüttelte genervt den Kopf. Zog sich dann aber doch den Mantel über und fing an, sich von seinen Jungs, Jule und Sophie zu verabschieden. Ich stand regungslos daneben und konnte Jochens Blicke wie Messerstiche in meinem Rücken spüren. Als Ben schließlich auf mich zukam, schluckte ich meinen Schmerz runter und versuchte, mir nicht anmerken zu lassen, dass ich kurz davor war, in Tränen auszubrechen.

Ich stellte mich auf die Zehenspitzen, um Ben zum Abschied in die Arme zu schließen, als er liebevoll meine Hand nahm und mit entgeistertem Gesichtsausdruck fragte: »Du kommst doch mit runter zum Wagen. Oder etwa nicht?«

Auf dem langen Weg über die Marmortreppe nach unten konnte ich uns in den Spiegelwänden beobachten. Wie einige Fans neugierig oben an der Balustrade standen und aufgeregt tuschelten, wie Jochen wütend telefonierte und dabei immer wieder auf seine Uhr schaute. Und noch etwas konnte ich sehen: Wie glücklich Ben und ich aussahen. Ja, es war, als würden unsere Spiegelbilder um die Wette strahlen.

Schweigend und ohne eine Miene zu verziehen hielt uns Jochen die Tür nach draußen auf, als in diesem Moment eine schwarze Limousine vorfuhr. Ich warf Ben einen schmunzelnden Blick zu, während ich ihm leise »Wie zuvorkommend dein Manager doch ist« zuflüsterte.

Der Eingangsbereich war zur Feier des Tages mit einem roten Teppich ausgelegt und wurde von einem weißen Baldachin geschützt. Links und rechts säumten Fackeln den Weg, und unter dem Stoffhimmel hing ein funkelnder Sternenvorhang.

Hier im Freien war es zwar eiskalt, aber überhaupt nicht unangenehm. Im Gegenteil. Als Ben mir seinen Mantel umlegte, atmete ich tief ein und spürte, wie sich meine Lungen mit frischer Luft füllten, was ein Genuss. So kalt, dass mein Atem gefror, war es den ganzen Winter noch nicht.

Ich pustete Ben etwas Nebel entgegen, und mein Herz begann schneller zu schlagen, als er ihn fest in sich einsog. Oh Gott, wie sehr mich dieser Anblick um den Verstand brachte. »Ich gebe euch drei Minuten«, kam es von der anderen Wagenseite, bevor Jochen einstieg und die Tür hinter ihm geschlossen wurde. Ben nickte dem Fahrer höflich zu, und auch der stieg wieder ins Auto.

»Da sind wir – nur noch wir zwei«, hörte ich Bens Stimme und musste schlucken. Aber es war schön, hier mit ihm allein zu sein – nur wir zwei unter dem Sternenhimmel. Er und ich, und da war noch etwas. Auf einmal war es da, dieses Kitzeln im Bauch. Aber es fühlte sich vollkommen anders an, als ich es mir immer wieder ausgemalt hatte. All die Filme, Bücher und Erzählungen konnten ihm in keinster Weise gerecht werden. Dieses Gefühl war anders, es war so viel mehr.

»Wie fühlst du dich?«, fragte Ben, und ohne weiter nach Worten zu suchen, fand ich die Antwort: »Unvergleichlich – ich fühle mich unvergleichlich.« Ben streichelte behutsam an meinen Hals entlang, dann richtete er den Kragen an seinem Mantel auf, bevor er ihn an beiden Enden griff und mich langsam noch näher zu sich zog. Er legte seine Hände um meinen Kopf, ehe er mit seinen Fingern an mein Kinn entlangglitt, um dann sanft über meine Lippen zu streicheln. »Genau das bist du.«

Ich genoss seine Berührung, und als ich ganz zaghaft, beinahe schüchtern meinen Mund öffnete, berührte sein Daumen die

Spitze meiner Zunge. Seine Augen funkelten überrascht, und ich schmiegte mich etwas fester gegen seine Hand an meinem Nacken. Als er meinen Kopf ein klein wenig zur Seite dirigierte, hörte ich ihn »Ich will mich komplett in dir verlier'n« flüstern und schloss die Augen. »Bitte, bitte, küss mich jetzt endlich«, ging es mir durch den Kopf, und dann passierte es.

Er küsste mich so behutsam und vorsichtig, als hätte er Angst, mich zu zerbrechen. Es war ein weicher und sinnlicher Kuss, ehe er sich unerträglich langsam vortastete und immer fordernder wurde. Mir entfuhr ein leises Stöhnen, und ich lehnte mich ihm noch weiter entgegen, ich wollte ihn spüren. Er schmeckte so gut, nach einer Mischung aus herber Süße, Salz und Ben.

Von meiner anfänglichen Scheu spürte ich nichts mehr, ich wollte ihn. Unser Kuss endete nach einer gefühlten Ewigkeit und trotzdem viel zu früh, als plötzlich eine leicht angetrunkene Stimme von der Straße her zu uns rüberrief: »Nehmt euch doch ein Zimmer, ihr Hübschen!« Ben und ich hielten für einen Moment inne, öffneten dann zeitgleich die Augen und mussten beide grinsen.

Er stupste mich neckisch mit seiner Nase und gab mir einen Kuss auf die Stirn, dann schloss er mich fest in die Arme: »Ich komme wieder, und dann machen wir genau an dieser Stelle weiter, wenn's für dich okay ist.« Ohne mich aus seiner Umarmung zu lösen, blickte ich zu ihm hoch: »Für mich ist das sehr okay.«

Ich wollte nicht, dass er ging, ich wollte, dass er hier bei mir blieb, und deshalb machte ich auch keine Anstalten, ihn loszulassen. Bens Augen funkelten verführerisch, als er sich wieder etwas weiter zu mir runterbeugte, aber ich spürte genau, dass er kurz davor war, in dieses Auto zu steigen.

Ein Lächeln, um ihn zu verabschieden, wäre wohl angebracht gewesen, aber es wollte mir nicht gelingen. Als er mir eine Haarsträhne hinters Ohr strich, konnte ich nicht anders. »Ausgerechnet jetzt haust du einfach so ab«, flüsterte ich so leise, dass ich mich kaum selbst verstand.

»Hey, ich hau nicht einfach ab. Ich gebe dir nur die Chance, mich zu vermissen.« Er gab mir einen letzten Kuss, dann öffnete er die Autotür.

Mir stiegen Tränen in die Augen, aber ich wollte tapfer bleiben. »Sechs Monate, das schaffen wir.« Er drehte sich noch mal um, dann stieg er zu Jochen in den Wagen.

Ich ging einige Schritte nach vorne und sah ihm nach, bis die Rücklichter in der Dunkelheit verschwanden. Um mich herum war alles ruhig, nur der nächtliche Himmel über mir und der dämmrige Schein einer Laterne.

»Sechs Monate, das schaffen wir schon«, hatte er gesagt. Das bedeutete ein halbes Jahr, in dem wir uns nicht sahen. Also ganze 25 Wochen, die ich Zeit hatte, für ihn abzunehmen. Da war sie, das war meine zweite Chance für einen ersten Eindruck. Mein Puls begann zu rasen, und mit einem Mal hatte ich all die Leckereien im Kopf, die noch von Weihnachten übrig waren. Es wäre doch zu schade, die einfach so wegzuschmeißen, und Montag fing ich dann an. Ich spürte, wie mir plötzlich das Wasser im Mund zusammenlief, und es war ja auch wirklich das allerletzte Mal …

– Ende Teil 1 –

Die Autorin

© Eckard Albrecht

WIE ES MIR WOHL HEUTE GEHT?

WAS MICH BEWEGT & ICH SO MACHE,
SIND FRAGEN, DIE DIR GRAD DURCH
DEN KOPF GEHEN?

BESUCH MICH DOCH MAL:

WWW.DU-BIST-UNVERGLEICHLICH.DE

ICH FREU' MICH AUF DICH,
DEINE JANA

Danke an …

Geschichten, die von der Norm abweichen, schonungslos und ehrlich sind, werden gerne erst mal hintangestellt, dann vergessen und gehen mit der Zeit verloren. Deshalb gilt mein erstes Dankeschön dir, da du mich gefunden hast. Wenn man einen Gedanken unbedingt loswerden möchte, weil er einem die Kehle zuschnürt, braucht man jemanden, der zuhört. Wenn man einem Tabu den Schrecken nehmen möchte, braucht es viele, die mutig sind und das Schweigen brechen. Danke, dass du der Beginn einer Welle bist und meiner Geschichte die Chance gibst, weitergetragen zu werden.

Batomae, du machst das Leben von jedem, dem du begegnest, besser. Ja, würde es mehr Menschen wie dich geben, wäre diese Welt ein sehr viel glücklicherer Ort. Ich bin so dankbar, dass wir uns gefunden haben, dass du es jeden Tag aufs Neue mit mir aufnimmst und nie müde wirst, daran zu glauben, dass auch für mich noch alles gut werden kann. Du bringst mich dazu, über mich hinauszuwachsen, und stellst mich wieder auf die Beine, wenn mich der Wachstumsschmerz doch kurz in die Knie zwingt. Danke, dass du »Ben« deine Stimme leihst.

Mama, ich liebe dich von ganzem Herzen und bin sehr dankbar, dass du mich auch dann geliebt hast, als ich es wirklich nicht verdient hatte. Dank dir darf ich meinen Traum leben – und das mit dem Essen bekomme ich auch noch hin … irgendwann. :)

Dad – ich vermisse dich.

Anne, danke, dass du seit der 5. Klasse meine bessere Hälfte bist. Ja, mit dir möchte ich alt und schrumpelig auf der Veranda sitzen.

Super-Tyhi, du hast es gelesen und mich beraten. Was aber noch viel schöner ist: Du hast es miterlebt.

Manu Raschke von Raschke Entertainment, du bist viel mehr als meine Managerin, du bist meine Freundin. Danke.

Sebastian Fitzek, dank dir weiß ich, dass Fische manchmal auf Bäume klettern, und ich freu' mich drauf, noch viel mehr von dir zu lernen.

Stolli, danke, dass du meine tausend Ideen, Bilder und Spinnereien in so etwas Schönes verwandelt hast.

Roman Hocke, Markus & Lisa von der AVA/hockebooks. Danke für euer grenzenloses Engagement und dass ihr meinen Büchern ein Zuhause gebt.

Claudia Weingärtner, Iris Budowsky, Nicole Staudinger, Uli Kleppi und Julia Kautz … Frauenpower in einer neuen Dimension – ihr seid der Wahnsinn.

Brigitte Bausch, danke, dass du sogar die Fehler gefunden hast, von denen ich nicht mal wusste, dass ich sie mache.

Renée und Yasmin, Jenny, Esther, Britta & Larissa, danke für eure Energie und wertvolle Zeit. Ohne euren Einsatz damals könnte ich heute nicht das Update feiern.

Bärbel Müller, dank dir habe ich so oft ein Flügelschlaglächeln auf den Lippen.

Inga, du lebst vor, dass es auch ganz anders gehen kann, und genau das schenkt mir Hoffnung – danke.

Götz, Jini und die ganze Luxuslärm-Family, ihr habt mich ins Licht geholt. 11 Jahre, eine unvergessliche Zeit – etwas bleibt. Danke für alles.

Felix Schelhasse von FUSE Films, danke für das unvergleichliche Gefühl beim Videodreh.

Ben Wolf, danke, dass du mich bei unseren Shootings so oft durch deine Augen sehen lässt.

Frank Engel, danke für deine bedingungslose Ehrlichkeit, und dass du dir immer Zeit nimmst, auch wenn du sie eigentlich nicht hast. – Steffi Zoll, du bist einfach die Beste. Es ist ein Geschenk, dich zu kennen. – Friedrich Kraemer, bei dir zu sein, fühlt sich an wie nach Hause zu kommen … & Sandra Seefeld, der Ort hat sich geändert, das Gefühl nicht.

Guten Freunden gibt man ein Küsschen, dem besten seinen ganz persönlichen Platz auf den letzten Seiten. Batos Dank an …

Mama, Papa, Flo, Fizzel und meine ganze Familie, dass ihr immer da seid, auch wenn wir uns viel zu selten seh'n. Einfach nur danke, jedes weitere Wort wär' zu viel.

Inga, dass du mir immer den Rücken freihältst, unwiderruflich.

Jana, kein Wort würde hier nur annähernd ausreichen, um zu beschreiben, wie unvergleichlich du bist. Egal, was auch passiert, wir nehmen uns mit. »Komm, lass dich einfach fall'n, ich bin immer für dich da. Auch wenn es dir noch schwerfällt, ich will nur, dass du weißt, du bist nicht allein.« – Schweigen ändert nichts.

Meine Boyz, Flo, Eugen, Janik, Sven, Jan, Valle & Matze, dass ihr an mich glaubt, mit mir die Nacht zum Tag macht und jede Bühne zum »Zuhause«.

Fabian Strangl, dass du seit dem ersten Ton Bock auf meine Musik hast, ohne dich wäre sie niemals unvergleichlich geworden.

Fabian Römer, für jedes Wort und jeden Schluck Pinot Grigio. Du bist nicht nur einer der besten Texter dieses Landes für mich, sondern auch ein guter Freund.

Götz von Sydow, dass du mir so viele Dinge beigebracht hast, oft unbewusst und schonungslos ehrlich. Dafür kenn' ich wirklich »Kein Wort«, außer vielleicht »Danke« …

Hanni Schäfer, für deine unvergleichliche Stimme und Gedanken. Bei dir steh' ich in Reihe 1.

Felix Schelhasse / FUSE Films für ein unvergleichliches Video und die intensivsten Tage der letzten Jahre. Warum haben wir uns eigentlich nicht viel früher wiedergetroffen? Egal, läuft bei uns.

1 / DEUTSCH Radio, dass ihr mich entdeckt habt. Bei euch kommen meine Gedanken ausführlich zu Wort.

Philipp Salb von Musik Meyer, für unvergleichliche Instrumente, ohne die keine meiner Liveshows möglich wäre.

… und natürlich geht ein ganz besonderer Dank an dich, dass du meine Musik in dein Leben lässt, und sie dich zum Lachen, Weinen, Nachdenken oder Tanzen bringt. Ich hoffe, wir sehen uns ganz bald live, verrückt verloren in Reihe 1.

… last, but not least ein riesiges Dankeschön an unsere starken Partner im Rücken:

Danke an Karl Nowak und Nils Aul-Hölzel, die wir durch Spinnup kennenlernen durften. Es macht unglaublich Spaß, mit euch zu arbeiten, aber wann gehen wir endlich wieder Mini-Golfen?

Uli, Markus, Sonja und Sandra von der pronova BKK … Kathrin, Eva und Gesa von der SBK … Thomas, Karin und Julia vom BKK Landesverband Nordwest … und Maja vom Team Gesundheit, dank euch bekommen wir so oft die unvergleichliche Chance, auf unser Bauchgefühl zu hören, das Schweigen zu brechen und etwas zu verändern.

Anja und Robert von Strict Textildruck, danke, dass ihr immer wieder das Unmögliche möglich macht und euch selbst den – im wahrsten Sinne des Wortes – größten Herausforderungen stellt.

Thomas von Contra Promotion, dass du uns immer öfter »nach Hause« holst: auf die Bühnen der Clubs, Festivals und Stadtfeste im ganzen Land. Wir seh'n uns auf der Tour.